SUTTON KRIMI

Volker Dützer

TÖDLICHE HEIMKEHR

Ein Westerwald-Krimi

SUTTON KRIMI

Über den Autor

Volker C. Dützer, geb. 1964, steht schon seit seiner Kindheit mit der Muse auf gutem Fuße. Er konzentrierte sich zunächst auf Science-Fiction-Geschichten, Horror- und Fantasyromane, bevor er mit »Tödliche Heimkehr« das Verbrechen vor der Haustür entdeckt hat. Gerne stürzt er seine Romanfiguren auf wenigen Seiten in einen Abgrund, aus dem sie nur schwer wieder herausfinden. Volker C. Dützer lebt seit vielen Jahren im Westerwald.

Sutton Verlag GmbH
Hochheimer Straße 59
99094 Erfurt
www.suttonverlag.de
www.sutton-belletristik.de

Gestaltung und Satz: Sutton Verlag
Lektorat: Stefanie Höfling, Wiesbaden
Korrektorat: Hamburger Buchkontor, Dorothée Engel
Titelbild: © Hannelore Schneider, Weitersburg
Die Veröffentlichung dieses Werkes erfolgt auf Vermittlung der Literaturagentur Lesen + Hören, Anna Mechler, Berlin
Druck: CPI books GmbH, Leck

ISBN: 978-3-95400-457-7

Once upon a nightmare, I bought myself a gun.
I blew her daddy's brains out, now hell has just begun.
THE POLICE, ONCE UPON A DAYDREAM

Für Margarethe,
die an mich geglaubt hat und
immer sagt: »Du schaffst das!«

1

Dirk Lieven hatte verloren, bevor der Kampf begann. Mit jeder Zeile, die er las, wuchs sein Entsetzen. Jeder Jurastudent im zweiten Semester hätte diesen Prozess gewinnen können, aber was er nun in Händen hielt, änderte alles. Statt wie ein Habicht auf seinen Gegner herabzustoßen, würde er absaufen wie eine bleierne Ente.

»Schlechte Neuigkeiten?« Albert Leimbach, sein Mentor und Seniorpartner, steuerte den schwarzen Benz mit halsbrecherischem Tempo über die Pfaffendorfer Brücke in Koblenz und ignorierte alle Tempolimits, um noch rechtzeitig das Landgericht zu erreichen.

Lieven schüttelte den Kopf. »Das ist mein Untergang. Niemand wird mir mehr zutrauen, auch nur einen Eierdieb erfolgreich zu verteidigen.« Wütend blätterte er die Seiten um. »Warum bekomme ich dieses Gutachten erst eine halbe Stunde vor Prozessbeginn?«

Leimbach hob entschuldigend die Hände vom Lenkrad. »Es tut mir wirklich leid, Dirk. Das Gutachten traf rechtzeitig in der Kanzlei ein. Aber durch eine unglückliche Verkettung der Umstände gelangte es erst heute Morgen auf meinen Schreibtisch.«

»So etwas darf einfach nicht passieren!«

»Ich stimme dir zu. Wir sollten uns nach einer neuen Anwaltsgehilfin umschauen.«

Lieven sparte sich eine Antwort. Sein Fehler war unverzeihlich, er hätte sich selbst um jedes Detail kümmern müssen. Der Poststempel war drei Wochen alt. Ein Dr. Lothar Greth hatte das vernichtende Gutachten unterzeichnet, das seiner Mandantin das Genick brechen würde. Er teilte Leimbach in groben Zügen den Inhalt mit. Soweit er das Fachchinesisch verstand, bescheinigte Dr. Greth seiner Mandantin Gudrun Holt paranoide Wahnvorstellungen und ein von Versagensängsten geprägtes Verhältnis zu Männern. Weiter bezeichnete er sie als notorische Lügnerin, die ein aggressives Verhalten an den Tag legte. Greth schätzte sie als hochgradig gefährlich ein und empfahl die einstweilige Unterbringung in einer geschlossenen psychiatrischen Klinik.

»Ob Kronberg dahintersteckt?«, überlegte Lieven laut.

Mit einem waghalsigen Manöver bog Leimbach in die Clemensstraße ein. »Vielleicht. Aber es macht keinen Unterschied. Dr. Greth ist ein anerkannter Gutachter. Seine Integrität zu erschüttern, wird dir kaum gelingen. Ich habe dich gewarnt, dieses Mandat anzunehmen. Mit Victor Kronberg legt man sich nicht an. Er pflegt nicht nur jeden Prozess zu gewinnen, sondern empfindet eine teuflische Freude dabei, seine Gegner vollständig zu vernichten, nachdem er mit ihnen gespielt hat wie eine Katze mit ihrer Beute.«

»Das schreckt mich nicht ab. Kronberg ist dafür bekannt, seine überschäumende Libido nicht unter Kontrolle halten zu können. Für mich steht fest, dass er Gudrun Holt brutal vergewaltigt hat.«

»Denk daran, dass dies nicht Gegenstand der Verhandlung ist. Er behauptet, *sie* habe *ihn* angegriffen und schwer misshandelt. Und er hat sie zuerst vor Gericht gebracht, vergiss das nicht.«

»Kunststück – mit seinen Beziehungen.«

»In unserem Geschäft muss man lernen, mit den Wölfen zu heulen.«

»Aber man sollte sich davor hüten, mit den Schweinen ins Bett zu steigen.«

Leimbach stoppte den Wagen in zweiter Reihe vor dem Gebäude des Landgerichts. »Man gewöhnt sich an alles. Gestank kann man abwaschen, Niederlagen hingegen brennen sich in das Gedächtnis der Leute ein.«

Lieven stopfte das verfluchte Gutachten in seinen Aktenkoffer und öffnete die Wagentür.

»Mir bleibt immer noch der Zeuge.«

»Ach ja, der«, sagte Leimbach. »Hoffentlich erlebst du keine böse Überraschung.«

»Du hast von Anfang an versucht, mir das Mandat auszureden. Warum hast du es mir nicht gleich untersagt? Noch bin ich dein Angestellter.«

Leimbach schmunzelte. »Nur wenn man selbst auf die Nase fällt, lernt man daraus. Und nun geh. Wenn dir das Kunststück gelingt,

Kronberg als Vergewaltiger zu überführen, bist du heute Abend ein Held.«

Oder der Idiot, der sich eine blutige Nase geholt hat, dachte Lieven.

»Wir sehen uns nach dem Prozess«, rief Leimbach ihm nach.

Lieven spurtete geschickt durch Lücken im dichten Stadtverkehr und lief auf den Eingang des Gerichtsgebäudes zu. Ihm blieben noch sechs Minuten, seine Mandantin zu treffen, sich mit der völlig veränderten Lage auseinanderzusetzen und eine neue Strategie zu entwickeln.

Nachdem er die breite Freitreppe hinaufgehetzt war, blieb er einen Moment im Schatten eines Pfeilers stehen und wartete, bis sich sein rasender Herzschlag beruhigt hatte. Er rückte seine Krawatte zurecht und fuhr sich durchs Haar. Hatte Leimbach recht und er ruinierte seine Karriere mit der Verteidigung von Gudrun Holt? Vielleicht blieb von ihm am Ende des Tages nur ein trauriger Schatten zurück. Er straffte sich, verdrängte die düsteren Ahnungen und hielt Ausschau nach seiner Mandantin.

Er traf sie auf dem Korridor vor dem Gerichtssaal. Bevor er sich zu erkennen gab, betrachtete er sie eingehend. Sie sah nicht aus wie eine Femme fatale, die den Männern den Kopf verdrehte, um sie dann kaltlächelnd ins Verderben zu stürzen. Zwar erschien sie ihm als eine temperamentvolle Frau, aber das konnte man kaum als krankhaft bezeichnen. Von einem wahnhaften oder aggressiven Verhalten hatte er in seinen Gesprächen mit ihr nichts bemerkt. Dass sie wütend auf Victor Kronberg war, konnte man ihr kaum verdenken.

Während sie leise mit einem Gerichtsdiener sprach, blickte sie immer wieder umher und strich sich fahrig eine Strähne ihres dunkelbraunen Haars aus der Stirn. Sie wartet auf Kronberg, dachte Lieven. Und sie fürchtet sich vor ihm.

Ein Fressen für die Geier, hatte der alte Leimbach gesagt. Fast glaubte Lieven, die Stimme seines Seniorpartners zu hören. Aber diesmal war das alte Schlitzohr nicht an seiner Seite, um ihm beizustehen. Nun hing alles von ihm allein ab. Ungeduldig warf er einen Blick auf die Uhr über dem Eingang zum Gerichtssaal und hielt Ausschau nach dem Ankläger. Victor Kronberg liebte es, erst im allerletzten Moment zu erscheinen.

»Tja, das nennt man Pech.«

Lieven fuhr herum. Staatsanwalt Kai Loxter grinste ihn herausfordernd an. Sein kahler Schädel glänzte im kalten Licht der Neonlampen wie eine Billardkugel.

»Endlich vertraut Leimbach Ihnen mal einen dicken Fisch an und dann vergisst er doch tatsächlich, Sie mit der passenden Angel auszurüsten. Sie werden untergehen. Fast tun Sie mir ein wenig leid.«

»Verkünden Sie Ihren Sieg nicht zu früh«, antwortete Lieven mit mehr Gelassenheit, als er empfand. »Vielleicht erleben Sie heute noch mehr Überraschungen, als Ihnen lieb ist.« Oder ich, dachte er.

»Vertrauen Sie etwa wirklich auf die Aussage des Fensterputzers?« Loxter klopfte mit der flachen Hand auf seine Aktentasche. »Dann steht wohl die Aussage eines Hilfsarbeiters gegen das Gutachten eines renommierten forensischen Psychiaters. Ich fürchte, Sie haben sich da in eine hoffnungslose Geschichte verrannt.«

»Abwarten.«

Auf der Freitreppe des Foyers erhob sich Stimmengewirr. Im Blitzlichtgewitter der Pressefotografen näherte sich eine massige Gestalt. Der annähernd zwei Meter große Victor Kronberg betrat die Arena. Sein Bulldoggengesicht zuckte unwillig, als ein Mikrofon seine Wange streifte. Hastig zog der Reporter seine Hand zurück.

Leimbach hatte ihn treffend beschrieben. Der Besitzer und Geschäftsführer der einflussreichsten Privatbank in Koblenz mit zwei Dutzend Filialen im Taunus und im Westerwald war dafür bekannt, seine Gegner gnadenlos niederzuringen. Ihm eilte der Ruf einer Heuschrecke voraus, die niemals satt wurde. Vergeblich hatte Kronberg versucht, für den anstehenden Wahlkampf, in dem er kräftig mitzumischen gedachte, sein miserables Image aufzupolieren. Auch großzügige Spenden hatten sein Bild in der Öffentlichkeit kaum verbessern können. Routiniert schüttelte er die Meute der Reporter ab wie ein Elefant lästige Fliegen vertreibt.

»Herr Kronberg, treffen die Anschuldigungen gegen Sie zu?«

Kronberg warf dem Reporter einen giftigen Blick zu. »Ich bin hier nicht angeklagt, sondern selbst zu Schaden gekommen. Wenn Sie etwas anderes schreiben, können Sie sich einen neuen Job suchen.«

»Wird der Prozess Einfluss auf Ihre Kandidatur für das Bürgermeisteramt von Hachenburg nehmen?«

»Rechnen Sie mit einer Verurteilung?«

»Vermuten Sie ein Komplott, um Ihren Namen in den Schmutz zu ziehen? Herr Kronberg, Herr Kronberg …«

Mit raumgreifenden Schritten eilte er auf den Eingang zum Gerichtssaal zu. Diensteifrig streckte ihm Loxter die Hand zum Gruß entgegen, aber der Bankier hielt kaum inne und schob ihn durch die offene Tür. Sein Blick streifte Gudrun Holt, die versteinert den energiegeladenen Auftritt verfolgte. Die Fotografen hatten sie entdeckt, stürzten sich auf das neue Opfer und bestürmten es mit Fragen. Jemand richtete einen Scheinwerfer auf die Frau, die es gewagt hatte, Victor Kronberg der Vergewaltigung zu bezichtigen, und die sich nun mit seiner Antwort konfrontiert sah. Das harte Kunstlicht verwandelte ihr Gesicht in eine wächserne Totenmaske.

Lieven begrüßte sie förmlich und legte ihr beruhigend die Hand auf den Arm. Mit seinem Aktenkoffer wehrte er die zudringlichen Reporter ab. Kronberg war zwar über die Grenzen seiner Heimatstadt Hachenburg hinaus bekannt, doch dass der Prozess ein solches Medienecho hervorrief, irritierte Lieven.

»Warum haben Sie mit keiner Silbe das psychiatrische Gutachten erwähnt?«, fragte er seine Mandantin.

Überrascht hielt sie inne. »Ich weiß von keinem Gutachten.«

»Aber es existiert. Und es schmeichelt Ihnen nicht, glauben Sie mir.« Er schirmte sie von den Fotografen ab und wählte den weiteren Weg zur Anklagebank, dicht an der getäfelten Wand entlang. »Alles hängt jetzt von unserem Zeugen ab.«

»Ich verstehe das nicht. Ich habe mit keinem Arzt oder Psychologen geredet. Was steht in diesem Gutachten?«

»Das wollen Sie gar nicht so genau wissen, Frau Holt. Denken Sie nach. Ist Ihnen Dr. Lothar Greth ein Begriff?«

»Ich habe nie von ihm gehört.«

Sie hatten die Bank der Verteidigung erreicht. Lieven stellte seinen Koffer ab und warf den Regenmantel über eine Stuhllehne.

Gudrun Holt erblasste, als sei ihr ein schrecklicher Gedanke gekommen. »Wird … wird Kronberg versuchen, mich für verrückt erklären zu lassen?«

»So würde ich das nicht ausdrücken, aber damit liegen Sie gar nicht so falsch. Auf jeden Fall erschüttert das Gutachten Ihre Glaubwürdigkeit.«

»Was werden Sie jetzt tun?«

Lieven schwieg. Wenn er nur mehr Zeit gehabt hätte.

»Warum haben Sie erst jetzt von diesem Gutachten erfahren? Und wieso haben Sie es nicht angefochten?« Fahrig steckte sie die widerspenstige Haarsträhne hinter dem Ohr fest.

Lieven antwortete nicht. Stattdessen öffnete er seinen Aktenkoffer und entnahm ihm die Unterlagen, die er zur Verteidigung brauchte. Was sollte er auch erklären? Dass eine Anwaltsgehilfin versäumt hatte, ihn über den Eingang des Gutachtens zu informieren? Seltsam, dass ihn das Schreiben zu spät erreicht hatte, um es noch anfechten zu können, jedoch rechtzeitig genug, um ihn vor Prozessbeginn nervös zu machen. Als sei alles geplant gewesen. Reichten Kronbergs klebrige Spinnenfinger bis in Leimbachs Kanzlei?

»Da war dieser Mann«, murmelte Gudrun abwesend.

»Was für ein Mann?«

»Er kam vor ein paar Wochen und stellte sich als Mitarbeiter des Landgerichts vor. Ich habe mir seinen Ausweis zeigen lassen.«

»Was wollte er?«

»Er stellte mir eine Menge Fragen … merkwürdige Fragen. Ob ich jemals sexuell missbraucht worden sei, oder ob ich als Kind Tiere gequält hätte. Ich glaube, ich habe ihn angebrüllt, weil er mich so lange provoziert hat.«

»Und das kam Ihnen nicht verdächtig vor?«

»Er hatte doch den Ausweis. Er sagte, die Befragung sei nur eine Routineangelegenheit, nicht weiter von Belang.«

»Warum haben Sie mir nichts davon erzählt?«

»Ich … ich hab's in der Aufregung wohl vergessen.«

»Wenn ein Richter ein solches Gutachten in Auftrag gibt, klingelt nicht einfach ein Gerichtsbote an Ihrer Tür und stellt Ihnen seltsame Fragen. Dahinter kann nur Kronberg stecken.«

»Aber das wusste ich doch nicht. Ich …« Sie sank auf einen Stuhl und stützte die Stirn in die Hände.

Lieven seufzte. »Schon gut. Ich werde sehen, was ich tun kann.«

In Windeseile füllte sich der Saal mit Zuschauern. An der Rückwand des Gerichtssaals öffnete sich eine Tür, der Richter und seine Beisitzer nahmen ihre Plätze ein. Richter Schwarz machte seinem Namen alle Ehre. Sein pechschwarzes Haar wies keine Spur von Grau auf. Trotz gründlicher Rasur schimmerte der Schatten eines Bartes auf seinem Kinn und den hageren Wangen. Zwischen den eng beieinanderstehenden Augen thronte eine Geiernase, mit der man zur Not eine Dose Tomaten öffnen konnte.

»Bitte nehmen Sie Platz, die Verhandlung ist eröffnet«, verkündete er mit schnarrender Stimme.

Lievens Gedanken überschlugen sich auf der Suche nach einer neuen Strategie. Er hatte Mühe, sich auf den Verhandlungsbeginn zu konzentrieren. Der Richter rasselte die Eröffnungsformalitäten herunter und fragte die persönlichen Daten der Angeklagten ab. Gudrun Holt, 33 Jahre alt, ledig und wohnhaft in Hachenburg, Westerwaldkreis.

Lieven beobachtete Victor Kronberg, der gelassen auf der anderen Seite des Gerichtssaals neben Staatsanwalt Kai Loxter saß, und trug in Gedanken zusammen, was er über ihn wusste: Erbe eines beträchtlichen Vermögens und jüngster Bankenchef Deutschlands, eiskalter Geschäftsmann und notorischer Lügner mit den Manieren eines gereizten Nashorns, der Frauen als Freiwild betrachtete. Letzteres stieß Lieven besonders ab.

Der Richter forderte den Staatsanwalt auf, die Anklageschrift zu verlesen.

Besorgt studierte Lieven inzwischen Kronbergs Profil, die fleischige Nase, die pockennarbigen Wangen und die eisgrauen, wachsamen Augen. Als könne er die Achillesferse des mächtigen Mannes mit purer Willensanstrengung aufdecken.

Die spröde Stimme des Richters riss ihn aus seinen Grübeleien.

»Ich eröffne hiermit das Verfahren gegen Gudrun Holt. Frau Holt, Sie sind angeklagt, den hier anwesenden Victor Kronberg am Abend des 27. Februar 2014 im Büro seiner Bankfiliale in Hachenburg tätlich angegriffen und erheblich verletzt zu haben. Würden Sie uns nun in ihren eigenen Worten schildern, was an diesem Abend geschah?«

Lieven nickte seiner Mandantin aufmunternd zu.

»Es war der Donnerstag vor Rosenmontag. Normalerweise ist der Arbeitstag gegen achtzehn Uhr zu Ende, aber an diesem Tag schloss die Filiale schon gegen vier. Die Angestellten hatten eine betriebsinterne Altweiberparty organisiert.«

»Und Herr Kronberg war damit einverstanden?«

»Ja. Wir feiern jedes Jahr.«

»Und wurde auch Alkohol getrunken?«

Sie nickte.

»In welchen Mengen?«, fragte der Staatsanwalt.

»Ich habe nichts getrunken. Alkohol ist zwar erlaubt, aber es wird nicht gern gesehen, wenn man betrunken ist.«

»Und hielten sich alle an diese Regel?«, fragte der Richter.

»Die meisten taten das. Aber es gab Ausnahmen.« Ihr Blick wanderte zu Kronberg hinüber, der interessiert ein Detail unter seinem Fingernagel betrachtete.

»Könnte man die Stimmung als ausgelassen bezeichnen?«, fragte der Staatsanwalt.

»Sie wissen doch, wie das auf Betriebsfeiern läuft«, mischte sich Kronberg ein, »oder feiert man bei der Staatsanwaltschaft keinen Karneval?«

Verhaltenes Gelächter im Saal.

Loxter wandte sich wieder an Gudrun Holt. »Und Sie blieben bei Ihrem Vorsatz, keinen Alkohol zu trinken?«

»Ja.«

»Können Sie das bestätigen?«, fragte er Kronberg.

»Nein.«

»Sondern?«

»Ich weiß nicht, wie viel sie zu diesem Zeitpunkt getrunken hatte. Aber ich schätze, es war eine ganze Menge. Wenn jemand Geburtstag hat, ist sie stets die Erste, die ein Sektglas in der Hand hält.«

»Das stimmt nicht. Das ist gelogen«, fuhr Gudrun Holt auf.

»Stimmt es, dass Frau Holt an der Feier teilnahm, obwohl Sie ihr eine Woche zuvor gekündigt hatten?«, fragte der Richter.

»Es stand ihr frei.«

»Aus welchem Grund beendeten Sie das Beschäftigungsverhältnis?«, fragte Loxter.

»Frau Holt war untragbar für unser Unternehmen geworden. Sie versuchte, eine sexuelle Beziehung zu mir aufzubauen. Offenbar war sie der Ansicht, dieses Vorgehen könnte ihrer Karriere dienlich sein. Als ich mich ablehnend dazu äußerte, drohte sie damit, illegale Kontenbewegungen anzuzeigen, Vorgänge, die nicht existieren und für die sie bis heute jeden Beweis schuldig geblieben ist.«

Lieven witterte eine Chance. »Was sind das für Geschäfte?«

»Wie das Bankhaus Kronberg seine Geschäfte abwickelt, ist nicht Gegenstand dieses Verfahrens«, wies ihn der Richter ärgerlich zurecht.

»Mir scheint, als bestehe hier durchaus ein Zusammenha–«

»Den ich keineswegs sehe«, schnitt er ihm das Wort ab. Seine Geiernase zuckte. Kronberg lächelte zufrieden.

»Fahren Sie bitte mit Ihrer Schilderung des Abends fort, Frau Holt.«

»Er bat mich gegen achtzehn Uhr in sein Büro.«

»Tat er das persönlich?«

»Er rief den Apparat auf meinem Schreibtisch an. Ich konnte das Klingen durch die offene Tür hören.«

»Bei dem Gegröle?«, rief Kronberg. »Wohl kaum.«

»Unterbrechen Sie die Angeklagte nicht«, erwiderte Lieven.

»Und Sie machen gefälligst nicht meine Arbeit«, schnarrte der Richter. »Weiter bitte. Nannte Herr Kronberg einen Grund?«

»Er wollte mir das Zeugnis geben, das ich gefordert hatte.«

»Warum sollte er das ausgerechnet zu diesem unpassenden Zeitpunkt tun?«, fragte der Staatsanwalt stirnrunzelnd.

»Es war mein vorletzter Arbeitstag. Vielleicht hatte er am Freitag darauf keine Zeit. Ich weiß es nicht. Er rief mich an und ich fuhr mit dem Lift in die oberste Etage hinauf.«

»Die lügt doch schon wieder«, dröhnte Kronberg.

Die Hakennase des Richters zuckte in seine Richtung. Kronberg verstummte.

Gudrun Holt berichtete stockend, was geschehen war. »Ich betrat sein Büro und wartete darauf, dass er mir das Zeugnis aushändigen würde. Stattdessen bot er mir einen Cognac an und gab sich versöhnlich. Er sagte, es täte ihm leid, dass wir im Streit auseinandergingen.«

»Überraschte Sie das nicht?«, fragte Lieven.

»Doch, natürlich. Ich war misstrauisch. Ich hatte … Angst, mit ihm alleine zu sein. Außer uns befand sich niemand im obersten Stockwerk.«

»Und trotzdem sind Sie in sein Büro gegangen?«

»Ich … ich habe erst darüber nachgedacht, als ich oben angekommen war. Ich konnte mir einfach nicht vorstellen, dass er … dass das in der Bank passieren würde. Dann wollte ich keinen Rückzieher machen und die Sache so schnell wie möglich hinter mich bringen. Darum nahm ich den Cognac, trank einen Schluck und …«

»Und?«

»Mir wurde schwindelig. Ich war ganz benommen. Er hatte irgendetwas in den Cognac gemixt. Und dann … war er plötzlich über mir.«

Kronberg schüttelte den Kopf und stieß pfeifend die Luft durch die Zähne.

»Meine Mandantin hat sich gewehrt, wie es ihr unter diesen Umständen möglich war«, sagte Lieven. »Ihre Verletzungen wurden von einem Gerichtsmediziner dokumentiert.«

Loxter blätterte in seinen Unterlagen. »Das war am nächsten Tag gegen vierzehn Uhr dreißig. Warum zögerten Sie so lange, bevor Sie zur Polizei gingen?«

»Ich … ich …«

»Meine Mandantin wurde gegen zwölf Uhr dreißig des folgenden Tages von einem Busfahrer auf der Wartebank einer Haltestelle etwa zwei Kilometer von der Bankfiliale Kronberg entfernt aufgefunden. Sie war desorientiert und zeigte alle Anzeichen einer Vergiftung mit Gamma-Hydroxybuttersäure.«

»Es wurden keine Rückstände von K.-o.-Tropfen gefunden«, entgegnete der Staatsanwalt.

»Sie wissen genauso gut wie ich, dass der Nachweis nach so langer Zeit kaum mehr möglich ist. Frau Holt wurde definitiv vergewaltigt. Das geht aus dem Bericht des Arztes hervor.« Er deutete auf Kronberg. »Von diesem Mann.«

Der Bankier nahm die Herausforderung an. »Beweisen Sie es, wenn Sie können.«

»Ruhe!«, befahl der Richter. »Wenn Sie die Ereignisse bitte aus Ihrer Sicht schildern wollen, Herr Kronberg?«

Der Angesprochene lehnte sich zurück und verschränkte die Arme vor der Brust. »Sie klebte den ganzen Abend an mir wie eine Klette. Sie rechnete sich wohl noch immer Chancen bei mir aus.«

»Das ist eine Lüge!«

»Sie hatten Gelegenheit, sich zu äußern«, warnte der Richter.

»Irgendwann wurde es peinlich«, fuhr Kronberg fort. »Sie war sternhagelvoll und äußerte eine Reihe von Anzüglichkeiten. Es reichte mir und ich verwies sie des Hauses.«

»Wie reagierte Frau Holt darauf?«

»Sie lachte mich aus.« Er zuckte mit den Schultern. »Wie gesagt, sie war sturzbetrunken. Gegen achtzehn Uhr bekam ich eine SMS mit der Bitte um einen dringenden geschäftlichen Rückruf. Ich fuhr also in die oberste Etage und ging in mein Büro. Kurz darauf stand sie plötzlich in der Tür – mit einer Flasche Sekt und zwei Gläsern in der Hand. Sie war mir offenbar gefolgt.«

»Obwohl Sie Frau Holt deutlich zu verstehen gegeben hatten, dass Sie keinerlei Interesse an ihr hatten, ja ihr sogar gekündigt hatten aufgrund ihres Verhaltens, stellte sie Ihnen noch immer nach? Es fällt uns allen schwer, das zu glauben«, sagte Lieven.

»Manche Frauen halten sich für unwiderstehlich. Sie gab einfach nicht auf. Fragen Sie nicht mich, sondern sie.«

»Er lügt!«, rief Gudrun Holt. Ihre Wangen glühten feuerrot in dem totenbleichen Gesicht. »Er lügt, wenn er den Mund aufmacht.«

Aufgeregtes Gemurmel brandete durch den Saal. Der Richter rief lautstark zur Ordnung. »Wenn Sie den Ablauf der Verhandlung weiterhin stören, erteile ich Ihnen einen Verweis.«

»Frau Holt war also noch immer an einer Beziehung zu Ihnen interessiert, obwohl Sie das Arbeitsverhältnis gekündigt hatten. Wie reagierten Sie auf ihr Ansinnen?«, fragte Loxter.

»Ich bat sie zu gehen. Betrunken, wie sie war, warf sie sich mir an den Hals. Ich versuchte, mich von ihr zu befreien, aber das steigerte ihr ...«, er hüstelte leise, »ihr Verlangen umso mehr. Als ich mich dann ... nun etwas grob vielleicht ... von ihr lösen konnte, schrie sie mich an: Ich mache dich fertig! Sie geriet völlig außer sich und prügelte mit den Fäusten auf mich ein. Die Sektflasche zerbrach dabei. Sie bedrohte mich mit dem scharfkantigen Flaschenhals und fügte mir Schnittwunden an den Händen zu. Ich war völlig überrascht von dem Angriff. Schließlich gelang es mir, sie mit einem Stuhl zurückzudrängen und aus dem Büro zu werfen. Als ich ihr mit der Polizei drohte, flüchtete sie über die hintere Treppe zum Notausgang hinunter.«

»Gegen zwanzig Uhr fünfzehn ging bei der Polizeiinspektion Hachenburg ein Anruf von Herrn Kronberg ein. Er schilderte die Ereignisse und stellte Strafanzeige wegen Körperverletzung«, sagte der Staatsanwalt.

»Warum warteten Sie so lange mit der Anzeige?«, fragte Lieven.

»Um die Schnittwunden versorgen zu lassen, suchte ich zunächst das DRK-Klinikum in Hachenburg auf. Dort war wegen des Karnevals die Hölle los. Es dauerte fast zwei Stunden, bis ich behandelt wurde.«

»Es liegt ein Bericht des Notarztes vor, der die Verletzungen bestätigt.« Loxter hielt ein Blatt Papier in die Höhe.

»Die Sie sich auch anderweitig zugezogen haben können.« Lieven erhob sich. »Ich beantrage, in die Beweisaufnahme einzutreten und rufe Mesut Kemir als Zeugen auf.«

Ein schmächtiger Mann von südländischem Aussehen betrat den Saal. Unsicher ging er durch den Mittelgang nach vorne und setzte sich an den kleinen Tisch, der den Zeugen vorbehalten war.

Der Richter stellte die Personalien fest. Kemir arbeitete als Fensterputzer, der am Abend des 27. Februar die Glasfront der Filiale des Bankhauses Kronberg in Hachenburg gereinigt hatte.

»Würden Sie wiederholen, was Sie vor einer Woche in unserer Kanzlei aussagten?«, bat Lieven.

Kemir beschrieb, wie er seiner Arbeit im obersten Stockwerk des Bankhauses nachgegangen war. Plötzlich habe er Lärm und Schreie aus einem der Büros gehört.

»Hab erst gedacht, da ruft eine Frau um Hilfe. Da bin ich zu dem Büro von Chef neben Dachgarten gelaufen und wollte nachsehen, ob ich helfen kann. Ich hab dann ein Mann und eine Frau gesehen. Aber die haben keinen Sex gemacht. Sah so aus, als wollte die Frau unbedingt, aber der Mann nicht. Dann hat die Frau gebrüllt und war sehr wütend.«

Lieven hörte Leimbachs sonore Stimme in seinem Ohr: »Der Fensterputzer … ach ja, der. Hoffentlich erlebst du keine böse Überraschung.« Was hatte er ihm vorenthalten und warum? Ließ er ihn absichtlich ins offene Messer laufen, um ihm eine Lektion zu erteilen?

Gudrun Holts Gesicht nahm die Farbe von frisch gefallenem Schnee an. Victor Kronberg faltete zufrieden die Hände vor dem Bauch.

»Sie stehen hier als Zeuge vor Gericht und müssen die Wahrheit sagen. Sind Sie sich dessen bewusst?«

Kemir nickte.

Lieven zog ein Dokument aus seinen Unterlagen. »Bei unserer letzten Begegnung waren Sie der festen Ansicht, eine Vergewaltigung beobachtet zu haben.« Seine Blicke streiften Kronberg, der sich ein Grinsen kaum verkneifen konnte.

»Würden Sie das bitte erklären?«, fragte der Richter den Zeugen.

»Ich hab in der Zeitung gelesen, dass ein Anwalt sucht Zeugen. Ich hab ja was gesehen und bin hingegangen.« Er rieb Daumen und

Zeigefinger aneinander. »Vielleicht es gibt eine Belohnung, dachte ich.«

»Und Sie sind sicher, dass es nicht umgekehrt war? Dass der Mann Geschlechtsverkehr wollte?«, fragte Lieven nach.

»Nee, stimmt schon so. Hab erst gedacht, die machen komischen Sex.«

»Was meinen Sie damit?«, fragte Loxter.

Kemir grinste. »Na so mit Handschellen und so.«

Gelächter erscholl in den Zuschauerreihen.

»Sie wollen also Ihre Aussage, in der Sie behaupten, beobachtet zu haben, wie Gudrun Holt vergewaltigt wurde, zurücknehmen?«

»Hab ich ja auch erst gedacht – musst du Aussage machen. Aber dann ist mir eingefallen, ist doch Karneval. Da sind alle Deutschen ein bisschen verrückt.«

Das Gelächter wurde lauter. Der Richter forderte eindringlich Ruhe ein.

»Die Frau ist scheißwütend geworden und hat eine Flasche nach dem Mann geworfen.« Er tippte sich mit dem Zeigefinger an die Schläfe. »Bisschen verrückt.«

Ungläubig verfolgte Lieven, wie ihn sein einziger Belastungszeuge demontierte. Kronberg zupfte gelangweilt eine Fluse von seinem Jackett.

»Sie bleiben also bei Ihrer Aussage, dass Sie beobachtet haben, wie die Angeklagte Herrn Kronberg tätlich angegriffen hat?«, fragte der Staatsanwalt.

Kemir nickte.

»Und dass es zu keinerlei sexuellen Handlungen kam?«

Kemir warf Kronberg einen raschen Blick. »Ja. Kein Sex.«

Lieven sank vernichtet auf seinen Stuhl. »Ich habe … keine weiteren Fragen«, stotterte er.

Der Richter blickte Loxter an, der unmerklich den Kopf schüttelte.

Gudrun Holt schob plötzlich ihren Stuhl zurück und erhob sich, langsam und kontrolliert wie eine mechanische Puppe, die plötzlich zum Leben erwacht ist.

»Setzen Sie sich, bitte«, sagte der Richter.

Sie blieb stehen. »Dieser Mann hat mich in sein Büro gelockt, mit K.-o.-Tropfen betäubt, mich vergewaltigt und anschließend wie einen Eimer mit Unrat auf die Straße geworfen. Wer etwas anderes behauptet, ist ein verdammter Lügner!« Ihre Stimme kippte bei den letzten Silben über.

»Setzen Sie sich«, wiederholte der Richter. »Herr Verteidiger, würden Sie Ihre Mandantin bitte beruhigen?«

»Ich beantrage eine kurze Unterbrechung«, sagte Lieven. »Ich möchte mich mit meiner Mandantin beraten.«

»In Ordnung«, brummte der Richter. »Zehn Minuten.«

Stühle scharrten auf dem Boden, die meisten Zuschauer verließen den Saal, um sich die Beine zu vertreten.

2

Lieven führte Gudrun Holt in eine Nische bei der Fensterfront. In ihren Augen standen Tränen.

»Warum lügt der Fensterputzer?«, fragte sie.

»Suchen Sie sich einen Grund aus«, antwortete Lieven. »Vielleicht hat er Angst, sich mit einem so mächtigen Mann anzulegen. Wahrscheinlicher ist, dass Kronberg ihn gekauft hat.«

Er wandte sich ab, damit sie sein Gesicht nicht sah. Ihm kam ein furchtbarer Gedanke. War es möglich, dass Leimbach mit Kronberg unter einer Decke steckte? Victor Kronberg war kein Mandant der Kanzlei, aber was hieß das in einer kleinen Stadt schon? Es gab tausend Gelegenheiten, bei denen sich ein angesehener Rechtsanwalt und der Besitzer der größten Privatbank im Umkreis näherkommen konnten. Außer Mesut Kemir gab es nur drei Menschen, die von seiner ersten Aussage wussten: Gudrun Holt, er selbst und Leimbach. Wenn also Kronberg dahinter steckte, wie hatte er von Kemir erfahren?

Sie riss ihn aus seinen Gedanken. »Ich hatte nie eine Chance. Geben Sie es doch zu.«

Stimmengewirr erklang hinter ihnen. Kronberg kehrte in den Saal zurück. Er bewegte sich siegesgewiss und schüttelte auf dem Weg zu seinem Platz zahlreiche Hände. Nein, es war noch nicht vorbei. Kronberg war noch nicht am Ziel. Zwar wurde der Vorwurf der Vergewaltigung in diesem Verfahren nicht verhandelt, aber er würde die Gelegenheit nutzen, um Gudrun zu vernichten und seinen Namen reinzuwaschen.

»Was geschieht jetzt?«, fragte sie.

»Wenn Sie zugeben, Kronberg geschlagen zu haben, kommen Sie mit einer Bewährungsstrafe davon«, sagte Lieven.

»Was? Dieses Schwein hat mich vergewaltigt«, presste sie halblaut hervor. »Und Sie verlangen von mir, dass ich mich schuldig bekenne?«

Der Richter und seine Beisitzer kehrten zurück. Wie sollte er ihr in einer Minute erklären, dass sie in großer Gefahr schwebte?

»Ich glaube, es ist im Augenblick Ihre einzige Chance, die reuige Sünderin zu spielen. Sie können später widerrufen und wir beantragen ein neues Verfahren.«

»Aber … aber wieso?«

Er blickte sie fest an. »Das psychiatrische Gutachten bescheinigt Ihnen ein krankhaft aggressives Verhalten. Laut Dr. Greth stellen Sie eine Gefährdung für die Allgemeinheit dar. Der Richter könnte die Unterbringung in einer forensischen Klinik beantragen.«

Gudrun starrte ihn an, als sei er es, der verrückt geworden war. »Sie meinen … die stecken mich in die Klapsmühle?«

»Ja. Genau das meine ich. Aber ich werde alles tun, um das zu verhindern.« Er wandte sich rasch um und kehrte zu seinem Platz zurück.

Der Richter forderte Loxter auf, mit dem Prozess fortzufahren.

»Ich rufe Bodo Zeller in den Zeugenstand.«

Zeller war vierunddreißig, selbstständiger Geschäftsmann und besaß eine Kette von Fitnessstudios. Kronberg ging also tatsächlich in die nächste Runde. Nun, er war angezählt, dachte Lieven, aber er würde bis zuletzt kämpfen.

Zeller stieß ihn ab. Lieven liebte durchaus den Luxus eines gut geschneiderten Maßanzugs, aber er verstand es auch, ihn zu tragen. Zeller dagegen suchte seine Kleidung und seinen Schmuck offenbar nur nach der Höhe des Preises aus, Geschmack besaß er überhaupt keinen. Seine von zahllosen Aufenthalten im Solarium tief gebräunte Haut wies die Konsistenz von altem Leder auf. Die gegelten blonden Haare standen vom Kopf ab wie die Stachel eines Igels, unter dem dünnen Stoff seines Jacketts zeichneten sich dicke Muskelpakete ab.

»Herr Zeller, würden Sie uns bitte schildern, was Sie am Abend des 27. Februar beobachtet haben?«, fragte der Staatsanwalt.

»Ich war an jenem Abend im Mad Dog, einer Szenekneipe in der Altstadt unterhalb des Marktplatzes. Ich feierte Karneval wie alle. Gegen zehn betrat eine Frau die Bar. Sie fiel mir sofort auf.«

»Aus welchem Grund?«

»Sie war eindeutig auf der Suche nach einem Mann, den sie abschleppen konnte.«

»Woran konnten Sie ihre Absichten erkennen?«, fragte Loxter.

Zeller lehnte sich zurück und verschränkte die Arme vor der Brust. Die Nähte seines Jacketts drohten zu platzen. »Für so was hab ich ein Auge«, antwortete er grinsend.

»Sie suchte also Anschluss?«

»Sie stolzierte in der Bar herum wie ein Flamingo und machte die Männer an. Sie suchte nicht nur Anschluss, sie wollte mehr. Schnellen Sex. Es dauerte keine drei Minuten, da spendierte ihr ein Typ am Tresen einen Drink.«

»Wir versuchen, Klarheit in die Ereignisse zu bringen, die im Büro von Victor Kronberg stattgefunden haben«, mischte sich Lieven ein. »Dinge, die sich angeblich zu einem späteren Zeitpunkt abgespielt haben, sind dafür nicht von Belang.«

»Was heißt hier angeblich?«, fuhr Zeller auf.

»Sie werden bald verstehen, worauf ich hinaus will, Herr Verteidiger«, sagte Loxter. »Die Aussage des Zeugen wird maßgeblich dazu beitragen, die krankhaften Charakterzüge der Angeklagten zu enthüllen, ihren verfestigten Hang zu Straftaten mit erheblichem Gewaltcharakter.«

»Das ist doch lächerlich.«

»Lächerlich? Herr Kronberg hat schmerzhafte Verletzungen erlitten, die ärztlich attestiert wurden. Zudem kam es bereits einige Tage vor der Auseinandersetzung zu Sachbeschädigungen. Die Reifen am Wagen des Klägers wurden zerstochen, der Lack zerkratzt.«

»Sie können nicht beweisen, dass meine Mandantin diese Handlungen beging.«

»Herr Staatsanwalt, fahren Sie jetzt mit der Zeugenbefragung fort.« Der Richter funkelte Lieven böse an. »Und ich wünsche keine weitere Unterbrechung.«

Loxter wandte sich wieder an den Zeugen. »Im Mad Dog war es an diesem Abend doch sicher brechend voll. Warum konzentrierten Sie sich so sehr auf diese Frau?«

»Sie hatte Klasse, sah echt heiß aus. Ich rechnete mir selbst Chancen aus, aber dann wurde mir klar, dass ich besser die Finger von ihr lassen sollte.«

Der Staatsanwalt blickte Zeller fragend an.

»Sie war betrunken, richtig abgefüllt.«

»Können Sie den Mann beschreiben, der ihr einen Drink ausgab?«, fragte der Richter.

Zeller überlegte kurz. »Dunkelhaarig, groß, mindestens ein Meter neunzig und kräftig.«

»Trug er ein Kostüm?«

»Ja, klar ... so eine braune Mönchskutte.« Er kicherte. »Ich fand's irgendwie lustig, dass sie ausgerechnet einen Mönch angemacht hat.«

»Was geschah weiter?«

»Nach ner Viertelstunde hakte sie sich bei ihm unter und zog mit ihm ab.«

»Ist diese Frau hier im Saal anwesend?«, fragte Lieven.

»Klar doch.« Zeller deutete auf Gudrun Holt.

Sie sprang wütend auf. »Ich war an diesem Abend nicht im Mad Dog. Das ist eine Lüge!«

»Reißen Sie sich zusammen«, sagte Lieven leise. »Oder wollen Sie das Gutachten durch Ihr Verhalten auch noch stützen?«

Es gelang ihm nicht, sie zu beruhigen.

»Die stecken doch alle unter einer Decke.« Sie zeigte auf Kronberg. »Wie viel haben Sie ihm bezahlt, damit er lügt? Oder gilt das als Freundschaftsdienst unter Männern?«

»Setzen Sie sich! Sofort!«, donnerte der Richter.

»Ich glaube, dass der Abend des 27. Februars ganz anders abgelaufen ist, als Sie uns geschildert haben, Frau Holt«, fuhr Loxter unbeirrt fort. »Sie versuchten, den Angeklagten zu einer unbedachten Affäre zu bewegen. Aber als Ihr Plan scheiterte und Herr Kronberg Sie hinauswarf, waren Sie wütend und frustriert. Sie brauchten ein Ventil für Ihre Enttäuschung. Also beschlossen Sie, sich in das freizügige Getümmel des Karnevals zu stürzen. Im Mad Dog lernten Sie dann den Mann kennen, den der Zeuge beschreibt. Doch Sie gerieten an den Falschen. Hatte er einen Wagen? Vermutlich. Er zwang sie zum Geschlechtsverkehr und warf Sie aus dem Fahrzeug, nachdem er sich befriedigt hatte. Wann kam Ihnen der Gedanke, Herrn Kronberg für Ihre eigene Dummheit zu bestrafen? Nämlich, dass Sie betrunken zu einem Fremden in den Wagen gestiegen waren? Noch in derselben Nacht?«

»Das … ist … doch alles nicht wahr. Ich war an diesem Abend nicht im Mad Dog.«

Loxter blätterte in seinen Unterlagen. »Meine Nachforschungen ergaben, dass sie dort ein oft gesehener Gast sind.«

»Aber nicht an diesem Abend.«

»Sie benutzten Ihr schreckliches Erlebnis, um sich an Victor Kronberg zu rächen. Sie wollten es ihm heimzahlen und eine bessere Gelegenheit konnte sich gar nicht bieten. Ihr Pech war nur, dass Sie beobachtet wurden, als Sie das Mad Dog in Begleitung verließen.«

Es war still im Saal.

»Herr Zeller, würden Sie uns Ihre weiteren Beobachtungen mitteilen?«, bat Loxter.

»Das Mad Dog war total überfüllt. Ich musste mal dringend pinkeln und bin nach draußen, um mir ein Plätzchen zu suchen für … na Sie wissen schon. Ich stand also an der Burgmauer und hab zufällig gesehen, wie die Frau in das Auto von dem Typ in der Kutte gestiegen ist.«

»Fiel Ihnen etwas Besonderes auf?«

»Und ob. Der Mann sagte etwas zu ihr und sie rastete total aus. Die war richtig hysterisch. Hat auf ihn mit der Handtasche eingeprügelt. Ich dachte noch: Junge, hast du ein Glück gehabt, dass du die Finger von der gelassen hast. Die ist echt krass drauf.«

»Hören Sie auf zu lügen. Das ist nicht wahr!«, schrie Gudrun.

»Ich verwarne Sie zum letzten Mal«, rief der Richter. »Beim nächsten Zwischenruf erlege ich Ihnen ein Ordnungsgeld auf.«

»Was geschah weiter?«, fragte Loxter.

»Der Typ ist eingestiegen und losgefahren«, antwortete Zeller. »Er hatte wohl die Nase voll. Die Frau ist dann zu Fuß den Alten

Markt runtergelaufen. Aber wer weiß, vielleicht hat er sie ja irgendwo weiter unten wieder aufgegabelt und in den Wagen gezerrt.«

»Danke«, sagte Loxter. »Ihre Mutmaßungen spielen hier keine Rolle.« Er kehrte zu seinem Tisch zurück und nahm einen dünnen Pappordner auf. »Dem Gericht liegt ein psychiatrisches Gutachten vor, das uns das aggressive Verhalten der Angeklagten bestätigt. Frau Holt leidet demnach unter Verfolgungswahn und neigt zu unkontrollierbaren Erregungszuständen, die in Gewaltexzessen münden. Wir haben es soeben alle gehört. Der in Fachkreisen hochgeachtete forensische Psychiater Dr. Lothar Grey empfiehlt die einstweilige Unterbringung in einer psychiatrischen Einrichtung. Ich kann mich diesem Urteil nur anschließen und beantrage eine Zwangseinweisung.«

»Das … das … dürfen Sie nicht.« Gudrun wandte sich verzweifelt an Lieven. »Sagen Sie ihm, dass er das nicht machen kann.«

»Dieses Gutachten ist ohne Kenntnisnahme meiner Mandantin erstellt worden«, entgegnete Lieven. »Wir hegen den Verdacht, dass es auf Druck des Nebenklägers zustande kam und lehnen den medizinischen Sachverständigen Dr. Lothar Greth als befangen ab. Ich stelle den Antrag, ein zweites Gutachten zu erstellen.«

»Tun Sie, was Sie nicht lassen können«, antwortete Loxter.

Lieven reckte angriffslustig das Kinn vor. »Ich werde beweisen, dass dieses dubiose Gutachten auf tönernen Füßen steht, verlassen Sie sich drauf.«

Der Richter unterbrach die beiden Streithähne. »Das Gericht zieht sich zur Beratung zurück. Die Verhandlung wird in einer Stunde fortgesetzt.«

Stimmengewirr setzte ein, der Saal leerte sich. Lieven blieb allein mit seiner Mandantin zurück.

»Dürfen sie das wirklich, mich in die Klapsmühle stecken?«

»Unter bestimmten Umständen – ja. Aber noch ist es nicht soweit. Sie werden sehen, wir …«

»Hören Sie auf. Sie haben Mist gebaut. Sie waren ja nicht mal richtig vorbereitet.«

»Es tut mir leid, aber es gab eine Panne. Das Gutachten hat mich erst heute erreicht.«

In ihren Augen schimmerten Tränen. »Sie sind eine Niete, Lieven. Wie konnte ich Ihnen nur vertrauen?« Ihre Stimme überschlug sich.

»Beruhigen Sie sich. Mit Ihrem Geschrei machen Sie alles nur noch schlimmer.«

Sie sprang wütend auf. Scheppernd kippte der Stuhl unter ihr um und schlitterte über den glatten Boden. Neugierige Gesichter erschienen in der Tür zum Saal.

»Schlimmer? Was kann denn noch passieren?« Sie stürmte aus dem Saal.

Er biss sich auf die Lippen. Da hatte er einen tollen Einstand hingelegt. Leimbach hatte ihn gewarnt. Mehr als einmal hatte der alte Anwalt ihn ermahnt, daran zu denken, dass es nicht seine Aufgabe war, nach Wahrheit und Gerechtigkeit zu suchen. Das waren romantische Vorstellungen, die für einen Hollywoodfilm taugten, aber vor Gericht keinen Nutzen besaßen. Hier ging es einzig darum, das Beste für einen Mandanten herauszuholen; und in diesem Punkt hatte er versagt.

Lieven bemerkte kaum, wie die Zeit verging. Der Saal füllte sich wieder und Gudrun Holt kehrte an ihren Patz zurück. Sie rückte von ihm ab und würdigte ihn keines Blickes.

Der Richter und die Beisitzer nahmen ihre Plätze wieder ein. Der Vorsitzende ergriff das Wort.

»Das Gericht ist der einhelligen Überzeugung, dass Frau Gudrun Holt am Abend des 27. Februar den Nebenkläger Victor Kronberg tätlich angegriffen und erheblich verletzt hat. Die Frage der Schuldfähigkeit ist jedoch nicht eindeutig geklärt. Da die Angeklagte unter erheblichem Alkoholeinfluss stand und ihr zudem ein psychiatrisches Gutachten ein krankhaft aggressives Verhalten bestätigt, empfiehlt das Gericht die einstweilige Unterbringung in einer forensischen Klinik. Zuvor erhält die Verteidigung die Möglichkeit, ein zweites Gutachten in Auftrag zu geben. Die Verhandlung wird vertagt.«

Lieven atmete auf. Erst jetzt bemerkte er, dass er schwitzte wie ein Malariakranker. »Immerhin haben wir einen Aufschub erreicht«, sagte er. »Ich werde mich sofort um einen anderen Gutachter bemühen. Notfalls gehen wir in Revision. Geben Sie nicht auf.«

Gudrun Holt erhob sich von ihrem Platz. »Das werde ich auch nicht. Ich werde um mein Recht und meine Freiheit kämpfen. Und dazu suche ich mir einen fähigen Rechtsanwalt und keine solche Null wie Sie es sind. Ich will Sie nie wieder sehen. Dank Ihnen stehe ich wie eine Tobsüchtige dar, die schnellstens in der Gummizelle verschwinden muss.«

»Frau Holt, ich kann verstehen, dass …«

»Hauen Sie ab, Lieven. Sie sind die größte Flasche, die je ein Staatsexamen bestanden hat.« Sie drehte sich um und verließ den Saal. Die Blitzlichter der Fotografen flackerten auf dem Korridor wie Blitze in einem Sommergewitter. Lieven sah, wie sie das Gesicht mit dem Arm abschirmte und verzweifelt versuchte, sich einen Weg durch die Meute zu bahnen.

Er packte seine Unterlagen zusammen und wartete, bis die meisten Zuschauer den Saal verlassen hatten. Dann trat er auf den Korridor hinaus und schwankte. Ihm war plötzlich übel. Er hielt sich die Hand vor den Mund und rannte zu den Toiletten am Ende des Ganges. Dort übergab er sich in eine Kloschüssel, bis sein Magen so leer war wie die Augen seiner Mandantin nach dem Spruch des Gerichts.

Er zog die Spülung und ließ sich ausgepumpt auf den Toilettensitz fallen. Die Außentür quietschte in den Angeln, Schritte näherten sich. Jemand pfiff ein munteres Liedchen.

»Kommen Sie mit ins Excelsior? Das muss gefeiert werden.« Das war Kronbergs Stimme.

»Nur auf einen Sprung. Ich sollte mich um den Jungen kümmern«, erwiderte Albert Leimbach.

Wasser rauschte aus einem Hahn.

Kronberg lachte. »Lieven hat sich gut geschlagen. Besser, als ich es nach unseren kleinen Streichen erwartet hätte.«

»Ich habe kein gutes Gefühl bei der Sache.«

Das Rauschen verstummte.

»Reißen Sie sich zusammen, Leimbach. Die Sache ist überstanden.«

»Trotzdem.«

»Meldet sich da etwa das schlechte Gewissen? Als wir über den Preis verhandelt haben, war davon nichts zu spüren.«

»Eine mögliche Anklage wegen Vergewaltigung ist noch immer nicht vom Tisch.«

Kronberg lachte glucksend. »Glauben Sie nach dieser Vorstellung wirklich, dass sich ein Staatsanwalt findet, der es wagt, mich anzuklagen? Er würde sich zum Gespött machen.«

»Ich empfehle Ihnen dringend, Ihr Temperament zu zügeln. Was einmal gut ging, kann beim nächsten Mal fatale Folgen haben.«

»Niemand zerrt mich ungestraft vor Gericht und gibt mich der Lächerlichkeit preis. Wer sich mir in den Weg stellt, den pflege ich in die Knie zu zwingen«, sagte Kronberg kalt, »und zwar so, dass er nicht mehr aufstehen kann. Haben Sie das verstanden?«

»Was ist an jenem Abend passiert?«, fragte Leimbach.

»Wir haben gewonnen, wen interessiert das jetzt noch?«, brummte Kronberg.

»Es ist immer von Vorteil, die Wahrheit zu kennen.«

»Sagen Sie bloß, Sie werden auf Ihre alten Tage weich, Sie alter Dachs. Wer hatte denn die Idee, das Gutachten verschwinden zu lassen?« Kronberg lachte kollernd. »Lieven muss ganz schön nervös geworden sein, als Sie ihm den Umschlag kurz vor dem Kampf in der Arena überreicht haben.«

»Es war nicht fair. Sagen Sie mir die Wahrheit.«

Der Handtrockner fauchte auf. Lieven presste das Ohr an die dünne Trennwand.

»Was glauben Sie wohl, ist passiert?«, sagte Kronberg. »Ich hab's ihr besorgt. Ich habe dem kleinen Biest K.-o.-Tropfen in den Cognac gemischt und sie durchgevögelt. Dann bin ich mit ihr im Lift in die Tiefgarage hinabgefahren, habe sie in meinen Wagen gesetzt und auf der Bank an der Bushaltestellte abgelegt. Was haben Sie denn gedacht?«

Der Handtrockner verstummte.

»Was ist nun? Kommen Sie mit auf einen kleinen Absacker?«, fragte Kronberg vergnügt. »Auf meine Rechnung natürlich.«

Leimbach brummte eine Antwort. Die Außentür fiel ins Schloss.

Lieven blieb allein zurück. Nach einer Weile entriegelte er die Tür, drehte den Wasserhahn auf und schaufelte sich kaltes Wasser ins Gesicht. Sein tropfnasses Spiegelbild blickte ihn zornig an und schwor Rache. Niemand machte ungestraft einen Narren aus ihm.

3

»Ich gebe keine Interviews.« Gudrun Holt zündete sich eine Zigarette an, die vierte innerhalb der letzten Stunde. Wie war dieser schmierige Schreiberling an ihre Handynummer gelangt? Wenn die Pressehyänen alle solche Tricks auf Lager hatten, stand ihr eine unruhige Nacht bevor.

»Ich will kein Interview«, antwortete der Mann, der sich als Jochen Lemgo, Reporter von WW-TV, vorgestellt hatte. »Und ich habe kein Interesse daran, Ihr Privatleben in die Medien zu zerren. Sie werden solche Anrufe bekommen, das ist sicher, Angebote von der Regenbogenpresse und von privaten TV-Sendern. Sie werden Ihnen Geld anbieten, viel Geld. Sie werden Ihnen Beistand versprechen gegen das Skandalurteil, aber in Wahrheit sind sie nur an intimen Details aus Ihrem Leben interessiert. Diese Leute sind ständig auf der Suche nach Opfern, die sie in den Dreck ziehen können. Je schmutziger die Story, desto besser verkauft sie sich. In dieser Liga spiele ich nicht.«

»Was wollen Sie dann?«

»Ich arbeite seit einem halben Jahr an einer Hintergrundstory über Steuerbetrug und Geldwäsche. Kein Sensationsjournalismus, sondern solide Recherchearbeit. Victor Kronberg sitzt wie eine fette Spinne in einem Netz aus Korruption. Noch fehlen mir handfeste Beweise; Beweise, die Sie vielleicht besitzen. Ich habe gestern im Gerichtssaal die Verhandlung verfolgt. Mir war klar, dass Kronberg freigesprochen wird. Sie werden keinen Richter finden, der einen der einflussreichsten Gläubiger der rheinland-pfälzischen Prominenz wegen Vergewaltigung einsperrt. Wenn Sie Gerechtigkeit suchen, müssen Sie einen anderen Weg gehen. Glauben Sie mir, Sie sind nicht die Einzige, die sich an diesem Mann die Zähne ausgebissen hat. Aber es gibt eine Möglichkeit, ihn zur Verantwortung zu ziehen.«

Gudrun Holt inhalierte tief den Rauch ihrer Zigarette und drückte die Kippe im Aschenbecher aus. »Und die wäre?«

»Ich weiß, dass Kronberg das Geld seiner Anleger an der Steuer vorbei in die Schweiz schafft. Und Sie wissen es ebenfalls. Wir reden hier über große Summen. Wenn diese Bombe platzt, wandert die Elite von Hachenburg ins Gefängnis. Aber ich brauche Namen, Kunden und Empfänger, konkrete Daten.«

Sie zündete sich eine neue Zigarette an. »Ich habe etwas viel Besseres für Sie.«

»Etwas Besseres als Beweise, dass Kronberg die Vermögen der halben Stadt in die Schweiz transferiert?«

»Ja. Viel besser.«

»Sie machen mich neugierig. Bringen Sie alles mit, was Sie haben.«

Das werde ich ganz sicher nicht, dachte Gudrun.

»Eine kleine Kostprobe wird genügen, um Sie zu überzeugen«, sagte sie stattdessen.

»Gut, dann sind wir uns einig. Aber ich brauche Zeit, um mir die Rückendeckung der Redaktion zu verschaffen. Immerhin wollen wir einen der angesehensten Bürger von Hachenburg ans Kreuz nageln. Kennen Sie das neue Parkhaus am Alexanderring?«

»Ja, natürlich. Ich brauche keine zehn Minuten dorthin.«

»In Ordnung. Wir treffen uns dort um zwanzig Uhr.«

Gudrun zögerte. Sie hatte keine Zeit, um all die Gefahren, Risiken und Chancen abzuwägen. Und sie besaß keinerlei Erfahrung im Umgang mit Journalisten. Sie kannte den Mann am anderen Ende der Leitung überhaupt nicht. Ja, sie wusste nicht einmal, ob er überhaupt Reporter war. Vor allem aber missfiel ihr der Treffpunkt. »Ich kenne ein nettes Café am Alten Markt«, sagte sie.

»Sie machen das zum ersten Mal, nicht wahr?«, fragte Lemgo.

»Nein, ich verkaufe jede Woche eine CD mit Daten von Steuersündern an das Finanzamt.«

Lemgo lachte leise. »Ihren Humor haben Sie jedenfalls nicht verloren. Ihr Vorschlag ist trotzdem nicht sehr klug. Ebenso gut können wir Kronberg gleich zu unserem Treffen einladen. Hier geht es um verflucht viel Geld. Leider haben Sie ihm gedroht, ihr

Wissen zu benutzen, um ihn fertigzumachen. Glauben Sie wirklich, er wird das ohne Gegenwehr hinnehmen? Ich schätze, Ihre Niederlage vor Gericht war nur eine erste Warnung. Kronberg wusste, dass er nicht verlieren konnte, und er wollte, dass Sie es auch wissen. Das war keine Verhandlung, sondern eine Demütigung erster Klasse, eine Scheinhinrichtung. Ich gehe jede Wette ein, dass er über jeden Ihrer Schritte seit vorgestern informiert ist. Im Interesse Ihrer Sicherheit sollten wir uns deshalb nicht zusammen in der Öffentlichkeit zeigen.«

Sie antwortete nicht. All die Gefahren und Risiken drohten sie wie eine Lawine zu überrollen. Aber wenn sie jetzt aufgab, würde Kronberg niemals für das bezahlen, was er ihr angetan hatte.

»Wenn Sie Ihren Joker einsetzen wollen, werden Sie irgendjemandem vertrauen müssen«, sagte Lemgo.

»Wie erkenne ich Sie?«

»Ich werde Sie erkennen. Schon vergessen, dass ich gestern im Gericht war? Fahren Sie zum obersten Parkdeck hinauf. Ich werde dort auf Sie warten.«

Lemgo legte auf. Gudrun kritzelte seinen Namen und die Uhrzeit auf einen Zettelblock, rauchte und malte nervös Kringel und Kreise um den Namen. Plötzlich bot ihr ein Unbekannter die Chance, das zu bekommen, was ein korrupter Richter ihr verwehrt hatte. Doch sie würde pokern müssen. Was sie dem Reporter versprochen hatte, besaß sie noch nicht. Und ihr blieben nur noch knapp drei Stunden. Sebastian war längst überfällig. Rief sie ihn an, meldete sich lediglich die Mailbox seines Handys.

Sicher, sie musste diesen Journalisten nicht treffen. Sie konnte das Gespräch vergessen, den Fernseher einschalten, sich von einer Talkshow berieseln lassen und warten, bis die Männer in den weißen Kitteln auftauchten und sie in die Klapsmühle steckten. Sie würde sich nicht in Gefahr begeben und niemals erfahren, ob Lemgo es ernst gemeint hatte. Kronberg blieb ein freier Mann und sie selbst die Lügnerin, die ihn mit Schmutz beworfen hatte.

Abwesend überflog sie die Adressliste ihres Telefons. Sie lebte alleine, pflegte nicht viele Beziehungen und wenige wirklich enge Freundschaften. Wen sollte sie um Rat fragen?

Unverhofft stieß sie auf die Antwort und wählte die Nummer unter einem Namen, den sie mit Verbundenheit und inniger Freundschaft verband. Nach dem dritten Freizeichen meldete sich ein Anrufbeantworter.

»Hi, hier spricht Shadi Seeger. Bin gerade nicht da. Hinterlassen Sie Ihren Namen und Ihre Nummer. Wenn ich Lust habe, rufe ich zurück.«

Hastig sprach Gudrun eine Nachricht auf das Band. Ob sich ihre Freundin an sie erinnerte? Kurz überschlug sie im Kopf die Jahre. Wann hatte sie Shadi zuletzt gesehen? Wenn sie jemals einen Seelenverwandten getroffen hatte, dann war es Shadi gewesen. Selbst äußerlich ähnelten sie sich wie Schwestern. Trotzdem hatte das Leben sie vor langer Zeit auseinandergerissen. Ob Shadi noch ab und zu an sie dachte? Die Zeit verging so schnell.

Zweieinhalb Stunden später wartete Gudrun Holt noch immer auf Shadis Rückruf. Sie musste eine Entscheidung treffen. Vielleicht konnten sie den Journalisten irgendwie hinhalten oder ihn bitten, nach Sebastian zu suchen. Unpünktlichkeit entsprach nicht seinem Wesen. Wäre er verhindert gewesen, hätte er sich auf jeden Fall gemeldet. An die Möglichkeit, dass ihm etwas zugestoßen war, wagte sie nicht zu denken.

Als sie nicht länger warten konnte, steckte sie einen geladenen Elektrotaser in die Seitentasche ihres Blazers und machte sich auf den Weg zum Treffpunkt.

Die Reifen ihres schwarzen Mini Coopers quietschten auf dem glatten Betonboden der Parkhausauffahrt. Was sie tat, war verrückt und widersprach ihrem Instinkt. Sie war nicht der Typ, der leichtfertig Risiken einging. Ihr Portfolio, in das sie ihre Ersparnisse investiert hatte, versprach eine geringe, aber sichere Rendite. Sie traf sich nicht mit unbekannten Männern an einsamen Plätzen oder betrieb riskante Sportarten. Für Verrückte, die sich ein Gummiseil um die Füße banden und von einer Brücke sprangen, hatte sie nur ein Kopfschütteln übrig. Aber die Aussicht, den Kampf gegen Kronberg fortsetzen zu können, zerstreute ihre Bedenken. Sie redete sich ein, dass ihr mit dem Taser in der Tasche nichts passieren konnte. Wenn Lemgo ihr zu nahe kam oder sich als cleverer Sensationsreporter entpuppte, würde er erfahren, wie es sich anfühlte, seinen Schwanz in eine Steckdose zu stecken.

Seit jenem verhängnisvollen 27. Februar war sie nicht mehr dieselbe Frau. Der Schmerz, die Scham und die Gewalt jenes Abends hatten sie für immer verwandelt. Der Mann, der auf dem Dach des Parkhauses auf sie wartete, war vielleicht ihre einzige Chance, jemals Gerechtigkeit zu erfahren.

4

Das Telefon riss Dirk Lieven gegen halb fünf Uhr morgens aus einem unruhigen Schlaf. Er war sofort hellwach, eilte die offene Stahltreppe zum Wohnbereich seines Penthouse hinunter und drückte nach dem dritten Klingeln auf den Empfangsknopf. Er hatte ohnehin kaum geschlafen. Wenn er für kurze Zeit in die Traumwelt abtauchte, projizierte sein Unterbewusstsein surreale Gerichtsverhandlungen auf die Leinwand seines überreizten Verstandes, die mit Niederlagen und Schuldgefühlen endeten.

»Lieven«, meldete er sich.

»Leimbach. Du hörst dich nicht an, als hätte ich dich geweckt, mein Junge.«

»Nicht wirklich.« Was wollte der alte Fuchs mitten in der Nacht von ihm? Vermutlich hat er von Kronberg den Auftrag erhalten herauszufinden, welchen Schritt ich als nächsten plane, dachte er grimmig. »Möchtest du nur mit mir plaudern oder rufst du aus einem bestimmten Grund um diese Uhrzeit an?«, fragte er.

»Ich wollte, dass du es von mir erfährst, bevor du die Morgenzeitung aufschlägst. Es gibt Neuigkeiten von Gudrun Holt.«

»Sie ist nicht mehr meine Mandantin.«

»Das könnte man so sagen. Sie ist tot.«

Lievens Herz gefror. Leimbach berichtete, was geschehen war. Vor einer Stunde war sie vom Dach des Parkhausneubaus gesprungen.

»Sie hat sich umgebracht?«

»Alles deutet darauf hin. Wenn du eine Weile ausspannen willst, habe ich dafür Verständnis. Nimm dir frei, bis Gras über die Sache gewachsen ist. Ist alles in Ordnung bei dir?«

Nichts war in Ordnung. Alles in ihm schrie danach, Leimbach zur Rede zu stellen. Warum hatte ihn sein Mentor so betrogen? Lieven biss sich auf die Lippen und zwang sich zur Besonnenheit. Diesmal würde er nicht seinen einzigen Vorteil verspielen und sein Wissen zu früh preisgeben, sondern geduldig warten, bis er zurückschlagen konnte.

Er angelte nach seinem Hemd, das über der Lehne der Ledercouch hing. Dass er seine Kleidung achtlos in der Wohnung verstreut hatte, beunruhigte ihn mehr als alles andere. Die für ihn ungewöhnliche Unordnung zeigte ihm deutlich, in welch schlechter Verfassung er sich befand. In der Fensterscheibe huschte sein Spiegelbild vorbei, ein durchscheinendes Gespenst mit Bartstoppeln und blauschwarzen Augenringen. Ärgerlich klemmte er sich das Telefon zwischen Wange und Schulter, schnappte sich das Jackett und suchte nach einem Kleiderbügel. »Mach dir keine Sorgen um mich, Albert. Kronberg wird bekommen, was er verdient.«

»Ich hatte befürchtet, dass du so reagierst. Es ist das Dümmste, was du in dieser Situation tun kannst. Deine Hartnäckigkeit in allen Ehren, aber sie wird dir nichts weiter einbringen als eine ruinierte Karriere. Ich hatte dich gewarnt. Zieh deine Lehren aus der Geschichte.«

»Ich bin schuld an ihrem Tod.«

»Du hast getan, was du konntest.«

Ja, dachte Lieven. Das habt ihr auch, du und Kronberg. »Ich fahre zum Parkhaus.«

»Es wimmelt dort von Reportern. Du wirst der Meute direkt in die Arme laufen. Wo bleibt deine Besonnenheit?«

»Glaubst du vielleicht, Gudrun Holt ist besonnen in die Tiefe gesprungen? Auch wenn sie tot ist, hat sie noch immer ein Recht darauf, dass die Wahrheit ans Licht kommt.«

»Dirk, warte ...«

Lieven unterbrach die Verbindung. Stirnrunzelnd betrachtete er die zerknitterte Kleidung in seinen Händen und stopfte Hemd und Hose in den Wäschekorb. Dann duschte er heiß und zog sich einen sauberen Anzug an.

Bevor Albert Leimbach ihn vor zwei Jahren in seine Kanzlei geholt und ihn kurz darauf zum Juniorpartner ernannt hatte, hatte Lieven Krawatten und blank geputzte Schuhe gehasst. Der tägliche Umgang mit Mandanten der Oberschicht zwang ihn jedoch in eine

Art Uniform. Im Laufe der Zeit war er dahintergekommen, warum reiche Leute so viel Geld für exquisite Kleidung ausgaben. Sie war schlicht und einfach bequem. Außerdem sorgte sie dafür, dass sich Türen wie von selbst öffneten, die normalen Sterblichen verschlossen blieben. Kleider machten eben doch Leute.

Er verließ seine Luxuswohnung, die Teil eines neu errichteten Wohnkomplexes unterhalb des Schlossbergs war, und fuhr mit dem Lift in die Tiefgarage hinab, die den Komplex aus Eigentumswohnungen verband. Die protzige Messingtafel an der Wand der Aufzugskabine wies das Bankhaus Kronberg als Erbauer und Besitzer der Anlage aus und funkelte ihn im grellen Neonlicht höhnisch an.

Kurz darauf bog sein Wagen in den Alexanderring ein und näherte sich dem Parkhausneubau. Er wusste selbst nicht genau, was er sich davon erwartete hierherzukommen. Vielleicht war es die Hoffnung, auf ein Indiz zu stoßen, das einen Suizid ausschloss, eine Spur, die zu Kronberg führte.

Zwei Streifenwagen blockierten die Zufahrt zu den Parkdecks, Uniformierte bewachten die Eingänge zu den Treppenhäusern. Reporter und eine Traube aus Gaffern verstopften die Haupteinfahrt. Lieven zählte ein Dutzend Logos von Zeitungsverlagen und lokalen Fernsehsendern auf den geparkten Fahrzeugen. Die Nachricht von Gudrun Holts Selbstmord musste sich wie ein Virus verbreitet haben. Er fragte sich, wie die Presse so schnell davon erfahren hatte. Wahrscheinlich gab es bei der Polizei ein Leck – einen kleinen Beamten, der sein Gehalt mit dem Verkauf heißer Informationen aufbesserte.

Zum ersten Mal wünschte er sich, einen unauffälligeren Wagen zu fahren, aber er liebte den schwarzen 68er Ford Mustang. Er stellte den Oldtimer in einer dunklen Hofeinfahrt ab und hoffte, durch einen Seiteneingang ins Parkhaus zu gelangen.

Lieven hinkte leicht, als er die Straße überquerte. Die vom nassen Asphalt aufsteigende Kälte schickte ein dumpfes Pochen durch die alte Bruchstelle in seiner Hüfte. Bevor er eine Feuerleiter erreichte, entdeckte ihn einer der wartenden Journalisten.

»He, da ist Lieven!«

»Da ist der Typ, der die Frau verteidigt hat!«

Blitzlichter flammten auf, jemand schaltete einen Scheinwerfer ein und tauchte Lievens Gestalt in grelles Licht. Er schwang sich über die niedrige Einfassungsmauer und sprach einen der Uniformierten an. »Möglicherweise kann ich Ihnen bei Ihren Ermittlungen helfen«, sagte er atemlos und reichte dem Polizisten eine Visitenkarte.

Die Reporter drängten heran und durchbrachen die Absperrung. Zwei Polizisten versuchten, sie aufzuhalten.

»Was treibt Sie hierher, Herr Lieven?«

»Gehen Sie von einem Verbrechen aus?«

»Geben Sie sich die Schuld am Tod Ihrer Mandantin?«

Der Polizist führte ein kurzes Telefonat und winkte ihn dann durch. Über dem schmalen Gehweg des Alexanderrings, unmittelbar vor der hoch aufragenden Fassade des Parkhauses, beleuchteten Halogenstrahler ein scharf umrissenes Quadrat auf dem Boden. Die Silhouetten der Beamten und Gerichtsmediziner tanzten wie übergroße schwarze Motten vor der Wand aus gleißendem Licht. Auf dem Kopfsteinpflaster lag mit verdrehten Gliedern eine schlanke Frau mit schulterlangem dunkelbraunem Haar. Eine Blutlache umgab ihren Kopf wie eine grässliche Aureole.

Lieven bezwang seinen jagenden Herzschlag und trat näher. Einer der Polizisten drehte sich um und blickte ihm ins Gesicht.

»Sieh an, der Täter kehrt an den Ort des Verbrechens zurück.«

Geschockt wanderten Lievens Blicke zwischen der Toten und dem Mann in dem dunkelgrünen Lodenmantel hin und her. Er war kaum älter als Lieven, wirkte aber vorzeitig gealtert. Ein Netz aus geplatzten Adern überzog seine Wangen, das von einzelnen grauen Strähnen durchsetzte hellbraune Haar wich an den Schläfen zurück. Die eng beieinanderstehenden Augen flankierten die schiefe Boxernase und musterten Lieven feindselig.

»Frank Morloch«, sagte Lieven erstaunt.

»Überrascht, mich hier zu treffen?«

Lieven deutete ein Nicken an. »Allerdings.«

»Das haben wir im Gebüsch gefunden, Chef.« Ein schlaksiger junger Polizist reichte Morloch einen durchsichtigen Plastikbeutel, in dem er eine silberne Kette verstaut hatte. Morloch betrachtete das Schmuckstück interessiert. Die Tote musste es beim Sturz verloren haben.

»Chef?«, fragte Lieven.

»Ich leite den Laden hier, was dagegen?«

Lieven antwortete nicht. Sein Blick suchte die starren Augen von Gudrun Holt, die ihn noch im Tod mit Verachtung zu strafen schienen.

Morloch schob sich einen Kaugummi zwischen die Zähne, legte den Kopf in den Nacken und schätzte die Höhe des Betonskeletts ab. »Man muss ziemlich verzweifelt sein, wenn man von dort oben runterspringt.«

Lieven musterte Morloch verstohlen. Welch verschlungene Wege das Schicksal doch nahm. Niemals hätte er damit gerechnet, heute Nacht auf seinen alten Feind zu treffen, auf den Angeber, dem er einst die Nase gebrochen hatte. Wie ein um Knochen bettelnder Hund war Frank Morloch vor fast zwanzig Jahren Victor Kronberg auf Schritt und Tritt gefolgt, in der Hoffnung, von ihm den Ritterschlag zu erhalten und in die erlauchte Clique der reichsten Söhne der Stadt aufgenommen zu werden. Der drahtige Schläger aus Lievens Jugendtagen hatte sich in einen frühzeitig verfetteten, verschlagenen Dachs verwandelt.

»Gibt es eindeutige Indizien, dass sie selbst gesprungen ist?«, fragte Lieven. »Einen Abschiedsbrief?«

»Sie brauchte keine schriftliche Erklärung für ihre Verzweiflungstat. Grund genug zu springen hatte sie. Dafür hast ja du gesorgt.«

Lieven zwang sich, näher an die Leiche heranzutreten. »Und es gibt keinen Hinweis auf Fremdverschulden?«

»Wenn es so wäre, wärst du der Letzte, der es erfährt. Ich habe von deinem jämmerlichen Auftritt vor Gericht gehört. Jetzt sieh zu, wie du damit klarkommst.«

Auf der Straße vor dem Parkhaus flackerten die Blitzlichter der Fotografen. Neugierig verfolgte Morloch das Treiben der Reporter. »Sie haben sich auf die Geschichte gestürzt wie Hyänen auf einen fetten Kadaver«, sagte er. »In einer kleinen Stadt wie Hachenburg hält nicht jeder einem solchen Druck stand. Sie ist gesprungen, das war's. Was hast du überhaupt hier zu suchen?«

Lieven überhörte die Frage. »Sie ist nicht selbst gesprungen.«

Morloch zog geräuschvoll die Nase hoch und spuckte auf das Pflaster. »Und ich sage, es war Suizid. Sie musste befürchten, in der Klapsmühle zu landen. Wer einmal in die Fänge der Gutachter gerät, ist so gut wie weggesperrt. Grund genug, vom Dach zu springen, würde ich sagen, und ein Schuldeingeständnis noch dazu.« Er kniff lauernd die Augen zusammen. »Halte dich aus unseren Ermittlungen raus. Wenn du zum Tathergang keine weiteren Angaben machen kannst, wirst du jetzt den Tatort verlassen. Ich will in meiner Stadt keine Quertreiber und Unruhestifter.«

»Deine Stadt?«

Morloch stemmte die Hände in die Hüften und reckte das Kinn vor. Wahrscheinlich wünschte er sich einen Colt an seiner Seite. »Ganz richtig«, sagte er. »Meine Stadt.«

»Du musst die Staatsanwaltschaft in Koblenz informieren. Die Sache stinkt zum Himmel«, sagte Lieven.

»Dafür sehe ich nicht die geringste Veranlassung. *Ich* bin verantwortlich und *ich* entscheide, was zu tun ist.

»Nach der Verhandlung bot ich ihr an, ein Gegengutachten zu beantragen. Sie klang nicht wie jemand, der aufgegeben hat. Ich hatte den Eindruck, sie war noch immer bereit zu kämpfen.«

»Und ausgerechnet dich wollte sie als Anwalt engagieren? Erzähl mir keinen solchen Quatsch, Dirk.«

»Ein Mensch, der beabsichtigt, sich das Leben zu nehmen, schmiedet keine Pläne.«

Morloch zuckte mit den Schultern. »Für mich ist die Sache eindeutig. Alles sieht nach einer Kurzschlusshandlung aus.«

»Du wirst also keine Ermittlungen aufnehmen?«

»Nein.«

Morloch machte zwei Trägern Platz, die einen Zinksarg herbeischleppten, und gab den Streifenpolizisten einen Wink. »Abmarsch«, bellte er.

Lieven warf einen letzten Blick auf die Tote und eilte dann auf den Treppenaufgang zu. Er wollte die Stelle sehen, von der aus Gudrun Holt in den Tod gesprungen war. Er wollte fühlen, was sie empfunden hatte. Dass ausgerechnet Frank Morloch die Ermittlungen führte, war ein weiterer bösartiger Streich des Schicksals.

Die Feuerschutztür am oberen Ende des Treppenschachtes schlug donnernd gegen die Wand. Das Parkdeck war bis auf einen schwarzen Mini Cooper leer, der kalte Aprilwind feuerte scharfe Eisnadeln auf Lievens Wangen. Im Osten schimmerte ein erster rötlicher Streifen Tageslicht über den Hügeln des nördlichen Westerwaldes.

Systematisch suchte er den Boden ab. Nichts deutete auf ein Verbrechen hin. Hatte sich das Drama wirklich so abgespielt, wie Morloch behauptete?

Vorsichtig trat er an die nur mit einem rot-weißen Absperrband gesicherte Dachkante heran. Gerüstteile und Baumaschinen warteten stumm auf ihren Einsatz. Was hatte Gudrun Holt hier oben gewollt?

Tief unter ihm hoben die beiden Mitarbeiter des Beerdigungsinstituts die Leiche in einen Zinksarg. Von hier oben sahen sie aus wie winzige Käfer, die sich mit ihrer Beute abmühten. Lieven wandte sich um und stieß mit der Schuhspitze gegen einen Gegenstand, der scheppernd in der Dunkelheit verschwand. Er brauchte zehn Minuten, um ihn wiederzufinden. Dann entdeckte er unter einer Holzpalette mit gestapelten Zementsäcken einen Elektroschocker. Gudrun Holt war nicht alleine auf dem Dach des Parkhauses gewesen, als sie starb. Sie war zu einem Rendezvous mit ihrem Mörder gefahren. Und sie hatte ihn getroffen.

5

Der April im nördlichsten Winkel des Westerwalds zeigte sich genauso kalt und grau, wie Shadi Seeger ihn in Erinnerung behalten hatte. Mit jedem Meter, den sich die Serpentinenstraße vom Rheintal zu den Höhenzügen des rauen Mittelgebirges hinaufwand, fiel die Temperatur, bis sie nur noch knapp über dem Gefrierpunkt lag. Shadi drehte die Heizung ihres rostigen Toyota Pickup auf und schaltete die Scheibenwischer ein. Die Sicht betrug kaum mehr als fünfzig Meter. Nasskalter Nebel lag wie ein Leichentuch über der Landschaft. Froststarre Buchen und Kastanien tauchten aus dem Dunst auf und streckten ihre Äste nach dem Pickup aus wie verlorene Seelen, die sich an die Welt der Lebenden klammerten. Shadi gestand sich ein, dass sie wohl verrückt geworden sein musste. Warum sonst kehrte sie aus dem warmen Breisgau in diese gottverlassene Einöde zurück, in der es aus jedem Kamin nach feucht glimmendem Brennholz stank und es so klamm und eisig war wie in einer Tropfsteinhöhle?

Aus dem Nebel tauchte ein Hinweisschild auf. Nach Hachenburg waren es noch acht Kilometer. Shadi verließ die Schnellstraße und bog in eine hügelige Nebenstrecke ein.

Wie war sie nur auf den abwegigen Gedanken verfallen, die Gegend, in der sie aufgewachsen war, könnte sich verändert haben? Alles war, wie es immer gewesen war, rau, kalt und einsam. Seit Jahrhunderten prägte die Landschaft die Menschen. Wenn sie lange genug hier lebten, wurden ihre Schädel und Seelen genauso hart wie das vulkanische Basaltgestein unter ihren Füßen. Wenige Alteingesessene gingen fort, die meisten blieben für immer.

Je näher Shadi der Stadt kam, in der sie vor dreiunddreißig Jahren geboren worden war, desto deutlicher wühlte die Unruhe in ihrem Bauch. Sie wäre niemals freiwillig hierher zurückgekehrt, wenn nicht zwei Dinge gleichzeitig geschehen wären: Ihre Tante Lia war gestorben und hatte sie in ihrem Testament bedacht und am selben Abend erreichte sie der Hilferuf einer alten Freundin. Gudruns Stimme war ihr auch nach all den Jahren der Trennung noch vertraut. Sofort hatte Shadi ihre mühsam unterdrückte Furcht gespürt. Welches Ereignis hatte die abgeklärte Gudrun in Panik versetzt? Über die Gründe hatte sie weitgehend geschwiegen. Doch die Erwähnung von Victor Kronberg reichte aus, um Shadi in einen Zustand ruheloser Wachsamkeit zu versetzen.

Von unheilvollen Vorahnungen gejagt, steuerte sie den Pickup durch einsam gelegene Weiler, Dörfer und den endlosen Wald. Immer wieder rissen die zahlreichen kleinen Seen Lücken in den dichten Bewuchs. Im Sommer funkelten sie wie blaue Juwelen in der Sonne. Im Augenblick jedoch ruhten sie bleigrau und stumpf wie Schieferplatten unter dem wolkenverhangenen Himmel.

Verschwommen tauchte im Nebel die ockerfarbene Silhouette des Schlosses auf, das den steilen Burgberg von Hachenburg krönte. Die spitzgiebeligen Fachwerkhäuser drängten sich Schutz suchend um das trutzige Barockschloss. Ringsum auf dem Hochplateau dehnte sich die Stadt aus, neu erschlossene Wohn- und Gewerbegebiete verdrängten nach und nach die im Sommer in üppigem Grün erstrahlenden Wälder.

In einer Seitenstraße unterhalb des Schlosses stellte Shadi den Toyota ab, steckte die Benachrichtigung des Notars ein und stieg aus dem Wagen. Ihr dunkles, kurz geschnittenes Haar begann sich in der feuchtkalten Luft zu kräuseln. Mit Kapuze und Wollschal schützte sie sich gegen den beißend kalten Wind und beeilte sich, das Haus Nr. 88 in der Tilmannstraße zu erreichen.

In einer der engen Altstadtgassen stieß sie beinahe mit einem zerzausten Obdachlosen zusammen, der einen Einkaufswagen vor sich herschob. Überrascht riss der Alte die Augen auf, als sich ihre Blicke begegneten. Seine Hand tastete nach der Manteltasche. Er zog eine kleine Schnapsflasche hervor, wie sie an den Kassen der Supermärkte verkauft wurden, und schraubte den Verschluss ab. Seine Lippen zitterten, auf den eingefallenen Wangen leuchteten hektische rote Flecken. Er war so bleich, als hätte er ein Gespenst gesehen.

»Geh zurück. Hast hier nichts zu suchen. Geh zurück. Geh zurück!« Er trank einen Schluck und ließ die Flasche wieder in seine Manteltasche gleiten. »Hab dir nix getan. Geh zurück!« Er kreuzte die Finger, als wollte er Unheil abwehren, und spuckte aus.

Shadi machte einen Bogen um den verrückten Alten und setzte ihren Weg fort.

»Geh zurück!« Die schrille Stimme verfolgte sie und brach sich als Echo in den engen Gassen. Shadi lief weiter, ohne sich umzusehen. Hoffentlich war das kein böses Omen. Beinahe verbissen konzentrierte sie sich auf die Hausnummern an den Fassaden.

Das parkähnliche Grundstück Nr. 88 war von einer niedrigen Bruchsteinmauer umgeben. In regelmäßigen Abständen ragten schwarzgraue Basaltpfeiler aus den Fundamenten und dienten als Anker für einen schmiedeeisernen Zaun. Ausladende Ulmen und Eichen versteckten das alte Herrenhaus vor neugierigen Blicken. Neben einem doppelflügeligen Tor entdeckte Shadi eine Pforte mit einer Gegensprechanlage. Auf einem tropfnassen Messingschild stand:

LEIMBACH & LIEVEN
RECHTSANWÄLTE
HERBERT KLASINGER
NOTAR

Sie drückte auf den Klingelknopf. Leimbach & Lieven … das klang wie Reibach und Kohlen.

Im Lautsprecher knackste es.

»Ja bitte?«

»Shadi Seeger. Zu Herrn Klasinger bitte. Ich komme wegen der Testamentseröffnung.«

Der Türöffner summte. Sie eilte den Kiesweg entlang und suchte Schutz unter dem trutzigen Portikus aus Basaltsäulen. In den Nieselregen mischten sich erste Schneeflocken.

Klasingers Notariat befand sich im ersten Stock. Eine Notargehilfin begrüßte sie und führte sie in ein Wartezimmer. Shadi nahm auf einem der Stühle Platz und fragte sich, ob das zu erwartende

Erbe die Mühe wert war, nach Hachenburg zurückzukehren. Sie hasste die Stadt mit ihren engen Gassen und den Schieferfassaden. Die alten Häuser schienen sich gegenseitig zu stützen wie betrunkene Bauern auf dem Weg von der Kneipe nach Hause. Selbst die Sommer waren oft kühl, im Winter fiel kaum ein Sonnenstrahl auf das Kopfsteinpflaster unterhalb des Schlosses. Doch das Schlimmste war der Wind, der niemals müde zu werden schien; der unerbittliche und schneidend kalte Sturmwind, der mit Abertausenden messerscharfen Nadeln aus Eis die Haut wund rieb, die Augen zum Tränen brachte und die Seelen gefror, wenn man lange genug blieb.

Von Unruhe getrieben wanderte sie umher und betrachtete die vergilbten alten Fotos an den Wänden. Sie zeigten die Stadt, wie sie sich im Lauf der letzten achtzig Jahre verändert hatte. Nur ihre Bewohner schienen immer dieselben zu sein – verschlossen, hart wie der gefrorene Boden im Dezember, Fremden gegenüber misstrauisch und abweisend.

Nein, sie hätte nicht hierherkommen sollen … wäre da nicht Gudruns mysteriöser Hilferuf gewesen. Sie beschloss, die Testamentseröffnung so schnell wie möglich hinter sich zu bringen und dann unverzüglich ihre Freundin zu besuchen. Umso schneller konnte sie der Stadt den Rücken kehren.

»Frau Seeger?«

Shadi folgte der Angestellten in Klasingers Büro. Der Notar reichte ihr die Hand und bat sie, Platz zu nehmen. Er stand bereits hoch in den Sechzigern und war bis auf einen Kranz weißer Haare völlig kahl.

»Gut. Ich denke, wir können dann beginnen«, sagte er.

»Und die anderen Erben?«

»Es gibt keine anderen Erben.« Geschäftsmäßig begann er Paragrafen und Einleitungsfloskeln herunterzuleiern, von denen Shadi nur die Hälfte begriff. Kurze Zeit später stand tatsächlich fest, dass sie die Alleinerbin von Lia Seeger war, der älteren Schwester ihres verstorbenen Vaters. Das Erbe bestand aus vierzigtausend Euro, die auf einem Sparkonto bei der Hachenburger Filiale des Bankhauses Kronberg deponiert waren, und dem alten Haus in einem verschlafenen Nest am Dreifelder Weiher südöstlich von Hachenburg, das ihre Tante zeitlebens bewohnt hatte. Das kastenförmige Haus mit den grünen Fensterläden und den vom Alter geschwärzten Fachwerkbalken weckte in Shadi Erinnerungen an warme Sommernachmittage und den in der Sonne glitzernden See, an eine unbeschwerte Kindheit. Der Name Kronberg jedoch ließ ihr Herz zu Eis erstarren.

»Nehmen Sie das Erbe an?«

»Muss ich mich sofort entscheiden?«

»Nein. Lassen Sie sich Zeit.« Klasinger kramte aus der Schreibtischschublade einen ledernen Schlüsselbund hervor. »Schauen Sie sich das Haus in aller Ruhe an. Aber Sie sollten Folgendes bedenken: Lehnen Sie das Erbe ab, fällt der Besitz von Lia Seeger an den Staat. Wenn Sie das Haus verkaufen möchten, wenden Sie sich an einen Makler. Warten Sie, irgendwo habe ich doch …« Er widmete sich wieder dem Inhalt seiner Schublade und schob ihr die Visitenkarte eines Immobilienmaklers zu.

Shadi bedankte sich und verließ Klasingers Büro.

Der Gehweg vor der Villa war weiß gesprenkelt, der Schnee fiel jetzt in dicken Flocken zur Erde. Selbst für den rauen Westerwald ging der April ungewöhnlich kalt zu Ende. Shadi kehrte zu ihrem Toyota zurück und zog den Schal über das Kinn. Der böige Nordostwind hatte in den Jahren nichts von seiner Schärfe verloren. Im Gegenteil, ihr kam es vor, als stürze er sich mit neuer Kampfeswut auf sie, zornig, weil sie den Westerwald verlassen hatte und es wagte, zurückzukehren. Nachdenklich drehte sie die Visitenkarte in den Fingern und warf sie dann in die Mittelkonsole. Der alte Kasten konnte warten. Zuerst musste sie Gudrun finden.

Nachdem sie ihre Freundin weder in deren Wohnung angetroffen noch telefonisch erreicht hatte, sprach Shadi ihr eine Nachricht auf die Mailbox. Danach streifte sie durch das Labyrinth der Altstadtgassen, in der Hoffnung, dass Gudruns Lieblingslokale noch immer dieselben waren. Vielleicht traf sie ihre alte Seelengefährtin zufällig.

Nach einer Viertelstunde überkam sie das Gefühl, verfolgt zu werden. Nach weiteren zehn Minuten war sie dessen sicher. Mehrmals hatte sie willkürlich die Richtung gewechselt und einen sinnlosen Zickzackkurs zurückgelegt. Vor dem Schaufenster einer Töpferei, in der glasiertes Salzzeug und Keramikwaren angeboten wurden, blieb sie stehen und betrachtete scheinbar interessiert die Auslagen. Die Natriumdampflampen malten schemenhafte Lichtkreise in den Dunst. In der Schaufensterscheibe spiegelte sich eine Gestalt, die sich in einen Torweg auf der anderen Straßenseite drückte und Shadi beobachtete. Obwohl ihr Gesicht im Halbdunkel lag, glaubte sie, den Mann zu kennen. Das spitz zulaufende Gesicht und die drahtige Statur erinnerten sie an einen Fuchs. Wäre sie noch immer dieselbe Frau gewesen, die Hachenburg vor vierzehn Jahren verlassen hatte, wäre sie niemals zurückgekehrt. Doch die Shadi, die durch die menschenleeren Gassen wanderte, empfand bei der Vorstellung, verfolgt zu werden, keine Spur von Angst. Vierzehn Jahre waren eine lange Zeit; lange genug, um einen Menschen zu verändern.

Der Unbekannte im Schatten des Torwegs trat nervös von einem Fuß auf den anderen, als Shadi seine Geduld auf die Probe stellte. Zweimal wagte er sich hervor und zeigte kurz sein Gesicht. Sie wandte sich von dem Schaufenster ab, schlug den Kragen ihrer Jacke hoch und eilte auf einen Torbogen in der Burgmauer zu. Von dort führte ein steiler Weg zum Alten Markt hinunter.

Ihre Schritte hallten geisterhaft von den Fassaden der Fachwerkhäuser wider. In den gleichmäßigen Rhythmus mischten sich leise trippelnde Geräusche – wie von einem Iltis oder einer fetten Ratte.

Auf halber Höhe des Marktplatzes bog sie in eine schmale Gasse ein und wartete. Die Schritte ihres Verfolgers wurden schneller und näherten sich rasch. Sie verließ ihr Versteck und trat dem Mann in den Weg. Überrascht japste er auf, versuchte zu stoppen und schlitterte auf glatten Sohlen über das nasse Kopfsteinpflaster. Sie stellte ihm ein Bein und beobachtete zufrieden, wie er der Länge nach auf den Boden fiel. Die schwarze Baseballkappe rutschte von seinem rötlichen Haar und fiel auf das Pflaster.

»He! Was soll das?« Blitzschnell drehte er sich auf den Rücken und hob abwehrbereit die Fäuste.

»Chiko!«, sagte sie angewidert. »Erledigst du immer noch die Drecksarbeit für Victor?«

Christoph »Chiko« Rader schnappte sich seine Kappe und kam flink wieder auf die Beine. »Du hättest nicht hierherkommen sollen.«

»Sagt wer? Victor?«

»Er hat jetzt großen Einfluss in der Stadt.« Raders Blicke wanderten verschlagen über ihren Körper.

Trotz der dicken Steppjacke, der Jeans und der braunen Winterstiefel überkam sie das Gefühl, nackt vor ihm in der Kälte zu stehen. Sie riss sich zusammen. Niemals würde sie zulassen, dass Rader die Furcht spürte, die aus den Tiefen ihres Herzens aufstieg.

»Und er kann dir einen Haufen Ärger machen … falls du vorhast zu bleiben.«

»Warum schnüffelst du mir nach?«

»Tu ich das? Ich hab zufällig den gleichen Weg genommen, das ist alles. Wie hätte ich wissen sollen, dass du wieder aufgetaucht bist? Was willst du in Hachenburg?«

»Sag Victor, ich mache, was ich will. Ich habe keine Angst mehr vor euch.«

Rader legte den Kopf schief und kniff die Augen zusammen. Er sah aus wie ein Habicht, der eine Maus entdeckt hat. »Schau an, wie mutig die Kleine geworden ist. Gudrun hat den Mund auch so voll genommen. Ist ihr aber schlecht bekommen, denn jetzt ist sie tot. Hachenburg ist ein mieses Pflaster für Freiwild, wie du es bist.«

»Tot? Aber … wieso tot? Sie hat mich angerufen … bat mich zu kommen.«

Auf Raders Stirn bildete sich eine scharfe senkrechte Falte. »Was wollte sie von dir? Hat sie was gesagt?«

»Das geht dich nichts an. Wie ist sie gestorben?«

»Die Leute machen manchmal komische Sachen. Erst gehen sie auf Partys, auf denen sie nichts zu suchen haben, und dann springen sie vom Dach eines Parkhauses.«

Shadi ballte die Fäuste und machte einen Schritt auf Rader zu. Von ihrem Zorn überrascht, wich er unwillkürlich zurück.

»Was hast du mit ihrem Tod zu tun?«

»Ich? Gar nichts. Jeder in Hachenburg weiß, dass Gudrun über ihre eigenen Lügen gestolpert ist. Ich gebe dir einen guten Rat,

Shadi. Pack so schnell wie möglich deine Koffer und mach, dass du wegkommst. Es gibt viele, die dich hier nicht sehen wollen. Wer weiß, was denen alles einfällt, um dich zu vertreiben.«

Wütend ballte sie die Fäuste. »Ich habe keine Angst vor euch … vor niemandem, hörst du?«

Rader zuckte mit den Schultern. »Es ist dein Hals. War nett, mit dir zu plaudern.« Er drehte sich um und eilte zum Torbogen in der Burgmauer. Nach wenigen Augenblicken hatte ihn der Nebel verschluckt.

Shadi wankte. Der Marktplatz drehte sich vor ihren Augen. Der goldene Löwe auf dem steinernen Brunnen grinste sie höhnisch an. Deshalb hatte Gudrun nicht auf ihre Anrufe reagiert. Weil sie tot war.

Ohne darüber nachzudenken, wohin sie ihre Schritte lenkte, überquerte sie den menschenleeren Platz. Am unteren Ende lag der Eingang zum Mad Dog. Vor fünfzehn Jahren war die Kneipe Treffpunkt von Musikern und Künstlern gewesen und von solchen, die sich dafür hielten. Gudrun und Shadi hatten sich jeden Freitagabend im Mad Dog herumgetrieben, bis der Wirt die Stühle hochstellte. Das rotblaue Logo mit der Karikatur eines Bassets hatte sich in all den Jahren nicht verändert. Sie ging die schiefen Steinstufen hinunter zum Kellergeschoss des alten Fachwerkhauses und drückte die Tür auf. Ein dicker brauner Vorhang trennte die Gaststube vom Eingangsbereich ab. Sie schlüpfte zwischen den Stoffbahnen hindurch und betrat das Lokal. Der nach kaltem Zigarettenrauch und Bier riechende Vorhang katapultierte sie in die Vergangenheit zurück, in eine Zeit, in der Gudrun noch lebte, liebte, lachte und Pläne schmiedete.

Sie sah auf den ersten Blick, dass sich nichts verändert hatte. Selbst der Barkeeper war noch derselbe, auch wenn er sie offenbar nicht wiedererkannte.

Am frühen Abend hatten sich erst wenige Gäste im Mad Dog eingefunden. An einem der Tische saß ein Paar und unterhielt sich leise, aus den Lautsprechern über der Theke sang Phil Lynott von einer verlorenen Liebe. Der Schock über das schreckliche Ende ihrer Freundin lähmte Shadi. Traumwandlerisch, als befände sie sich tatsächlich auf einer Zeitreise in die Vergangenheit, setzte sie sich auf einen Barhocker.

Zwei junge Männer lehnten am Tresen und tranken Bier. Die beiden sahen aus wie Rader und Kronberg vor fünfzehn Jahren, jung, arrogant und auf Streit aus. Sie steckten die Köpfe zusammen und warfen einem dritten Mann feindselige Blicke zu, der auf einem Hocker saß und in ein leeres Glas stierte. Sein Anblick riss Shadi aus ihren Gedanken. Sie bestellte einen Cappuccino und betrachtete den Fremden aus dem Augenwinkel. Sein dunkles Haar umrahmte ein schmales, fein geschnittenes Gesicht mit hellblauen Augen. Shadi schätzte ihn auf Anfang dreißig. Die beiden Linien, die sich von den Mundwinkeln zum Kinn hinabzogen, ließen ihn jedoch älter erscheinen. Eine kleine, halbmondförmige Narbe teilte seine linke Augenbraue in zwei ungleiche Hälften. Er erwiderte ihren Blick kurz, scheinbar ohne sie wirklich wahrzunehmen.

Shadi beobachtete gerne Menschen, denn sie dienten ihr als Vorlage für die Bildhauerarbeiten und Malereien, mit denen sie ihr Geld verdiente. Im Lauf der Jahre hatte sich ihre Beobachtungsgabe immer weiter verschärft, bis sie selbst winzige Details erkannte, die den meisten Menschen verborgen blieben.

Etwas an dem Mann stimmte nicht, die ganze Szene war surreal. Er trug einen teuren anthrazitfarbenen Anzug. Sein Jackett war zerknittert, als hätte er eine Nacht darin geschlafen, die Krawatte saß locker und schief und unter seinen Augen zeichneten sich dunkle Ringe ab. Eine Haarsträhne hing ihm nachlässig in die Stirn, sein Kopf war zwischen die Schultern gesunken. Alles an der Haltung des Mannes drückte einen Verlust aus … nein, eine Niederlage. Eine Niederlage, die ihn tief getroffen hatte.

Sie fragte sich, was ihm widerfahren war und was ihn in das Mad Dog verschlagen hatte. Seine Hand zitterte, als er nach dem Glas griff. Er merkte, dass es leer war, winkte dem Barkeeper und bestellte einen Apple Martini.

Der blonde Kerl im Hintergrund trank sein Bier aus, löste sich vom Tresen und baute sich zwischen Shadi und dem Mann im Anzug auf. Sein rothaariger Kumpel nahm den Hocker daneben in

Beschlag. Es roch nach Ärger. Die Raders und Kronbergs dieser Welt sorgten dafür, dass die Arschlöcher nicht ausstarben.

»He, Matz. Zwei Bier. Für mich und meinen Kumpel hier mit dem großen Durst«, rief der Blonde.

»Ich danke Ihnen für die Einladung … aber ich trinke kein Bier.«

Der Typ in dem Anzug sprach undeutlich und war ziemlich betrunken, wie Shadi vermutet hatte.

»Was sagt man dazu?« Der Blonde stellte seinen Fuß auf die Streben des Barhockers. »Mag der feine Anwalt kein Bier!« Er schlug sich mit der flachen Hand vor die Stirn. »Wie konnte ich nur so dumm sein? Klar, so ein Staranwalt trinkt natürlich nur französischen Cognac.«

»An der Pissrinne isses eh egal«, brummte sein Kumpel.

Der Barkeeper stellte drei Bier auf den Tresen. »Lasst ihn in Ruhe. Ich will keinen Ärger, Jungs.«

»In letzter Zeit hat sich Ungeziefer in deiner Kneipe breitgemacht, Matz. Wir helfen dir gerne, mal richtig durchzufegen.«

Der Blonde trat den Hocker unter dem Mann im Anzug weg. Der versuchte, sich an der Theke festzuhalten, reagierte aber viel zu träge. Mit schmerzverzerrtem Gesicht landete er auf dem Rücken. Bevor er begriff, was geschah, war der zweite Halbstarke über ihm und setzte ihm seinen Stiefel an die Kehle.

In diesem Provinzkaff hatte sich nichts verändert. Typen wie Rader oder diese beiden Idioten suchten sich ein Opfer aus und quälten es, weil es ihnen Spaß machte und weil sie wussten, dass niemand sie zur Rechenschaft ziehen würde.

Vielleicht war es die Ähnlichkeit der beiden jungen Raufbolde mit ihren alten Feinden, die Shadis Zorn weckte. Wahrscheinlich aber existierte die Ähnlichkeit nur in ihrer Erinnerung, die durch Gudruns unerwarteten Tod geweckt worden war.

Sie stieß sich vom Tresen ab, wirbelte herum und schlang dem Blonden von hinten den Arm um die Kehle. Dann stieß sie ihm das Knie in die Nieren und spürte befriedigt, dass er zusammenklappte wie ein ausgeleiertes Taschenmesser. Sein Kumpel zögerte, als sie sich angriffslustig zu ihm umdrehte. Er war völlig überrascht von ihrem Eingreifen. Sie hatte genug Typen wie ihn kennengelernt, um die Angst vor ihnen zu verlieren. Wenn es hart wurde, zogen die meisten von ihnen den Schwanz ein.

Der Barkeeper kam ihr zuvor. Unbemerkt hatte er seinen Platz hinter der Theke verlassen, packte den Rothaarigen am Kragen seiner Lederjacke und schleifte ihn nach draußen. Der Blonde rappelte sich auf und funkelte Shadi wütend an.

Der Wirt kehrte in die Gaststube zurück und wies zur Tür. »Mach, dass du rauskommst. Das Bier geht aufs Haus.«

Widerwillig trollte sich der Schläger.

Shadi reichte dem Mann im Anzug die Hand und zog ihn auf die Beine. Der Sturz schien ihn schlagartig nüchtern gemacht zu haben. Er zog seine Brieftasche hervor und legte einen 50-Euro-Schein auf die Theke.

»Ich komme für den Schaden auf«, sagte er.

»Es ist ja nichts passiert«, antwortete der Barkeeper.

»Dann nehmen Sie es als Entschädigung für die Unannehmlichkeiten.« Der Mann ließ den Schein auf dem Tresen liegen und wandte sich um. Er schwankte noch immer leicht. »Tut mir leid, wenn Sie wegen mir Ärger hatten. Es ist wohl besser, ich gehe.« Auf unsicheren Beinen verließ er das Mad Dog.

Shadi folgte in der Regel ihrem Instinkt und nicht ihrem Kopf. Impulsiv ging sie dem Unbekannten nach. Dieser Idiot lief den beiden Halbstarken, die sich wahrscheinlich noch immer dort draußen herumtrieben, direkt in die Arme. Sie eilte die Stufen zum Marktplatz hinauf und blickte sich um. Von den Schlägern fehlte jede Spur. Der Fremde beugte sich über den Rand des Brunnens und benetzte sein Gesicht mit eiskaltem Wasser.

»He! Warten Sie einen Moment!«

Er wandte sich um. »Sie haben schon mehr als genug für mich getan.«

»Was wollten die Kerle überhaupt von Ihnen?«

»Vielleicht passte Ihnen meine Nase nicht.«

Sie begutachtete die Platzwunde über seiner Augenbraue. »Sie bluten.«

Er tastete nach seiner Schläfe und presste ein Taschentuch auf die Wunde. »Halb so schlimm.«

»Warum starren Sie mich so an?«

»Sie erinnern mich an jemanden, das ist alles.«

»Kann ich Sie ein Stück mitnehmen?«

»Nein, ich gehe zu Fuß. Die kalte Luft wird mir den Nebel aus dem Kopf vertreiben.«

»Sie kommen keine hundert Meter weit. Die beiden Kerle sind auf Streit aus und machen Sie fertig.«

Er musterte sie schweigend. »Warum tun Sie das?«, fragte er.

»Warum tue ich was?«

»Mir helfen.« Er lachte auf. »Sie haben da drin eine bühnenreife Vorstellung hingelegt. Wo haben Sie gelernt, sich so zu verteidigen?«

Sie vergrub die Hände in den Taschen ihrer Steppjacke. »Wenn man in diesem Kaff aufgewachsen ist, muss man sich wehren können, um zu überleben.«

Er nickte lächelnd. »Sie scheinen Hachenburg nicht zu mögen.«

»Schöne Stadt, aber hier und da von ein paar miesen Typen bewohnt.« Prüfend betrachtete sie die Platzwunde. »Ich werde Sie erst mal verarzten müssen. Ich muss Sie warnen. Mit Nadel und Faden konnte ich noch nie gut umgehen.«

Sein Lachen erstarb. Plötzlich stützte er sich aschfahl auf den Brunnenrand.

»Wie viele Martinis hatten Sie denn schon?«

Er schüttelte den Kopf. »Tut mir leid. Ich vertrage keinen Alkohol. Besser, ich lasse in Zukunft die Finger von dem Zeug. Wäre ich nüchtern gewesen, hätten mich die Kerle nicht so überrumpelt.«

»Aber klar doch«, sagte sie grinsend. »Sie hätten den Boden mit denen aufgewischt.«

Er nickte. »Ganz recht, das hätte ich.«

»Kann ich Sie irgendwo absetzen?«

»Nur keine Umstände. Von hier bis zur Siedlung am Rothenberg sind es nur ein paar Schritte.«

»Ich habe ein Haus geerbt«, platzte sie heraus. »In Linden. Ich will es mir gleich anschauen.« Warum erzählte sie ihm das? Sie kannte die Antwort, die sie zugleich faszinierte und erschreckte. Auf eine überraschende Weise fühlte sie sich zu ihm hingezogen. Dieses angenehme Prickeln im Bauch hatte sie seit einer Ewigkeit nicht mehr gespürt und sie stellte fest, dass es ihr gefiel.

»Schöne Gegend«, sagte er. »Wenn Sie Glück haben, mit Seeblick.«

»Ich nehme Sie ein Stück mit. Ich schätze, wir haben denselben Weg.«

Er ließ sich überreden, folgte ihr zum Wagen und nahm auf dem Beifahrersitz Platz. Sie steuerte den Pickup aus der Altstadt heraus.

»Entschuldigen Sie, dass ich mich noch nicht vorgestellt habe. Mein Name ist Dirk Lieven.«

»Hören Sie schon auf, sich ständig zu entschuldigen. Es war ja nicht Ihre Schuld, dass die beiden Idioten zu viel Testosteron in der Hose hatten.«

»Wenn ich mich erkenntlich zeigen kann …?«

»Jedenfalls nicht mit einem Fünfzig-Euro-Schein. Stimmt es, was der Typ im Mad Dog behauptet hat? Sie sind Anwalt?«

Lieven nickte.

Sie überlegte kurz. »Ja, Sie können sich revanchieren. Schauen Sie sich das Haus an und sagen Sie mir, was es wert ist.«

»Ich bin Strafverteidiger, kein Immobilienmakler.«

»Na und? Sie sind Anwalt. Also haben Sie Geld. Und Sie lassen sich garantiert keinen Schrott andrehen.«

Lieven lächelte. »In Ordnung. Gegen eine solch bestechende Logik fällt mir kein Argument ein. Ich werde sehen, was ich tun kann.«

Die Fahrt nach Linden dauerte nur wenige Minuten. Sie stoppte den Pickup vor dem Haus ihrer Tante. Es sah noch genauso aus, wie sie es in Erinnerung hatte, wenn man von der mangelnden Pflege absah. Von den Fensterläden blätterte die grüne Farbe ab, in den Ritzen der Pflastersteine und im Vorgarten wucherte Unkraut. Sie kramte den Schlüssel hervor, den ihr der Notar anvertraut hatte, und führte Lieven in die kleine Küche. Es roch muffig und feucht, offenbar stand das Haus schon länger leer und war nicht gelüftet worden. Im Badezimmer fand sie Jod, Heftpflaster und eine Schere. Sie kehrte in die Küche zurück und versorgte Lievens Platzwunde.

»Also?«

»Also was?«

»Was wollten die zwei Schläger von Ihnen?«

»Sie sind hartnäckig.«

»Ja. Wenn ich etwas wissen will.«

»Lesen Sie keine Zeitungen?« Er zuckte zusammen, als sie die Wunde desinfizierte.

»Ich bin heute erst angekommen. Und um ehrlich zu sein, werde ich spätestens übermorgen wieder fort sein. Was steht denn in den Zeitungen?«

»Manche Typen trampeln gerne auf Menschen herum, die sie für Versager halten. Die beiden Kerle wollten mir eine Abreibung verpassen, weil ich ihrer Meinung nach als Strafverteidiger eine Niete bin.«

»Oh. Gut zu wissen. Wer weiß, vielleicht brauche ich ja mal einen Anwalt. Dann weiß ich wenigstes, wen ich *nicht* engagieren werde. Was haben Sie denn angestellt?«

»Ich sollte Ihnen das nicht erzählen. Es ist besser, wenn ich jetzt gehe.« Er blickte sich in der Küche um. »Ich kann Ihnen einen guten Immobilienmakler in Hachenburg empfehlen.«

»Kneifen Sie immer so schnell den Schwanz ein, wenn es Ärger gibt?«

Lieven betrachtete sie prüfend. Dass sie ihn für einen Feigling hielt, schien ihn zu ärgern. »Wie kommen Sie darauf?«, fragte er.

»Sie sind nicht der Typ, der durch Bars zieht und sich am frühen Abend betrinkt. Etwas ist geschehen, was Sie ganz schön aus der Bahn geworfen hat. Es ist keine Schande, auf die Nase zu fallen. Aber Sie sollten das Aufstehen nicht vergessen. Halten Sie sich selbst auch für eine Niete?«

»Ich weiß es nicht.«

»So schlimm wird's schon nicht gewesen sein.«

»Meine Mandantin hat sich wenige Stunden nach dem verlorenen Prozess das Leben genommen. Zumindest ist die Polizei dieser Meinung. Sie tat es vermutlich, weil sie mit den Folgen des Richterspruchs nicht leben wollte. Und ich hab's nicht verhindert. Ist das schlimm genug?«

Sie schloss den Verbandskasten. Ihr Herz gefror zu einem Eisklumpen. »Und der Name Ihrer Mandantin … ist?«

»Gudrun Holt. Sie können die Geschichte in der Zeitung nachschlagen.«

Langsam drehte sie sich um. »Machen Sie, dass Sie rauskommen.«

Er blickte überrascht auf. »Entschuldigen Sie … ich wollte nicht … was habe ich getan?«

»Gudrun Holt war meine beste Freundin. Sie hätte sich niemals umgebracht.«

»Ich bin derselben Meinung. Sie könnten mir helfen herauszufinden, ob sie ermordet wurde.«

»Ich werde Ihnen sicher nicht helfen, mit Ihren Schuldkomplexen fertigzuwerden. Sie haben recht, Sie sind eine Niete. Verschwinden Sie!«

»Tut mir leid, wenn …«

»Ich habe gesagt, Sie sollen verschwinden!«

Er nahm sein Jackett von der Stuhllehne und ging. In der Tür blieb er noch einmal stehen. »Ich danke Ihnen für alles. Ich …«

Sie blickte ihn hasserfüllt an. Dieses blasierte Arschloch hatte Nerven. Ließ sich von ihr verarzten und erzählte ihr seelenruhig, dass er für Gudruns Tod verantwortlich war. »Raus!«, schrie sie.

Wortlos drehte sich Lieven um und verschwand.

Sie warf ihm den Verbandskasten hinterher. Scheppernd zersplitterte der Plastikdeckel in tausend Stücke. Sollte dieser Idiot doch durch den Wald zurück in die Stadt laufen.

Plötzlich keimte ein Plan in ihr auf, so ungeheuerlich und doch so einfach und logisch, dass sie ihn augenblicklich in all seinen Details erfasste. Nein, sie würde Hachenburg nicht verlassen. Jedenfalls nicht morgen oder übermorgen. Denn vorher hatte sie noch eine Rechnung zu begleichen.

Sie suchte in den Taschen ihrer Jacke nach dem Handy und wählte die Nummer von Max Steinhoff.

»Hier ist Shadi. Ich brauche eine Waffe.«

6

Shadi brauchte fünf Tage und Nächte, um das alte Haus am Waldrand von Linden in einen bewohnbaren Zustand zu versetzen. Nachdem ein Schrotthändler die rostigen Eggen, Werkzeuge und Traktorenteile aus dem Schuppen geräumt hatte, entpuppte sich die windschiefe Scheune als ideales Atelier und Shadi hatte die Taschen voll Geld. Noch am selben Tag beauftragte sie einen Schreiner, in die südliche Giebelwand ein großes Fenster einzubauen. Argwöhnisch überwachte sie die Arbeit des Handwerkers, der seinen Auftrag in Rekordzeit erledigte, um die verrückte Bildhauerin so schnell wie möglich wieder loszuwerden.

Ihr von Racheplänen gequälter Geist kochte vor Kreativität über. In einem nahen Steinbruch erstand sie einen wuchtigen Basaltblock, den Arbeiter fluchend und schwitzend im Schuppen abluden. Eine Stunde später tanzte sie um den Block herum wie eine Hexe um ein Maifeuer. Sie fuhr mit den Fingerspitzen über den rauen Stein, liebkoste ihn, roch, schmeckte und spürte ihn, erfasste ihn mit all ihren Sinnen. Dann packte sie den Meißel und hämmerte intuitiv auf den eisenharten Stein ein.

Die schweißtreibende Arbeit diente nur einem einzigen Zweck: Mit jedem Schlag des Meißels nahm ihr Plan immer konkretere Formen an. Um Mitternacht watete sie staubbedeckt durch ein Meer aus Steinsplittern und ließ sich erschöpft auf einen Schemel sinken. Auf dem improvisierten, mit hastig hingekritzelten Entwürfen und Skizzen bedeckten Zeichentisch lag zuoberst ein einzelnes Blatt Papier, auf dem sie fünf Namen notiert hatte.

Jörn Haderbach
Robert von Sayn
Bodo Zeller

Christoph Rader
Victor Kronberg

Gudruns Tod hatte die alte Wunde aufgerissen. Shadi hatte geglaubt, sie sei längst vernarbt, anderenfalls wäre sie niemals zurückgekommen. Sie sprang auf, griff nach dem Werkzeug und deckte den Basaltblock mit einem neuen Hagel wütender Schläge ein. Nicht nur die schlecht verheilte Narbe brannte wie Feuer in ihrer Brust. Eine neue war hinzugekommen, geschlagen von denselben Tätern. Wie viele Frauen hatten Kronberg und seine reichen Freunde in den letzten vierzehn Jahren gedemütigt und vergewaltigt, ohne dafür jemals bestraft zu werden? Wie oft würden sie das grausame Spiel noch wiederholen? Wann würden sie endlich satt sein? Zornig schleuderte sie den Fäustel durch die Werkstatt. Gudrun war ihr letztes Opfer gewesen, dafür würde sie sorgen. Und Haderbach würde der Erste sein, der seine Strafe erhielt ... so wie er damals in der Hütte der Erste gewesen war.

Sie kehrte ins Haus zurück, löffelte Ojibwa-Kräuter in eine Tasse und goss heißes Wasser darüber. Auf der Küchenanrichte lag ein Zettel mit der Adresse eines Ladens in Montabaur, der neben Angelhaken und Gummistiefeln unter der Theke eine hübsche Sammlung aus Handfeuerwaffen anbot. Max hatte ihr versichert, dass der Besitzer keine Fragen stellte. Sie erwog, sofort loszufahren. Doch dann verschob sie den Plan, weil bereits später Abend war. Noch bevor der Tee fertig war, schlief sie den Schlaf der Gerechten. Morgen brach die Zeit der Vergeltung an.

7

Dirk Lieven sortierte die Akten auf seinem Schreibtisch und verstaute sie methodisch in verschiedenfarbigen Ablagekörben, während Albert Leimbach mit den Händen in den Hosentaschen am Türrahmen lehnte und ihn besorgt beobachtete.

»Du solltest nichts überstürzen. Nimm ein paar Tage frei und warte, bis Gras über die Sache gewachsen ist.«

Lieven schaute auf und spürte, dass Leimbach unwillkürlich vor seinem zornigen Blick zurückwich. »Ihr habt euch einen cleveren Plan zurechtgelegt, Kronberg und du«, antwortete er bitter. »Nur eins habt ihr nicht bedacht. Ich spiele euer schmutziges Spiel nicht mit.«

»Wenn du Erfolg haben willst, wirst du lernen müssen, mit den Wölfen zu heulen. Es sollte eine Lektion für dich sein. Man lernt nicht zu schwimmen, in dem man Bücher darüber liest. Irgendwann muss man ins Wasser springen. Manche Anfänger brauchen einen kleinen Schubser.«

»Warum hast du das Gutachten zurückgehalten?«

»Du hättest umgehend Widerspruch eingelegt. Es hätte die Angelegenheit kompliziert. Das Risiko war zu groß.«

Lieven klappte seinen Aktenkoffer auf und legte einen Stapel Schriftstücke hinein. »Ich bin Rechtsanwalt geworden, um Menschen zu verteidigen, die eines Verbrechens bezichtigt werden. Und ich muss das Beste für Sie vor Gericht herausholen, auch wenn sie schuldig sind. Aber ich will nicht dafür verantwortlich sein, dass ein Vergewaltiger seiner Strafe entgeht.«

»Es ist nicht erwiesen, dass Kronberg schuldig ist.«

Ungläubig starrte Lieven den Mann an, dem er so viel zu verdanken hatte, dem er vertraut und den er für einen rechtschaffenen Mann gehalten hatte. »Verrate mir, warum dir die Lügen so leicht von den Lippen kommen, Albert.«

Leimbach zog die dichten weißen Brauen zusammen. »Ich … kann dir nicht ganz folgen. Nun, vielleicht war es ein Fehler, dass ich dir das Mandat nicht ausgeredet habe, aber habe ich dich jemals belogen?«

Lieven konnte es nicht fassen. Er schüttelte den Kopf. »Du hast recht. In Sachen Menschenkenntnis muss ich noch viel lernen. Wie hat es sich angefühlt, als Kronberg damit geprahlt hat, sie vergewaltigt zu haben?«

Leimbach presste die Lippen zu einem harten Strich zusammen. »Du warst dort. In der Toilette des Gerichts.«

Lieven nickte. »Ich habe alles gehört, eure kleinen Schweinereien und Kronbergs Geständnis. Ich werde ein Verfahren gegen ihn anstrengen, verlass dich drauf.«

Zischend sog Leimbach die Luft durch die Zähne. »An deiner Stelle würde ich mich nicht noch einmal mit ihm anlegen. Vergiss die ganze Angelegenheit. Du weißt nicht, wie mächtig er ist.«

»Er jagt mir keine Angst ein. Was ist mit dem Fensterputzer? Habt ihr den auch gekauft? War es deine Idee, das Gutachten zurückzuhalten, oder hatte Kronberg den genialen Einfall?«

Leimbachs Mundwinkel zuckte. Lieven hatte ins Schwarze getroffen.

»Ich kann's nicht glauben. Was hat Kronberg dir dafür versprochen?« Lieven winkte ab. »Ich will es gar nicht wissen.« Stumm fuhr er fort, seinen Aktenkoffer zu füllen.

»Du bleibst also bei deinem Entschluss?«, fragte Leimbach.

»Ja. Ich werde nicht länger für dich arbeiten. Such dir einen anderen Nachfolger. Ich werde keine Kanzlei übernehmen, in der es nach Korruption und Vetternwirtschaft stinkt.«

»Das ist sehr bedauerlich. Ich hatte Großes mit dir vor. Wer hätte gedacht, dass du so dünnhäutig bist?«

»Dünnhäutig? Ihr habt mich benutzt!« Er schlug seinen Koffer zu und ließ die Schlösser einrasten.

»Meine Tür steht dir immer offen.«

Lieven schüttelte den Kopf. »Nein, Albert. Es ist vorbei. Ich kann nicht bleiben.« Er trat hinter dem Schreibtisch hervor und streifte sein Jackett über.

»Was hast du jetzt vor? Willst du in irgendeiner verstaubten Kanzlei anfangen? Oder gar als Anwalt der Armen arbeiten? Du vergeudest dein Talent.«

»Ich werde Kronberg ins Gefängnis bringen.«

»Das ist nicht dein Ernst.«

Doch, das war es. Instinktiv spürte Lieven, dass es die einzige Möglichkeit war, seine Selbstachtung wiederzuerlangen.

»Du legst dich mit gefährlichen Leuten an, Dirk. Kronberg hat viele Freunde in der Stadt und Verbindungen, die bis nach Koblenz und darüber hinaus reichen. Und er wird sich nicht damit zufriedengeben, dir einen Denkzettel zu verpassen. Er ist rachsüchtig und machtbesessen.«

»Warum machst du Geschäfte mit ihm, Albert? Ich hielt dich für einen ehrlichen Mann.«

»Wenn man in dieser Stadt bestehen will, muss man sich mit ihm arrangieren.«

»Das werde ich niemals tun.«

»Wenn er mit dir fertig ist, wird nicht mehr viel von dir übrig sein«, entgegnete Leimbach, »denk daran, was er mit Gudrun Holt getan hat.«

»Hört sich fast so an, als spräche aus dir die Erfahrung.«

Leimbach zuckte mit den Schultern. »Ich kenne Menschen wie Kronberg. Leider sind sie nun mal die Grundlage unseres beruflichen Erfolgs. Es sei denn, man gibt sich mit Verkehrsdelikten und Ehescheidungen zufrieden.«

»Du warst ein guter Lehrmeister. Aber nun trennen sich unsere Wege. Mach's gut, Albert.« Lieven wandte sich zur Tür. Dort blieb er noch einmal stehen. »Wie hast du ihn eigentlich kennengelernt?«

Leimbach lächelte vielsagend. »Wir sind alte Geschäftspartner. Er könnte auch deine Karriere beflügeln.«

»Danke für dein Angebot. Ich verzichte.« Plötzlich verspürte er das Verlangen nach frischer Luft. Er glaubte zu ersticken, wenn er noch eine Minute länger in Leimbachs Kanzlei bliebe.

Lieven eilte die steinerne Treppe hinunter, atmete tief die kalte Abendluft ein und spürte die Eisnadeln kaum, mit denen der böige Wind sein Gesicht spickte. Leimbachs letzte Worte verfolgten ihn.

Was hatte er gesagt? Richtig, er und Kronberg waren alte Geschäftspartner. Aber das konnte unmöglich stimmen. Kronberg war Mitte dreißig, so alt wie Lieven. Leimbach stand hoch in den Sechzigern. Was also verband die beiden Männer? Es konnte dafür nur eine Erklärung geben: Kronberg war schon einmal Leimbachs Klient gewesen. Und er musste damals noch sehr jung gewesen sein. Zu jung, um als Partner für Leimbach interessant zu sein. Hier lag der Schlüssel verborgen, mit dem er Kronbergs Zellentür verriegeln würde. Er verlangsamte seine Schritte und blieb am Fuß der Steintreppe stehen. Dann drehte er sich um und kehrte in die Kanzlei zurück. Vielleicht war sein Abschied tatsächlich überhastet gewesen.

Er traf Leimbach auf der untersten Treppenstufe. Der alte Anwalt wohnte im Dachgeschoss der Gründerzeitvilla. »Ich habe noch etwas vergessen«, sagte er entschuldigend.

Leimbach betrachtete ihn ernst. »Ich mochte immer, wie du an Schwierigkeiten herangetreten bist, Dirk – wohlüberlegt und methodisch. Warum handelst du jetzt so überstürzt, so impulsiv?«

Weil ich mit eurem Dreck nichts zu tun haben will, dachte Lieven. »Vielleicht habe ich tatsächlich nicht genug nachgedacht«, antwortete er stattdessen.

»Hol dir, was du brauchst«, sagte Leimbach. »Lass dir Zeit und teile mir deine Entscheidung mit. Ich hoffe, du wirst das Richtige tun.« Damit drehte er sich um und ging die knarrende Treppe hinauf ins Obergeschoss.

Lieven schloss die Kanzlei auf und ging ins Archiv. Hier lagerten die Akten der letzten zweiunddreißig Jahre. Irgendwo in den verstaubten Papierbergen lag die Antwort begraben. Er konzentrierte sich auf den Buchstaben K und zog einen vergilbten Aktendeckel aus dem Register. Eine halbe Stunde später wusste er, was sie alle verband: Leimbach, Victor Kronberg, Gudrun Holt … und Shadi Seeger.

8

Shadi erwachte von einem Rumpeln im angrenzenden Schuppen, das durch die Wand des alten Fachwerkhauses drang. Sie war sofort hellwach, schlüpfte in die staubbedeckten Jeans und einen warmen Wollpullover und lauschte mit angehaltenem Atem. Das Geräusch wiederholte sich nicht. Sie war sicher, dass es nicht natürlichen Ursprungs gewesen war. Das Knacken der Balken im Haus oder das Fauchen des altersschwachen Heizkessels im Keller waren ihr mittlerweile vertraut.

Seit ein paar Tagen beschlich sie immer wieder das Gefühl, nicht alleine zu sein. Wenn die Steinsplitter unter den Schlägen ihres Bildhauermeißels wie ein Hagelschauer herabregneten, glaubte sie zuweilen, beobachtet zu werden. Betrat sie am Morgen den Schuppen, fand sie ihr Werkzeug nicht am gewohnten Platz. Skizzen waren verschoben worden, als hätte sie jemand betrachtet und flüchtig zurückgelegt. Spielte ihre überreizte Fantasie ihr Streiche, oder gab es den unsichtbaren Besucher tatsächlich? Die Leute auf dem Land waren schrecklich neugierig. Seit Tagen schon schlichen die Nachbarn an ihrem Gartenzaun entlang und reckten verstohlen die Hälse, um einen Blick in Haus und Werkstatt werfen zu können. War die Antwort so einfach?

Sicher war sie indessen nicht. Sie war spontan und chaotisch. Meist arbeitete sie an mehreren Objekten gleichzeitig, bearbeitete knorrige Holzstämme mit Motorsäge und Beil, formte Tonmodelle oder trieb den Meißel in den Stein. Deshalb konnte sie nie sicher sein, ob sie das Durcheinander selbst angerichtet hatte oder ob jemand ihre Werkstatt heimsuchte wie ein Geist.

Leise zog sie die Schlafzimmertür einen Spalt auf. Durch das Dachfenster fiel graugelbes Zwielicht. Nichts im Haus schien sich verändert zu haben, während sie geschlafen hatte. Sie bewaffnete sich mit einem Besenstiel und durchsuchte das Haus. Dann ging sie über den Hof zum Schuppen und schaltete die sechs Baustellenstrahler an, die das Atelier in gleißend helles Licht tauchten. Auch hier schien alles unverändert. Sie ließ den Besenstiel um ihre Finger wirbeln wie einen Trommelstock und brummte unzufrieden, als sie die halbfertige Basaltskulptur betrachtete. Heute würde sie keine Zeit finden, die Figur, die sich im Stein verbarg, weiter aus ihrem Gefängnis zu befreien. Eine andere Aufgabe wartete auf sie. Nicht weniger erregend, aber ungleich gefährlicher.

Ein letztes Mal ließ sie ihren Blick durch die Werkstatt streifen. Er blieb an dem behelfsmäßigen Tisch aus zwei Sägeböcken und einer Holzplatte hängen. Dort standen mehrere handgefertigte Tonmodelle. Zwischen ihre eigenen Modelle hatte sich eine fremde Figur aus getrocknetem Ton geschlichen, die sich von allen anderen unterschied: ein pausbäckiger, lockenköpfiger Engel. Sie lehnte den Besenstiel an den Tisch und nahm die Figur in die Hand. Die Skulptur gehörte nicht hierher. Obwohl sie roh und unfertig wirkte, war sie mit großem Geschick geformt worden. Seltsam, dass sie nicht gebrannt worden war. Als hätte ihr Schöpfer keinen Brennofen besessen und den Engel von der Sonne trocknen lassen. Bildete sie sich das ein, oder war der Engel eine Spur zu warm? Hatte ihn noch vor Kurzem eine lebendige Hand gehalten? Jetzt bemerkte sie auch, dass ein großes Blechregal umgestürzt war. Offenbar hatte jemand hastig den Schuppen verlassen, dabei das Regal umgestoßen und den Lärm erzeugt, der sie geweckt hatte.

Shadi schloss den Schuppen ab und kehrte ins Haus zurück. Sie fürchtete sich nicht vor einem Einbrecher oder einem verrückten Stalker. In den letzten Jahren hatte sie auf die harte Tour lernen müssen, wie man sich solche Schmeißfliegen vom Leib hielt. Der Engel jedoch beunruhigte sie und beschwor düstere Erinnerungen herauf.

Eine Stunde später verließ sie das Haus und suchte den Angelshop in Montabaur auf, dessen Besitzer ihr dank der Fürsprache von Max eine Walther P22 verkaufte. Freunde, die ihren geistigen Horizont in einer Gefängniszelle erweitert hatten, erwiesen sich manchmal als unbezahlbar.

Fragen hatte der Typ hinter dem Tresen keine gestellt. Die jedoch stellte Shadi einer Frau Ende vierzig, die in einem modernen Palast aus Glas und Holz hoch über dem Rheintal in Lahnstein lebte. Ursula Leitner zählte zu den zufriedenen Kundinnen des Schönheitschirurgen Dr. Jörn Haderbach. Shadi hatte sie über ein Internetportal ausfindig gemacht, in dem sie von Haderbachs hervorragender Arbeit schwärmte. Ihr Exmann besaß mehr Geld, als sich Shadi vorstellen konnte, und zudem einen ausgeprägten Sexualtrieb. Vor drei Monaten hatte Ursula Leitner ihn im Whirlpool mit einer üppig ausgestatteten Blondine erwischt und die Scheidung eingereicht. Ein cleverer Anwalt hatte ihr dazu geraten, ihren Mann bis auf die Satinunterhosen auszuziehen. Ihr erster Streich sah vor, sich ebenfalls ein Paar prachtvolle Titten zuzulegen, und sie ließ sich dieses kostspielige Spielzeug von ihrem Exmann bezahlen, ohne dass er jedoch in den Genuss kommen sollte, sich von der Qualität der Arbeit Dr. Haderbachs zu überzeugen.

Shadi gab vor, sich für eine Schönheits-OP in seiner Klinik zu interessieren. Ursula Leitner erteilte bereitwillig Auskunft über ihre Erfahrungen in der »Beauty-Lounge« auf den Höhen über der Kurstadt Bad Marienberg. Nachdem Shadi eine weitere ehemalige Patientin und zwei Krankenschwestern aufgesucht hatte, kannte sie alle Details über Dienstpläne, Schrullen und Gewohnheiten ihres alten Feindes. Interessant war vor allem die Tatsache, dass er nach Vertragsabschluss seinen zahlungswilligen Klientinnen gerne ein Schlückchen Champagner anbot. Das eröffnete ihr eine ungeahnte Chance.

Gegen Mittag vereinbarte sie einen Termin mit Dr. Haderbach für neunzehn Uhr dreißig am selben Abend.

Den Nachmittag verbrachte sie in der quirligen Koblenzer Innenstadt, wo sie neben einer Perücke, einer elegant geschnittenen Bluse und passenden Schuhen in einem gut sortierten Floristikshop eine Auswahl an Peyotekakteen und Grieswurzel kaufte und ihre Auswahl an indianischen Kräutern auffrischte.

Gegen neunzehn Uhr verließ eine Frau mit üppiger tizianroter Lockenpracht das Haus am Waldrand von Linden und schritt zwanzig Minuten später durch das Eingangsportal der »Beauty-Lounge«. Haderbachs Palast aus Glas, schwarz gebeiztem Holz und glitzerndem weißen Carraramarmor thronte auf einem steilen Hügel über der Kurstadt im nördlichen Westerwald und verströmte den Duft von Reichtum und Exklusivität. Shadi meldete sich an und wurde umgehend in das Büro des Chefarztes geführt, wo sie in einem bequemen Ledersessel Platz nahm und wartete. An der Wand hinter dem Schreibtisch hing ein großformatiges Foto. Es zeigte mehrere Männer, die auf der Tragfläche eines Sportflugzeugs posierten und in die Kamera lachten. Shadis Nervosität verschwand und machte einer eisigen Kälte Platz. Fünfzehn Jahre waren eine lange Zeit, trotzdem erkannte sie in einem der Männer sofort Jörn Haderbach. Natürlich hatte er sich verändert, war älter und reifer geworden, sah aber noch immer verteufelt gut aus. Ob er dies seinen Genen oder einem geschickten Operateur verdankte, war auf der Fotografie nicht zu erkennen. Haderbachs Angst vor dem körperlichen Verfall war ihr nur allzu bekannt. Schon in jungen Jahren hatte sie sein Denken beherrscht.

Prüfend betrachtete sich Shadi in der dunklen Glasscheibe des Fensters. Ob er sie wiedererkennen würde? Menschen sahen stets das, was sie erwarteten. Shadi war vermutlich der letzte Mensch, den Haderbach zu treffen glaubte. Das Gewicht der Walther P22 in ihrer Handtasche verlieh ihr grimmige Zuversicht.

Rasch verglich sie die Einrichtung des Büros mit den Beschreibungen der Patientinnen. Es gab zwei Türen, von denen eine zum Hauptkorridor führte, die zweite in einen privaten Ruheraum Haderbachs. Der eigentliche Klinikbetrieb spielte sich in einem separaten Gebäude ab, das man durch einen verglasten Durchgang erreichte.

Das Personal im Verwaltungsgebäude beendete pünktlich um achtzehn Uhr den Arbeitstag. Auch die Sekretärin, die Shadi hereingeführt hatte, würde nun ihre Sachen packen und die Klinik verlassen, ebenso die Angestellte am Empfangsschalter. Haderbachs Treffen mit Shadi sollte sein letzter Termin an diesem Tag sein. Vorgespräche für anstehende Operationen legte er gerne in die Abendstunden.

Ihr blieb keine Zeit mehr, um nach Fehlern in ihrem Plan zu suchen. Die Tür zum Korridor öffnete sich und Jörn Haderbach trat ein. Sein Anblick löste in Shadi ein Déjà-vu aus, das sie nur mühsam beherrschen konnte. Der dunkelblonde Mann mit den kornblumenblauen Augen und der solariumgebräunten Haut verwandelte sich vor ihr in einen arroganten, triebgesteuerten Jungen von achtzehn Jahren, der ihre Beine auseinanderzwang und sie mit seinem Gewicht zu Boden presste; eine Hand um ihre Kehle gelegt, während die andere gierig und ungeschickt ihren nackten Körper betatschte ... Jörn Haderbach, das Schwein, das ihr eine brennende Zigarettenkippe im Bauchnabel ausgedrückt hatte, stand tatsächlich vor ihr.

Er streckte die Hand zur Begrüßung aus, lächelte und zeigte zwei Reihen blitzend weißer Zähne. »Herzlich willkommen in der Beauty-Lounge.«

Die schreckliche Szene vor ihren Augen löste sich auf wie eine Luftspiegelung und machte der Wirklichkeit Platz. Die Berührung seiner Hand löste Brechreiz in ihr aus. Haderbach dagegen schien sie nicht zu erkennen. Er ließ sich in seinen Sessel fallen und musterte ihr Gesicht und ihren Körperbau mit Kennerblick.

»Was kann ich für Sie tun, Frau ...?«

»Bachmann«, antwortete sie schnell.

»Perfektes Os frontale«, murmelte er und fuhr mit dem Finger in der Luft die Kontur ihrer Stirn nach. Kleine Schmeicheleien gehörten zu seiner Masche, das hatten alle Patientinnen übereinstimmend bestätigt.

Sie sprudelte ihre einstudierte Geschichte hervor. Sie wünschte sich eine Nasenbegradigung. Nasen waren sein Steckenpferd und Spezialgebiet.

Nachdenklich betrachtete er sie. »Kennen wir uns?«, fragte er unvermittelt.

»Nein«, antwortete sie schnell. Ihr Herz setzte einen Schlag aus. Wenn er sie erkannte, war ihr Plan gescheitert und Haderbach und die anderen gewarnt.

Scheinbar bedauernd schüttelte er den Kopf. »Natürlich nicht, Sie haben recht. An eine so schöne Frau würde ich mich ganz sicher erinnern.«

Sie spielte ihre Rolle und wartete angespannt auf ihre Chance. Er trat dicht an sie heran, berührte ihre Nasenwurzel und fuhr mit dem Finger an den Konturen ihres Jochbeins und den Augenbrauen entlang. Sie zwang sich, seine Nähe zu ertragen, obwohl sie fürchtete, sich jeden Moment übergeben zu müssen. Sein Körper war gealtert, seine Augen jedoch waren noch dieselben – blau, kalt wie Gletschereis und von einem unstillbaren Verlangen nach schnellem Sex erfüllt.

Nach zwanzig Minuten hatten sie einen OP-Termin vereinbart.

»Das sollten wir feiern«, sagte er augenzwinkernd.

Aus einem der Schränke, der sich als Minibar entpuppte, zauberte er zwei Gläser und eine Piccoloflasche gekühlten Champagner hervor. Er stellte die Gläser auf den Tisch und schenkte ein. Ihre Nerven waren so angespannt, dass sie beinahe den richtigen Moment verpasst hätte. Er hielt bereits die Gläser in den Händen. Sie versenkte die Hand in der Gesäßtasche ihrer Jeans und drückte die Ruftaste ihres Smartphones, das sich nun mit Haderbachs Handy verbinden würde – dank der geschwätzigen Krankenschwester besaß Shadi seine private Handynummer. Sein Telefon klingelte, er stellte die Gläser ab und entschuldigte sich. Während er ihr den Rücken zuwandte und sich meldete, goss sie aus einer Phiole eine farblose Flüssigkeit in seinen Champagnerkelch.

Er schüttelte den Kopf und kehrte zu ihr zurück. »Falsch verbunden«, murmelte er.

Sie nahm ihr Glas auf und prostete Haderbach lächelnd zu, der seinen Champagner in einem Zug hinunterstürzte.

»Nun, dann hätten wir alles geklärt. Ich freue mich, Sie in einer Woche in unserer Klinik begrüßen zu dürfen.« Er blinzelte und fuhr sich mit der Hand über die Augen.

»Da gibt es noch etwas, was ich Ihnen zeigen möchte«, sagte sie.

Er starrte sie verwirrt an. Seine Pupillen schrumpften zu schwarzen Stecknadelköpfen zusammen.

»Ich hörte, Sie sind ein Spezialist in der Behandlung von Narbengewebe?« Langsam knöpfte sie die Bluse auf und entblößte den flachen Bauch.

Er wankte und stierte auf die Brandnarben. Sie nahm die Lockenperücke ab.

»Hast du mich wirklich vergessen, du Arschloch? Sagtest du nicht, du erinnerst dich an jede Begegnung mit einer schönen Frau? *Ich* habe die Nacht in der Hütte niemals vergessen.«

Er öffnete den Mund und schnappte nach Luft wie ein an den Strand gespülter Fisch. Endlich schien er zu begreifen, aber es war zu spät. Er stolperte und plumpste in seinen Schreibtischsessel, der sich um die eigene Achse drehte. Seine lahmen Bemühungen, sich zu befreien, entlockten ihr ein kaltes Lächeln.

Rasch fesselte sie ihn mit Kabelbindern an die Armlehnen des Sessels und schnürte seine Beine mit einem zähen Gewebeband zusammen. Dann schloss sie die Tür zum Korridor ab und zog ein Cuttermesser aus ihrer Handtasche. Beim Anblick der rasiermesserscharfen Klinge weiteten sich seine Augen vor Entsetzen.

»Was habt ihr mit Gudrun gemacht?«

Er verdrehte die Augen und lallte.

»Du hast noch eine einzige Chance, die Nacht zu überleben, Jörn. Ich will ein Geständnis mit deinem Namen drauf.«

»Nie… niemals«, stotterte er.

»Wie du willst. Dann werde ich operieren müssen.« Die Klinge näherte sich seinem Gesicht. »Leider bin ich nicht besonders geschickt. Mir rutscht leicht die Hand aus.«

Angstvoll zerrte Haderbach an seinen Fesseln.

Endlich hatte sie den arroganten kleinen Bengel dort, wo sie ihn immer haben wollte. Unzählige Nächte hatte sie von diesem Moment geträumt. Das höllisch scharfe Cuttermesser schwebte dicht über seinem linken Auge, doch sie zögerte. Es war leichter, von blutiger Rache zu träumen, als sie sich zu nehmen. Irritiert ließ sie die Klinge in den Griff zurückschnappen. Er zuckte bei dem scharfen Geräusch zusammen.

Sie holte die Walther aus ihrer Handtasche und setzte sie ihm auf die Stirn – aus einer Laune heraus, einfach, um zu probieren, wie es sich anfühlte, die Macht über ihn zu besitzen. Haderbach kämpfte lahm gegen die sedierende Wirkung des Giftcocktails an.

Sie legte den Sicherungsbügel um und spürte den kalten Abzug unter ihrem Finger. Einen Menschen zu erschießen, war leichter, als ihn zu erstechen. Das Messer war eine archaische, direkte Waffe, die unmittelbare Nähe zwischen Täter und Opfer verlangte. Den Abzug einer Pistole durchzudrücken war dagegen ein Kinderspiel, nur ein beiläufiges Zucken des Zeigefingers. In ihrer Fantasie hatte sie Haderbach tausendmal erschossen, ihn geschlagen, gequält und bestraft. Aber Fantasie und Wirklichkeit waren nicht dasselbe. Erst jetzt wurde ihr bewusst, was sie von Kronberg und Haderbach unterschied. Sie war einfach nicht dazu geboren, Menschen zu quälen und zu töten. Noch nicht einmal, wenn sie es mehr als verdient hatten.

Er starrte sie mit weit aufgerissenen Augen an.

Aus der Eingangshalle drang ein Scheppern herauf und rollte als metallisches Echo über den Korridor vor der Tür.

Shadi lauschte mit angehaltenem Atem. Das Geräusch wiederholte sich nicht. Kurz glaubte sie, auf der anderen Seite ein unterdrücktes, heftiges Keuchen zu hören. Sie musste sich täuschen. Durch das dicke Holz konnte sie die Atemzüge eines anderen Menschen niemals wahrnehmen.

Sie geriet in Panik. Vielleicht stimmten die Angaben der ehemaligen Patientinnen nicht. Sie konnten sich irren oder hatten ganz einfach übertrieben. Vielleicht hatte eine Putzfrau das Geräusch verursacht. Das Risiko, entdeckt zu werden, wuchs mit jeder Sekunde.

Sie schaltete das Licht aus, steckte die Pistole in ihre Handtasche und verließ das Büro durch die hintere Tür, die zu Haderbachs Ruheraum führte. Von dort gelangte sie in den gläsernen Durchgang, der zum Klinikbereich führte. Wenige Augenblicke später hetzte sie eine Treppe hinunter, die zu einem Nebeneingang führte. Die mondlose Nacht und die Schatten der uralten Buchen im Park hinter dem Klinikgebäude deckten ihre Flucht. Enttäuschung fraß sich in ihr Herz wie ätzende Lauge. Was sich in ihrer Fantasie richtig und berauschend angefühlt hatte, schmeckte in Wahrheit gallebitter. Natürlich konnte sie es in der nächsten Nacht wieder versuchen.

Aber Haderbach war nun gewarnt. Und auch die anderen Dreckskerle würden spätestens morgen auf der Hut vor ihr sein. Wütend steuerte sie den verbeulten Pickup über die breit ausgebaute Straße nach Hachenburg zurück.

Kurze Zeit später flammte in Haderbachs Büro Licht auf und ein Schatten beugte sich über den gefesselten Chirurgen. Shadis Skrupel waren ihm fremd.

9

Miriam Völz, genannt Mimi, maß knappe hundertachtundfünfzig Zentimeter und besaß ein mit Sommersprossen übersätes, liebenswertes Vollmondgesicht. Dirk Lieven befürchtete seit Langem, dass Mimi hoffnungslos in ihn verliebt war. Als er an einem nasskalten Aprilmorgen die Redaktion des »Hachenburger Kuriers« betrat und auf ihren chaotischen Schreibtisch zusteuerte, ahnte er, dass sich bei jedem seiner Besuche in Mimis Herz kleine Dramen abspielten. In ihrem Büro, das durch Stellwände und eine üppig wuchernde Birkenfeige von den Arbeitsplätzen ihrer Kollegen abgegrenzt war, liefen mehr Informationskanäle zusammen als im Pentagon. Mimi besaß das Talent, aus dem Wust von Informationen, die über Telefon, Fax und Internet bei ihr eintrafen, die wichtigen herauszufiltern. Zielsicher fischte sie Skandale und Sensationsmeldungen aus dem Datenmüll und trug damit wesentlich zur Auflage des Kuriers bei. Hätte sie darüber hinaus die Fähigkeit besessen, sich gegen ihre meist männlichen Kollegen durchzusetzen, würde einer Karriere als Reporterin nichts im Wege stehen.

»Hallo Mimi! Du warst shoppen?« Er betrachtete sie prüfend. »Dein Friseur ist ein Künstler.«

Mimi seufzte gespielt. »Was willst du diesmal?«

Lieven zog sich einen Stuhl heran und verdrängte mühsam das schlechte Gewissen, weil er ihre heimliche Zuneigung ausnutzte. »Du bist meine letzte Rettung.«

»Ich weiß gar nicht, wie oft ich dich schon gerettet habe. Du stehst tief in meiner Schuld.«

»Stimmt. Es wird höchste Zeit, dass wir mal miteinander ausgehen.«

Mimis rundes Gesicht leuchtete in einem zarten Rot auf. »Am Freitag hätte ich Zeit.«

Lieven lächelte. »Die Arbeit frisst mich auf.«

Sie zog in gespielter Überraschung die Augenbraue hoch. »Tatsächlich? In deinem Büro warst du jedenfalls nicht. Wo hast du die letzten Tage gesteckt?«

»Ich habe meine Wunden geleckt und nachgedacht.«

»Kronbergs Freispruch hat hohe Wellen geschlagen. Es geht also um ihn.«

»Falsch. Was weißt du über den neuen Polizeichef von Hachenburg?«

Besorgt runzelte sie die Stirn. »Frank Morloch? Ich dachte, über den wärst besser informiert als ich. Immerhin seid ihr alte Freunde, habe ich gehört.«

»Sagen wir lieber, wir haben eine gemeinsame Vergangenheit.«

»Ich dachte mir schon, dass ich einer Ente aufgesessen bin. Mit einem Freund von Frank Morloch würde ich sicher nicht ausgehen.«

»Wer hat ihm den Stuhl des Dienststellenleiters unter den Hintern geschoben?«

»Die Umstände seiner Ernennung sind einigermaßen undurchsichtig«, bestätigte sie. »Der Posten in Hachenburg ist seine letzte Chance. Es gab weitaus fähigere Kandidaten, den alten Kreuzer zu ersetzen, aber Morloch hat dennoch das Rennen gemacht. Er scheint einflussreiche Gönner zu haben. Zuletzt hat er in einem Provinznest in der Eifel Strafzettel verteilt, nachdem er zuvor zweimal einen Posten wegen Trunkenheit im Dienst verloren hat. Eigentlich hätte man ihn suspendieren müssen. Und nun macht er ausgerechnet in seiner Geburtsstadt Karriere. Ich frage mich, wer ein Interesse an einem schwachen Polizeichef haben könnte.«

»Wo kann ich Morloch finden? In der Dienststelle war er nicht. Niemand wollte mir dort Auskunft geben.«

»Dann weißt du noch nicht, was letzte Nacht passiert ist?«

Lieven verneinte.

»Dr. Jörn Haderbach, der Chefarzt der ›Beauty-Lounge‹ in Bad Marienberg, ist ermordet worden. Meine Kollegen liegen schon seit dem Morgen vor Ort auf der Lauer. Morloch wird wohl noch immer am Tatort sein.«

»Danke, Mimi. Du hast etwas gut bei mir.« Er sprang auf und hetzte aus der Redaktion.

»He, warte doch! Was willst du denn von Morloch?«

Lieven drehte sich in der Tür kurz um. »Ich will ihm etwas schenken.«

Mimi hatte nicht übertrieben. Journalisten von einem Dutzend Tageszeitungen warteten angespannt auf erste Informationen. Lieven stellte den auffälligen Mustang in einer Seitenstraße ab, umrundete das Klinikgelände und näherte sich dem Eingang von der Rückseite, um lästigen Fragen zu entgehen.

»Sie schon wieder«, brummte der Streifenpolizist, der in der Lobby Wache hielt.

»Ihr Chef und ich sind alte Freunde«, antwortete Lieven. »Wir kommen einfach nicht voneinander los. Wo finde ich Morloch?«

»Was wollen Sie von ihm?«

»Vielleicht kann ich Angaben zur Tat machen.«

Der Beamte seufzte. »Durch die Halle und den Gang entlang.«

Seit gestern Abend wusste Lieven wahrscheinlich mehr als jeder andere über die Hintergründe dieses Falls. Die fünfzehn Jahre alte Akte im Archiv der Kanzlei enthielt jede Menge Sprengstoff – wenn man sie zu lesen verstand. Haderbachs gewaltsames Ende bestätigte seinen Verdacht. Zwischen dem Tod von Gudrun Holt und dem Mord an dem Schönheitschirurgen existierte eine Verbindung.

Auf den ersten Blick sah er, dass Morloch überfordert war. Ohne auf mögliche Spuren zu achten, trampelte er durch Haderbachs Büro und brüllte sich widersprechende Anweisungen in sein Handy. Ein Mitarbeiter der Spurensicherung starrte ihn finster an. Offenbar hatte er bereits vergeblich versucht, Morloch vom Tatort fernzuhalten. Wütend steckte der Polizeichef sein Handy ein und fuhr herum, als er Lieven bemerkte.

»Was willst du hier? Wer hat dir erlaubt, den Tatort zu betreten?«

Beim Anblick von Haderbachs Leiche stockte Lieven der Atem. Der Chirurg saß in einem schwarzen Lederdrehsessel hinter seinem Schreibtisch. Der Mörder hatte seine Handgelenke mit Plastikkabelbindern an die Armlehnen gefesselt. Blutige Furchen entlang der Fesseln zeugten von seinem qualvollen Todeskampf. Entsetzt blickte Lieven auf seinen Kopf, vielmehr auf die blonden Haarsträhnen, denn mehr konnte er aus seiner Position nicht erkennen. Das Gesicht des Chirurgen war mit einer getrockneten, rissigen Masse bedeckt, die der Mörder zu einer Engelsmaske geformt hatte. Sorgfältig hatte er Mund und Nase verschlossen. Wenn Haderbach nicht schon vorher tot gewesen war, war er langsam erstickt – worauf die Spuren seines Todeskampfes hindeuteten. Auf seinem Schoß stand die lehmfarbene Figur eines pausbäckigen Engels.

»Was ist das?«, fragte Lieven. »Lehm ... oder Ton?«

Morloch zuckte mit den Schultern. »Wahrscheinlich.«

»Das ist bizarr.«

»Was willst du?« Morloch streifte die Leiche mit nervösen Blicken. Diese Sache war eindeutig eine Nummer zu groß für ihn. Die »Beauty-Lounge« war weit über die Grenzen des Westerwalds hinaus bekannt und Jörn Haderbach hatte einen exzellenten Ruf als Chirurg genossen. In den nächsten Stunden würde der Druck auf Morloch stetig steigen. Lieven war froh, nicht in seiner Haut zu stecken. Er reichte ihm den Taser in einem Plastikbeutel.

»Deine Leute waren nicht besonders gründlich. Den habe ich im Parkhaus gefunden. Ich bin sicher, er gehört Gudrun Holt.«

Morloch befingerte den Beutel. Dann warf er ihn Lieven ungeduldig wieder zu. »Ein Parkhaus ist kein Klostergarten. In jeder zweiten Damenhandtasche steckt ein Elektroschocker. Wer weiß, wer den verloren hat.«

»Du wirst diese Spur also nicht weiterverfolgen?«

»Wir haben keine Zeit für deine abstrusen Mordtheorien. Der Fall ist abgeschlossen. Sie hat sich umgebracht, weil sie nicht mit dem Gedanken leben konnte, in die Psychiatrie eingewiesen zu werden.« Morloch trat auf den Korridor hinaus und zündete sich eine Zigarette an. »Du kannst es nicht lassen, den cleveren Bullen zu spielen, was Dirk?« Er klemmte die Kippe zwischen seine Zähne und tippte Lieven mit dem Zeigefinger gegen die Brust. »Finde dich endlich damit ab, dass die Polizei keine Krüppel und Diebe einstellt.«

Lieven spürte ein Zucken im Mundwinkel. Morloch war kleiner als er und musste den Kopf in den Nacken lege, um ihm in die Augen schauen zu können. Er schwitzte trotz der kalten Luft, die durch das offene Hauptportal in die Eingangshalle zog. Sein Atem stank nach Zigarettenrauch und Alkohol. Leichtfertig schien er seine letzte Chance aufs Spiel zu setzen. Oder er wusste genau, dass Kronberg ihn schützen würde, gleichgültig, wie viel er im Dienst trank. Einen willfährigeren Mann auf dem Stuhl des Polizeichefs konnte der Bankier sich nicht wünschen. Lieven war mehr denn je überzeugt davon, dass es Kronberg war, der bei der Ernennung von Morloch seine Finger im Spiel gehabt hatte. Warum legte der Bankier so großen Wert darauf, die lokale Polizei nach Belieben manipulieren zu können? Was verbarg er?

Morloch stemmte die Hände in die Hüften und paffte nervös an seiner Zigarette. »Was ist los, Dirk? Hast du Lust zuzuschlagen? So wie damals? Du kannst mir keinen größeren Gefallen tun. Mach schon … brich mir die Nase noch einmal.«

Angewidert wandte sich Lieven ab. Einen kurzen Augenblick lang war er wieder sechzehn Jahre alt. Der unwiderstehliche Drang zuzuschlagen raste wie eine elektrische Ladung durch seine Muskeln. Langsam ballte er die Hände und öffnete sie wieder. Morloch war ein Idiot. Er musste Gudrun Holts Mörder auf eigene Faust suchen.

Wortlos drehte er sich um. Zumindest würde sich nun die Staatsanwaltschaft in Koblenz einschalten. Diese Sache war zu groß für Morloch. Haderbachs Tod würde von einer Mordkommission untersucht werden, die in Koblenz zusammengestellt wurde. Morloch konnte froh sein, wenn er die Berichte tippen durfte. Andererseits … mit einem so einflussreichen Freund und Gönner wie Kronberg konnte sich so manche verschlossene Tür öffnen.

Als Lieven die Eingangshalle erreicht hatte, holte ihn Morlochs Stimme ein. »Wenn du auf eigene Rechnung ermittelst, mach ich dir die Hölle heiß. Lass die Finger von der Sache!«

Lieven schenkte ihm keine Beachtung. Er mied die Reporter vor dem Gebäude und verließ die Klinik. Ein Windstoß heulte über die Hochebene und wehte ihm kalten Regen ins Gesicht. Gedankenverloren starrte er auf sein zitterndes Spiegelbild in einer Pfütze. Er war sicher, Haderbachs Mörder zu kennen. Aber er hoffte inständig, dass er sich irrte.

Den restlichen Tag verbrachte er damit, die Läden und Elektronikshops in Hachenburg und Umgebung aufzusuchen. Die Chance, dass Gudrun Holt den Elektroschocker in Hachenburg erstanden hatte und sich einer der Verkäufer daran erinnerte, war gering. Trotzdem versuchte er sein Glück.

Nach fünf Stunden stellte sich seine Suche als Fehlschlag heraus. Er hatte mehreren Händlern ein Foto von Gudrun Holt gezeigt, das ihm Leimbach zu Beginn von Kronbergs Verteidigung überlassen hatte. Niemand erinnerte sich an die junge Frau mit der Pferdeschwanzfrisur. Lievens Laune sank auf den Tiefpunkt. Er kehrte in sein Penthouse zurück, kochte eine Kanne starken kolumbianischen Kaffee und starrte aus dem Fenster auf die dicht bewaldeten Hügel des Westerwalds. Nach der zweiten Tasse kam ihm ein Gedanke. Er durchsuchte seine Notizen und Unterlagen, die er für den Prozess vorbereitet hatte, und stieß auf eine Kollegin von Gudrun Holt, die gegen Kronberg aussagen und ihre Darstellung hatte stützen wollen, dann aber einen Rückzieher gemacht hatte. Vielleicht konnte er sie dazu bewegen, ihm zu helfen. Ihr Name war Anneke Cleit.

Gegen siebzehn Uhr stellte er den schwarzen Ford Mustang in der Nähe des Bankhauses Kronberg ab und fing sie auf dem Weg zu ihrem Wagen ab. »Kann ich Sie einen Moment sprechen, Frau Cleit?«

Sie musterte ihn feindselig. »Was wollen Sie von mir?«

»Ich sammle Beweise für eine Anklage gegen Victor Kronberg«, antwortete Lieven, »und dazu brauche ich Ihre Hilfe.«

Sie blickte ihn an, als sei er verrückt geworden. »Plagt Sie Ihr Gewissen oder sind Sie einfach nur naiv? Gudrun ist tot. Niemand hat etwas davon, wenn Sie weiter im Dreck wühlen.«

»Sie wollten für Gudrun aussagen. Warum haben Sie Ihre Meinung geändert?«

»Wenn man an seinem Job hängt, sollte man nicht unbedingt seinen Chef der Vergewaltigung bezichtigen.«

»Hat Kronberg Sie unter Druck gesetzt?«

Sie wandte sich um und schloss ihren Wagen auf. »Gehen Sie bitte. Lassen Sie mich in Ruhe.«

»Geben Sie mir eine Minute, für Gudrun. Bitte. Ich weiß, dass Kronberg schuldig ist. Und ich will, dass er zur Verantwortung gezogen wird.«

»Legen Sie sich lieber nicht mit ihm an. Sie sehen doch, was dabei herauskommt.«

»Ich spreche nicht von Vergewaltigung, sondern von Mord. Der Tod Ihrer Kollegin war kein Suizid.«

»Warum gehen Sie nicht zur Polizei, wenn Sie so sicher sind, dass sie ermordet wurde?«

»Weil ich Beweise brauche.«

Sie schüttelte den Kopf. »Wie sollte ich Ihnen die beschaffen?«

»Gudrun fühlte sich von Kronbergs Nachstellungen bedroht, das haben Sie selbst gesagt. Ihre Aussage könnte der Joker sein, den ich in diesem Spiel brauche.«

»Gudrun hat nichts mehr davon. Und das Einzige, was ich gewinnen kann, ist, meinen Job zu verlieren.«

Lieven blieb hartnäckig. »Hatte Sie Vorkehrungen getroffen, um sich zu schützen? Besaß sie einen Elektroschocker?«

Anneke Cleit blickte ängstlich zum Bankgebäude hinüber. »Ich habe ihr den Taser gegeben«, sagte sie leise.

»Würden Sie ihn wiedererkennen?«

»Natürlich. Ich besitze ihn seit zwei Jahren, habe ihn aber nie benutzt.« Sie öffnete die Wagentür und stieg ein. »Gehen Sie jetzt. Ich will nicht, dass man uns zusammen sieht.«

»Hat Gudrun etwas Auffälliges gesagt an dem Abend, an dem sie starb? Tat sie etwas, was sie gewöhnlich nicht tat?«

»Sie wollte jemanden treffen. Sie sagte, er würde ihr gegen Kronberg helfen. Aber sie fürchtete, in eine Falle zu laufen. Also gab ich ihr den Taser.«

»Hat sie einen Namen genannt?«

»Nein. Und jetzt lassen Sie mich in Ruhe.« Sie schlug die Tür zu und startete den Motor. Lieven blickte ihr lange nach. Gudrun Holt hatte im Parkhaus ihren Mörder getroffen, daran gab es keinen Zweifel mehr. Aber wo steckte das Motiv für die Tat? Kronberg hatte nichts mehr von ihr zu befürchten gehabt … oder doch? Hatte er sich gerächt, weil sie es gewagt hatte, ihn vor Gericht zu zerren wie einen gemeinen Strauchdieb? Das war mehr als unwahrscheinlich, Kronberg hatte seinen Auftritt gehabt und ihn genossen. Gudrun Holt hatte offenbar noch mehr Feinde gehabt.

Grübelnd kehrte Lieven zu seinem Wagen zurück. Wenn es jemanden gab, der mehr über Gudrun Holt wusste, dann war es Shadi Seeger. Allerdings standen die Chancen, dass sie ihm auch nur eine Minute zuhörte, mehr als schlecht. Trotzdem beschloss er, es zu versuchen.

Er verließ die Stadt Richtung Süden und näherte sich dem kleinen Dorf am Rand der Westerwälder Seenplatte. Die Aussicht auf ein Wiedersehen mit Shadi bescherte ihm ein aufregendes Prickeln im Bauch. Sie besaß etwas Wildes, Ungezwungenes, das ihn faszinierte. Allerdings würde er seinen ganzen Charme aufbringen müssen, um ihr Vertrauen zurückzugewinnen.

Als er den mit Steinplatten belegten Weg entlangging, hörte er Hammerschläge aus einem Holzschuppen neben dem Haus. Aus einer offenen Tür fiel ein Lichtschein auf den Innenhof des alten Bauernhauses. Neugierig näherte er sich dem Schuppen. Shadi Seeger tanzte um einen gewaltigen Basaltblock herum wie eine mit dem Staub der Steppe bedeckte Amazonenkriegerin. Aus einem Lautsprecher dröhnte Hardrockmusik. Led Zeppelin arbeiteten sich durch Black Dog.

Bevor er auf sich aufmerksam machen konnte, hatte sie ihn entdeckt. Sie ließ Hammer und Schlageisen sinken und starrte ihn aus ihren honigfarbenen Augen finster an. Lieven spannte die Muskeln, um sich notfalls ducken zu können, falls sie ihr Werkzeug nach ihm schleudern würde. Nach dem, was ihr widerfahren war, war ihr Zorn verständlich und musste sie beinahe um den Verstand bringen. Aber war sie auch dazu fähig, aus Rache einen Menschen zu töten? Selbst wenn er es hundertmal verdient hatte?

Sie schaltete die Stereoanlage aus und kam angriffslustig auf ihn zu. Er brachte seinen Fuß in Sicherheit, bevor sie ihn zwischen Türblatt und Rahmen zerquetschen konnte.

»Ich wollte Sie nicht bei Ihrer Arbeit stören«, sagte er schnell. »Ich kann ein anderes Mal wiederkommen.«

»Sie werden überhaupt nicht wiederkommen. Hauen Sie ab!«

Er überlegte fieberhaft, wie er sie beruhigen konnte. Sein Blick fiel auf den Basaltblock, aus dem sich eine halbfertige Skulptur wand. Sie sah aus, als sei sie seit Anbeginn der Zeit im Stein eingeschlossen gewesen, bis Shadi sich entschlossen hatte, sie aus ihrem Gefängnis zu befreien. »Die Kraft und die Intensität erinnern mich an Michelangelo«, sagte er schnell.

Sie kniff die Augen zusammen und schüttelte den Staub aus ihrem kurz geschnittenen dunklen Haar. »Was wissen Sie schon von Michelangelo?«

»Ich weiß, dass er besessen von seiner Arbeit war … und dass Sie eine schönere Nase haben.«

»Was wollen Sie? Mit mir über Bildhauerei diskutieren?«

»Wenn Sie mir die Gelegenheit geben, erkläre ich es Ihnen.«

»Warum sollte ich?«

»Weil Sie wissen wollen, wer Ihre Freundin ermordet hat.«

Der Pfeil, den er abgeschossen hatte, steckte im Ziel. Sie zögerte und rang offensichtlich mit ihren Gefühlen. Er hielt ihrem Blick stand und registrierte jedes Detail an ihr, die funkelnden braunen Augen, das erhitzte Rot ihrer Wangen, das auch der Steinstaub nicht ganz verdecken konnte, die verstrubbelten Haare und die Spannung in ihrer Körperhaltung. Wie eine Wildkatze, die zum Sprung auf ihre Beute ansetzte, beobachtete sie jede seiner Regungen. In seinem Bauch flatterte erschrocken ein ganzer Schwarm Schmetterlinge auf. Er fühlte sich plötzlich verlegen und unbeholfen wie ein Teenager vor seinem ersten Rendezvous.

»Also gut«, sagte sie. »Setzen Sie sich.«

Ein weiterer Test, dachte er schmunzelnd. Sie wollte sehen, ob er es scheute, sich schmutzig zu machen. Aber was war schon ein Fleck auf seinem Maßanzug gegen eine halbe Stunde mit dieser aufregenden Frau?

Fasziniert ging er um den Basaltblock herum. Einen großen Teil der Skulptur hatte sie bereits in groben Zügen aus dem Stein gemeißelt. Er erkannte in den rohen Konturen einen riesigen Bären, der sich wütend gegen den Angriff von fünf Wölfen wehrte. Die Skulptur glich in der Tat den Bildhauerarbeiten Michelangelos, auch wenn Shadi Motive aus der spirituellen Welt der Naturvölker zu bevorzugen schien. Mit der kraftvollen Imagination des Florentiner Meisters hatte sie Muskeln, Sehnen, Fleisch und Fell des Bären lebendig werden lassen.

»Sie sind sehr talentiert«, war alles, was ihm einfiel. »Haben Sie das Original des David in Florenz gesehen?«

»Ich war nie in Italien«, sagte sie. »Ich wollte immer mal nach Rom, bin aber nie dazu gekommen.«

»Ah.« Er nickte. »Die Pietà im Petersdom. Wunderbar.« Er setzte sich auf einen staubigen Hocker, betrachtete die zahllosen Skizzen und Entwürfe auf dem Arbeitstisch und erzählte beiläufig, was er herausgefunden hatte.

Sie lehnte mit vor der Brust verschränkten Armen an der Schuppentür und hörte schweigend zu. »Sie haben einen ziemlich beschissenen Job«, meinte sie schließlich.

»Nicht mehr. Ich habe gekündigt.«

»Oh. Und was machen Sie jetzt? Spielen Sie Detektiv?«

»Ich sammle Beweise gegen Kronberg. Ich will, dass er angeklagt wird.«

»Warum verprassen Sie nicht einfach Ihr Honorar und lassen mich in Ruhe?«, fragte sie.

»Dafür gibt es mehrere gute Gründe.« Er zählte an den Fingern ab. »Wenn es Sie tröstet, Gudrun kam nicht mehr dazu, mich zu bezahlen. Mein Partner hat mich benutzt und einen Narren aus mir gemacht. Ich lasse mich nicht gerne am Nasenring herumführen. Wenn Victor Kronberg straffrei ausgeht, wird Gudrun nicht sein letztes Opfer bleiben. Und zuletzt … ich fühle mich Gudrun verpflichtet. Sie wollte nicht aufgeben. Möglicherweise musste sie deshalb sterben. Und darum werde ich an ihrer Stelle weiterkämpfen.«

»Wow. Der einsame Rächer. Übernehmen Sie sich nicht, Superanwalt.«

»Das habe ich nicht vor. Ich bitte Sie um Ihre Hilfe.«

»Ich soll Ihnen also helfen, Ihr Gewissen reinzuwaschen?«

»Ich bitte Sie mir zu helfen, den Mörder Ihrer Freundin zu überführen … es sei denn, Sie sind zu beschäftigt.«

Misstrauisch ging sie um den Basaltblock herum auf ihn zu. »Was wollen Sie damit sagen?«

»Jörn Haderbach wurde ermordet.«

Sie wurde kreidebleich. »Das ist eine Lüge.«

Er stand auf und klopfte sich den Steinstaub von der Hose. »Die Polizei hat ihn heute Morgen gefunden.« Er nahm eines der Modelle auf dem Arbeitstisch in die Hand. »Erstickt an einem Klumpen Ton … mit einer Engelsfigur in den Händen.«

Sie wandte sich ab, griff nach Meißel und Fäustel und deckte den Basaltblock mit einer Reihe schneller Schläge ein. Er bewunderte ihre traumwandlerische Sicherheit. Fehlerlos schälte sie die Flanke eines Wolfes aus dem harten Stein.

»Unser neuer Polizeichef mag ein korrupter Bulle sein, aber er ist kein Dummkopf. Seien Sie vorsichtig, Shadi.«

Wütend schlug sie auf den Basalt ein, Steinsplitter fetzten durch die Werkstatt. »Ich weiß nicht, wovon Sie reden.«

»Wirklich nicht? Ich rede von fünf jungen Burschen, die vor fünfzehn Jahren ein Mädchen vergewaltigt haben und niemals für ihre schreckliche Tat belangt wurden. Einer von ihnen war Jörn Haderbach. Und der ist jetzt tot.«

Schwer atmend ließ sie das Werkzeug sinken. »Sie stecken Ihre Nase in Dinge, die Sie nichts angehen.«

»Besser, es ist meine Nase als die von Frank Morloch. Denken Sie darüber nach.«

»Frank … Morloch? Dieser Schmierlappen ist Polizeichef? Gab es eine freie Planstelle für Alkoholiker?«

Er legte eine Visitenkarte auf die Arbeitsplatte. »Wie es aussieht, hat Morloch einflussreiche Freunde. Wenn Sie einen Anwalt brauchen … oder einen Freund, lassen Sie es mich wissen.«

Sie wandte sich ab und schlug Funken aus dem Meißelkopf. Lieven war entlassen.

Sein Blick fiel auf eine etwa zwanzig Zentimeter hohe tönerne Engelsfigur. »Haben Sie diese Figur getöpfert?«

»Nein.« Sie fuhr herum, packte den Engel, als wollte sie ihn erwürgen, und warf ihn in einen verbeulten Blecheimer. Die Figur zersprang in Dutzende Stücke, ein Teil des Kopfes landete zwischen den Basaltsplittern auf dem Scheunenboden wie das abgeschlagene Haupt eines Hingerichteten. »Das war das Geschenk eines unbekannten Verehrers.«

»Passiert das mit allen Geschenken, die Sie erhalten?«

»Kommt darauf an.« Ihre Augen funkelten streitlustig. »Manchmal mache ich das auch mit dem Idioten, der mir so etwas schenkt.

Verwundert hob er ein Bruchstück auf. Der Ton hatte Wasser aufgesogen und zerfiel unter seinen Händen. »Seltsam. Warum …?«

Sie fiel ihm ins Wort. »Der Schöpfer dieser Figur war ein Dummkopf. Dieser Ton wurde an der Luft getrocknet und niemals in einem Ofen gebrannt.«

Lieven blickte auf die Tonscherbe. Er hatte die pausbäckigen Züge des Engels schon einmal gesehen. Sie glichen denen der Figur, die Jörn Haderbach mit seinen bleichen Totenfingern umklammert hielt.

10

Seit den frühen Morgenstunden regnete es. Im gelben Schein der Natriumdampflampe vor dem Haus fielen Myriaden Wassertropfen wie ein Vorhang aus Gold zur Erde. Zitternd nippte Shadi an einem Kräutertee, lauschte dem Trommeln des Regens auf dem Dach und starrte auf den schiefergrauen See hinab. Der prasselnde Regen erweckte den Anschein, als koche der See.

Sie fror und fühlte sich fiebrig zugleich. Nachdem sie von Haderbachs Tod erfahren hatte, empfand sie keine Genugtuung, weder Erleichterung noch Freude. Nur Schuld. Sie hasste sich selbst für dieses Gefühl. Der eitle Pfau hatte sein schreckliches Ende verdient. Doch statt auf seinem Grab ein Freudenfeuer zu entzünden, war sie aus dem Schuppen gestürzt und hatte sich in die alte Viehtränke übergeben. Auch wenn sie keine Schuld an dem Mord traf, quälte sie ihr Gewissen. Warum nur gelang es ihr nicht, seinen Namen kaltblütig von der Liste zu streichen und sich dem nächsten Opfer zuzuwenden? Auf einer tiefen moralischen Ebene war sie überzeugt, dass sein Tod gerecht war. Dabei hatte sie selbst nicht mehr getan, als ihn zu fesseln und ihm ein bisschen Angst einzujagen. Wer hatte ihn ermordet? Ein Einbrecher, der die Gelegenheit genutzt hatte? Das war mehr als unwahrscheinlich. Aber wer war es dann gewesen? Wer sonst hatte einen Grund gehabt, ihn zu ermorden? Ein Patient, bei dessen Behandlung er gepfuscht hatte? Oder verdankte Haderbach sein Ende einem teuflischen Zufall? Sie stellte die Tasse ab und trug einen Karton aus dem Korridor ins Wohnzimmer. Vor einer Stunde hatte eine Spedition Kisten und Kartons mit einem Teil ihrer Habe geliefert. Max hatte die Dinge, auf die sie im Augenblick nicht verzichten wollte, für sie zusammengestellt. Natürlich fehlte nichts. Wie immer hatte er an alles gedacht. Er besaß noch immer einen Schlüssel zu ihrer Wohnung, obwohl ihre Beziehung seit einem Jahr beendet war oder sich zumindest in einem Tiefschlaf befand, aus dem keiner von ihnen sie wecken wollte. Zu viel war in ihren Seelen zerstört worden, als dass sie noch für eine stabile Partnerschaft taugten. Dennoch war Max der einzige Mann in ihrem Leben, dem sie vertraute. Er besaß die unheimliche Gabe, in ihren Gedanken lesen zu können wie in einem offenen Buch. Und so wunderte es sie nicht, als ihr Handy klingelte.

»Hallo, hier ist Max.«

»Ich wusste, dass du anrufst. Du hast ein unglaubliches Gespür für den Moment, in dem ich dich brauche.«

»Warum wache ich dann nicht jeden Morgen neben dir auf?«

»Es liegt nicht an dir. Wir haben darüber geredet und waren uns einig.«

»Ich sorge mich um dich«, sagte er. »Versprich mir, dass du keine Dummheiten anstellst.«

Dazu ist es zu spät, dachte sie.

»Was du suchst, wirst du nicht mit einer Waffe in der Hand finden. Glaub mir, ich weiß, wovon ich rede. Und ich will nicht, dass du den gleichen Fehler begehst wie ich.«

»Vielen Dank für die Predigt. Aber ich muss tun, was ich für richtig halte.«

»Das hast du immer getan. Aber ein Herz aus Eis ist ein schlechter Ratgeber.«

Sie begann, unruhig auf und ab zu laufen. Max war der einzige Mensch, der ihr den wahnsinnigen Racheplan ausreden konnte, und davor fürchtete sie sich. »Ich muss los«, log sie. »War schön, deine Stimme zu hören.«

»Du wirst wissen, was ich meine, wenn Blut an deinen Händen klebt«, sagte er.

»Ich will meine Hände darin baden. In Victors Blut.« Eine neue Welle heißer Übelkeit stieg in ihr auf.

»Gib auf dich acht, Shadi. Pass auf, dass dein Zorn dich nicht zerstört.«

»Mach's gut, Max. Danke, dass du mir meine Sachen geschickt hast.« Sie unterbrach die Verbindung und öffnete einen der Umzugskartons. Darin ruhten, dick in Zeitungspapier verpackt, vier tönerne Engelsfiguren. Sie wickelte eine der Figuren aus und stellte sie neben die Fragmente des Engels, den sie im Schuppen zerschlagen hatte. Die kleinen Statuetten ähnelten sich wie Zwillinge. Nur bei intensiver Betrachtung fielen ihr die Unterschiede in Mimik und Haltung auf.

Nun waren es fünf.

Sie hatte nie herausgefunden, wer ihr die Figuren vor fünfzehn Jahren geschickt hatte. Kaum war sie nach Hachenburg zurückgekehrt, erhielt sie einen weiteren Engel. Der Absender musste aus dem Ort stammen und war über jeden ihrer Schritte informiert. Shadi hatte gelernt, mit jeder Art von Gefahr fertigzuwerden. Was sie beunruhigte, war die Tatsache, dass ihr Verfolger absolut unsichtbar war und ihr Haus und die Werkstatt unbemerkt betrat, wann er wollte. Stalker suchten gewöhnlich die Aufmerksamkeit ihrer Opfer und *wollten* in der Regel erkannt werden.

Sie packte die Reste des zerbrochenen Engels zu den anderen Figuren in den Karton und schob ihn mit der Fußspitze unter das altmodische Großmuttersofa. Wer hatte Jörn Haderbach ermordet? Alles deutete daraufhin, dass der Mörder auch der Absender der Engelsfiguren war. Was aber bezweckte er damit? Und vor allem … würde er wieder töten?

Sie zog einen Zettel aus ihrer Hosentasche und strich ihn glatt. Mit einem schwarzen Filzstift kreuzte sie Haderbachs Namen aus und unterstrich den zweiten Namen auf der Liste: Robert von Sayn. Es wurde Zeit für eine kleine Sightseeingtour inklusive einer Schlossbesichtigung.

11

Gegen zweiundzwanzig Uhr überprüfte Shadi den Inhalt des Rucksacks auf dem Skizzentisch in ihrer Werkstatt: Kletterschuhe und griffige Handschuhe, ein Nylonseil und stabile Kletterhaken, eine schwarze Motorradmaske und die Walther P22. Außerdem eine kleine LED-Lampe, die man wie eine Bergmannslampe an einem Stirnband tragen konnte. In einer Seitentasche steckten Klebeband, ein Glasschneider und ein handtellergroßer Plastiksaugnapf. Zufrieden löschte sie das Licht im Schuppen und steckte die Arme durch die Halteschlaufen des Rucksacks. Eine Minute später tauchte sie in den Wald hinter dem Haus ein und verschmolz mit der Dunkelheit. Den Pickup ließ sie im Hof stehen. Ihr Ziel lag nur drei Kilometer entfernt. Der nächtliche Marsch durch den dichten Wald würde beschwerlich werden, aber wenn sich die Abfolge der Ereignisse wiederholte, die zu Haderbachs Tod geführt hatten, konnte sie es sich nicht leisten, am Tatort die Reifenspuren ihres Wagens zu hinterlassen.

Bald waren nur noch ihr angestrengtes Keuchen und die schmatzenden Geräusche ihrer Schritte auf dem durchweichten Waldboden zu hören. Der Dauerregen legte eine Pause ein. Die Nacht war perfekt für den zweiten Akt ihres Racheplans. Und diesmal würde sie keinen Rückzieher machen.

Sie versuchte, sich an Robert von Sayns Gesicht zu erinnern. Heute Mittag hatte sie ihn kurz gesehen, als sie das Jagdschloss auf der anderen Seite des Sees besuchte. Zunächst hielt sie den Mann mit den weichen, erschlafften Zügen für den alten Grafen. Doch dann wurde ihr klar, dass der Alte längst tot und Robert von Sayn an seine Stelle getreten war. Robert, den damals alle Graf Bobby gerufen hatten, führte die Arbeit seines Vaters fort. Er betrieb eine Forstschule, einen Campingplatz am Ufer des Sees und eine Gastwirtschaft in den Kellerräumen des kleinen Jagdschlosses. Stolz führte er seinen Stammbaum auf den Grafen Johannn Friedrich Alexander zu Wied zurück, war aber mit fünfunddreißig Jahren immer noch Junggeselle. Ein Adelstitel alleine war wohl zu wenig, um heiratswillige Frauen anzulocken. Dem Zustand des kleinen Jagdschlosses nach zu urteilen, war vom Familienvermögen der von Sayns wenig geblieben.

Sie umrundete den Dreifelder Weiher auf dem Uferweg und beobachtete den würfelförmigen, mehrstöckigen Wohnturm aus Bruchsteinen und Fachwerk. Am Nachmittag hatte sie sich einer buntgewürfelten Touristenschar angeschlossen, die ausgestopfte Wildschweinköpfe, staubige Ritterrüstungen und eine wackelige gusseiserne Wendeltreppe bestaunte, die zur Plattform des Turms hinaufführte. Von dort oben bot sich ein lohnenswerter Rundumblick über den hügeligen Hachenburger Wald. Sie hatte an der Führung nur teilgenommen, um sich den Grundriss des Schlosses einzuprägen und nach Möglichkeiten zu suchen, das Gebäude ungesehen betreten und wieder verlassen zu können. Die Bezeichnung Jagdschloss schmeichelte dem alten Bruchsteinhaus. Das Gemäuer glich eher einer notdürftig geflickten Ruine, die von schwindendem Familienstolz und der Hoffnung auf Zahlungen vom Amt für Denkmalschutz zusammengehalten wurde.

Drei wichtige Dinge hatte sie immerhin herausgefunden: Bobbys Privatgemächer lagen im dritten Stockwerk und waren nur über eine Treppenflucht zu erreichen. Die Fenster und Zugänge im Erdgeschoss waren mit kräftigen Eisengittern versperrt und die Fenster im ersten Stock mit einer Alarmanlage gesichert. Im Dachgeschoss gab es zwei schmale, ungesicherte Fenster, die zu einer Bibliothek und einem Kaminzimmer gehörten. In diesem Zimmer befand sich neben den obligatorischen Jagdtrophäen eine gläserne Vitrine mit einer erlesenen Auswahl von alkoholischen Getränken. Nach der Sightseeingtour hatte sie in der Klause im Kellergeschoss einen Imbiss zu sich genommen und Interesse an den hausgemachten Obstbränden bekundet. Dabei war sie mit einer geschwätzigen Kellnerin ins Gespräch gekommen, die, ohne es zu ahnen, wichtige Details aus von Sayns Leben verraten hatte. Robert von Sayn lebte alleine, war hoch verschuldet, infolgedessen ständig von der Pleite bedroht und trank offenbar mehr selbstgebrannten Schnaps, als er verkaufte. Als Shadi eine Stunde später nach Koblenz fuhr, um einige Besorgungen für die Nummer zwei auf ihrer Liste zu machen, wusste sie genug über von Sayn, um einen Plan zu entwickeln.

Sie tastete nach der Walther in ihrem Hosenbund, überprüfte das Magazin und verstaute die Pistole im Rucksack, damit die Waffe sie nicht beim Klettern behinderte. Das Seil und die Kletterhaken würde sie vermutlich nicht brauchen, aber es vermittelte ihr das Gefühl, an alles gedacht zu haben.

Sie wusste nicht, ob der Verrückte, der ihr folgte und der einen ihrer Vergewaltiger ermordet hatte, noch einmal zuschlagen würde. Vielleicht hatten sich ihre Wege zufällig gekreuzt. Genau das wollte sie herausfinden. Nun spielte sie ein riskantes Spiel mit einem Partner, den sie weder kannte noch im Geringsten einschätzen konnte. Immer wieder hatte sie auf ihrem Weg zum See plötzliche Haken geschlagen und sich im Unterholz verborgen. Doch niemand war ihr gefolgt. Wenn noch jemand zum Schloss unterwegs war, nahm er einen anderen Weg oder bewegte sich so lautlos wie ein Panther auf der Jagd.

Sie umrundete das trutzige Fachwerkgebäude mit dem Bruchsteinsockel und kletterte auf der Rückseite durch eine Bresche in der nur noch in Resten erhaltenen Wehrmauer. Ihre Begegnung mit Jörn Haderbach hatte ihre Erfahrungen bestätigt, dass Menschen sich nicht änderten. Auch Haderbachs übersteigerte Angst vor dem Altern war im Lauf der Jahre nicht verschwunden, sondern hatte in seinem Denken und Handeln vermutlich immer mehr Raum eingenommen. Vielleicht hatte er sich deshalb zwanghaft mit den medizinischen Möglichkeiten beschäftigt, den langsamen Verfall des menschlichen Körpers aufzuhalten. Genutzt hatte es ihm nichts. Er war keine vierzig Jahre alt geworden.

So wie Haderbach eitel gewesen war, hatte sich Bobby als Feigling erwiesen, als Mitläufer und heimtückischer Schleimer, der wahrscheinlich noch immer an Kronbergs Rockzipfel hing und von geliehenem Geld lebte. Was bedeutete, dass er noch immer derselbe Schlappschwanz war.

Der das Haus umgebende Wald lag in tiefer Dunkelheit. Sie näherte sich dem Jagdschloss im Schutz der uralten Ulmen und Kastanien. Mit einem letzten katzenhaften Satz erreichte sie eine Nische in der Mauer. Sie streifte den Rucksack ab, stopfte die derben Wanderschuhe hinein und zog die weichen Kletterschuhe an. Dann zog sie die Trageriemen wieder fest und tastete mit den Fingerspitzen nach Ritzen und Spalten in dem rauen Steinsockel. Vor ihr erstreckte sich ein rautenförmiges Rankgitter. Wilder Wein krallte seine winzigen Füße in die Mauern und wuchs bis zur Dachkante empor. Shadi lächelte zufrieden. Das würde ein Spaziergang werden. Sie zog sich an dem Gitter hoch und kletterte wie eine Spinne an der senkrechten Wand empor.

Manche Menschen schlugen auf mit Sand gefüllte Säcke ein oder rannten so schnell, bis sie kotzen mussten, um ihrem Stress oder ihren Aggressionen zu entkommen. Shadi kletterte, seit sie ihre Arme und Beine benutzen konnte. Das Wintertraining in der Halle ließ sich nicht umgehen, aber am liebsten mochte sie echten Fels. Sie brauchte den Kontakt mit dem Stein, wollte ihn fühlen, riechen und schmecken. Die Wissenschaftler behaupteten, das Gestein der Erde sei tote Materie, aber sie irrten sich. Sie fühlte, dass der Stein lebte. Gleich, ob sie ihn mit dem Meißel bearbeitete oder ihn unter ihren Fingern liebkoste, sie wurde eins mit ihm.

In weniger als einer Minute hatte sie das oberste Stockwerk erreicht. Aus keinem der Fenster drang Licht, nur aus dem Kaminzimmer glomm schwacher rötlicher Schein. Wie jeden Abend, hatte Bobby vermutlich gegen neun ein Feuer im Kamin entzündet. Es war jetzt kurz vor elf. Von Sayn ging niemals vor Mitternacht zu Bett. Mit der Regelmäßigkeit eines Uhrwerks betrat er gegen dreiundzwanzig Uhr fünfzehn das Kaminzimmer und blieb dort, bis er sich fünfundvierzig Minuten später in sein Schlafzimmer begab. Dank der redseligen Kellnerin wusste Shadi, das ihr noch fünfzehn Minuten blieben.

Sie verhakte den rechten Fuß in der Klammer eines Regenfallrohres und suchte mit der linken Hand sicheren Halt in den Kletterpflanzen. Den Saugnapf an der mit Klebeband gesicherten Fensterscheibe anzusetzen und ein kreisrundes Stück Glas neben dem Griff herauszubrechen, dauerte nur wenige Augenblicke. Zwei Minuten später stand sie mit rasendem Puls in der Dunkelheit des Kaminzimmers und öffnete die Glasvitrine mit Bobbys Obstbränden. Nachdem sie ihre Vorbereitungen getroffen hatte, setzte sie sich in einen Ohrensessel neben dem Kaminfeuer und wartete. Langsam erwärmte sich der Griff der Walther in ihrer Hand.

Robert von Sayn betrat das Kaminzimmer um Punkt Viertel nach elf. Ohne sich von Shadis Anwesenheit überrascht zu zeigen, streifte er sie mit einem düsteren Blick, ging zur Glasvitrine und goss aus einer Karaffe goldfarbenen Scotch in ein geschliffenes Kristallglas. Dann setzte er sich ihr gegenüber in einen Ledersessel neben der Tür zu seinem Schlafzimmer und leerte das Glas zur Hälfte, ohne sie aus den Augen zu lassen. »Ich wusste, dass du kommst. Ich habe auf dich gewartet.«

»Wirst du mir jetzt beichten, wie sehr dich deine Schuld gequält hat? Damit wirst du deinen Hals auch nicht retten«, antwortete sie. Von Sayns Gelassenheit steigerte ihren Zorn.

»Nein. Aber es muss ein Ende haben. Das alles ist so lange her. Willst du deinen Groll ewig mit dir herumtragen?«

»Nein, Bobby. Nicht für immer. Nur noch heute Abend.«

Verwirrt fuhr sich von Sayn mit der Hand über die Augen und stemmte sich aus dem Sessel hoch. Er torkelte und stützte sich am Türrahmen ab. »Du verfluchte Hexe! Was hast du in den Whisky gemischt?«

»Einen kleinen indianischen Cocktail. Schmeckt er dir nicht? Jörn war verrückt nach dem Zeug. Er konnte gar nicht genug davon bekommen.«

»Was … willst du von mir? Ich haabe füünfzehn Jahre gebüßt dafüüür, daaass ich …«

Wütend sprang sie auf. »Für was? Dafür, dass du keinen hochgekriegt und dich vor den anderen blamiert hast?« Angewidert verzog sie den Mund. »Du bist immer noch ein Schlappschwanz. Aber du hast mitgemacht und den Mund gehalten. Du hast zugesehen, wie sie über mich hergefallen sind wie ein Rudel Wölfe. Immer wieder, als wäre ich nicht mehr als ein Spielzeug.«

Entsetzt starrte von Sayn sie an. In welche Kreatur verwandelte sie sich vor seinen Augen? In einen Dämon? Oder in ein Monster, das unter dem Bett hervorkroch? Sie konnte nicht wissen, was er sah, aber sie war sicher, dass die Mischung aus Mescalin und Pfeilgift in diesem Moment seine schlimmsten Albträume wahr werden ließ.

»Was habt ihr mit Gudrun gemacht?«, fragte sie.

Von Sayn rutschte kraftlos am Türpfosten herab. Er hyperventilierte und atmete jetzt so schnell, dass er bald die Besinnung verlieren würde. Vielleicht war die Dosis zu stark gewesen, die sie in die Flaschen gemischt hatte. Bobby bedeckte die Augen mit den Händen, nur um im nächsten Augenblick blind um sich zu schlagen. Seine Faust donnerte gegen die Schlafzimmertür. Ein unheimliches Geräusch drang von der anderen Seite ins Zimmer, ein Scharren und Schnaufen, dass ihr einen Schauer über den Rücken jagte.

»Maachen ... wiiiir ... ein Ende«, lallte er. Seine Faust traf die Klinke. Die Tür schwang knarrend auf. In der Dunkelheit dahinter leuchteten zwei körperlose Augenpaare.

»Fass«, lallte von Sayn und lachte irre.

Überrascht schrie sie auf. Eine Falle! Der feige, heimtückische Graf Bobby hatte sie in eine Falle gelockt.

Die beiden Dobermänner gehorchten ihrem Herrn sofort und fielen Shadi an. Sie riss die Pistole hoch und drückte überhastet den Abzug durch. Die Kugel streifte den Schädel des vorderen Hundes und schlug dicht über von Sayn in den Türrahmen ein. Der Dobermann jaulte vor Schmerz auf und duckte sich, während der zweite Hund ungebremst in ihn hineinrutschte. Ein Knäuel aus Fell und todbringenden Reißzähnen wirbelte auf sie zu.

Der ohrenbetäubende Knall des Schusses musste im ganzen Haus zu hören gewesen sein. Es wurde Zeit zu verschwinden. Die Hunde erholten sich schnell von ihrem Schreck und griffen wieder an. Sie zog ein brennendes Holzscheit aus dem Kamin und schlug es dem zweiten Hund auf die empfindliche Nase. Der Dobermann winselte und schüttelte die Schnauze, sein Kumpel zog den Schwanz ein und blieb knurrend außerhalb ihrer Reichweite stehen.

Von Sayn saß mit weit aufgerissenen Augen auf dem Boden neben der Tür zum Schlafzimmer, abgetaucht in die Wahnwelt eines LSD-Junkies. Sie hielt das Holzscheit wie ein Schwert, um die Hunde abzuwehren. Rasch zog sie sich zur Tür zurück.

Funken tropften von dem brennenden Scheit. Sie schleuderte es nach den Hunden und stürzte auf den Korridor hinaus. Im Haus war alles still. Offenbar hatte niemand den Schuss gehört. Die Reiterklause hatte vor einer Stunde geschlossen. Durch den Haupteingang zu fliehen, erschien ihr zu riskant. Außerdem waren die Zugänge im Erdgeschoss ebenso wie das Gitter der Hofeinfahrt wahrscheinlich verriegelt.

Die Dobermänner kläfften und kratzten an der Türfüllung, Rauchfäden krochen unter dem Türspalt hervor, es stank nach Feuer und Qualm. Jeden Moment konnte von Sayn so weit aus seinem Drogenrausch erwachen, dass er in der Lage war, die Hunde herauszulassen. Sie verließ das Jagdschloss durch das Fenster in der Bibliothek, kletterte am Rankgitter hinab und tauchte in den Wald ein. Unter einer Kastanie wartete sie, bis sich ihr rasender Herzschlag beruhigt hatte. Im Schloss blieb alles dunkel; von dem Verrückten, der ihr möglicherweise gefolgt war, entdeckte sie keine Spur.

Sie lehnte den Kopf an den rissigen Stamm. Zum Racheengel war sie nicht geboren. Warum hatte sie von Sayn die Chance gegeben, sie hinzuhalten? Sie hätte ihn, ohne zu zögern, über den Haufen schießen sollen. Sie kannte die Antwort. Hätte sie ihn kaltblütig ermordet, wäre sie nicht besser als die Männer, die sie bestrafen wollte. Wer aber hatte Haderbach ermordet? Machte sie sich mitschuldig, wenn sie dem Unbekannten die Drecksarbeit überließ? Sie hatte ihn zum Mord an Haderbach nicht aufgefordert, das Verbrechen aber auch nicht verhindert. Hätte sie es überhaupt verhindern können? Ob auch von Sayn in dieser Nacht sterben würde, erfuhr sie erst in wenigen Stunden.

Sie stieß sich vom Stamm der Kastanie ab und lief über die Wiese auf den angrenzenden Wald zu. Aus dem Jagdschloss verfolgte sie das Gekläff der Dobermänner.

Hinter dem Fenster des Kaminzimmers flackerte rötlicher Lichtschein. Sie rannte auf den Wald zu, stolperte über Wurzeln und Feldsteine, sprang wieder auf und lief weiter, bis ihre Lungen brannten wie das Feuer in von Sayns Kamin. Sie floh vor den Schrecken der Nacht, die sie selbst heraufbeschworen hatte. Zum ersten Mal schlich sich die Furcht in ihr Herz, den Teufel, den sie aus seinem Gefängnis befreit hatte, nicht beherrschen zu können.

12

»Nimm deine dreckigen Stiefel von meinem Sofa. Das ist echtes Büffelleder.« Aufgebracht stapfte Kronberg durch sein Hachenburger Büro und zerrte Bodo Zellers Cowboyboots von der Ledercouch.

»Nun hab dich nicht so. Kaufst dir eh jeden Monat ein neues Sofa.«

»Ja, aber dann bleibt ihm weniger Geld für seine Edelnutten. Du weißt doch, dass es Vic verrückt macht, wenn er seinen Druck nicht abbauen kann.« Rader lachte meckernd wie ein Ziegenbock.

»Halt die Schnauze, Chiko.« Kronberg blickte nervös auf seine Armbanduhr. »Wenn Bobby in zehn Minuten nicht hier ist, fangen wir ohne ihn an. Wo steckt eigentlich Morloch?«

»Bobby wird nicht kommen.«

Wie auf ein stummes Kommando hin reckten Kronberg, Rader und Zeller die Hälse. Frank Morloch warf die schwere Eichentür hinter sich zu und ließ sich in einen Sessel fallen. Seine feisten Wangen waren fleckig und gerötet. Er leckte sich über die Lippen.

»Ich könnte einen Schluck vertragen«, sagte er.

»Was soll das heißen, Bobby kommt nicht?«, fragte Kronberg.

»Gib mir was zu trinken, dann erkläre ich es dir. Und genehmigt euch auch einen, ihr werdet es brauchen.«

Widerwillig schenkte Kronberg Scotch in ein Whiskyglas und stellte es vor Morloch auf den Glastisch. Der korrupte Bulle war genau der Mann, den er auf dem Stuhl des Polizeichefs von Hachenburg sitzen sehen wollte. In letzter Zeit fragte er sich allerdings, ob es nicht doch ein Fehler gewesen war, ihm den Weg zu ebnen. Ein Säufer konnte schnell zum Sicherheitsrisiko werden. Morloch griff mit zitternden Fingern nach dem Glas und leerte es in einem Zug.

»Bobby wird nicht zu unserem Treffen kommen, weil er tot ist.«

»Tot?«, echote Zeller blöde. »Wieso tot?«

»Weil ihn jemand ermordet hat – genau wie Haderbach.«

Rader kaute an den Fingernägeln und lief zur Bar hinüber. »Scheiße, Scheiße, Scheiße.«

»Erzähl!«, schnauzte Kronberg.

Morloch hielt ihm das leere Glas entgegen und berichtete, dass er in der Nacht gegen eins zu von Sayns Jagdschloss gerufen worden war. »Der Pächter der Reiterklause hat Bobby gefunden, nachdem einer von seinen verdammten Kötern plötzlich in der Klause aufgetaucht ist. Er hinkte und war blutüberströmt. Normalerweise ist um diese Uhrzeit kein Mensch mehr im Schloss außer Bobby, aber gestern Nacht saß der Pächter über seinen Abrechnungen.« Morloch berichtete weiter, wie der Wirt von Sayn dann im Kaminzimmer entdeckt hatte. Er saß gefesselt und bewusstlos in einem Lehnstuhl, sein Gesicht war mit einer Maske aus feuchtem Ton bedeckt, der langsam trocknete. »Der Wirt hat ihm das Leben gerettet. Ein paar Augenblicke später und Bobby wäre jämmerlich erstickt.«

»Aber ... wieso ... ist er dann tot?«, wiederholte Rader seine Frage.

»Bobby kam sofort ins DRK-Klinikum. Dort ist er heute früh an Kreislaufversagen gestorben.«

»Hat er voher noch etwas gesagt?«, fragte Zeller.

Morloch nickte kräftig. Seine Hamsterbacken bebten wie Wackelpudding. »Und ob. Es wird bloß keiner schlau aus dem Zeug.«

»Sag schon«, forderte ihn Kronberg auf.

»Als sie ihn einlieferten, war er vollkommen außer sich. Er schrie und tobte, sein Puls raste wie verrückt und er zitterte am ganzen Leib. Immer wieder brüllte er, er hätte den Todesengel gesehen. Er sei gekommen, ihn zu holen.«

»Der Todesengel?«

»Er faselte von einem Dämon mit einer verdorrten Hand. In der Bibliothek lagen eine Menge Bücher über Religion und okkulten Kram herum. Er muss sich in den letzten Wochen intensiv damit beschäftigt haben. Die Gerichtsmedizin in Koblenz hat herausgefunden, dass Bobby bis in die Haarspitzen vollgepumpt war mit Mescalin oder einer anderen Droge, die Halluzinationen hervorruft – genau wie Jörn. Außerdem hat man Spuren von Curare in seinem Blut gefunden. Das ist ein indianisches Pfeilgift. Je nach Dosierung macht es einen Zombie aus dir oder bringt dich in Sekunden um.«

»Scheiße, Scheiße!«, fluchte Rader wieder. »Jörn und Bobby … eins und eins macht zwei.« Er blickte auf. In seinen Augen flackerte Angst. »Jetzt sind nur noch wir drei übrig.«

»Was hast du sonst noch herausgefunden?«, fragte Kronberg.

»Nicht viel. Es ist dasselbe Schema wie bei Jörn. Wenn ich wüsste, was diese verrückten Tonmasken zu bedeuten haben, wäre ich ein gutes Stück weiter.« Morloch stand auf, ging zur Bar hinüber und füllte sein Glas wieder auf. »Der Täter ist wie aus dem Nichts aufgetaucht und wieder verschwunden.«

»Gibt es keine Einbruchsspuren?«, fragte Zeller.

Der Polizeichef nickte. »Doch, die gibt es. Jemand hat ein Loch in ein Fenster im Dachgeschoss geschnitten und ist so ins Haus eingedrungen.«

»Ist er an der Hauswand hochgeflogen? Wie ein Dämon?«, fragte Zeller lachend.

»Das ist nicht witzig«, knurrte Kronberg.

Zeller rieb sich das Kinn. »Mescalin sagst du?«

Morloch zuckte mit den Schultern. »Oder LSD.«

»Mescalin … das ist doch das Zeug, das die Indianer aus dem Peyotekaktus herstellen, oder nicht?«

Kronberg starrte Zeller an. Er begriff als Einziger, worauf dieser hinauswollte. »Klettern konnte sie schon damals wie ein Affe«, sagte er.

Zeller nickte. »Kaum ist dieses Miststück wieder in der Stadt, beißen zwei von uns ins Gras.«

»Von wem redet ihr, verdammt?«, blaffte Morloch.

»Von Shadi Seeger«, sagte Kronberg. »Wisst ihr noch, wir haben sie alle Squaw gerufen.«

Rader kicherte. »Ja, in ihren Adern fließt echtes Indianerblut. Ihre Großmutter war angeblich eine Navajo.«

Kronberg nahm Morloch das Glas ab und stellte es in die Bar zurück. »Du weißt, was du zu tun hast. Nimm sie dir vor und mach sie fertig. Sonst könnte ihr leicht etwas zustoßen.«

»Das ist Sache der Polizei«, entgegnete Morloch.

»Glaubst du, ich warte seelenruhig ab, bis dieses Biest mir die Lichter ausdreht? Loch sie ein oder ich sorge dafür, dass sie endgültig verschwindet. Hast du das verstanden?« Kronberg zeigte mit ausgestrecktem Zeigefinger auf Morloch. »Und denk daran, wer dich bezahlt. Jetzt hau ab und mach deine Arbeit.«

Morloch trollte sich wie ein getretener Hund.

»Wir müssen das regeln«, sagte Zeller. »Eher liefert ein alkoholkranker Bernhardiner ein Schnapsfässchen ab, als dass Morloch einen Mordfall löst.«

Kronberg nickte bedächtig. Morloch war ihm zwar treu ergeben, aber unfähig, eine Mordkommission zu leiten. Er hätte es wissen müssen.

Rader trabte nervös im Kreis herum. »Glaubt ihr, sie ist zurückgekommen, um sich zu rächen?«

»Schon möglich«, sagte Zeller. »Aber warum gerade jetzt? Nach fünfzehn Jahren?«

»Gudrun und Shadi waren damals unzertrennlich«, überlegte Kronberg.

»Natürlich«, sagte Zeller. »Sie hat gehört, dass Gudrun tot ist – und vor allem – wie sie gestorben ist. Da ist sie einfach ausgetickt.«

Kronberg schüttelte zweifelnd den Kopf. »Könnt ihr euch Shadi als eiskalten Racheengel vorstellen? Schwer zu glauben.«

»Jeder kann zum Killer werden, wenn man ihn lange genug reizt«, sagte Rader. »Shadi hat eine Scheißwut im Bauch, das kann ich euch versichern. Sie klettert wie ein Gibbon und ich verwette meine Eier, dass Morloch bei ihr eine hübsche kleine Peyoteplantage entdecken wird.«

Zeller blickte seine alten Freunde an. »Wir müssen handeln, bevor sie den Nächsten von uns umlegt. Warum beantragst du keinen Polizeischutz?«

»Morloch hat nicht genug Leute, um uns alle zu schützen. Er müsste zusätzliche Beamte aus Koblenz anfordern. Ich will keinen unnötigen Staub aufwirbeln«, antwortete Kronberg abwesend. Er drehte sein Glas in den Fingern und verkniff sich ein Grinsen. Natürlich hatte er Morloch längst einen Mann abstellen lassen, der ihm den Rücken deckte. Aber für sie alle hatte Morloch eben nicht genug Personal. In seinem Kopf formte sich bereits ein Plan. »Man hat Lieven bei Shadi gesehen.«

»Was will dieser Lackaffe von ihr?«, fragte Zeller.

Kronberg blickte aus dem Panoramafenster auf die neblige Stadt zu seinen Füßen. Wenige dick vermummte Passanten hasteten durch die Kälte. Von hier oben sahen sie aus wie Ameisen, die man beiläufig mit dem Absatz zerquetschen konnte, wenn sie einem in die Quere kamen. »Er wird uns Ärger machen«, sagte Kronberg. »Sie müssen beide aus der Stadt verschwinden, Lieven und Shadi. So schnell wie möglich.«

Rader schenkte sich zwei Fingerbreit Whisky in sein Glas und stürzte den Alkohol in einem Zug hinunter. »Kann sein, dass wir noch mehr Ärger bekommen.«

»Was soll das heißen?«

In schnellen Worten berichtete Rader, was er im Parkhaus entdeckt hatte.

»Finde diesen Penner, Chiko! Und sorg dafür, dass er die Schnauze hält.«

13

Der Morgen war kalt und klar und empfing Dirk Lieven mit eisigem Wind aus Nordwesten. Er schliff die Kanten der Häuser glatt, zwang die Bäume, sich ihm zu beugen und härtete die Seelen der Menschen. Trotzdem roch die Luft faulig. Unter der dünnen Kruste aus Bürgerlichkeit und Wohlstand gärten Korruption und Erpressung. Düstere Gedanken verfolgten ihn, als er mit dem Lift in die Tiefgarage hinunterfuhr. Es wurde Zeit, den Maßanzug eines Anwalts gegen die Lederjacke eines Privatermittlers einzutauschen.

Er musste herausfinden, was für ein Mensch Gudrun Holt gewesen war. Wen hatte sie zu ihren Freunden gezählt? Hatte sie sich Feinde gemacht? Wenn er mehr über sie erfahren wollte, musste er mit jemandem sprechen, der sie gut gekannt hatte. Außerdem wollte er sehen, wie sie gelebt hatte.

Lieven ließ den Mustang stehen und schwang sich stattdessen auf eine blauweiße Yamaha, die er wenig später vor einem Reihenhaus am Rand von Hachenburg abstellte. Entgegen seinen Befürchtungen warf ihn Gudrun Holts Mutter, deren Adresse er aus den Prozessunterlagen notiert hatte, nicht von der Türschwelle, sondern gab ihm Gelegenheit, seine Absichten zu erklären, und bat ihn ins Haus.

»Ich habe die Hoffnung auf Gerechtigkeit aufgegeben«, sagte sie. »Gegen Männer wie Kronberg kommen Menschen wie Gudrun nicht an.«

»Kronberg steht nicht außerhalb des Gesetzes, auch wenn er glaubt, er könnte die Stadt kaufen.«

»Jeder Mensch hat seinen Preis.«

Lieven schüttelte den Kopf. »Es gibt Dinge, die man nicht mit Geld aus der Welt schaffen kann.« Er erklärte ihr seine Vermutung, dass Gudrun Opfer eines Verbrechens geworden war. »Ich werde den Mörder Ihrer Tochter überführen, aber dazu muss ich wissen, was für ein Mensch sie war, was sie dachte, wie sie fühlte und handelte.«

In die Augen der gebrochenen Frau kehrte ein schwacher Glanz zurück. Sie zog ihre Strickjacke über die knochigen Schultern und strich sich eine Haarsträhne aus der Stirn. Eine Geste, die ihn an ihre Tochter erinnerte.

»Sie legen sich mit mächtigen Leuten an, Herr Lieven. Und das, obwohl Sie nichts dabei gewinnen können. Kratzt ein verlorener Prozess so sehr an Ihrer Eitelkeit?«

»Ich bin dafür verantwortlich, dass Gudruns Mörder frei herumläuft. Ich fühle mich Ihrer Tochter verpflichtet. Sie hätte gewollt, dass ich nicht aufgebe.« Dass sie ihn noch im Gerichtssaal zum Teufel gejagt hatte, verschwieg er.

»Ich verstehe. Nun, ich werde versuchen, Ihnen zu helfen.«

»Hat Gudrun jemals mit Ihnen über Ihre Arbeit in der Bank gesprochen? Über illegale Transaktionen, Geldwäsche, die sie aufgedeckt hatte?«

»Nein. Ich verstehe nichts von diesen Dingen. Wenn sie darüber Bescheid wusste, hätte sie nicht mit mir darüber geredet. Sie hätte nicht gewollt, dass ich in Gefahr gerate.«

»Hat sie vielleicht erwähnt, dass sie sich bedroht fühlte? Hatte sie Feinde, einen Liebhaber vielleicht?«

»Sie sprach nicht über ihre Bekanntschaften. Als ich sie einmal gefragt habe, ob sie nicht irgendwann heiraten wolle, sagte sie, sie mache sich nicht viel aus Männern.«

»Am Abend, als sie starb, wollte sie sich mit jemandem treffen«, sagte Lieven.

»Sie meinen … einen Verehrer?«

»Ich meine ihren Mörder. Sie wusste, dass das Treffen gefährlich werden konnte.« Er berichtete vom Fund des Tasers. »Wenn Sie es erlauben, würde ich würde gerne Gudruns Wohnung sehen.«

»Was hoffen Sie dort zu finden?«

Lieven rieb sich das Kinn. Bekümmert stellte er fest, dass es sich rau anfühlte. Er hasste es, unrasiert unter Menschen zu gehen. »Vielleicht finde ich einen Hinweis, der mich zu ihrem Mörder führt.«

Frau Holt erhob sich aus ihrem Sessel, öffnete eine Schublade und reichte ihm eine schwarzen Schlüsselbund. »Wenn Gudrun Ihnen vertraut hat, tue ich das auch.«

»Danke. Ich werde Sie nicht enttäuschen.«

Kurz darauf wanderte Dirk Lieven aufmerksam durch Gudrun Holts Wohnung und prägte sich jedes Detail ein. Das Lebensumfeld, das sich ein Mensch schuf, war ein Spiegel seiner Seele. Irgendwo hier, in der Reichweite seiner Arme, verbarg sich eine Spur, die ihn zu ihrem Mörder führte. In einem Fach der Regalwand im Wohnzimmer stieß er auf ein gerahmtes Foto. Es zeigte Gudrun Holt und Shadi Seeger. Die Aufnahme mochte etwa fünfzehn Jahre alt sein. Beide Frauen wirkten jünger, mädchenhaft. Sie saßen auf einem Felsblock und ließen übermütig die Beine baumeln. Sie trugen Sportkleidung. Lieven kannte den Felsen. Das Foto war am Wolfstein im Wald oberhalb von Haderbachs »Beauty-Lounge« aufgenommen worden. Shadi lachte in die Kamera und hatte einen Arm um Gudruns Schulter gelegt. Die Mädchen waren sonnengebräunt, dunkelhaarig und schlank. Ihre Ähnlichkeit war verblüffend. Wie Schwestern, dachte Lieven. Die Unbekümmertheit und Leichtigkeit, die das Foto ausstrahlte, versetzte ihm einen schmerzhaften Stich ins Herz. Die Shadi, die er kennengelernt hatte, lachte nicht. Sie hämmerte Schmerz und Zorn aus einem Steinblock heraus, bis das Schlageisen Funken sprühte.

Er stellte das Bild zurück und setzte seinen Rundgang durch die Wohnung fort. Gudrun Holt hatte über Kronbergs Geschäfte Bescheid gewusst. Wenn sie Beweise gesammelt hatte, wo hatte sie sie versteckt? In ihrer Wohnung? In einem Bankschließfach oder an einem Ort, den außer ihr niemand kannte? Hatte sie vielleicht in der Nacht nach dem Prozess einen Interessenten für ihr gefährliches Wissen gefunden?

Neben dem Telefon lag ein Zettelblock. Auf dem obersten Blatt stand ein Name, umgeben von Kringeln und Kritzeleien, wie man sie macht, wenn man telefoniert: *Jochen Lemgo, WW-TV, 20:00*. Lieven riss den Zettel ab und schnippte mit dem Zeigefinger dagegen. Er hatte seine Spur gefunden.

Er musste wissen, ob dieser Mann wirklich existierte, und niemand war besser dazu geeignet, das herauszufinden, als Mimi Völz.

»Bist du unter die Rocker gegangen?«, begrüßte sie ihn.

»Wer weiß? Sollen wir eine Runde drehen?«

Sie legte den Kopf schief, als müsste sie über das Angebot zuerst gründlich nachdenken. Der Gedanke an eine rasende Jagd mit ihm schien ihr zu gefallen, ihre Wangen röteten sich. »Ich werde darauf zurückkommen, wenn ich passend gekleidet bin«, sagte sie. »Was kann ich bis dahin für dich tun?«

Lieven legte den Zettel mit Lemgos Namen auf den Schreibtisch. »Schon mal von dem Mann gehört?«

»Nein«, antwortete Mimi stirnrunzelnd. »Warte eine Sekunde, ich höre mich mal um.«

Lieven sah ihr nach, wie sie den Gang zwischen den einzelnen Arbeitsplätzen entlangging. Er fand, dass sie dabei etwas übertrieben ihre Hüften einsetzte. Immerhin hatte sie nicht gelogen, was ihre Kleidung betraf. In dem fliederfarbenen Kostüm hätte sie eine schlechte Figur auf einem Motorrad gemacht.

Lieven blickte aus dem Fenster und verfolgte den Weg einer einzelnen Schneeflocke, die sich unter den Nieselregen mischte. Sie erschien ihm wie ein Sinnbild seiner selbst. Getrieben von Ereignissen, auf die er keinen Einfluss hatte, war sein Leben aus den Fugen geraten und nahm einen chaotischen Lauf, dessen Ziel er weder kannte noch vorhersagen konnte. Er mochte Ordnung und Klarheit und hasste das Chaos. Hilflos musste er mit ansehen, wie er immer tiefer in einen Strudel aus Verbrechen und Korruption hineingezogen wurde. Aber ihm blieb keine andere Wahl. Wenn er jemals seine Selbstachtung zurückgewinnen wollte, musste er Kronberg vor Gericht bringen.

Mimis Stimme riss ihn aus seinen trüben Gedanken. »Bei WW-TV gibt es keinen Jochen Lemgo. Wenn er existiert, ist er jedenfalls kein Journalist.«

»Das dachte ich mir. Vielen Dank.« Er wandte sich zur Tür. »Und Mimi … wenn ich dich demnächst mit dem Motorrad abhole, bist du standesgemäß gekleidet.«

»Worauf du dich verlassen kannst.«

Er beeilte sich, das Verlagsgebäude zu verlassen. Irgendwann würde er sein Versprechen einlösen müssen und er wusste nicht genau, ob er sich darauf freuen oder sich eher davor fürchten sollte.

Sein nächster Stopp war Kronbergs Bankfiliale. Es war kurz vor siebzehn Uhr. Im Schatten einer Platane, die einen Teil des Angestelltenparkplatzes überspannte, wartete er auf Anneke Cleit. Vielleicht hatte Gudrun ihr Wissen mit jemandem geteilt und ihre Kollegin wusste mehr über die illegalen Geschäfte ihres Chefs, als sie zugab.

Lieven beobachtete den Hintereingang und ordnete seine neuen Erkenntnisse. Gudrun Holts Mörder hatte sich als Reporter ausgegeben und vermutlich Interesse an den Behauptungen gezeigt, die sie vor Gericht aufgestellt hatte. In ihrer Wut über den verlorenen Prozess war sie bereit gewesen, an die Öffentlichkeit zu gehen. Vielleicht waren Menschen in die Sache verwickelt, die sie schützen wollte, und erst der skandalöse Freispruch durch einen korrupten Richter hatte sie dazu gezwungen, ihre Rücksicht fallen zu lassen. Sie war in das Parkhaus gefahren, um Lemgo zu treffen, und ihrem Mörder in die Hände gefallen. Das Motiv schränkte den Täterkreis stark ein. Alles deutete auf Victor Kronberg hin. Er hatte gewusst, dass Gudrun Holt belastendes Material gegen ihn besaß und dass sie bereit war, es einzusetzen. Nichts war leichter, als sie in eine Falle zu locken, ihr die Beweise abzunehmen und einen Selbstmord zu inszenieren. Wahrscheinlich hatte Kronberg die Tat nicht alleine begangen. Speichellecker und Menschen, die in seiner Schuld standen, gab es genug; Typen wie Zeller oder Rader, die seit zwanzig Jahren jede Drecksarbeit für ihn erledigten. Die Namen lenkten Lievens Gedanken auf Shadi Seeger. Die Nachrichtenmedien hatten bereits am Mittag den Tod von Robert von Sayn hinausposaunt. Der zweite Mord innerhalb weniger Tage entfachte einen gewissen Lärm in Hachenburg.

Genau genommen war Robert von Sayn keinem Mordanschlag zum Opfer gefallen, sondern in den frühen Morgenstunden infolge der Aufregung einem Kreislaufversagen erlegen. Allerdings stand sein schlechter körperlicher Zustand in direktem Zusammenhang mit dem Versuch, ihn umzubringen. Von Mimi kannte Lieven die Einzelheiten. Hätte der Pächter der Reiterklause von Sayn nicht zufällig entdeckt, wäre der Graf ebenso unter einer feuchten Tonmaske erstickt wie Haderbach. Es war das gleiche Muster, derselbe Täter. Waren die Wut und der Hass in Shadi groß genug, um solch scheußliche Verbrechen zu begehen? Lieven konnte sich die drahtige Frau mit den honigfarbenen Augen nicht als eiskalte Killerin vorstellen, wusste aber zugleich, dass seine Zuneigung zu ihr sein Urteilsvermögen trübte. Dennoch passte alles zusammen. Shadi hatte ein Motiv und die Gelegenheit für die Verbrechen gehabt. Seltsam, dass sie sich alle kannten – Kronberg, Shadi, Gudrun Holt, Zeller und Morloch. Sie alle waren in derselben Kleinstadt aufgewachsen. Während Morloch nichts unversucht gelassen hatte, um in Kronbergs Clique aufgenommen zu werden, hatte Lieven damals wie die meisten einen großen Bogen um den Angeber gemacht. Jeder kannte und fürchtete ihn. Sein exzellentes Elternhaus war der einzige Schutz vor dem sozialen Abstieg gewesen. Seinem Charakter nach war er ein brutaler Schläger, der es liebte, Menschen zu quälen.

Frank Morloch war der Einzige, der nicht in dieses diabolische Ensemble passte. Er stammte wie Lieven aus der Arbeiterklasse, einer gänzlich anderen sozialen Schicht. Vor ein paar Jahren war er aus Hachenburg verschwunden und kehrte genau zu dem Zeitpunkt zurück, zu dem auch Shadi wieder auftauchte und zwei seiner ehemaligen Freunde ins Gras bissen. Und ausgerechnet Morloch stellte als neuer Polizeichef den Suizid von Gudrun Holt fest. Das alles stank zum Himmel.

In diesem Augenblick verließ Anneke Cleit das Bankgebäude. Beinahe hätte er sie übersehen. Sie trug einen dunklen Wintermantel und eilte auf ihren Wagen zu. Lieven trat aus dem Schatten der Platane.

»Frau Cleit? Würden Sie mir noch ein paar Fragen beantworten?«

Erschrocken drehte sie sich um. »Sie? Was wollen Sie schon wieder? Ich habe Ihnen gesagt, dass ich nichts weiß. Ich will nicht mit Ihnen reden.«

»Sie waren doch mit Gudrun befreundet.«

»Was geht Sie das an?«

»Wussten Sie, dass Gudrun illegale Finanztransaktionen und Geldwäsche in der Bank aufgedeckt hatte?«

»Sie hat es einmal erwähnt. Nichts Genaues, ich hielt es für Gerede.«

»Gerede?«

»Sie sagte, sie hätte jetzt endlich ein Druckmittel, um Kronberg von sich fernzuhalten.«

»Er belästigte sie also tatsächlich?«

»Das hat sie zumindest behauptet.«

»Hat sie gesagt, ob sie irgendwo Unterlagen deponiert hat? Eine CD oder Kopien von Kontenbewegungen?«

Sie schüttelte den Kopf. »Davon weiß ich nichts. Ich will keinen Ärger. Kommen Sie bitte nicht mehr hierher.«

»Kann ich Sie anrufen oder treffen?«

»Nein. Lassen Sie mich in Ruhe. Und kommen Sie nie wieder hierher. Ich will meinen Job nicht verlieren.« Sie stieg in ihren Wagen und fuhr los.

»Du hast gehört, was sie gesagt hat. Verschwinde und lass dich hier nicht mehr blicken.«

Lieven drehte sich um. Im Nebeneingang der Bank stand Bodo Zeller. Er versenkte die tätowierten Fäuste in den Taschen seiner Kapuzenjacke und schlenderte über den Parkplatz auf den Anwalt zu.

»Ich gebe dir einen guten Rat. An deiner Stelle würde ich meine Sachen packen, die Stadt verlassen und nie mehr zurückkommen. Deine Schnüffelei kann ungesunde Folgen für dich haben.«

»Sagt wer?«

Zeller baute sich dicht vor Lieven auf. Er überragte ihn um einen Kopf und war massiv und ungelenk wie ein Betonklotz. »Treib's nicht zu weit. Vic mag es nicht, wenn man in seinen Geschäften herumschnüffelt.«

»Zwei von euch sind tot, Bodo. Wer, glaubst du, ist der Nächste? Rader ... Victor ... oder du?«

»An mich traut sie sich nicht heran.«

»Sie?«

»Mir machst du nichts vor, Lieven. Ich weiß, dass du auf die Kleine scharf bist. Und Vic weiß es auch.«

»Shadi Seeger ist keine Mörderin.«

»Sei dir da nicht zu sicher. Sie hat eine höllische Wut im Bauch.«

»Und dazu hat sie allen Grund.«

Zeller grinste geil. »Die Wilden hab ich am liebsten. Ich freue mich schon auf die kleine Squaw.«

Angewidert drehte sich Lieven um und stieg auf seine Maschine.

»Du solltest meinen Rat befolgen. Ich habe dich gewarnt!«, rief Zeller ihm nach.

Lieven drehte das Gas auf. Mit einem aggressiven Satz schoss die Yamaha auf die Straße. Zum Busbahnhof und dem Parkhaus unterhalb des Schlossbergs war es nur ein Katzensprung. Er wollte noch einmal den Tatort untersuchen.

Kurz darauf steuerte er die Yamaha die engen Kurven zum obersten Parkdeck hinauf. Gedankenverloren wanderte er dann über die leere Betonfläche.

»Suchst de was?«

Lieven drehte sich um. Im Treppenaufgang stand ein Mann, den er auf den ersten Blick als Obdachlosen erkannte. Der Alte trug einen fadenscheinigen grauen Mantel und einen Hut, der im Lauf der Jahre jegliche Form verloren hatte. Unzählige Falten durchzogen sein vom Wetter gegerbtes Gesicht. Wie ein Seemann, der schräg gegen den Wind gestemmt über das Deck eines rollenden Schiffes stakst, wankte der Alte auf ihn zu. Tatsächlich rührte sein unsicherer Gang von einer Flasche billigen Rotweins her, die aus seiner Manteltasche ragte.

»Da hinten isse runtergesprungen.«

Lievens Blick folgte dem ausgestreckten Arm des Penners. »Waren Sie in der Tatnacht hier?«, fragte er.

»Weiß nicht mehr. Hab's nich mehr so mit'm Gedächtnis.«

Lieven griff in seine Lederkombi und reichte dem Mann einen Zwanzigeuroschein. »Vielleicht frischt das Ihre Erinnerung auf.«

Hastig ließ der Alte den Schein in seiner Tasche verschwinden. »Hab gehört, es war'n zwei. Einer hieß Chiko. Ich kenn einen, der sagt, er hat's gesehen.«

»Und wo finden ich diesen Zeugen?«

Der Alte kicherte. »Mal hier, mal da. Überall, wo's was zu Trinken gibt.«

Lieven reichte ihm einen weiteren Schein. »Hat Ihr Freund auch einen Namen?«

»Vincent, wie der verrückte Maler. Dem fehlte auch ein Ohr.«

»Und wo steckt dieser Vincent?«

Der Alte kraulte sich seinen zerzausten Bart. »Mhm. Gar nicht. Er findet dich … wenn er will.«

»Dann sagen Sie ihm, ich möchte ihn sprechen. So schnell es geht.«

»Mach ich. Biste nicht der Typ, der Schuld hat am Tod der Kleinen?«

»Nein.« Lieven stülpte den Motorradhelm über und ging zu seiner Maschine zurück.

»Und dreimal krähte der Hahn«, kicherte der Alte in seinem Rücken.

Wütend drehte Lieven den Gasgriff auf und trieb die Yamaha die Ausfahrt hinunter. Er begann, sich selbst zu verleugnen. Und das erschreckte ihn mehr als alles andere, was bisher geschehen war.

Zehn Minuten später stellte er das Motorrad in der Tiefgarage der Wohnanlage im Süden von Hachenburg ab, nahm den Helm ab und ging auf den Lift zu. Sekunden, bevor sich die Türen öffneten, tauchten aus dem Dunkel drei Gestalten auf. Sie trugen schwarze Hosen und Windjacken, Sturmhauben aus schwarzem Stoff verbargen ihre Gesichter. Jeder von ihnen überragte Lieven um mindestens eine Kopflänge. Ohne Vorwarnung schlug der vorderste der drei Männer zu. Lieven riss den Arm hoch und schützte sein Gesicht mit dem Motorradhelm. Mit geübten Reflexen wehrte er die schnelle Folge von brutalen Schlägen ab. Einer der drei Angreifer fiel ihm in den Rücken und rammte ihm das Knie in die Nieren. Lieven bekam keine Luft mehr und brach in die Knie. Er kauerte sich zusammen und schützte sich, so gut er es vermochte, vor den Tritten und Schlägen, die unablässig auf ihn einprasselten. Zweimal gelang es ihm, selbst einen Treffer zu landen. Doch mit seiner Gegenwehr fachte er nur die Wut der drei Männer an. Von einer Stiefelspitze an der Schläfe getroffen, krachte er mit dem Hinterkopf auf den Betonboden und verlor die Besinnung.

Als er wieder erwachte, war er alleine. Er schmeckte Blut auf den Lippen. Probeweise streckte er die Glieder und stellte erleichtert fest, dass seine Knochen offenbar heil geblieben waren.

Er schleppte sich in den Lift und fuhr in das oberste Stockwerk, in dem drei Wohnungen lagen, von denen nur Lievens Penthouse zurzeit vermietet war. Kronbergs Schläger hatten sich gut informiert. Ohne befürchten zu müssen, gestört zu werden, hatten sie die Tür zu seiner Wohnung aufgebrochen und sein Zuhause verwüstet. Kronberg hatte die Schlacht eröffnet.

14

Das kleine Felsplateau ist nicht weit von ihr entfernt. Wenn sie den Arm ausstreckt, kann sie den Rand beinahe mit ihren Fingerspitzen berühren. Shadi verlagert ihr Gewicht auf den rechten Fuß. Ihre Wadenmuskeln zittern und verkrampfen sich von der Anstrengung. Sie tastet über den rauen Stein. Staub und Sand rieseln auf ihr Haar und bedecken ihre gebräunten Unterarme wie ein Leichentuch. Sie kann es schaffen, es ist nur noch ein kleines Stück. Doch da ist der Krampf in ihrer Wade, ein so heftiger, zwingender Schmerz, dass die Muskeln ihren Dienst versagen, so sehr sie auch dagegen ankämpft. Sie rutscht, die Finger verlieren ihren Halt. Sie fällt.

Von Neuem beginnt sie den Aufstieg, immer wieder. Sie spürt die sengende Spätnachmittagssonne zwischen ihren Schulterblättern und den Fels unter ihren Händen, hart, trocken und heiß. Das Plateau ist nicht weit, sie kann es schaffen. Und fällt, stürzt in die Unendlichkeit.

Sie kann ihre Arme und Beine nicht bewegen und spürt erneut die Hitze in ihrem Nacken, so dicht und intensiv, dass sie glaubt, ihr Haar müsse verbrennen. Ihr ist übel von dem Wodka, den sie ihr eingeflößt haben.

Shadi bekommt keine Luft mehr, ein lähmender Druck lastet auf ihrem Brustkorb und drückt ihre Lungen zusammen. Sie betet, dass es aufhört, dass es bald vorbei ist. Der Schmerz ist so stark, dass sie das Gefühl hat, entzweigerissen zu werden. Sie will schreien, aber eine Hand presst ihr Mund und Nase zu. Den Gestank der fremden, schwieligen Haut wird sie nie wieder vergessen; ein Geruch nach kaltem Zigarettenrauch, verbranntem Holz und Erbrochenem. Eine Tür schlägt krachend gegen die Holzwand der Hütte, Victor kehrt zurück. Betrunken. Und geil.

Schreiend fuhr Shadi aus dem Albtraum hoch. Einen schrecklichen Moment glaubte sie zu ersticken und schien vergessen zu haben, wie man atmet. Dann plötzlich ließ der Druck nach, die Lähmung wich von ihr und sie kehrte in die Wirklichkeit zurück. War das Geräusch, das sie geweckt hatte, Teil des Traums gewesen oder gehörte es in die reale Welt?

Sie streifte die Wolldecke von den Beinen und sprang so schnell von dem alten Sofa auf, dass ihr schwindelig wurde. Durch den Türspalt zog kalte Luft in das Zimmer und ließ ihre nackten Zehen zu Eis gefrieren, bis sie so kalt waren wie ihr geschundenes Herz. Angestrengt lauschte sie in die Stille. Das Geräusch wiederholte sich nicht, aber das Gefühl, nicht alleine zu sein, hielt an. Es war stark und so intensiv, wie sie es selten erlebt hatte – vielleicht nur eine Nachwirkung des Traums, vielleicht mehr.

Der Verrückte, der Haderbach ermordet und die Engelsfigur in ihrer Werkstatt hinterlassen hatte, war kein Traumdämon, sondern Realität. Er war schon einmal im Haus gewesen und möglicherweise tat er es wieder, jetzt, in diesem Moment.

Sie war gegen ein Uhr morgens erschöpft und todmüde nach Hause zurückgekehrt. Schlaf hatte sie nicht gefunden. Wenn sie doch für kurze Zeit die Schwelle zur Traumwelt überschritten hatte, quälten sie die lange verdrängten Bilder jener schrecklichen Nacht in der Hütte.

Jörn Haderbach war nicht von ihrer Hand gestorben. Und wenn Bobby das gleiche Schicksal ereilte, war es nicht ihre Schuld. Sie redete sich ein, dass sie nicht für die Taten eines Wahnsinnigen verantwortlich war, der ihr heimlich folgte und Menschen tötete, die vielleicht ihre gemeinsamen Feinde waren. Lange hatte sie über das Motiv des Verrückten nachgedacht, ohne zu verstehen, was der Fremde beabsichtigte. Auf die Idee, dass er auf eine krankhafte, pervertierte Weise in Liebe zu ihr entbrannt war, kam sie nicht.

Haderbachs Tod hätte sie nicht verhindern können, aber nun spielte sie das Spiel des Unbekannten mit, ohne zu wissen, wie die Regeln lauteten und wie der mörderische Tanz enden würde.

Gegen vier Uhr morgens war sie in den Schuppen hinübergegangen und hatte mit der ihr eigenen Besessenheit bis zur Erschöpfung an dem Basaltblock gearbeitet. Gegen halb elf war sie ausgebrannt ins Haus zurückgekehrt und hatte angespannt die Nachrichten eines lokalen Radiosenders verfolgt. Eine halbe Stunde später wusste sie, dass auch Robert von Sayn tot war. Sie grübelte eine Weile und fiel kurz darauf in einen unruhigen Schlaf, aus dem sie drei Stunden später erwachte.

Wachsam durchsuchte sie das Haus vom Keller bis zum Dach. Sie bemerkte nichts Auffälliges, kein Anzeichen dafür, dass jemand gewaltsam in ihr Zuhause eingedrungen war. Das Gefühl jedoch, beobachtet zu werden, blieb. Über der Seenplatte hingen die Wolken so tief, als berührten ihre regenschweren Bäuche das unruhige Wasser. Ferner Donner rollte über den Dreifelder Weiher und zog den Hang hinauf.

Gegen zwölf ging sie zum Schuppen hinüber. Das Schloss an dem zweiflügeligen Tor war unversehrt. Sie betrat die Werkstatt und schaltete das Licht ein. Alles erschien ihr unverändert, bis auf eine Engelsfigur aus getrocknetem Ton auf dem Arbeitstisch. Ihre Ahnung hatte sie nicht getäuscht, er war wieder hier gewesen! Aber wie zum Teufel war er in den Schuppen gelangt? Das Schloss und der starke Riegel waren unversehrt.

Die Figur entsprach nicht in allen Details der letzten, aber sie ähnelte ihr stark und glich den Engeln, die sie in dem Karton unter dem Sofa aufbewahrte. Wütend packte sie den Engel und zerschmetterte ihn auf dem Scheunenboden. Die Bruchstücke vermischten sich mit den Basaltsplittern rund um die halbfertige Skulptur des Bären und glänzten in dem grauen Steinstaub wie Blutstropfen.

Sie griff nach ihrem Werkzeug und meißelte in einem einzigen, aggressiv geführten Zug Sehnen und Muskeln aus dem Stein. Ausgepumpt hielt sie inne und lockerte die verkrampften Handmuskeln. Das Gefühl, nicht alleine zu sein, hielt an und verdichtete sich, bis sie glaubte, ihren Verfolger mit Händen greifen zu können. Von der Vorderseite des Schuppens drang ein Scharren und Kratzen herein. Shadi hielt den Atem an. Sie hatte genug von diesem Spiel. Wütend packte sie den schweren Fäustel, entriegelte leise das Tor und stieß es mit aller Kraft auf, den Arm zum tödlichen Schlag erhoben.

Der unbekannte Besucher hob schützend die Arme vor das Gesicht und stolperte überrascht zurück. Seine breite, untersetzte Kontur verschwamm in dem regnerischen Grau des Nachmittags mit den Schatten.

Die Gestalt überwand ihren Schreck, zerrte eine Pistole aus ihrem dunkelgrünen Mantel hervor und schrie: »Polizei! Fallenlassen! Lass den Hammer fallen.«

Instinktiv ließ sie das Werkzeug los. Sie kniff die Augen zusammen, um in dem Zwielicht besser sehen zu können, und studierte die schwammigen Züge des Mannes, der mit einer Pistole auf ihr Gesicht zielte. Die rastlosen kleinen Augen waren dieselben, ebenso die breite, schiefe Nase.

»Frank? Bist du das?«

Morloch ließ die Pistole sinken. »Das war ein tätlicher Angriff auf einen Polizeibeamten. Versuch das noch mal und du landest im Knast.«

»Ich denk dran. Beim nächsten Mal glotze ich einfach durch die Schuppenwand. Warum schleichst du hier herum wie ein Fuchs um den Hühnerstall?«

Er steckte die Waffe in das Schulterholster und drängte sich an ihr vorbei in die Werkstatt. »Ich stelle hier die Fragen.«

Sie lehnte sich mit verschränkten Armen gegen den Arbeitstisch. »Also haben sie dich wirklich zum Polizeichef von Hachenburg ernannt«, sagte sie kopfschüttelnd. »Ich konnte es nicht glauben, als ich davon hörte.«

Er stapfte durch die Steinsplitter und schnüffelte wie ein Terrier in der feuchten Luft. »Du wirst deine lose Zunge noch verfluchen, Shadi. Du steckst verdammt tief in der Scheiße.«

»Sagt wer?«

»Wo warst du in den letzten beiden Nächten?«

»In meinem Bett.«

»Mit wem?«, fragte er grinsend.

»Mit meinen Erinnerungen. Und jetzt scher dich raus.«

»Ich bin nicht hier, um mit dir zu spielen. Zwei angesehene Bürger dieser Stadt wurden ermordet. An deiner Stelle würde ich mir schnell ein glaubhaftes Alibi besorgen, sonst landest du schneller hinter Gittern, als du denkst.«

Sie hob ihr Werkzeug auf und führte eine Reihe schneller Schläge gegen den Basaltblock. »Ich war in meinem Bett und habe geschlafen. Ich kann dir nicht helfen. Du musst deinen Mörder schon selbst finden.«

Er fiel ihr in den Arm und umfasste ihr Handgelenk. »Vielleicht bin ich ihm ja schon auf den Fersen. Warum bist nach Hachenburg zurückgekommen?«

Knurrend befreite sie sich aus seinem Griff. »Ich habe das Haus meiner Tante geerbt. Es gefällt mir und darum bleibe ich.«

Er trampelte über den Schutt und hob neugierig eine Tonscherbe auf. »Keine Woche, nachdem du wieder aufgetaucht bist, sterben Jörn und Bobby. Ein ziemlich ungewöhnliches Zusammentreffen, findest du nicht?«

Der Meißel fetzte einen großen Splitter aus dem Basalt. Morloch brachte sich hastig in Sicherheit.

»Was soll daran ungewöhnlich sein? In den Nachrichten hieß es, Bobby sei an Kreislaufversagen verreckt.«

»Nachdem er seinem Mörder begegnet ist. Er hat ihn gesehen, Shadi. Und er hat ihn beschrieben, bevor er starb … einen Dämon mit einer verdorrten Hand.«

Unschuldig drehte sie die Handflächen nach oben. »Oh. So ein Pech, meine Pfoten sind heil.« Sie funkelte ihn böse an. »Ich habe immer gesagt, dass ihr zu viel kifft. Was hatte Bobby denn diesmal eingeworfen?«

»Einen Mix aus Mescalin und Curare – eine ziemlich exotische Mischung. War deine Großmutter nicht eine waschechte Navajo, Shadi?«

»Bist du hier, um meine Großmutter zu verhaften, du Trottel? Die ist längst in die ewigen Jagdgründe eingegangen.«

Sein Arm schnellte vor. Er packte ihr Handgelenk und drückte so fest zu, dass sie den Meißel fallen lassen musste. Sie presste die Lippen zusammen und wand sich unter seinem Griff. »Willst du, dass ich schreie und stöhne, Frankie? Das hat dich schon immer angemacht, nicht wahr?«

Er drängte sich an sie. Sein saurer Atem stank nach Fusel und Knoblauch. Sie spannte die Muskeln an und hob langsam die Hand, mit der sie den Fäustel gepackt hielt.

»Lass mich los, oder ich zieh dir den Hammer über den Schädel.«

Seine Augen flackerten erregt. Er keuchte und holte schnappend Luft. »Du bist immer noch dieselbe Wildkatze. Sei ein bisschen lieb zum alten Frankie und er rettet dir deinen Hals, der schon in der Schlinge steckt. Es kostet mich ein Fingerschnippen und sie zieht sich zu. Niemand außer dir hat ein so starkes Motiv, Jörn und Bobby umzubringen. Wen hast du dir als Nächsten vorgenommen? Chiko oder das Muskelpaket Bodo? Vic sparst du dir doch sicher für den krönenden Abschluss auf.«

»Beweise es, wenn du kannst.«

Er zog sie noch dichter an sich heran und presste seine Lippen auf ihr Ohr. »Das kann ich, oh ja, das kann ich, kleine Shadi. Die Mordkommission in Koblenz wartet nur auf einen Tipp vor mir.« Seine Zunge glitt über ihre Ohrmuschel. Angewidert drehte sie den Kopf zur Seite. »Ich kann dich vor den Ermittlungen schützen«, flüsterte er erregt, »aber das kostet dich eine Kleinigkeit. Zier dich nicht. Was ist denn schon dabei?« Er fingerte am Gürtel seiner Hose herum, presste sie gegen die Schuppenwand und entwand ihr den Hammer.

Shadi steckte ihre Hand in seinen Lodenmantel und spürte den Griff seiner Dienstwaffe. Sie zog die Pistole aus dem Holster, legte den Sicherungsbügel um und stieß ihm den Lauf in den Unterleib. »Soll ich abdrücken, Frankie? Oder lässt du mich jetzt los?«

Er erstarrte und hielt die Luft an. Vorsichtig lockerte er seinen Griff.

»Geh jetzt langsam zur Schuppentür.«

Morloch hob die Hände und wich zurück. Als er in der Türöffnung stand, sicherte sie die Pistole und warf sie ihm vor die Füße.

»Bevor ich mit dir schlafe, paare ich mich lieber mit einer Hyäne. Du stinkst wie eine ganze Hammelherde.«

Er hob die Pistole auf, wischte sich über den Mund und starrte sie hasserfüllt an. »Das wird dir noch leidtun, Shadi. Du wirst mich noch um Hilfe anbetteln.«

Er drehte sich um und stapfte in die Dämmerung hinaus. Zitternd vor Anspannung sank sie auf einen Schemel. Sie hatte sich soeben einen Todfeind geschaffen. Weder sie noch Gudrun hatten von Morloch Gerechtigkeit zu erwarten. Sie fischte die Liste aus der Hosentasche und strich sie glatt. Mit einem breiten schwarzen Filzstift kreuzte sie den Namen von Robert von Sayn aus. Drei blieben noch übrig.

Christoph Rader
Bodo Zeller
Victor Kronberg

Zeller war damals der Dritte gewesen und er sollte nun auch als Nächster sterben. Sie musste zu Ende bringen, was sie begonnen hatte. Doch mit dem muskelbepackten Bodybuilder würde sie kein so leichtes Spiel haben wie mit Bobby. Zeller war gewarnt, zwei seiner alten Kumpel waren ermordet worden. Er musste damit rechnen, dass er, Rader oder Kronberg das nächste Opfer sein konnte. Außerdem wurde es Zeit, sich abzusichern. Jeder Fehler, den sie ab jetzt beging, konnte ihr letzter sein. Falls Zeller genauso sterben sollte wie seine Spießgesellen, brauchte sie ein Alibi für die Tatzeit – was ihr nicht weiter schwerfallen dürfte. Wenn der Verrückte, der ihr die Engelsfiguren schickte, sich mit Zeller befassen würde, war sie längst in Sicherheit. Alles, was sie tun musste, war, ihn auf ihr nächstes Opfer zu hetzen. Als ob sie nur den Korken zu ziehen brauchte, um den Geist aus der Flasche zu lassen – eine verlockende, unwiderstehliche Vorstellung, der sie erlag. Blieb nur zu hoffen, dass der Geist, den sie heraufbeschwor, nicht eines Tages einen Preis für seine Hilfe verlangen würde.

Bisher hatte sie sich nicht weiter mit seinen Motiven beschäftigt. Irgendjemand spielte für sie Schutzengel und Robin Hood zugleich. Warum sollte sie sich vor ihm fürchten? Seine Aggression galt ihren alten Feinden, also stand er auf ihrer Seite.

Ihr Handy summte und tanzte auf der staubigen Tischplatte. Sie drückte auf den Empfangsknopf und meldete sich.

»Ich hab was für dich.«

Die Stimme klang rau und heiser und war eindeutig männlich. Im Hintergrund hörte sie Straßenlärm und eine undeutliche Durchsage – vielleicht aus einem Bahnhofslautsprecher.

»Welches Spiel spielst du mit mir?«

»Hä? Spiel?«

»Was willst du mir schenken? Noch einen Engel? Wozu? Für den nächsten Mord?«

»Hab gehört, du bist wegen deiner Freundin hier. Weil du wissen willst, was mit ihr passiert ist. Sie is nich vom Dach gesprungen. Ich hab gesehen, wer's war. Da hat der olle Vincent gedacht, das interessiert dich. Dann eben nich.« Es klickte in der Leitung. Der Unbekannte hatte aufgelegt.

Shadi durchsuchte ihr Handy nach dem digitalen Fingerabdruck, den der Anrufer in ihrem Telefon hinterlassen hatte. Schnell fand sie die eingegangene Nummer. Sie gehörte zu Gudruns Handy.

Sie drückte auf die Wähltaste. Nach dem vierten Klingeln meldete sich die Stimme wieder.

»Willste nu doch wissen, wer sie vom Dach geschubst hat?«

»Wer sind Sie?«

»Brauchste nich zu wissen.«

»Warum gehen Sie nicht zur Polizei, wenn Sie den Mord beobachtet haben?«

Sein trockenes Lachen ging in einen erstickten Hustenanfall über. »Mädchen. Was glaubste denn, was die machen, wenn so'n alter Zausel da aufkreuzt? Hä? Nix werden se machen. Aber dir werden se glauben. Kostet dich aber ne Kleinigkeit.«

»Wenn Sie nicht bereit sind, als Zeuge auszusagen, nutzt mir Ihr Wissen nichts.«

Er kicherte und hustete wieder. »Hab doch gesagt, ich hab was für dich. Nen hübschen kleinen Film.«

»Woher haben Sie das Handy? Wie kann ich sicher sein, dass Sie Gudrun nicht selbst umgebracht haben? Wegen zwanzig Euro vielleicht? Und jetzt wollen Sie nochmal abkassieren.«

»Glaubste, ich treff mich mit ner Amazone, die zwei Kerle abgemurkst hat, wenn ich mich nich abgesichert hab?«

Sie erstarrte. Was hatte der Kerl noch alles gesehen … und gefilmt?

»Mach ma langsam, Kleine, du bist schon in Ordnung. Die zwei haben es verdient. Wenn de kommst, weißt de auch, warum. Ich werd dich nich gleich arm machen.«

»Wo kann ich Sie treffen?«

Sie hörte Straßenlärm, ein Laster hupte ohrenbetäubend und übertönte die Stimme des Anrufers.

»… ahnhof … d… m Burggarten.«

»Wie werde ich Sie erkennen?«

»Findest mich schon, Kleine. Hab nen langen grauen Zottelbart und nen Einkaufswagen bei mir. Wir sind uns schon mal begegnet … schon vergessen?« Er kicherte vergnügt.

Es klickte in der Leitung. Sie ging in den hinteren Teil des Schuppens und räumte Bretter und Gerümpel zur Seite. Aus einem Versteck unter einer losen Bodendiele nahm sie die in einen geölten Lappen gewickelte Walther P22 und steckte sie in den Hosenbund. Dann lief sie zum Haus hinüber, streifte eine warme Steppjacke über und stieg in den Pickup. Bevor sie den Motor anließ, zögerte sie. War sie im Begriff, in die gleiche Falle zu tappen wie Gudrun? Vielleicht warteten Kronberg, Rader und Zeller nur auf eine Gelegenheit, sie aus dem Weg zu räumen. Sie grinste trotz der Anspannung bei dem Gedanken, dass Kronberg wahrscheinlich vor Panik kein Auge mehr schloss.

Eine Viertelstunde später stellte sie den Toyota auf einem Parkplatz in unmittelbarer Nähe des Burggartens ab. Knorrige alte Kastanien und Buchen wuchsen hier über ausgedehnten Rasenflächen, sauber gepflegte Kieswege und Bänke luden bei schönem Wetter zum Wandern und Verweilen ein. Im Sommer wimmelte es hier von Menschen, regelmäßig fanden Feste und kulturelle Veranstaltungen statt. Zu dieser Jahreszeit war der Park menschenleer. Im Licht der Natriumdampflampen entlang des Rundwegs stürzte der Regen wie ein silberner Vorhang zur Erde. Sie suchte Schutz in einem versteckten Winkel unter den ausladenden Bäumen und wartete. Niemand betrat oder verließ den Burggarten während der nächsten halben Stunde. Wenn sie wissen wollte, was mit Gudrun passiert war, musste sie jetzt handeln.

Als sie sicher war, dass ihr niemand folgte, durchquerte sie den schmalen Streifen Wald, der den Park vom Alexanderring dahinter abgrenzte. Auf der anderen Straßenseite erhoben sich die Grundmauern der Schlossfundamente, dreihundert Meter unterhalb der

Stelle erstreckte sich das längliche Oval des Busbahnhofs mit den Haltebuchten für den öffentlichen Nahverkehr. Mehrere Omnibusse standen in den Zufahrten, Menschen stiegen ein und aus und liefen gebückt durch den Regen. Die Zwillingsreifen der vorbeirasenden Lastwagen zischten wie aufgeregte Schlangen über den nassen Asphalt und ließen schmutzige Gischt aus den Pfützen hochspritzen. Shadi ließ den Alten Markt links liegen, überquerte die Straße und hielt Ausschau nach einem Mann, auf den die Beschreibung des Anrufers passte. Plötzlich sah sie den verrückten Penner vor sich, mit dem sie vor ein paar Tagen zusammengeprallt war, als sie nach Hachenburg zurückgekehrt war. Bei der Erinnerung an das irre Gezeter des Alten bekam sie eine Gänsehaut. War er der Mann, den sie suchte? Vielleicht hatte er sich über Nacht in einem trockenen Winkel des Parkhauses einquartiert und zufällig den Mord beobachtet. Blieb noch das Rätsel zu lösen, wie er an Gudruns Handy gelangt war.

Ungeduldig lief sie auf den Busbahnhof zu und wartete eine Lücke im Verkehr ab. Der Fahrtwind eines Lastwagens riss sie beinahe von den Beinen und überschüttete sie mit eiskalter Gischt.

Endlich entdeckte sie den Mann. Er trug einen beigefarbenen, langen Mantel und eine graue Wollmütze und schob einen Einkaufswagen vor sich her. Er war es. Das war der Alte, dem sie in der Altstadtgasse begegnet war.

»Hierher!«, rief sie. Das Knattern eines Motorrades verschluckte ihren Schrei. Sie winkte, bis der Penner sie gesehen hatte. Umständlich hievte er den Einkaufswagen, in dem sein ganzer Besitz steckte, die Bordsteinkante hinab. Von rechts näherte sich ein gewaltiger Kipplaster, beladen mit Schrott und Altmetall.

Der Obdachlose war noch immer mit seinem Einkaufswagen beschäftigt, dessen Rollen sich im Gitter eines Gullis verklemmt hatten. Er ließ den Griff los, schlurfte um den Wagen herum und bückte sich. Hinter einem der Busse tauchte eine fuchsgesichtige Gestalt auf. Shadi schrie eine Warnung, die im Lärm des Verkehrs unterging. Aus einer der Haltebuchten löste sich ein Bus und verdeckte ihr für einen Moment die Sicht. Im selben Augenblick kreischten die Bremsen des monströsen Kippers auf. Einen schrecklichen Augenblick starrte ihr der Obdachlose direkt in die Augen, bevor er vom Kühlergrill des großen Lasters erfasst wurde.

Jemand kreischte entsetzt auf. Ein dunkelblauer Kombi krachte auf der abschüssigen Straße in das Heck des Lasters und der Verkehr kam zum Stillstand.

Sie lief zwischen den ineinander verkeilten Fahrzeugen hindurch. Mehrere Passanten eilten auf den leblosen Körper des Obdachlosen zu. Shadi sah, wie ein drahtiger Mann mit der Statur eines Frettchens den Verunglückten auf den Rücken drehte und ihm in die Manteltasche griff.

»Chiko!«, schrie sie.

Christoph Rader blickte gehetzt umher, sprang auf und wand sich durch die gaffende Menge.

Shadi plagten keine Zweifel mehr an der moralischen Rechtfertigung ihres mörderischen Plans. Sie steckten alle unter einer Decke … Kronberg, Zeller und Rader … und der korrupte Morloch deckte sie alle. Es wurde Zeit, ihrem unsichtbaren Killerfreund neue Arbeit zu verschaffen.

15

Wie eine hungrige Horde Gorillas auf der Suche nach Bananen waren Kronbergs Schläger über Dirk Lievens Penthouse hergefallen und hatten alles zerstört, was ihm etwas bedeutete; persönliche Erinnerungsstücke, die Wendepunkte in seinem Leben markierten, ebenso wie die Sammlung wertvoller Automobilmodelle – Mustangs, Buicks, Chevis … zertrampelt und zertrümmert unter ignoranten Stiefeln.

Lieven stolperte durch das Chaos aus Scherben und Trümmern und zog eine Spur aus Blutstropfen hinter sich her. Die sinnlose Zerstörung schmerzte ihn beinahe mehr als die Wunden, die er davongetragen hatte. Sie würden heilen. Andere Dinge dagegen konnte man nicht wieder reparieren. Sie waren für immer verloren.

In seinem Arbeitszimmer, einem lichtdurchfluteten Raum mit einem großen Fenster nach Süden, stank es durchdringend nach Ölfarben und Verdünnung. In einem Regal, das sich über die ganze Länge des Zimmers zog, bewahrte er Dutzende Bilder auf, die er in einsamen Stunden gemalt hatte. Ehrgeizig hatte er sich die verschiedenen Techniken von Aquarell bis Öl angeeignet, nur um festzustellen, dass seinem Talent Grenzen gesetzt waren. Er hatte es zu passablen Fertigkeiten gebracht, aber ihm fehlte das traumwandlerische Genie, mit dem Shadi Seeger eine Skulptur aus einem Marmorblock schälte, als ob sie seit ewigen Zeiten im Stein verborgen gewesen wäre und nur darauf gewartet hätte, von ihr befreit zu werden.

Nun lagen seine bescheidenen Werke aufgeschlitzt und zerschlagen unter einer stinkenden Schicht aus Farbe und Pinselreiniger begraben. Es sah ganz so aus, als ob die Einbrecher es vor allem auf Dinge abgesehen gehabt hätten, die einen hohen ideellen Wert für ihn besaßen. Dieses Verhalten passte zu Typen wie Victor Kronberg. Schon auf dem Schulhof war er nicht der Typ Schläger gewesen, der aufhörte, wenn sein Gegner am Boden lag und das erste Blut floss. Kronberg liebte es, seine Feinde zu quälen. Wurde er ihrer überdrüssig, zerquetschte er sie wie einen lästigen Käfer unter dem Absatz seines blankpolierten Guccislippers.

Die Abreibung, die ihm die drei Schläger heute Abend erteilt hatten, war nur eine erste Lektion und zugleich eine letzte Warnung. Vermutlich war einer von ihnen Zeller gewesen, der ein paar Kumpel aus der Eisenbiegergilde seiner Fitnessstudios zusammengetrommelt hatte. Wenn sich Lieven jetzt geschlagen gab, würde Kronberg vielleicht von ihm ablassen. Aber er war kein Pinscher, der beim ersten Knurren einer Bulldogge den Schwanz einzog und sich davonschlich.

Das Knarren einer Bodendiele im Korridor ließ ihn herumfahren. Methodisch suchte er das Zimmer nach einer Waffe ab. In seinem angeschlagenen Zustand war er eine leichte Beute. Falls Kronbergs Schläger zurückgekehrt waren, um ihm den Rest zu geben, hatte er keine Chance. Trotzdem war er entschlossen, seine Haut so teuer wie möglich zu verkaufen. Er brach eine Latte von einem zersplitterten Bilderrahmen – eine schwache Waffe, aber immerhin scharf und spitz genug, um schmerzhafte Verletzungen zu verursachen.

Lautlos schlich er vom Arbeitszimmer in den großen, offenen Wohnbereich. Die alte Narbe in seiner Hüfte stach bei jedem Schritt wie ein Stilett in seine linke Seite. Im Halbdunkel tastete er nach dem Lichtschalter und ließ das Deckenlicht aufflammen.

In der Tür zum Eingangsbereich stand Shadi Seeger. Erschrocken wich sie bei seinem Anblick zurück. Er stieß den angehaltenen Atem aus den Lungen und ließ das Holzstück sinken.

»Ein Glück, Sie sind das. Ich hatte mit jemand anderem gerechnet.«

»Wie sehen Sie denn aus? Hatten Sie Besuch von der Mafia?«

»Dicht dran«, sagte er. »Ich schätze, Kronberg hat ein paar seiner Freunde vorbeigeschickt, um mich in den Schlaf zu wiegen.« Müde fuhr er mit der Hand über sein Gesicht und zuckte zusammen, als seine Finger verkrustetes Blut ertasteten und die Platzwunde über der Augenbraue wieder aufrissen.

Er besann sich Shadis Gegenwart, stand auf und hinkte zur Küche hinüber. Die meisten Schränke standen offen, Türen waren aus den Angeln gerissen worden und der Inhalt war auf den Bodenfliesen verstreut. In Rotwein und Milchpfützen schwammen Glassplitter. »Tut mir leid. Ich fürchte, ich kann Ihnen nichts zu trinken anbieten«, sagte er.

»Müssen Sie eigentlich immer so korrekt sein? Einen Moment lang hatte ich gehofft, Sie hätten dieses Chaos selbst verursacht und sich mal so richtig gehen lassen.«

Er blickte sie verständnislos an. Blut lief ihm ins Auge und überzog Shadis Gesicht mit einem roten Schleier. »Würde es denn etwas nützen, wenn ich um mich schlage und fluche?«

Ärgerlich schnalzte sie mit der Zunge. »Sie sind ein hoffnungsloser Fall. Erklären Sie mir, warum ich Sie jedes Mal verarzten muss, wenn ich Ihnen begegne. Wo ist das Bad?«

»Vorne links. Passen Sie auf die Glasscherben auf.«

Neugierig verfolgte er, wie sie ins Badezimmer stürmte. Dort klapperte sie mit Schranktüren und Schubladen. Er öffnete ein Fach im Block der Küchenzeile und entdeckte eine Flasche französischen Rotwein, die das Inferno wie durch ein Wunder überlebt hatte. Er nahm die Flasche heraus und entkorkte sie. Die gewohnten Handgriffe beruhigten seine angespannten Nerven. Nach einigem Suchen fand er zwei heil gebliebene Gläser und stellte sie auf den Tresen, der die Küchenzeile vom Wohnraum abgrenzte. Bevor er den Wein in einen Dekanter umfüllen konnte, kehrte Shadi, mit Verbandsmaterial, Schere und einem sauberen Handtuch bewaffnet, aus dem Bad zurück. Sie entwand ihm die Flasche und stellte sie auf den Küchentresen.

»Lassen Sie den Unsinn. Setzen Sie sich hin und halten Sie still.«

Gehorsam sank er auf die Couch. Vorsichtig säuberte sie die Platzwunde über der Augenbraue und die aufgesprungenen Lippen. Anschließend stoppte sie die Blutungen und desinfizierte die Wunden. Lieven ließ die Prozedur stumm über sich ergehen. Er genoss ihre Nähe, sog ihren Duft ein und spürte die brodelnde Energie und

Hitze, die von ihr ausging. Diese Frau sprengte mit einem Zucken ihrer Wimpern die Ketten seiner antrainierten Selbstbeherrschung und erzeugte eine Erregung in ihm, von der nicht geahnt hatte, dass sie existierte.

»Die Gläser passen nicht zusammen«, sagte er. »Darf ich Ihnen trotzdem einen Wein anbieten?«

Sie glotzte ihn an, schnappte sich kopfschüttelnd die Flasche und nahm trotzig einen tiefen Schluck. Dann ließ sie sich neben ihm auf die Ledercouch fallen. »Sie sind wohl von altem Adel, was?«

Er grinste. »Nein, das nicht gerade. Tut mir leid, ich kann nicht anders.«

Sie nahm einen zweiten Schluck aus der Flasche und reichte sie ihm. »Haben Sie keinen anderen Wein? Das Zeug ist sauer wie Essig.«

Er zog die Mundwinkel herab. »Das ist ein Chateau d'Armailhac. Außerdem sagt man trocken, nicht sauer. Übrigens, wenn Sie den Wein direkt aus der Flasche trinken, kommen Sie niemals in den Genuss des vollen Bouquets.«

»Sie hatten wohl eine schwere Kindheit.«

Er humpelte durch das Chaos, goss Wein in einen Rotweinschwenker und setzte sich wieder zu ihr. »Ja, die hatte ich tatsächlich.«

»Ich wusste es. Was haben Sie getan, um Kronberg so zu verärgern?«

»Ich glaube, ich weiß, wer Gudrun Holt vom Dach des Parkhauses gestoßen hat, und Kronberg ahnt, dass ich es weiß. Er wird nervös.« Er trank den Wein in einem Zug aus.

»Warum bringen Sie das Schwein dann nicht hinter Gitter?«

Er nahm ihr die Flasche ab und füllte sein Glas wieder auf. »Es gibt wenig, was ich lieber täte«, entgegnete er. »Leider kann ich nicht beweisen, dass er seine Finger im Spiel hat … noch nicht.«

»Sieht so aus, als sei der Fall eine Nummer zu groß für Sie. Überlassen Sie die Mörderjagd lieber der Polizei.«

»Ich weiß nicht recht, ob Morloch der richtige Mann …«

»Stimmt«, fiel sie ihm ins Wort, »vergessen Sie den Quatsch mit der Polizei.«

Schweigend tranken sie den Rotwein. Er nippte an seinem Glas und sie setzte glucksend die Flasche an.

»Kennen Sie Morloch näher?«, fragte sie.

»Unsere Väter waren Kollegen. Wir wuchsen als Nachbarskinder auf, aber wir mochten einander nicht besonders.«

»Sagen Sie bloß, die gebrochene Nase verdankt er Ihnen.«

»Ja.«

Überrascht zog sie eine Augenbraue hoch. »Sie waren ja ein ganz wilder Junge. Schade, dass sich Ihr Temperament rausgewachsen hat. Was hat er getan, um Sie so wütend zu machen?«

»Das ist eine lange Geschichte. Zu lang für ein Glas Wein. Wenn Sie mit mir ausgehen, erzähle ich sie Ihnen.«

Ohne zu antworten, stand sie auf und betrachtete das Chaos. »Es wird eine Weile dauern, bis Sie hier wieder Ordnung haben«, stellte sie fest.

Er nickte zustimmend und hustete trocken. Sein Brustkorb schmerzte bei jedem Atemzug. Er hoffte, dass Kronbergs Männer ihm keine Rippen gebrochen hatten. »Was verschafft mir übrigens die Freude Ihres Besuchs?«, fragte er im Plauderton.

»Ist alles in Ordnung mit Ihnen? Vielleicht sollten Sie besser ins Krankenhaus fahren.«

Er zog eine Grimasse und rieb sich die Brust. »Ein paar blaue Flecken bringen mich nicht gleich um.«

Sie zuckte mit den Schultern. »Ihr Jungs seid doch alle gleich. Aber gut, wie Sie meinen.«

»Sie haben noch nicht auf meine Frage geantwortet.«

»Ich brauche einen Rat. Sie sind der einzige Rechtsanwalt, den ich kenne.«

»Ihr Vertrauen ehrt mich. Aber ich dachte, Sie hielten mich für eine Flasche.«

»Ein bisschen werden Sie sich wohl auskennen, oder?«

»Ein bisschen«, sagte er lächelnd. »Schade, ich dachte schon, Sie wollten mich fragen, ob ich mit Ihnen ausgehe.«

Sie schnappte sich die Rotweinflasche und setzte ihre Inspektion seiner Wohnung fort. »Das schlagen Sie sich mal gleich aus dem Kopf.«

»Haben Sie etwas angestellt?«

»Ich? Nein.«

Sie schwieg, er wartete auf eine Erklärung. Dann platzte sie mit ihrer Frage heraus. »Nehmen wir mal an, jemand plant ein Verbrechen und ich weiß davon. Mache ich mich strafbar, wenn ich nicht zur Polizei gehe?«

»Das kann ich nicht pauschal beantworten. Es kommt auf den Einzelfall an.«

»Und wenn jemand einen Mord begeht, weil ich zuvor etwas getan habe, das ihn zu dem Verbrechen treibt, bin ich dann mitschuldig?«

Er drehte sich zu ihr um und zuckte zusammen, als ein scharfer Schmerz durch seine Hüfte fuhr. »Was wollen Sie mir eigentlich sagen, Shadi?«

»Nichts. Ich habe nur mal so gedacht.«

»Nur mal so gedacht. Und was Sie so einfach mal gedacht haben, hat nicht zufällig etwas mit der Engelsfigur zu tun, die auf dem Arbeitstisch in ihrer Werkstatt steht?«

Sie fuhr herum. »Da steht kein Engel. Ich habe auch nie einen besessen. Ich hasse diese Dinger.«

»Hat Morloch ihn gesehen?«

Sie schüttelte den Kopf und zog eine zerschlitzte Leinwand aus den Trümmern. »Haben Sie das gemalt?«

Er zögerte. »Wenn Sie mir erzählen, was Sie bedrückt, verrate ich es Ihnen vielleicht.«

Sie stellte das Bild zurück und verschwand im Arbeitszimmer. Lieven hörte, wie sie in seinen Gemälden wühlte. Er stand auf und folgte ihr.

»Sie sind schlecht. Ich habe kein Talent«, sagte er.

Sie betrachtete ein Landschaftsbild, dessen Stil den Werken von Paul Cezanne ähnelte. »Die Bilder sind nicht schlecht, nur zu steif. Genau wie Sie. Sie haben ein gutes Auge für Licht und Farben. Fegen Sie hier mal gründlich durch und werfen Sie die ganzen Malratgeber auf den Müll. Was Sie brauchen, ist ein bisschen Mut. Schmeißen Sie mit Farbe um sich und bringen Sie auf die Leinwand, was Sie fühlen. Machen Sie Dreck, das wird Ihrem Stil guttun. Sie können das Meer nicht mit einem Lineal malen.« Sie stellte das Bild zu den anderen und ließ ihn verblüfft zurück. »Nochmal zum Juristischen: Ich bin also nicht dafür verantwortlich, was ein anderer anstellt – egal, was ich weiß oder mache?«, fragte sie.

»Im Prinzip nicht«, antworte er. »Es sei denn, Sie ermutigen ihn zu seiner Tat. Das könnte man als Anstiftung zu einer Straftat auslegen. Aber auch das kommt auf den Einzelfall an. Sie müssten schon aktiv vorgehen, ihm eine Waffe in die Hand drücken zum Beispiel. Das wäre dann Beihilfe zum Mord.«

Sie stellte die Rotweinflasche auf den Küchentresen und wandte sich zum Gehen. »Okay. Vielen Dank für die Auskunft. Was kostet das?«

Er lächelte. »Einen Abend mit mir. Ich kenne ein schickes Restaurant …«

»Schreiben Sie es an«, antwortete sie geheimnisvoll. So plötzlich, wie sie gekommen war, verschwand sie wieder.

»Rufen Sie mich an, bevor Sie Dinge beginnen, die Sie bereuen könnten«, rief er ihr nach. »Wir werden Kronberg für alles, was er Ihnen angetan hat, zur Rechenschaft ziehen.«

Lieven wusste nicht, ob sie seine letzten Worte noch gehört hatte. Er vergaß seine Schmerzen und sein zerstörtes Heim. Diese Frau faszinierte ihn. In ihrer Sprunghaftigkeit und Spontaneität war sie so ganz anders als die Frauen, die er sonst kannte. Sie war direkt und ehrlich und tat, was ihr gefiel, ohne sich um Konventionen zu scheren. Und damit passte sie in das spießige Hachenburg wie ein zerzauster Puma auf eine Rassekatzenschau. Kein Wunder, wenn sich Shadi Seeger Feinde gemacht hatte. Ihm war plötzlich klar, dass er Kronberg nur ans Messer liefern konnte, wenn er das Geheimnis lüftete, das Shadi umgab. Alles ergab ein Ganzes – die versteckten Andeutungen in Leimbachs Akte, die Namensliste genauso wie der Tod von Gudrun Holt. Er würde tief in der Vergangenheit graben müssen, um das Rätsel zu lösen; so tief, dass er möglicherweise auf mehr Leichen stieß, als ihm lieb war.

Einem plötzlichen Impuls folgend, trank er den sündhaft teuren Chauteau d'Armailhac aus der Flasche. Der alte Wein gewann einen ganz neuen, frischen Geschmack. Als ihm klar wurde, dass die süße Note von Shadis Lippen rührte, grinste er wie ein Kind, das einen riesigen Topf mit Schokoladeneis verdrücken darf.

16

Gegen vier morgens hatte Dirk Lieven mit der ihm eigenen Zähigkeit sein Penthouse so weit von Schmutz und Unrat befreit, dass er es als teilweise bewohnbar akzeptieren konnte. Er fiel in einen bleiernen Schlaf und erwachte gegen halb zehn, weil sein schmerzender Körper ihn an die Ereignisse der vergangenen Nacht erinnerte. Eine Stunde später frühstückte er in einem Café am Alten Markt und überflog die Schlagzeilen der Morgenzeitung. Nach Jörn Haderbach hatte es nun auch Robert von Sayn erwischt. Die Presse sprach bereits von einem Serientäter. Die Polizei geizte mit Informationen und der »Hachenburger Kurier« erging sich in wilden Mordtheorien, die vom Pächter der Reiterklause genährt wurden, der Sayn als Letzter lebend gesehen und den Reportern bereitwillig Auskunft gegeben hatte.

Die Meldung über den Tod des Grafensohns lenkte Lievens Gedanken zu der Frau mit den honigfarbenen Augen. Nach ihrem Besuch und ihren indirekten Fragen begann er, sich Sorgen um Shadi zu machen. Sie war impulsiv genug, um sich in ernsthafte Schwierigkeiten zu bringen. Irgendwie musste ihm der Spagat gelingen, den Mörder von Gudrun Holt zu überführen und gleichzeitig ein wachsames Auge auf Shadi zu werfen. Immerhin legten ihre Andeutungen den Verdacht nahe, dass sie die Morde nicht selbst begangen hatte, den Täter aber kannte und ihn möglicherweise deckte.

Er faltete die Zeitung zusammen, bezahlte seinen Kaffee und machte sich auf den Weg zur Redaktion des Kuriers.

Mimi Völz riss ihre Teetassenaugen auf, als sie sein lädiertes Gesicht sah. »Bist du vom Motorrad gefallen?«, fragte sie.

»Hältst du mich für einen so schlechten Fahrer? Das habe ich nicht verdient.«

»Du siehst furchtbar aus, Dirk.«

»Und du bezaubernd. Ich brauche deine Hilfe.«

Sie blickte in gespielter Hast auf die Uhr. »Zehn Minuten – weil du es bist. Und weil ich die Exklusivrechte an deiner Story bekomme.«

»Wenn sie glücklich ausgeht, denke ich darüber nach«, antwortete er. »Es geht um ein Verbrechen, das vor fünfzehn Jahren hier in der Gegend verübt wurde.«

»Fünfzehn Jahre? Das ist eine lange Zeit.«

»Ich erinnere mich dunkel an die Geschichte und würde gerne mehr darüber wissen. Kannst du dich in eurem Archiv vergraben?«

Sie lächelte und klopfte auf den Computermonitor. »Nicht nötig. Das steckt alles hier drin. Ich brauche nur ein paar Anhaltspunkte.«

»Das Opfer war ein siebzehnjähriges Mädchen. Sie wurde eine Nacht lang von fünf jungen Männern in einer Hütte im Wald beim Wolfstein festgehalten, gequält und mehrfach vergewaltigt, bevor ihr die Flucht gelang. Die fünf Jungs waren alle achtzehn bis zwanzig Jahre alt und wurden für ihre Verbrechen nie belangt.«

»Kennst du Namen?«

Er nickte. »Das Opfer hieß Shadi Seeger.«

Mimi hackte auf ihre Tastatur ein.

»Und ich kann dir die Namen der Verdächtigen geben.« Er zog einen Zettel aus der Hosentasche und reichte ihn Mimi.

Sie studierte die Namen auf der Liste und schüttelte den Kopf. »Ist das dein Ernst, Dirk? Das ist die gesellschaftliche Creme de là Creme der Stadt!« Ungläubig blickte sie auf. »Es ist dein Ernst«, seufzte sie.

»Es kam nie zu einer Gerichtsverhandlung. Die Staatsanwaltschaft hatte bereits die Anklageschrift ausgearbeitet, aber plötzlich wurde das Verfahren eingestellt. Ich will wissen, warum.«

Mimis Augen wanderten im Rhythmus der Zeilen, die sie vom Computerbildschirm ablas, hin und her. »Shadi … das ist ein sehr seltener Name«, murmelte sie.

»Die Leute sagen, ihre Großmutter sei eine Indianerin gewesen.« Wahrscheinlich eine Schamanin, die sich auf Liebeszauber und dunkle Magie verstanden hatte, dachte er amüsiert.

Mimi runzelte die Stirn. »Es existiert nur eine Meldung aus dem Kurier vom 15. Juli 1998. Man sollte meinen, ein solches Verbrechen hätte mehr Staub in einer Kleinstadt wie Hachenburg aufgewirbelt. Immerhin kann ich dir den Namen des Anwalts nennen, der die fünf Jungen verteidigen sollte. Das wird dir nicht gefallen, Dirk. Es war Albert ...«

»... Leimbach, ich weiß.«

»Mhm.« Mimi schmollte.

»Mehr hast du nicht zu bieten?«

»Habe ich dich jemals im Stich gelassen?«

»Verzeih mir.« Er rieb sich das schmerzende Kinn. »Ich bin nicht ganz auf der Höhe.«

Sie griff nach dem Telefonhörer, wählte eine Nummer und seufzte. »Dein blaues Auge bricht mir das Herz. Nur darum gebe ich eine meiner wichtigsten Quellen preis. Roland Schuhen war Polizeireporter und genießt jetzt seinen Ruhestand. Er kennt alles und jeden in Hachenburg. Wenn jemand Genaueres über die Sache weiß, dann er.« Ihr Gesicht hellte sich auf, als sich der Angerufene meldete. »Oh, hallo Roland.«

Nach dem üblichen Smalltalk reichte sie den Hörer an Lieven weiter.

»Was kann ich für Sie tun, Herr Lieven? Wie ich höre, interessieren Sie sich für einen alten Fall«, begrüßte ihn Schuhen.

Lieven erklärte dem ehemaligen Polizeireporter, dass er im Todesfall von Gudrun Holt Nachforschungen anstellte und nach Zusammenhängen suchte, die weit in die Vergangenheit reichten.

»Ich erinnere mich an den Fall. Der 98er-Sommer war brütend heiß. Die Schwüle machte die Leute verrückt, die Kriminalitätsrate in Hachenburg stieg rapide an.«

»Was geschah in jener Nacht?«

»Das ist niemals ganz geklärt worden. Shadi Seegers Vater erstattete Anzeige gegen Victor Kronberg und vier seiner Freunde. Das Mädchen sagte aus, die fünf jungen Kerle hätten sie in einer Grillhütte in der Nähe des Wolfsteins eingesperrt und mehrfach vergewaltigt. Ihre Geschichte klang glaubhaft, aber ihr fehlten die Beweise.«

»Aber das Mädchen ist doch sicher untersucht worden. Die Gerichtsmedizin muss Verletzungen festgestellt haben.«

»Ja, allerdings. Aber die Beweismittel wurden auf obskure Weise vernichtet. Sie gingen beim Unfall eines Polizeiwagens in Flammen auf.«

»Was unternahmen die Ermittler?«

»Sie nahm die Vorwürfe sehr ernst. Die Jungen wurden stundenlang verhört. In Christoph Raders Wagen fand man Kleidungsstücke, die Shadi Seeger zugeordnet werden konnten. Es sah alles danach aus, als ob die Staatsanwaltschaft ein Verfahren einleiten würde. Doch plötzlich verlief die Sache im Sand.«

»Aus welchem Grund?«

»Darüber kann ich nur Vermutungen anstellen. Aber wenn ich mal spekulieren darf? Man muss sich das vorstellen: Die Söhne der fünf angesehensten Männer der Stadt – darunter ein echter Grafensohn – werden der Gruppenvergewaltigung, Freiheitsberaubung und Körperverletzung angezeigt. Man kann sich leicht ausmalen, dass ihre Väter ihren Einfluss geltend machten, wo sie nur konnten. Sie boten ein Heer von Anwälten auf. Wie hieß noch der Hauptverteidiger … Leimbeck oder …«

»… Leimbach.«

»Ja, richtig. Die Anwälte zerfetzten die wackelige Anklage in der Luft. Die Jungen bestritten nicht, dass das Mädchen in der Hütte gewesen war. Einer von ihnen gab sogar zu, dass es zu sexuellen Handlungen gekommen war. Allerdings mit Shadis Einverständnis. Auch für die Kleidungsstücke im Wagen von Christoph Rader fand sich eine einleuchtende Erklärung. Der Junge gab an, das Mädchen ein Stück mitgenommen zu haben, als er auf dem Weg zu der Hütte war. Sie hatte sich beim Klettern am Wolfstein den Knöchel verstaucht. Die Gerichtsmedizinerin konnte genau diese Verletzung feststellen.«

»Es gab also keine Verhandlung?«

»Kein Richter hätte die fünf bei dieser dünnen Beweislage verurteilt. *Diese* Jungs schon gar nicht.«

»Wie reagierte die Familie des Mädchens darauf?«

»Die Seegers zogen kurz darauf aus Hachenburg fort. Es kamen Gerüchte auf, dass sie nicht freiwillig gingen. Vermutlich wurden sie massiv unter Druck gesetzt. An einem Skandal war niemandem in der Stadt gelegen. Shadi und die Jungen um Kronberg besuchten alle das Marienstätter Gymnasium.«

»Sie meinen die Klosterschule?«

»Genau die. Ich versuchte damals, der Familie Seeger zu helfen, und stand kurz davor, aufzudecken, dass die Schulleitung ihre Finger in der Sache drin hatte. Die hässliche Geschichte drohte den Ruf der Lehranstalt und des Klosters in den Dreck zu ziehen. Die Mönche taten alles, um die Geschichte zu vertuschen. Solche Geschichten sind nicht nur schlecht für das Ansehen des Zisterzienserordens, sondern auch fürs Geschäft. Das Kloster begann sich damals zu einem ähnlichen Publikumsmagneten wie Maria Laach zu entwickeln.«

»Sie meinen, es floss Geld?«

»Vielleicht. Die Seegers waren jedenfalls von einem Tag auf den anderen aus Hachenburg verschwunden. Danach verlor niemand mehr ein Wort über die Angelegenheit. Ich habe noch ein bisschen nachgebohrt, aber man legte mir nahe, damit aufzuhören, wenn ich meinen Job beim Kurier behalten wollte.«

Lieven spürte ein Kribbeln im Nacken. Er war sicher, das richtige Ende des Fadens in den Händen zu halten.

»Warum interessieren Sie sich gerade jetzt für die alte Geschichte?«, fragte Schuhen.

»Die Vergewaltigung von Shadi Seeger steht möglicherweise in Zusammenhang mit Verbrechen, die vor kurzer Zeit begangen wurden.«

»Hm. Sie reden von Haderbach und Robert von Sayn. Interessanter Gedanke. Rufen Sie mich wieder an, wenn Sie mehr herausfinden.«

Lieven versprach, sich zu melden. Nachdenklich legte er auf. Mimi hatte neue Informationen für ihn.

»Ein Namensvetter von dir hat damals die Ermittlungen geleitet, Polizeihauptkommissar Joachim Lieven. Wenn man diesem alten Leitartikel glauben kann, war er der schlimmste Trinker, der jemals

Polizeichef in Hachenburg war, korrupt und unfähig, auch nur eine Vernehmung durchzuführen. Schlimmer noch als Morloch. Diesen Mann unter Druck zu setzen, dürfte ein Kinderspiel gewesen sein.« Erschrocken über ihre eigenen Worte blickte Mimi auf. »Ihr seid doch nicht etwa verwandt?«

»Nein«, sagte er. »Ist wohl bloß ein Zufall.«

»Du siehst aus, als hättest du ein Gespenst gesehen, Dirk«, sagte Mimi besorgt.

»Ja. Vielleicht habe ich das.«

Ohne die üblichen Witzeleien und Anspielungen verließ er die Redaktion.

Mimi sah ihm hinterher. Plötzlich kam ihr eine Idee. Rasch durchforstete sie das Internet nach dem Namen Lieven. Es gab ihn in Hachenburg nur ein einziges Mal.

17

Die Wiedbach-Suchtklinik duckte sich hinter eine Reihe verkrüppelter Buchen, deren kahle Äste sich wie die Knochen eines Skeletts in den trüben Nachmittagshimmel streckten. Dirk Lieven stellte seine Yamaha auf dem Parkplatz gegenüber der Klinik ab und starrte regungslos auf die Ansammlung würfelförmiger Gebäude, die ihn an Kasernenbaracken erinnerten. Schließlich stieg er von der Maschine und lief, so schnell er konnte, hinauf zum Eingangsportal. So, als könne er damit verhindern, dass er umkehrte und die Flucht ergriff. Als er schwer atmend vor der verglasten Doppeltür stand, wünschte er sich an den Ort im Universum, der am weitesten von diesem Punkt entfernt war. Der Schmerz in seiner Hüfte pulsierte wie ein lebendiges Wesen und erinnerte ihn an den Tag vor siebenundzwanzig Jahren, den er für immer aus seinem Kopf verbannt hatte, um nicht den Verstand zu verlieren. Doch wenn er Shadi helfen wollte, Frieden zu finden, musste er zuvor in seine eigene Hölle hinabsteigen.

Dreimal hatte er unterwegs angehalten und das Motorrad gewendet. Und doch war er immer weiter gefahren. Eine Weigerung, die Klinik zu betreten, würde bedeuten, dass er den Kampf gegen Kronberg verloren hatte, bevor er ihn begann. Er konnte seinen Gegner nur bezwingen, wenn er sich dem Mann stellte, von dem er als Kind geglaubt hatte, der Satan persönlich habe ihn auf die Erde geschickt. Seine einzige Aufgabe schien darin bestanden zu haben, einen zehnjährigen Jungen so lange zu verprügeln, bis er mit einer Hüftfraktur und drei angebrochenen Rückenwirbeln in ein Krankenhaus eingeliefert wurde.

»Kann ich Ihnen helfen?«

Lieven schreckte aus seinen Gedanken hoch. Wie lange hatte er wohl schon in der nach Desinfektionsmitteln und Bohnerwachs riechenden Halle gestanden und in die Vergangenheit geblickt?

Die Pflegerin musste ihn für verrückt halten. Aber wahrscheinlich war sie den Anblick von Menschen gewohnt, die der Alkohol in sinnlos vor sich hin brabbelnde Wracks verwandelt hatte. »Entschuldigen Sie«, sagte er. »Ich möchte zu meinem Vater, Joachim Lieven.«

Er erstickte fast an den Worten und war im Begriff, einen kompletten Idioten aus sich zu machen. Wahrscheinlich weigerte sich sein Vater, ihn überhaupt zu empfangen. Sie hatten seit zehn Jahren kein Wort miteinander gewechselt und wenn es nach Lieven ging, würde das auch so bleiben.

Er dachte an den Schmerz in Shadis Augen. Er wollte mehr über diese Frau erfahren, wollte mit ihr seine Gefühle und Gedanken, seine Freude und seine Sorgen teilen. Er wollte alles über sie wissen. Und vor allem wollte er sie lachen hören. Nur darum war er hier. Zumindest schenkte ihm sein Wunsch genug Mut, um nicht davonzulaufen.

»Sie haben keinen guten Tag für Ihren Besuch ausgewählt«, sagte die Pflegerin. »Es geht ihm schlecht.«

»Würden Sie …«, er riss sich zusammen, »würden Sie ihn fragen, ob er mich sehen will. Ich meine, wenn es sein Zustand erlaubt.«

»Warten Sie bitte hier.«

Sie verschwand in einem der Korridore, die sternförmig von der Eingangshalle abzweigten. Das eintönige Grau der Fassade strafte das Innere des Pflegeheims Lügen. Die Wände waren in warmen Pastellfarben gehalten, die Böden mit schallschluckendem kaffeebraunem Teppichboden ausgelegt. Lieven zwang sich, die Aquarelle neben den Zimmertüren zu betrachten, bis die Pflegerin zurückkehrte.

»Sie können zu ihm«, sagte sie.

Plötzlich fühlte er sich wie ein Schüler, der in das Büro des Direktors bestellt wird, weil er etwas ausgefressen hat. Insgeheim hatte er gehofft, sein Vater würde ihn zum Teufel jagen. Dann hätte er es zwar versucht, aber es wäre nicht seine Schuld gewesen, wenn er hätte umkehren müssen.

»Hier entlang bitte.«

Das Zimmer lag im Halbdunkel. Sein Vater saß in einem Rollstuhl vor dem Fenster und starrte auf die Regentropfen, die ein heftiger Aprilwind die Scheiben jagte. Die Pflegerin schloss die Tür hinter ihm. Nun war er mit ihm allein, zum ersten Mal seit zehn Jahren. Unschlüssig blieb er in der Nähe der Tür stehen, als könne er so jeden Augenblick die Flucht ergreifen. Weder er noch sein Vater sprachen ein Wort der Begrüßung. Lievens Blicke schweiften durch das Zimmer – ein Bett, ein Schrank, ein kleiner Tisch und zwei Sessel, eine aufgeschlagene Tageszeitung auf dem Tisch. Ordentlich und sauber, fast steril. An der Wand über dem Bett hingen drei gerahmte Bilder. Er erkannte sie sofort wieder. Es waren frühe Bleistiftzeichnungen, die er im Alter von vierzehn Jahren gemalt hatte. Die Erinnerung schnürte ihm die Kehle zu. Der Schmerz in seiner Hüfte pochte dazu wie ein Uhrwerk, das durch die Zeit zurückraste und ihn in die Vergangenheit katapultierte.

»Das Frühjahr ist zu kalt und nass. Wir werden einen schlechten Sommer bekommen.« Die Stimme seines Vaters klang brüchig und dünn. Nichts war von der sonoren Strenge geblieben. Mühsam drehte er sich mit dem Rollstuhl um. Lieven erschrak. Als er seinen Vater zum letzten Mal gesehen hatte, hatte der großgewachsene Mann hundert Kilo auf die Waage gebracht, sein Gesicht war vom Alkohol aufgedunsen und gerötet gewesen. Vor ihm saß ein hohlwangiges, kraftloses Skelett. Sein Haar war weiß und dünn geworden, die knochigen Hände mit Altersflecken übersät. Nur seine Augen waren noch dieselben – grau und hart wie schmutziges Eis.

»Sehe ich so schlecht aus?«

Lieven schüttelte matt den Kopf. »Nein, es ist nur …« Weiter wusste er nicht.

Zitternd hob der Alte den Arm und zeigte mit seinem knochigen Finger auf seinen Sohn. »Du siehst nicht viel besser aus. Hast dich geprügelt, was? Der Apfel fällt nicht weit vom Stamm.« Er lachte trocken und hustete.

Lieven spürte Ärger und Zorn aufsteigen. Er durfte es nicht versauen. Er war wegen Shadi hier. Sollte der Alte ihn beleidigen … verletzen konnte er ihn nicht mehr. »Ich bin nicht gekommen, um mit dir zu streiten«, sagte er. »Ich brauche deine Hilfe. Nicht für mich, für … eine Freundin.«

Der Alte kniff die Augen zusammen. »So, Hilfe suchst du. Wenn du sie mir mal vorstellst, denke ich darüber nach.«

»Nein, nein. Nicht, was du denkst. Sie ist meine Mandantin.«

»Ach ja. Du hast Jura studiert … ein Anwalt bist du.« Er faltete den »Hachenburger Kurier« so zusammen, dass die Titelschlagzeile oben lag. *Freitod im Parkhaus*, stand dort in fetten schwarzen Lettern. Der Alte nutzte noch immer jede Gelegenheit, um ihn zu provozieren.

Lieven presste die Kiefer aufeinander, bis der Schmerz ihn zur Besinnung brachte. Er setzte sich in einen der Sessel und zwang sich zu vergessen, wer ihm gegenübersaß. Methodisch berichtete er von Kronberg und der Verhandlung, von Gudrun Holts Tod, von Zeller und seinen Schlägern und von Shadi Seeger.

Der Alte hörte stumm zu und unterbrach ihn nur ein einziges Mal, als sein Sohn die Engelsfigur erwähnte. In seinen grauen Augen loderte ein schwacher Glanz des einstigen Feuers auf. Er ließ sich die Tonfigur aus Shadis Werkstatt in allen Einzelheiten beschreiben. Sein Vater wusste, wovon er sprach, und hatte diese Figur schon einmal gesehen, dessen war sich Lieven sicher.

»Du hast damals die Ermittlungen geleitet«, schloss er seinen Bericht. »Und ich muss wissen, was wirklich geschehen ist. Warum ließ die Staatsanwaltschaft die Anklage fallen?«

Eine Zeitlang saß sein Vater stumm in seinem Rollstuhl. Lieven befürchtete bereits, er sei eingeschlafen, doch dann hob der Alte seinen Kopf. »Was hast du vor?«, fragte er.

»Ich werde beweisen, dass Kronberg Gudrun Holt vergewaltigt und ermordet hat. Und ich werde ihn, Zeller und Rader wegen der Vergewaltigung von Shadi Seeger vor Gericht bringen.«

»Vergiss diesen Unsinn. Lerne, mit den Wölfen zu heulen, und übernimm Leimbachs Kanzlei.« Er presste die Lippen zu einem harten Strich zusammen und musterte seinen Sohn abfällig. »Du bist immer noch derselbe idealistische Narr, der sich wegen anderer Leute die Nase einschlagen lässt und selbst leer ausgeht. Von mir hast du das nicht.«

»Wirst du mir helfen?«

»Hol mich hier raus.«

»Du kannst gehen, wohin du willst. Niemand darf dich hier festhalten.«

Sein Vater schüttelte den Kopf. Eine Haarsträhne fiel ihm in die Stirn. Genau wie früher, nur war sie nicht mehr braun, sondern weiß. »Ich bin nicht freiwillig hier. Hab im Rausch ein bisschen zu fest hingelangt. Sie sagen, ich bin zu meinem eigenen Schutz hier. Wenn sie behaupten, ich sei eine Gefahr für andere, können Sie mich wegsperren. Oder hast du das während deines Studiums nicht gelernt?«

Lieven schwieg entsetzt. Es passierte schon wieder. Ständig und überall um ihn herum. Wie viele Existenzen und Hoffnungen mochten durch gekaufte, falsche oder leichtsinnig erstellte psychiatrische Gutachten zerstört worden sein? So viel hing vom Urteil der sogenannten Experten ab, die sich anmaßten, über die geistige Gesundheit ihrer Mitmenschen zu urteilen. Nur zu oft irrten sie sich und lösten die Katastrophen erst aus, die sie verhindern wollten. Sein Vater hatte im Lauf der Jahre mehrere Entziehungskuren abgebrochen. Er war davon ausgegangen, dass sein Aufenthalt in der Wiedbachklinik nur ein weiterer Versuch war, seine Sucht zu besiegen.

»Ich werde tun, was ich kann. Vieles hängt von dir ab. Wir müssen ein neues Gutachten beantragen.«

»Halt mir die verfluchten Weißkittel vom Leib. Diese Psychiater drehen einem das Wort im Mund herum. Egal, was du sagst, sie legen es gegen dich aus. Kein Wort mehr rede ich mit diesen Schweinehunden.«

»Es wird sich nicht vermeiden lassen, wenn du hier raus willst. Warum wurde die Anklage gegen die fünf Jungen damals fallengelassen?«

»Weil ich Beweise verschwinden ließ.«

»Ich wusste es«, murmelte Lieven.

»Nichts weißt du. Sie haben mich unter Druck gesetzt. Eines Tages kam dieses Arschloch von einem Anwalt in mein Büro. Er wusste alles über mich. Wie viel ich trank, wann ich trank und was ich trank – und welche Fehler mir in den vergangenen Monaten wegen meiner Sauferei unterlaufen waren. Er wusste, welchem Dealer ich die Schnauze poliert und wann ich im Dienstwagen meinen Rausch ausgeschlafen habe – jedes einzelne verdammte Dienstvergehen. Er hat mich vor die Wahl gestellt. Entweder die Beweise gegen Victor Kronberg verschwinden ... oder ich.«

»Jetzt weiß ich wenigstens, von wem Kronberg gelernt hat, wie man einen Prozess gewinnt.«

»Hachenburg ist eine kleine Stadt. Glaubst du wirklich, ein Richter hätte es gewagt, die Nachwuchselite wegen einer Mischlingsgöre aus der Unterschicht an den Pranger zu stellen?« Mit zitternden Fingern zog der Alte eine zerknitterte Packung Marlboro hervor und zündete sich eine Zigarette an.

»Was genau ist damals passiert?«

»Dieses Mädchen ... sie hatte einen sehr seltenen Namen, den ich vorher noch nie gehört hatte ...

»Shadi.«

»Ja, so hieß sie. Shadi. Es war ein brütend heißer Julitag. Das Mädchen war oben am Wolfstein, um zu klettern. Damals war sie die Einzige, die so verrückt war. Heute wimmelt es dort oben von diesen Narren.« Er kniff die Augen zusammen, sog an seiner Zigarette und inhalierte tief den Rauch, was einen Hustenanfall auslöste. »Sie war eine Außenseiterin – schön und klug, aber ihr fehlte der richtige Stallgeruch. Ich weiß nicht mehr, ob sie sich bewusst von den anderen Schülern in Marienstatt fernhielt oder ob sie das Mädchen ausgrenzten. Sie nannten sie ›die Squaw‹.« Der Alte lachte und hustete. »Damals konnte man solche Spitznamen noch benutzen, heute würde man mich wegen Rassismus anzeigen.« Er schwieg eine Weile, als hätte er vergessen, wovon er sprach. Doch dann fuhr er unvermittelt fort. »Sie verstauchte sich den Knöchel und hatte Glück, dass sie sich nicht den Hals gebrochen hat. Aber sie saß fest, weil sie mit ihrem verletzten Fuß die Gangschaltung nicht mehr bedienen konnte. Und wie es der Teufel wollte, tauchte Christoph Rader auf, Kronbergs Saufkumpan. Wie du weißt, führt der Weg zur Grillhütte oberhalb am Wolfstein vorbei. Rader gab zu Protokoll, das Mädchen habe ihn um Hilfe gebeten und er habe es mit zur Hütte genommen.«

»Warum brachte er sie nicht in die Stadt zu einem Arzt?«

»Weil er scharf auf die Kleine war. Sie behauptete, er habe sie im Wagen bedrängt. Rader dagegen sagte aus, er habe nur nach ihrem verletzten Knöchel schauen wollen und sie habe gleich angefangen zu schreien. Es stand Aussage gegen Aussage. Er habe sie dann zur Hütte gefahren, weil sich sein Kumpel um sie kümmern sollte. Jörn Haderbach wollte Medizin studieren und besaß bereits gewisse Grundkenntnisse.«

»Und dann?«

Der Alte blinzelte in die Rauchschwaden. »Was willst du hören? Die offizielle Version aus den Verhörprotokollen oder die Wahrheit?«

»Ich habe Leimbachs Akte gelesen.«

»Ach ja, Leimbach. Der hat einen Haufen Kohle gemacht mit dem Fall und den Grundstock für seine Kanzlei gelegt. Der alte Kronberg wird ihn gut bezahlt haben.«

»Die Jungen stritten also alles ab?«, fragte Lieven.

»Ich hätte die Wahrheit schon aus ihnen rausgekriegt. Früher oder später wäre einer von ihnen zusammengebrochen. Den sauberen Grafensohn hatte ich fast soweit.«

»Was geschah in jener Nacht?«

»Kannst du dir das nicht denken? Fünf Jungs, vollgepumpt mit Testosteron und Alkohol … und ein schönes junges Ding, das keine Chance hat zu fliehen. Es lief aus dem Ruder. Sie vergewaltigten das Mädchen, immer wieder. Ein Gerichtsmediziner hat die Verletzungen protokolliert. Es gab überhaupt keine Zweifel, dass Shadi Seeger mehrfach missbraucht worden war. Sie drückten Zigarettenkippen auf ihrem Bauch und ihren Schenkeln aus, quälten und vergewaltigten sie und steigerten sich in eine Sex- und Gewaltorgie hinein. Irgendwann im Lauf des nächsten Tages konnte sie fliehen und sich im Wald verstecken. Ein Wanderer fand sie schließlich und brachte sie ins Krankenhaus.«

»Aber es muss DNA-Spuren gegeben haben, irgendeinen Beweis, dass die Jungen die Täter waren.«

Der Alte drückte seine Kippe im Aschenbecher aus. »Natürlich gab es die. Ich habe dafür gesorgt, dass sie verschwanden. Kurz nachdem ich die Proben und Untersuchungsergebnisse in der Gerichtsmedizin abgeholt hatte, ging doch tatsächlich mein Dienstwagen in Flammen auf, während ich in der Bude am Bahnhof eine Currywurst aß.«

Lieven wandte sich ab und grub die Fingernägel in seine Handflächen, bis der Schmerz unerträglich wurde. Ihm war übel. Er ertrug es nicht länger, ertrug seinen Vater nicht mehr. »Warum hast du das getan?«, fragte er. »Sag mir nicht, du hättest wegen uns gelogen, wegen Mutter … und mir. Ihr wart längst geschieden, als das alles passierte.«

»Willst du es wissen? Wirklich wissen?«

Lieven nickte stumm und starrte auf den Türrahmen. Nur nicht hinsehen, ihn nicht sehen müssen.

»Sie ließen mich in Ruhe und ich konnte weiter trinken. Der Alkohol ist wie ein großer schwarzer zottiger Hund, der mir nachläuft. Er droht mich zu fressen, langsam, Stück für Stück. Ich kann nicht von ihm lassen und er nicht von mir. Ich kann ihn treten, Steine nach ihm werfen und ihn halb tot prügeln, er wird mir folgen bis zum Schluss. Und frisst mich auf, bis nur noch Knochen übrig sind. Schau mich an.«

Lieven schüttelte den Kopf.

»Schau mich an«, wiederholte der Alte.

Langsam drehte sich Lieven um.

»Dies ist vielleicht die letzte Chance für mich, ein wenig von meiner Schuld abzutragen. Ungeschehen machen kann ich nichts.«

»Was kümmert dich Shadi Seeger oder irgendein anderer Mensch?«

Sein Vater ließ erschöpft den Kopf auf die Brust sinken. »Ich habe hier drin viel Zeit zum Nachdenken.«

Lieven studierte krampfhaft das Muster der Tapete. »Und was ist dabei herausgekommen?«

»Hol mich hier raus und ich sag's dir! Drei Wochen nach der Nacht in der Hütte suchte mich Shadis Vater auf«, fuhr der Alte fort. »Er behauptete, seine Tochter habe schreckliche Angst.«

»Sie war traumatisiert.«

»Jemand folgte ihr auf Schritt und Tritt. Er verschaffte sich Zutritt zum Haus der Seegers und ließ etwas sehr Merkwürdiges zurück, eine Tonfigur.«

Lieven fuhr herum. »Eine Engelsfigur?«

»Ja. Eine kleine Statuette, etwa fünfzehn Zentimeter groß. Keine von diesen kitschigen Putten, sondern ein komischer kleiner Engel mit ausgebreiteten Flügeln.«

Lievens Gedanken überschlugen sich. Sein Vater beschrieb exakt die Figur, die er in Shadis Werkstatt gesehen hatte.

»Zum ersten Mal habe ich so ein Ding vor fünfundzwanzig Jahren gesehen.« Der Alte zündete sich eine neue Zigarette an. Lieven nahm den Gestank des Rauches plötzlich nicht mehr wahr. »Wir wohnten damals auf der anderen Rheinseite, erinnerst du dich? Du warst gerade sieben Jahre alt. Ich arbeitete für die Kripo in Koblenz. Wir wurden zu einem Reihenhaus in Kesselheim gerufen.«

»Wir?«

»Der alte Henschel und ich. Henschel stand kurz vor der Pensionierung, es war sein letzter Fall. Nachbarn hatten uns alarmiert, weil sie Schreie und Lärm gehört hatten. Als wir eintrafen, fanden wir die Leichen eines Ehepaars. Sie waren regelrecht geschlachtet worden. Überall war Blut, an den Wänden, auf den Möbeln und dem Teppich und sogar an der Decke. Und bei der Leiche der Frau entdeckten wir eine dieser verfluchten Engelsfiguren.«

»Und der Täter wurde nie gefasst?«

»Nein. Wir durchsuchten das Haus und stießen in einem Winkel über der Garage auf einen verstörten zehnjährigen Jungen. Er muss alles mit angesehen haben. Er kannte den Mörder, konnte aber nicht über die Tat sprechen und hat das auch später niemals getan. Er stellte sich als geistig behindert heraus. Die Psychologen bissen sich die Zähne an ihm aus.«

»Was ist aus ihm geworden?«

Der Alte hustete krampfhaft. »Ich weiß es nicht. Vielleicht lebt er noch, vielleicht ist er auch schon längst tot.«

Lievens Blicke folgten den verschlungenen Mustern des Sisalteppichs unter seinen Füßen. War dieser Junge identisch mit dem Wahnsinnigen, der Shadi verfolgte? Hatte er die Morde an Haderbach und von Sayn verübt? Aber warum? Welches Motiv hatte er? Er dachte an die Sensationsmeldungen der Presse zu von Sayns Tod. Angeblich hatte er vor seinem Ende im Drogenrausch seinen Mörder gesehen und ihn als Dämon beschrieben – als einen Dämon mit einer verkrüppelten Hand.

»War der Junge in irgendeiner Weise auch körperlich behindert? Hatte er vielleicht eine deformierte Hand?«

»Nein. Daran würde ich mich erinnern.«

»Lebt Henschel noch?«

»Keine Ahnung.« Der Alte zündete sich eine neue Zigarette an. »Wann holst du mich hier raus?«

»Du bist hier gut aufgehoben, warum willst du unbedingt dein Leben komplizierter machen, als nötig?«

Mit einer Kraft, die er seinem ausgemergelten Vater niemals zugetraut hätte, trieb der Alte seinen Rollstuhl auf ihn zu. »Weil sie mich eingesperrt haben! Sterben müssen wir alle. Der Sensenmann steht schon hinter mir. Ich kann seinen fauligen Atem riechen. Aber ich will in Freiheit sterben, nicht in einem verdammten Knast.«

Lieven wich vor seinem Vater zurück. »Ich muss mir erst Akteneinsicht verschaffen. Das kann ein paar Tage dauern. Und dann brauchen wir einen Sachverständigen, der das Gutachten entkräftet.«

»Dann beeil dich.«

»Ich werde tun, was ich kann.« Er hatte es plötzlich eilig, die Klinik zu verlassen. Einen schrecklichen Augenblick lang erschien ihm das Gesicht seines Vaters wie ein verzerrtes Spiegelbild seiner selbst. Alkoholismus war eine Krankheit, die zu einem Teil in den Genen eines Menschen schlummerte. Wenn sein Lebensweg anders verlaufen wäre, hinge er heute vielleicht ebenso an der Flasche wie sein Vater. Vielleicht besaß er ein winziges bisschen mehr Kraft, gerade so viel, dass er der Sucht widerstehen konnte. Niemals würde er erfahren, wie nahe er dem Teufel Alkohol gekommen war. Vielleicht hatte er einfach nur Glück gehabt. Der Unterschied zwischen seinem Vater und ihm war geringer, als er wahrhaben wollte. Dennoch konnte und wollte er diese Tatsache nicht akzeptieren.

Lieven lief in den Regen hinaus. Nun ergaben Shadis indirekte, seltsame Fragen einen Sinn. Konnte es sein, dass jemand für sie die Drecksarbeit erledigte und sie es stillschweigend akzeptierte? Offenbar wusste sie nicht, wer der unbekannte Killer war, aber er existierte. Wenn er wirklich Shadis Peiniger einen nach dem anderen ins Jenseits beförderte, was würde er tun, wenn der letzte der Vergewaltiger tot war? Sich ihr offenbaren und Dank für seine Taten einfordern? Und wenn Shadi ihm ihre Zuneigung verweigerte? Es konnte nur ein Motiv für seine mörderische Hilfe geben: krankhafte, falsch interpretierte Liebe. Der Gedanke an einen von wahnhafter Verehrung getriebenen Menschen beunruhigte Lieven. Eine direkte Begegnung würde in einer blutigen Katastrophe enden. Shadi Seeger schwebte in tödlicher Gefahr.

18

Shadi schlug Funken aus dem Meißel und tanzte um den Basaltblock herum wie ein zorniger Kobold. Aus dem Lautsprecher hinter ihr dröhnte »Custard Pie« von Led Zeppelin. Mit jedem Schlag hämmerte sie die Gedanken an Dirk Lieven aus ihrem Herz und versenkte sie in dem eisenharten Stein. Er gefiel ihr. Oh ja, er gefiel ihr sogar sehr. Dass sie ihn behandelte wie einen Störenfried, der in ihr Leben eingedrungen war, hatte nur einen einzigen Grund: Sie fürchtete sich vor ihren eigenen Gefühlen. Bisher hatte sie noch jeden Mann erfolgreich vergrault, der Interesse an ihr zeigte. Aber instinktiv spürte sie, dass ihre erprobte Masche, sich Menschen vom Leib zu halten, die den Panzer um ihr Herz aufzubrechen drohten, bei Lieven nicht funktionieren würde.

Ein Hagel aus kraftvollen und zugleich geschmeidigen Schlägen traf den Bär, der sich langsam aus dem Stein befreite. Atemlos hielt sie inne, bevor ein übereilter Schlag die halbfertige Skulptur ruinierte. In den letzten zwei Tagen hatte sie begonnen, die Konturen zu verfeinern. Ein Wolf saß dem Bären im Genick und riss sein Maul zum tödlichen Biss auf. Das gejagte Tier drehte den massigen Kopf zur Seite, um seine Augen vor dem Angriff eines zweiten Wolfes zu schützen, die Pranke zum Hieb erhoben. Mit seinen kräftigen Beinen schüttelte er zwei Wölfe ab, die ihre Krallen in den Pelz des Riesen geschlagen hatte. Ein fünfter Wolf lag tot unter seinen Pranken begraben.

Von dem Killer, der ihr die Arbeit abnahm, fehlte jede Spur. Nicht zum ersten Mal fragte sich Shadi, warum er darauf wartete, dass sie ihm die Beute zum Fraß vorwarf. Wenn er schon den geheimnisvollen Rächer spielte, weshalb erledigte er seinen blutigen Job nicht, wie es ihm passte? So sehr sie in ihrer Vergangenheit grub, niemand, dem sie je begegnet war, würde sie solch brutale Verbrechen zutrauen.

Auf der CD im Schlitten des Ghettoblasters eröffnete Jon Bonham »The Rover«. Shadi begann, die fellbedeckte Pranke des Bären mit einem Zahneisen herauszuarbeiten.

Plötzlich tanzte ihr Handy auf dem Skizzentisch und spuckte ein Gitarrenriff von Cream aus. Sie legte ihr Werkzeug ab und meldete sich.

»Hi, Shadi. Hier ist Bodo.« Zellers tiefe Stimme dröhnte aus dem Lautsprecher.

Das Plastikgehäuse des Telefons knirschte unter Shadis zornigem Griff. »Was willst du?«

»Wir sollten reden.«

»Es gibt nichts zu reden. Mach dich auf dein …«, sie verschluckte die letzten Worte. Hörte jemand mit? Vielleicht wollte Zeller sie in eine Falle locken und Morloch saß in diesem Moment neben dem muskelbepackten Affen und zeichnete jedes unbedachte Wort von ihr auf – das perfekte Geständnis, handlich abgepackt als mp3-Datei. Dass sie noch frei war, bewies, dass Morlochs Drohungen nichts als Prahlerei gewesen waren.

»Ich bin allein«, sagte Zeller, als hätte er ihre Gedanken erraten. »Niemand hört mit.«

»Woher hast du meine Nummer?«

»Morloch klebt an deinen Schuhen wie Hundescheiße. Er weiß alles über dich und er wird seinen Verdacht weiterleiten … es sei denn, wir können ihn überreden, still zu halten.«

»Warum nimmt er mich dann nicht hoch? Ich falle auf eure unterbelichteten Tricks nicht herein, Bodo.«

»Das ist kein Trick. Ich will dir ein Angebot machen, bei dem wir beide gewinnen können.«

»Warum sollte ich dir glauben?«

»Weil du genauso in der Klemme steckst wie ich. Das Spiel wird mir zu heiß, Shadi.«

»Das macht nicht ungeschehen, was ihr mir angetan habt.«

»Was passiert ist, kann ich nicht mehr ändern. Es ist fünfzehn Jahre her. Lass uns einen Schlussstrich ziehen. Ich biete dir eine halbe Million als späte Entschädigung. Du verlässt die Stadt und ich sehe dich nie wieder.«

»Eine halbe Million?«, rief Shadi verblüfft. »Ich wusste nicht, dass ich so kostbar bin. Woher hast du so viel Geld?«

»Mein Leben, Shadi. Mein Leben ist mir so viel wert. Und um deine zweite Frage zu beantworten: Ich besitze eine Kette von Fitnessstudios. Ich kann's mir leisten.«

»Ich habe Jörn und Bobby nicht getötet.«

Zeller lachte. »Guter Versuch, Shadi. Aber ich versichere dir, wir sind alleine. Was ist, schlägst du ein? Überleg's dir, es ist eine Menge Geld. Du wirst mehr damit anfangen können als mit fünf Morden auf deinem Konto. Irgendwann wirst du einen Fehler machen. Wenn Morloch dich nicht erwischt, wird dir einer von uns den Hals umdrehen. Sei heute Abend um zehn bei der Hütte am Wolfstein und du bist eine reiche Frau.«

»Was für einen romantischen Treffpunkt du ausgesucht hast, Bodo. Werd bloß nicht sentimental.«

»Ich kann dir das Geld nicht auf der Straße übergeben. Nimm es oder lass es. Aber denk daran, dass wir uns nicht ohne Gegenwehr abmurksen lassen. Jörn hast du überrascht und Bobby war sowieso ein Idiot. Mit Vic, Chiko und mir wirst du nicht so leichtes Spiel haben.«

»Warum bietest du mir das Geld dann überhaupt an?«

»Ich habe keinen Bock auf dieses Scheißspiel. Und ich will mich ohne Bodyguard aus dem Haus wagen können.«

»Glaubst du wirklich, ich gehe euch so leicht in die Falle, Bodo? Was habt ihr vor? Wollt ihr die Party wiederholen, weil es euch so viel Spaß gemacht hat, mich halbtot zu ficken?«

»Du bist ganz schön misstrauisch. Schlag die Zeitung auf. Victor und Chiko sind heute Abend auf einer Wahlkampfveranstaltung in der Hachenburger Stadthalle. Vic will schließlich Bürgermeister werden, da muss er sich in der Öffentlichkeit zeigen. Außer dir und mir weiß niemand von unserem Treffen. Wirst du kommen?«

»Das erfährst du, wenn ich da bin.« Shadi trennte die Verbindung. Sie würde zur Hütte fahren, oh ja, das würde sie. Aber die Nacht würde anders ablaufen, als Zeller es sich vorstellte. Unverhofft bot sich ihr eine Chance, der sie nicht widerstehen konnte.

Heute Nacht würde sie einen weiteren Namen auf ihrer Liste durchstreichen.

Zehn Kilometer von Shadis Werkstatt entfernt goss Victor Kronberg zufrieden Remy Martin in drei Cognacschwenker.

»Hat sie es geschluckt?«, fragte Rader.

»Sie wird kommen, verlass dich drauf«, antwortete Zeller.

Kronberg hob sein Glas. »Auf eine wilde Nacht!«

Über und über mit Steinstaub bedeckt, lief Shadi zur Bäckerei in der Ortsmitte und kaufte eine Ausgabe des »Hachenburger Kuriers«. Was Zeller behauptet hatte, entsprach der Wahrheit. Kronberg würde heute Abend auf einer Veranstaltung seiner Partei auftreten und offiziell seine Kandidatur für das Bürgermeisteramt bekanntgeben. Und natürlich würde Rader als sein Wahlkampfmanager wie ein wachsamer Iltis um ihn herumschleichen. Eine bessere Gelegenheit, Zeller zu erwischen, würde sie nicht bekommen. Die Phalanx ihrer Gegner begann sich aufzuspalten.

Sie ging in die Werkstatt zurück und schob einen versteckten Riegel an der hinteren Wand zurück. Durch eine schmale Öffnung schlüpfte sie in einen Verschlag, der vom Licht einer Leuchtstoffröhre erhellt wurde. Gewissenhaft traf sie ihre Vorbereitungen und machte sich am späten Nachmittag auf den Weg zur Hütte am Wolfstein in der Nähe des Wildparks. Auf dem Beifahrersitz des Pickups ruhte ein schwarzer Rucksack mit giftigem Inhalt.

Gegen einundzwanzig Uhr erstieg Shadi im Schutz der Dunkelheit den Aussichtsturm in Sichtweite des Wildparkhotels. Den auffälligen Pickup hatte sie hinter einer Schutzhütte unweit des neuen Kletterparks abgestellt. Durch ein Nachtsichtglas beobachtete sie den Parkplatz, die Tiergehege und das Gelände rund um das Hotel. Die Drehgondel des 360-Grad-Restaurants auf dem Dach war hell erleuchtet und rotierte langsam. Den zahlungswilligen Gästen bot sich ein weiter Blick über die nächtliche Kurstadt. In den Parkboxen warteten zwei Dutzend Luxuslimousinen darauf, dass ihre Besitzer mit exquisit gefüllten Mägen zurückkehrten.

Nach einer Stunde verstaute sie das Glas im Rucksack und überprüfte noch einmal die geladene Walther P22. Weder von Kronberg noch von Rader oder Zeller hatte sie eine Spur entdeckt. Angespannt lief sie die Stufen des Aussichtsturms hinab und hetzte auf den dunklen Wald zu. Die Grillhütte lag zwei Kilometer entfernt oberhalb der würfelförmigen Formation aus riesigen Basaltfelsen. Eine alte Sage erzählte, der Teufel habe sie einst verloren, als er eine Treppe zum Himmel hatte errichten wollen und dabei gestört worden war.

Vor fünfzehn Jahren hatte die Hütte dem alten Kronberg gehört, heute war vermutlich Victor der Eigentümer. Sie kannte jeden Quadratmeter des Waldes und war für ihr Vorhaben gut ausgerüstet. In den schwarzen Leggins und der schwarzen Kapuzenjacke war sie nahezu unsichtbar; der kleine LED-Strahler, der an einem Stirnband befestigt war, wies ihr den Weg. Der kalte Aprilwind bog die Wipfel der Fichten und Buchen und erzeugte ein unheimliches Heulen. Dürre Äste klapperten aneinander wie die Knochen einer Armee aus Skeletten, die in der stockdunklen Nacht zum Leben erwachten. Im Spotlight des Strahlers folgte sie einem Weg, der sich unauslöschlich in ihr Gedächtnis gebrannt hatte.

Eine Viertelstunde später erreichte sie einen Bergkamm. Unter ihr ragte das Dach der Holzhütte auf. Brandgeruch lag in der Luft, aus dem Kamin stiegen unsichtbare Rauchschwaden und glimmende Funken auf.

Seit jener schrecklichen Nacht hatte sie diesen Ort nicht mehr betreten. Einen Herzschlag lang gewannen die traumatischen Erinnerungen die Kontrolle über ihren Verstand und zwangen sie in eine Art Schockstarre. Im Schutz einer Eiche kauerte sie auf dem Berggrat und starrte auf die Hütte hinab. Ein Maschendrahtzaun schützte das Grundstück vor ungebetenen Besuchern. Es gab zwei Zugänge. Auf der Vorderseite über den freien Platz mit dem Grill und dem verrosteten Klettergerüst und auf der Rückseite der Hütte, wo Brennholzscheite unter einem niedrigen Dach in ordentlichen Reihen gestapelt lagen. Durch diese Tür war sie vor fünfzehn Jahren in einem unbewachten Moment geflohen. Hätte sie ihre Chance damals nicht genutzt, wären ihre Knochen wohl irgendwo im Waldboden vermodert und niemand hätte je erfahren, was ihr zugestoßen war.

Mit dem Nachtglas suchte sie sorgfältig die Umgebung ab, ohne eine Spur von ihrem unbekannten Helfer zu entdecken. Nichts deutete darauf hin, dass er in der Nähe war. Wenn er ihr wirklich folgte, ging er dabei sehr geschickt vor.

Das Knarren der Hüttentür riss sie aus ihrer Starre. Sie vergewisserte sich, dass die Walther sicher in ihrem Gürtel steckte, und suchte dann einen Weg zwischen den Felsen hindurch zum Talgrund. Augenblicke später drückte sie sich an die Hüttenwand neben der Tür und wartete, bis ihr rasender Herzschlag sich beruhigte. Dann wirbelte sie herum und stieß mit der Schuhspitze die Tür auf.

Nichts hatte sich verändert. Noch immer zierten dieselben scheußlichen Vorhänge mit Schottenkaro die Sprossenfenster, die rustikale Sitzgarnitur war dieselbe, selbst das Feuer im Kamin schien seit fünfzehn Jahren zu brennen. Sie erinnerte sich an jedes Detail, an die grässlichen Jagdtrophäen und die Rußflecken auf den Steinplatten. Der Anblick drohte sie erneut zu lähmen.

Bodo Zeller stand vor dem Kamin und stellte eine Flasche Chivas Regal auf den Sims über der Feuerstelle. Langsam drehte er sich um. Auch er hatte sich kaum verändert. Natürlich war er fünfzehn Jahre älter, aber außerordentlich gut in Form. Sein dunkler Wollpullover spannte sich über den muskulösen Brustkorb und verriet agile Kraft. Das kurz rasierte blonde Haar wich an den Schläfen zurück. In den Augenwinkeln hoben sich Krähenfüße hell von der solariumgebräunten Haut ab. Die arrogante Haltung und das kalte Funkeln in seinen stahlblauen Augen waren noch da, als wären fünfzehn Jahre zu einer Stunde geschrumpft.

Sein Blick streifte die Walther in ihrer Hand. »Du wirst das Ding nicht brauchen. Steck es lieber ein, bevor du jemanden verletzt.«

Shadi deutete mit dem Pistolenlauf auf einen Rattanschaukelstuhl. »Geh da rüber und setz dich.« Sie streifte den Rucksack ab und warf ihn auf den Holztisch der Sitzgruppe. »Mach schon.«

»Wir hatten eine Abmachung.« Wachsam bewegte sich Zeller auf den Stuhl zu.

»Dein Geld interessiert mich nicht. Hast du wirklich geglaubt, du kannst mich kaufen?« Angewidert schüttelte sie den Kopf. »Du hast noch immer nichts dazu gelernt. Deine Arroganz wird dir den Hals brechen.«

Zeller stand jetzt mit leicht erhobenen Händen neben dem Rattansessel. »Du hast Jörn und Bobby also tatsächlich umgebracht. Das hätte ich dir nicht zugetraut.«

»Ich habe niemanden getötet.«

Zeller kniff die Augen zusammen, die Krähenfüße in seinen Augenwinkel vertieften sich. »Wer war es dann?«

»Ich weiß es nicht. Frag ihn, wenn du ihn in der Hölle triffst.« Sie zielte auf sein linkes Knie. »Setz dich und leg die Hände auf die Armlehnen.«

»Und wenn ich das nicht mache? Wirst du mir dann wehtun, kleine Squaw?«

Die Beleidigung verfehlte nicht ihren Zweck. Shadi kochte vor Wut. Sie hob die Waffe, zielte auf einen Punkt neben Zellers Kopf und drückte ab. Mit einem ohrenbetäubenden Knall schlug die Kugel in den Eichenbalken über dem Kamin ein und fetzte Splitter aus dem Holz. Zeller rührte sich nicht vom Fleck.

»Dann werde ich dich langsam zum Krüppel schießen, du Arschloch.« Ihre Ohren rauschten von dem Krach des Schusses. Zeller blieb eiskalt. Nur ein Zucken seiner Augen verriet ihr die Gefahr, aber die Erkenntnis kam zu spät. Sie wirbelte herum und blickte in das Fuchsgesicht von Christoph Rader, der blitzschnell ihren Unterarm packte und ihn gegen einen Balken schlug. Die Walther fiel zu Boden und schlitterte über die Steinfliesen. Victor Kronbergs massige Gestalt füllte den Türrahmen aus. Er stürzte sich auf sie und schlug ihr mit der flachen Hand ins Gesicht. Shadi stolperte und prallte mit dem Rücken gegen die Kante des Couchtisches. Der Schmerz nahm ihr den Atem. Bevor sie sich zur Wehr setzen konnte, waren Zeller und Rader über ihr. Zeller drehte ihr den Arm auf den Rücken und zwang sie in die Knie. Kronberg durchwühlte ihren Rucksack, fand die Wäscheleine, die für Zeller bestimmt gewesen war, und fesselte sie an Armen und Beinen. Die dünne Leine schnitt tief in ihre Gelenke und schnürte die Blutzufuhr ab. Shadi fühlte die Panik nahen wie eine schwarze, alles verschlingende Welle.

Zeller und Kronberg packten sie an Schultern und Füßen und warfen sie vor dem Kamin auf den Boden. Ihr Hinterkopf prallte auf die Steinfliesen und sie verlor das Bewusstsein.

Als sie wieder zu sich kam, spürte sie die unerträgliche Hitze des Kaminfeuers auf ihrer Haut, ihr Kopf dröhnte wie eine riesige Glocke. Langsam schälten sich vor ihren Augen die Gesichter ihrer alten Feinde aus dem Nebel.

»Sie kommt zu sich«, sagte Zeller.

»Hast du wirklich geglaubt, wir sehen zu, wie du einen nach dem anderen von uns kalt machst?« Raders Stiefel traf ihre Rippen. Stöhnend versuchte sie abzuschätzen, wie viel Zeit vergangen war.

»Naive kleine Shadi«, sagte Kronberg, »du wirst uns nicht reinlegen wie den beschränkten Bobby.« Er grinste breit. »Ich kann in deinem rachsüchtigen Kopf lesen wie in der Speisekarte des Wildparkhotels. Von dort oben sieht man hervorragend, wer kommt und geht.« Sein Blick wanderte geil an ihrem Körper herab. »Schade, dass wir nicht viel Zeit haben. Die Wahlkampfveranstaltung in der Hachenburger Stadthalle ist übrigens ein voller Erfolg, der Saal kocht bereits. Aber natürlich tritt der Stargast erst gegen Ende auf. Ein paar Minuten schenke ich dir noch, Shadi, bevor ich mich verabschieden muss.« Er wandte sich an Zeller. »Wir wollen uns ein bisschen amüsieren, bevor wir unsere Squaw in die ewigen Jagdgründe schicken, was meint ihr?«

Zeller nahm drei Gläser aus einem Schrank und reihte sie auf dem Kaminsims auf. Dann goss er sie randvoll mit dem Whisky, den er mitgebracht hatte. Sie prosteten sich zu wie stolze Jäger, die ein kapitales Wild erlegt hatten. Kronberg leerte sein Glas und schmatzte genussvoll mit den Lippen. Seine Finger nestelten an seiner Hose herum.

»Arme Shadi. Dachtest du, wir fallen auf deinen Trick mit dem Peyotecocktail herein? Bobby war schon immer ein bisschen langsam.«

Sie zerrte an ihren Fesseln. Rader kniete breitbeinig über ihr, grub seine Finger in ihre Hüften und zerrte an ihren Leggings. Sie strampelte mit den Beinen und spuckte ihm ins Gesicht.

»Sie ist immer noch ganz wild. Schaut euch das an.« Rader schlug ihr ins Gesicht und presste seine Linke um ihre Kehle, während seine Rechte ihre Brust knetete. Ihr Herz raste, vor ihren Augen tanzten bunte Flecke. Zeller leerte sein Glas und rüttelte Rader an der Schulter.

»He! Wir hatten ausgemacht, dass ich diesmal zuerst dran bin.«

Rader schüttelte Zellers Hand ab. »Stell dich hinten an, du Halbaffe.«

Wütend packte Zeller seinen Kumpel an der Schulter und riss ihn zurück. Rader schlug eine Rolle und krachte gegen den Kamin. Funken stoben auf, ein brennendes Holzscheit kollerte über die Steinfliesen und versengte Shadis Wade.

»Hört auf zu streiten, ihr Idioten«, knurrte Kronberg. »Wir müssen uns beeilen.« Er schenkte sich Whisky nach und kippte ihn in einem Zug hinunter. Seine Augen wurden glasig.

Rader sprang wütend auf und stieß Zeller vor die Brust. »Mach das noch mal und ich …« Plötzlich verdrehte er die Augen, sackte auf die Knie und fiel bewusstlos auf den Teppich.

»Was zum Teufel …?« Kronberg torkelte. Er fuhr sich mit der Hand über die Augen und brach in die Knie. Seine Finger krallten sich in das Schottenkaro des Vorhangs und rissen ihn mit.

Zeller wankte und kämpfte gegen die drohende Ohnmacht an. Er ließ sein Glas fallen und tastete Halt suchend umher. »Du verfluchte Giftmischerin! Was hast du getan?« Er drehte sich hilflos um die eigene Achse, stolperte über den bewusstlosen Rader und brach über ihm zusammen.

Shadi rollte sich herum und begann, die Wäscheleine an einer scharfen Kante des Kamingitters durchzuscheuern. Die Hitze war kaum zu ertragen, aber sie musste sich beeilen, bevor die Wirkung des Pfeilgiftes nachließ. Sie hatte vorhergesehen, dass Morloch die drei genau informiert hatte, wie sie Haderbach und Bobby überwältigt hatte. Darum hatte sie am Nachmittag nicht den Inhalt der

Flaschen im Vorratsraum der Hütte manipuliert, sondern die einzigen drei Gläser im Schrank.

Die Dosis reichte aus, um Kronberg und Rader für ein paar Minuten ins Land der LSD-Träume zu schicken, war aber zu schwach für den hundert Kilo schweren Bodo Zeller. Ihr riskanter Plan drohte im letzten Moment zu scheitern.

»Verdammte … Hexe«, lallte er. »Ich … mach dich kalt.« Auf allen Vieren kroch er auf sie zu.

Mit aller Kraft rieb sie ihre Fesseln über die Kante des Kaminrostes. Die Hitze des Feuers versengte ihre Nackenhaare. Unerbittlich kämpfte sich Zeller in die Wirklichkeit zurück. Schwankend erhob er sich wie ein Zombie und stützte sich an einem Balken ab. Dicht vor seinen Füßen lag die Walther P22.

Endlich riss die zähe Leine, mit der ihre Handgelenke gefesselt waren. Hektisch fummelte sie an den Knoten ihrer Fußfessel. Zeller knurrte und lallte, seine Stiefelspitze stieß gegen die Pistole und kickte sie direkt in Shadis Hand. Die Leine um ihre Füße löste sich. Sie streifte die Fessel ab, riss die Waffe hoch und feuerte überhastet einen Schuss ab. Die Kugel ritzte Zellers Ohrläppchen, zerfetzte die Glaskugel der Deckenlampe und blieb in der Vorderwand der Hütte stecken. Heiße Glassplitter regneten herab. Träge griff Zeller nach seinem Ohr, seine Finger färbten sich rot. Der Schmerz brachte ihn zur Besinnung.

Sie sprang auf und lief auf die Hüttentür zu. Zellers Arm fuhr durch die Luft. Seine Finger erwischten die Kapuze ihrer Sweatshirtjacke. Sie stolperte, holte mit der Waffenhand aus und schlug Zeller die Pistole auf die Nase. Er brüllte vor Schmerz auf und ließ sie los. Shadi flüchtete in den Wald hinaus.

Der Lichtschein aus dem Hüttenfenster reichte nur wenige Meter weit. Das Tor in dem mannshohen Maschendrahtzaun war verschlossen. Sie steckte die Waffe in den Hosenbund und kletterte mit geübten Griffen am Drahtzaun empor. Zeller erschien im hell erleuchteten Rechteck der Tür. Er brüllte seine Wut hinaus, wischte sich das Blut von Mund und Nase und torkelte auf den Zaun zu.

Shadi überwand den Zaun. Sie sprang auf die vom Regen aufgeweichte Erde, hetzte die Zufahrt zur Hütte entlang und schlug den Weg zum Wolfstein ein. Sie hatte sich auf dem abschüssigen Weg keine zwei Minuten von der Hütte entfernt, als Motorenlärm durch die Nacht dröhnte. Zwei Lichtstrahlen bohrten sich in das Dunkel und tauchten den Wald in grellen Schein. Sie verlor kostbare Zeit auf der Suche nach einem Versteck. Auf der rechten Seite ragte ein mit Felsbrocken gespickter Hang auf, links fiel das Gelände steil ab. Sie lief auf die dreihundert Meter entfernte Weggabelung zu. Rechts führte der Weg zum Parkplatz des Wildparks, der westliche, abschüssige Pfad führte tiefer in den Wald hinein und endete am Wolfstein.

Shadi feuerte blind zwei Schüsse ab, in der Hoffnung, Zeller abzuschrecken. Aber der Motorenlärm wurde rasch lauter. Sie steckte die Walther in den Hosenbund und spurtete auf drei seltsam miteinander verwachsene Kiefern zu, die die Weggabelung markierten. Obwohl sie Gefahr lief, auf dem unebenen Pfad zum Felsen zu stolpern und sich den Knöchel zu brechen, hetzte sie weiter durch die Nacht, ohne ihr Tempo zu drosseln. Noch befand sie sich auf dem breit ausgebauten Waldweg, auf dem Zeller sie mühelos einholen konnte. Hatte sie erst den schmalen Pfad zum Wolfstein erreicht, waren die Waffen wieder ausgeglichen. Dort konnte Zeller ihr nur zu Fuß folgen.

Doch bevor sie die Hälfte der Strecke hinter sich gebracht hatte, raste ein geländegängiges Quad auf den Hohlweg zu. Der noch immer berauschte Zeller fuhr Schlangenlinien, schaffte es aber, das Fahrzeug in der Spur zu halten und holte schnell auf.

Shadi sah ein, dass sie die Weggabelung nicht mehr rechtzeitig erreichen konnte. Sie blieb stehen, riss die Walther aus dem Hosenbund und drehte sich um. Das vierrädrige Motorrad sprang über eine Kuppe des Hohlwegs wie das Geschoss eines Katapults. Krachend setzten die Reifen wieder auf den Boden, die Federbeine ächzten. Sie zielte auf Zellers breite Brust, während er versuchte, die Kontrolle über das Quad zurückzugewinnen, und drückte den Abzug durch, hatte aber zu tief gezielt. Die Kugel schlug klirrend in den linken Scheinwerfer ein und zerfetzte den Reflektor. Zeller riss das Steuer herum und rettete ihr damit ungewollt das Leben. Das vordere Schutzblech streifte ihre Hüfte nur und schleuderte sie zu

Boden. Über ihr prallte Metall auf Stein und Holz, der Motor des Quads erstarb.

Die Nacht drehte sich rasend schnell um Shadi. Die Wucht des Aufpralls wirbelte sie vom Weg auf den Steilhang zu, der am unteren Ende in einem mörderischen Abgrund endete. Sie überschlug sich, stieß an Wurzeln und Felsen und schlitterte den steilen Hang hinab. Verzweifelt versuchte sie, die rasende Schussfahrt zu stoppen und klammerte sich in letzter Sekunde an einen gezackten Baumstumpf. Geröll und Erde rutschten über den Rand des Felsens und donnerten in die enge Schlucht hinab.

Sie blickte den Hang hinauf. Das Quad hatte sich zwischen zwei Baumstämmen verkeilt, das linke Vorderrad drehte sich frei in der Luft. Von Zeller fehlte jede Spur. Da ließ ein Poltern und Dröhnen die Erde erzittern. Der heil gebliebene Scheinwerfer schälte ein bizarres Bild aus dem Dunkel. Das vierrädrige Motorrad hatte die Stützen eines aufgeschichteten Holzstapels umgemäht. Wie die Mikadostäbe eines Riesen lösten sich Dutzende Baumstämme aus ihren provisorischen Halterungen und polterten den Hang hinab auf das Felsplateau zu. Eine Lawine aus Felsbrocken, Wurzeln und Stämmen raste auf Shadi zu und drohte den vom Regen aufgeweichten Hang in die Tiefe zu reißen. Ihr blieben nur Sekunden, um eine Entscheidung zu treffen.

Sie suchte Deckung unter einem Felsvorsprung und entging nur um Haaresbreite dem tödlichen Inferno. Donnernd rumpelten die riesigen Stämme über sie hinweg und verschwanden in der Tiefe. Shadi lief an der Kante des Steilabhangs nach Westen. Sie brauchte nur den großen Basaltbrocken zu folgen, die aus dem Boden wuchsen wie schiefe Grabsteine auf einem alten Friedhof. Kurz darauf glitzerte tief unter ihr der regennasse Basaltfelsen des Wolfsteins im bleichen Licht des Mondes, der sich durch eine Lücke zwischen den Wolken schob. Dahinter lagen der Wildpark, das Hotel, Menschen und Sicherheit.

Die vor Jahrmillionen erkaltete Vulkanlava hatte riesige, würfelförmige Blöcke zu einer bizarren Formation aufgetürmt. Ohne Sicherungsseil und bei Nacht war es selbst für einen geübten Kletterer todbringend, an der steil aufragenden Felswand hinabzuklettern. Aber Shadi gedachte nicht, sich in Lebensgefahr zu begeben. Am Nordende der Felsen führte ein gewundener Pfad zur Talsohle hinab. Von dort war es nicht weit zum Parkplatz des Wildparks. Wenn sie den Wolfstein nördlich umging und quer durch den Wald lief, konnte sie den Pickup in einer halben Stunde erreichen.

Sie trat aus dem Schutz der Bäume auf die Wiese oberhalb des Felsens hinaus, als sie ein gleißender Lichtstrahl blendete. Das Echo eines Schusses brach sich an den kahlen Stämmen der Fichten. Ein heißer Luftzug streifte ihren Hals, klatschend schlug eine Kugel in den freistehenden Stamm der Buche am Rand des Felsens. Sie reagierte sofort und brachte sich hinter den Ausläufern des Wolfsteins in Sicherheit. Eine zweite Kugel jaulte über sie hinweg und sirrte als todbringender Querschläger durch das Unterholz. Zeller hatte den Unfall überlebt. Irgendwie war es ihm gelungen, ihrer Spur zu folgen. Vergeblich tastete sie nach der Walther. Offenbar hatte sie die Waffe bei ihrer Rutschpartie den Hang hinab verloren und Zeller war über sie gestolpert.

Das Licht einer starken Taschenlampe huschte über ihren Kopf hinweg und riss den unheimlich geformten Wolfstein aus dem Dunkel. Sie schätzte, dass sich Zeller irgendwo im Wald über ihr befand.

Leise zog sie sich in das Dickicht zurück. Der Lichtstrahl zuckte durch das Gebüsch und streifte ihr Gesicht. Zeller schoss zweimal. Die Kugeln schlugen links und rechts von ihr ein und fetzten Splitter aus den Stämmen. Insgesamt hatte sie jetzt vier Schüsse gezählt und vorhin selbst zwei abgefeuert, dazu einen in der Hütte. Angestrengt versuchte sie sich zu erinnern, wie viele Patronen in das Magazin der Walther passten. Aber war es wirklich ihre eigene Waffe, die Zeller benutzte?

Blind vor Wut feuerte er ein weiteres Mal, dann folgte ein trockenes Klicken. Sie sprang auf und spurtete auf den Wolfstein zu. Das Mondlicht überzog den Felsen mit kaltem weißem Licht. Scharf zeichnete sich der Felsgrat vom pechschwarzen Abgrund dahinter ab. Sie hielt Ausschau nach dem Pfad, der nördlich der Felsen nach unten führte. Aus Furcht vor Entdeckung wagte sie es nicht, die Stirnlampe zu benutzen. Die Nacht war totenstill. Es roch nach feuchter Erde … und Chivas Regal. Sie hatte zu lange gezögert.

Ein harter Gegenstand traf sie an der Schläfe. Lautlos stürzte sich Zeller auf sie und presste sie mit seinem Gewicht zu Boden. Sie schlug blind zu und erwischte ihn zwischen Mund und Nase. Seine Lippe platzte auf und heißes Blut tropfte auf ihre Wangen. Er fluchte und rutschte auf dem nassen Gras aus. In einer bizarren Umarmung kippten sie zur Seite und rollten die Wiese hinunter auf die Kante des Wolfsteins zu. Ein aus dem Gras ragender Felsbrocken verhinderte, dass sie über den Grat in die Tiefe stürzten. Zeller schwang sich rittlings auf sie und rückte ihr die Kehle zu. Shadi spürte, wie das Leben aus ihr herausströmte. Ihre Finger rutschten kraftlos an Zellers starken Armen ab. Seine Augen glotzten triumphierend und von der Gewalt erregt. Genauso hatte er vor fünfzehn Jahren ausgesehen, als er sie vergewaltigt hatte.

Panisch tasteten ihre Finger über den Boden, rissen nutzlose Grasbüschel aus und gruben sich in die lockere Erde. Plötzlich schloss sich ihre Hand um einen faustgroßen Stein. Mit letzter Kraft hob sie den Arm und schmetterte ihn ihrem alten Feind gegen die Schläfe.

Zeller keuchte auf. Sein Griff lockerte sich, er kippte zur Seite und sie war frei. Zitternd vor Angst und Schmerz kroch sie von ihm weg. Zu spät wurde ihr klar, dass sie sich dem Grat des Felshammers näherte. Ihre Hand griff ins Leere, sie verlor das Gleichgewicht und rutschte über die Kante.

Shadi wäre verloren gewesen, hätten ihr nicht die antrainierten Reflexe einer geübten Freeclimberin das Leben gerettet. Mit der rechten Hand packte sie blitzschnell zu und erwischte einen überhängenden Felsen. Frei an einem Arm baumelnd, suchte sie mit Zehen und Fingern nach Halt, den sie schließlich fand. Erschöpft presste sie sich gegen den kalten Stein und wartete darauf, dass sich ihr rasender Herzschlag verlangsamte. Über ihr auf dem Plateau regte sich Zeller. Er stöhnte und verfluchte sie in die Tiefen der Hölle und suchte offenbar nach der Taschenlampe.

Ohne an die Gefahr zu denken, begann Shadi, an der Felswand nach unten zu klettern. Mit jedem Griffwechsel wurde sie sicherer. Zeller brüllte seine Wut heraus, aber der muskelbepackte Idiot konnte ihr nicht folgen und würde es nicht wagen, in der Dunkelheit den versteckten Pfad nach unten zu nehmen.

Hand über Hand kletterte Shadi an der senkrechten Felswand hinab. Dichte Wolken verbargen nun den Mond und erschwerten die lebensgefährliche Kletterei. Nach zehn Metern spürte sie den vertrauten Sims unter den weichen Sohlen ihrer Laufschuhe und wusste, dass sie die Hälfte geschafft hatte. Als sie die letzten gefährlichen Meter in Angriff nahm, verstummte Zellers Gebrüll plötzlich. In der einsetzenden Stille erklang ein helles, fast kindliches Lachen.

Zellers Stimme kippte über. »Du?«, schrie er entsetzt.

Sie hielt inne und warf den Kopf in den Nacken. Zellers Taschenlampe flammte auf, der Lichtstrahl huschte zitternd über Felsen und Dornengestrüpp. Deutlich sah sie die grotesk geformte Hand. Das Gelenk stand in unnatürlichem Winkel vom Arm ab und endete in deformierten Fingern. Zeller würgte gurgelnd. Ein knöchernes Knacken folgte, wie von einem trockenen Ast. Wieder erklang das kindliche Lachen. Shadi kannte diese Stimme, aber sie erinnerte sich nicht daran, wo sie sie zuletzt gehört hatte. Sie weckte eine tief verborgene Urangst in ihrem Herzen, die Furcht vor den Schrecken der Nacht und den namenlosen Gestalten, die sie bevölkerten. So schnell sie es in der Dunkelheit wagen konnte, kletterte sie den Wolfstein hinab und sprang in das feuchte Gras unterhalb der Felswand. Ohne innezuhalten, lief sie in den Wald hinein Richtung Wildpark. Zwanzig Minuten später erreichte sie den Parkplatz und schloss mit zitternden Fingern den Pickup auf.

Als die Lichter von Hachenburg und die Silhouette des Schlosses aus der Nacht auftauchten, kreisten ihre Gedanken noch immer um Zeller und seinen Mörder. Sie hegte keinen Zweifel daran, dass ihr alter Feind tot war. Noch zwei Namen auf ihrer Liste waren übrig – wenn Kronberg und Rader noch lebten. Vielleicht lagen auch sie mit feuchten Tonmasken auf den Gesichtern tot in der Hütte. Plötzlich wurde ihr klar, dass es zu spät war, aus dem mörderischen Spiel auszusteigen. Der Killer mit der Kinderstimme würde weiter morden. Besaß auch er eine Liste? Eine Liste, auf der als letzter Name Shadi Seeger stand?

Zum ersten Mal, seit sie zurückgekommen war, verspürte sie Angst und den Wunsch, sie wäre niemals Gudruns Hilferuf gefolgt.

Es war kurz nach dreiundzwanzig Uhr. Seit sie in Zellers Falle getappt und durch den Wald geflohen war, war nur eine Stunde vergangen. Ziellos fuhr sie durch die Stadt und gestand sich ein, dass sie Angst vor dem leeren Haus in Linden hatte. Sie beschloss, sich im Mad Dog aufzuwärmen.

Die Kneipe war leer bis auf ein Pärchen, das sich in eine der dunklen Nischen drückte. Shadi hielt sich an einem heißen Grog fest und starrte Löcher in die Theke. Ihre Zweifel, ob der Rachefeldzug, den sie unbedacht begonnen hatte, der richtige Weg war, nahmen zu. Sie war so voller Zorn gewesen, so verletzt und wütend, dass sie die Folgen ihres Tuns weit von sich geschoben hatte.

Sie legte die blau gefrorenen Finger um das heiße Glas und trank einen Schluck. In ihrem Magen breitete sich ein warmes, wohliges Gefühl aus. Wenn es doch nur ebenso einfach wäre, ihr gefrorenes Herz aufzutauen. Ihre Seele war vernarbt, so sehr, dass sie nicht die geringste Befriedigung über den Tod der drei Männer empfand. Auch wenn ihr Ende eine Art moralische Gerechtigkeit darstellte, war es letztlich sinnlos.

Shadi bezahlte den Grog und trat auf den leeren Marktplatz hinaus. Sie fühlte sich hilflos und einsam. Ihr graute vor der Nacht. Der verrückte Killer war mindestens zweimal in ihr Zuhause eingedrungen, ohne dass sie es bemerkt hatte. Und wenn er sie in dieser Nacht auch besuchte? Nach jedem Mord hatte er eine Engelsfigur zurückgelassen. Und das würde er auch diesmal tun. Vielleicht brachte er noch eine weitere letzte Figur mit, die für Shadi bestimmt war.

Sie vergrub die Fäuste in den Taschen ihrer Jacke und schlug einen Weg ein, von dem sie noch vor wenigen Tagen geglaubt hatte, ihn niemals zu gehen.

Zehn Minuten später stand sie vor der notdürftig reparierten Wohnungstür von Dirk Lieven. Ihre Finger schwebten zitternd über dem Klingelknopf. Sie versuchte es mehrmals, aber niemand öffnete. Lieven war nicht zu Hause.

Gegen ein Uhr morgens erreichte sie das Haus ihrer Tante in Linden. Nachdem sie das Schlafzimmer wie den Tresorraum einer Bank gesichert hatte, sank sie in einen traumlosen, bleiernen Schlaf.

Im Schuppen neben dem Haus löste sich ein Schatten aus der Dunkelheit und stellte einen Engel auf Shadis Skizzentisch. Leise lachend strichen verwachsene Finger über die tönerne Figur.

19

Sie kamen im Morgengrauen. Sie waren zu viert. Zwei von ihnen begannen das Haus zu durchsuchen, die anderen beiden drehten jeden Steinsplitter in der Werkstatt um. Frank Morloch befahl Shadi in die Küche, drückte sie auf einen Stuhl und präsentierte einen Durchsuchungsbeschluss der Koblenzer Staatsanwaltschaft.

Aus dem Schuppen drang das helle Klirren von zerbrechendem Ton. Shadi sprang protestierend auf, aber Morloch hinderte sie daran, das Haus zu verlassen.

»Sie machen nur ihre Arbeit«, sagte er gelassen. »Du hättest dir diesen unangenehmen Besuch ersparen können. Aber du hast es nicht anders gewollt.« Scheinbar bedauernd schüttelte er den Kopf. »Shadi, Shadi. Glaubst du etwa, mir macht es Spaß, mitanzusehen, wie all deine herrlichen Kunstwerke im Zuge der Ermittlungen in Mitleidenschaft gezogen werden?«

Ein schwerer Gegenstand schlug krachend gegen die Schuppenwand, die an das Haus grenzte.

»So ein Jammer«, sagte Morloch. »Was hältst du von einem Kaffee, Shadi?«

»Fick dich!«

Er lachte, bis seine Hamsterbacken wackelten. Eine fettige Haarsträhne rutschte ihm in die Stirn. »Wo warst du gestern Abend?«

»Ist das ein Verhör?«

Er setzte sich rittlings auf einen Küchenstuhl und stützte die Arme auf die Lehne. Gierig betrachtete er sie mit seinen kleinen Schweinsäuglein. »Dies ist das erste von vielen netten Gesprächen, die wir beide führen werden. Wir werden viel Zeit miteinander verbringen, Shadi. Sehr viel Zeit.«

»Wozu diese Zerstörungsorgie?«

Sein Grinsen verschwand. »Ich stelle hier die Fragen. Wo warst du gestern Nacht von zweiundzwanzig Uhr bis Mitternacht?«

»Ich habe bis zwölf gearbeitet. Dann bin ich noch auf einen Sprung ins Mad Dog. Aber es war nichts los und ich bin wieder nach Hause gefahren und habe mich ins Bett gelegt. Sag mir endlich, wonach du suchst, bevor deine Leute noch mehr Unheil anrichten.«

»Das Unheil, Shadi, braut sich gerade über deinem Kopf zusammen. Du hattest deine Chance.«

Sie beugte sich vor, bis ihre Nasenspitze beinahe die von Morloch berührte. »Ich gehe nicht mit Ratten ins Bett. Pech für dich, Frankie.«

Seine grauen Augen blitzten wütend auf. Er setzte zu einer Antwort an, als einer der Uniformierten in die Küche trat.

»Wir haben etwas gefunden, Chef. Das sollten Sie sich ansehen.«

Morloch stemmte sich von dem Küchenstuhl hoch. »Pass auf, dass sie nicht abhaut.«

Shadi drängte sich an dem Beamten vorbei, kam aber nur bis in den Korridor. Im Wohnzimmer kniete ein Polizist neben einem Umzugskarton. »Ich schätze, wir haben sie«, sagte er.

Morloch knickte den Deckel des Kartons auseinander und blickte auf sechs tönerne Engelsfiguren.

»Die sehen aus wie die Figuren an den Tatorten«, sagte der Polizist.

Einer der beiden Beamten, die die Werkstatt durchsuchten, erschien in der Haustür. »Wir haben etwas entdeckt«, sagte er.

Erwartungsvoll trampelte Morloch in den Schuppen hinüber und zerrte Shadi am Arm hinter sich her. »Du kommst mit.«

In der Bretterwand klaffte ein Spalt. Ein Polizist zwängte sich durch die schmale Öffnung. »Sieht aus wie eine Haschischplantage«, sagte er schnaufend.

Die Beamten brachen die versteckte Tür auf. Morloch studierte die Plastikschildchen, die in zwei Dutzend Blumentöpfen steckten, und befingerte die kleinen, knollenartigen Kakteen und die an Efeu erinnernden Gewächse. »Das ist kein Hasch, du Idiot«, sagte er.

Nein, es war kein Hanf, das Shadi angebaut hatte, sondern Grieswurzel und Peyotekakteen. Aus ihnen gewann man Mescalin, den

Hauptbestandteil der giftigen Cocktails, die man in Haderbachs und von Sayns Blut gefunden hatte.

»Packt das Zeug zusammen und bringt es nach Koblenz in die Gerichtsmedizin.« Zufrieden ließ Morloch ein Paar Handschellen um seinen Zeigefinger wirbeln. »Shadi Seeger. Wegen des dringenden Tatverdachts, Dr. Jörn Haderbach, Robert von Sayn und Bodo Zeller ermordet zu haben, nehme ich Sie vorläufig fest!«

20

Dirk Lieven meldete sich an der Pforte der Justizvollzugsanstalt Koblenz an und wies sich als Rechtsanwalt aus. Der Beamte hinter dem Schalter führte mehrere Telefonate und ließ ihn eine geschlagene Stunde warten. Endlich erschien ein Wachmann und durchsuchte ihn gründlich. Nachdem er sich noch einmal ausgewiesen hatte, führte der Beamte ihn in einen Besucherraum.

Das trostlose Zimmer mit dem vergitterten Fenster maß drei mal vier Meter. Die Neonröhre an der Decke flackerte und knisterte. Außer einem zerschrammten Tisch, dessen billige Resopalplatte mit Brandflecken übersät war, und zwei Stühlen, gab es nur ein weiteres Möbelstück. Auf einem Plastikstuhl neben der Tür hockte ein Vollzugsbeamter und ließ ihn nicht aus den Augen.

Er stellte seinen Aktenkoffer auf den Tisch und wartete.

Nach zehn Minuten führte ein Wärter Shadi Seeger in den Raum. Als sie Lieven erkannte, zögerte sie.

»Bitte setzen Sie sich«, sagte er.

»Ich brauche keinen Anwalt.«

Er ließ die Schlösser seines Aktenkoffers aufschnappen und entnahm ihm einen Plastikordner. »Ihnen werden drei Kapitalverbrechen zur Last gelegt. Und – bei allem Respekt – Sie sehen aus, als ob Sie gleich zusammenklappen würden.« Er blickte auf. »Alles in allem … nein, Sie haben recht, Sie brauchen keinen Anwalt.«

»Sind Sie hergekommen, um sich über mich lustig zu machen?«

»Ich bin hier, weil ich Ihnen helfen will.«

»Wo haben Sie denn Ihren schicken Anzug gelassen?«

»Eine Lederjacke erschien mir passender.« Lieven schaute sie lange an. Er war fasziniert von dieser Frau. So sehr, dass er aufpassen musste, seinen kühlen Kopf nicht zu verlieren. Denn gerade den würde er jetzt brauchen. »Sie wollten doch immer schon mal nach Italien. Florenz, Mailand, Rom.«

»Na und?«

»Wenn das hier vorbei ist, lade ich Sie ein. Die Uffizien, den David, Michelangelos Pietà, all die wunderbaren Kunstwerke wollte ich schon immer mal sehen. Mit einer fachkundigen Reiseführerin wird die Reise gleich doppelt so viel Spaß machen.«

»Hören Sie endlich auf, mich anzumachen. Was wollen Sie?«

»Okay, Shadi. Sie stecken ziemlich tief im Dreck. Es wird ein hartes Stück Arbeit, Sie wieder herauszuziehen.«

»Ich kann mir keinen Anwalt leisten.« Sie musterte ihn verächtlich. »Schon gar keinen Promi-Anwalt wie Sie einer sind. Wie hoch ist Ihr Stundensatz? Zwei-, dreihundert Euro? Oder mehr?«

»Wenn Sie mich nach Italien begleiten, ist mir das Lohn genug. Zerbrechen Sie sich nicht den Kopf über Geld.«

Sie verschränkte die Arme vor der Brust und funkelte ihn misstrauisch an. »Sie vergeuden Ihre Zeit«, sagte sie. »Die haben längst das Urteil gefällt.«

»Wenn Sie sich dessen so sicher sind, welche Strategie schlagen Sie anstelle einer guten Verteidigung vor? Ausbrechen vielleicht?«

Sie lächelte schief, aber es sah ziemlich unecht aus. »Keine schlechte Idee. Ich kann klettern wie ein Eichkätzchen.«

Er nickte. »Einen Versuch wäre es wert.« Er warf dem Beamten neben der Tür einen raschen Seitenblick zu. Der Mann spitzte bereits die Ohren. »Aber ich schätze, Sie werden nicht weit kommen. Das hier ist kein Räuber- und Gendarmspiel. Die Vorwürfe gegen Sie sind schwerwiegend. Die Staatsanwaltschaft wird einen wasserdichten Indizienprozess eröffnen.«

»Warum willst du dann meine Verteidigung übernehmen, Superanwalt?«

Lieven ergriff die Chance und erwiderte das Du. »Ich lasse niemals eine Gelegenheit aus, um einen Fehler zu korrigieren, den ich begangen habe. Und ich lasse mich nun mal nicht gerne hinters Licht führen.« Er senkte die Stimme. »Ich glaube zu wissen, wer Gudrun Holt ermordet hat, und ich brauche deine Hilfe, um den Täter zu überführen. Und außerdem … mag ich dich. Ich will nicht, dass du dein Leben für ein Schwein wie Kronberg wegwirfst.

Gib deinen halsstarrigen Rachefeldzug auf. Wir werden ihn mit legalen Mitteln in die Knie zwingen. Gemeinsam machen wir ihn fertig.«

»So wie du Gudrun verteidigt hast? Besten Dank.«

»Ich habe den falschen Leuten vertraut. Das passiert mir nicht noch einmal.«

Sie wandte ihr Gesicht ab und blickte sehnsuchtsvoll auf das kleine Stück blauen Himmel hinter dem vergitterten Fenster. »Was weißt du schon von Unglück?«

»Ich kannte einen kleinen Jungen, der wusste, was es bedeutet, unglücklich zu sein.«

Sie schwieg und verfolgte den Flug einer Elster über dem Dachfirst. Zum ersten Mal seit Tagen riss der Himmel auf. Die Sonne überzog die tropfnassen Straßen, Häuser und Menschen mit einem silbrig glänzenden Zuckerguss und lockte mit einem Vorgeschmack des Frühlings.

»Der Junge wuchs in einer kleinen Stadt auf«, fuhr Lieven fort, »in einem Reihenhaus in einer von alten Kastanien gesäumten Straße mit netten Nachbarn und einer Menge anderer Kinder. Er hatte viele Freunde. Sein Vater war Polizist. Er brachte seinem Sohn bei, dass er sich an die Regeln halten sollte. Er war überzeugt davon, das Richtige zu tun und dass seine Arbeit einen Sinn ergab. Und er glaubte unerschütterlich an die Macht der Regeln. Er war überzeugt davon, dass die Welt wie ein Fußballspiel funktioniert. Er sagte: ›Wenn es keinen Schiedsrichter gibt, spielen nach zehn Minuten noch sechs Spieler nach den Regeln, in der zweiten Halbzeit sind es dann noch drei und kurz vor Schluss schlagen sich die Spieler die Köpfe ein. Schiedsrichter sind dazu da, das Spiel zu überwachen. Fußball ist ein wunderschönes, aufregendes Spiel; so aufregend, dass man manchmal, ohne es zu wollen, gegen die Regeln verstößt. Dafür gibt es die gelben und die roten Karten. Pass auf, dass dir niemals jemand eine rote Karte zeigt.‹«

»Eine naive kleine Geschichte.«

»Naiv? Ja, vielleicht war der Vater naiv. Aber um ihn geht es nicht.«

»Ich wette, der Junge machte Karriere, fand seine Traumfrau und setzte viele glückliche naive Kinder in die Welt, von denen keines jemals ein Foul beging.«

»Falsch. Eines Tages brach der Vater alle Regeln. Er begann zu trinken und schlug den Jungen halbtot. Er verlor seinen Job, seine Selbstachtung und die Freundschaft der Menschen in der Stadt«

»Was war geschehen?«

»Das weiß niemand. Er sprach nicht darüber.«

»Und was wurde aus dem Jungen?«

»Er hatte all die Jahre davon geträumt, Polizist zu werden, wie sein Vater. Aber daraus wurde nichts. Der Alte stieß ihn die Kellertreppe hinunter, weil er ihm nicht schnell genug eine Flasche Bier heraufholte. Er brach sich die Hüfte und knackste sich drei Rückenwirbel an, Verletzungen, die niemals wieder vollständig heilen sollten.«

»Und warum wurde er kein Polizist?«

»Er konnte nicht verstehen, warum sein Vater sich so verändert hatte, und wuchs zu einem zornigen jungen Mann heran. Er prügelte sich und lehnte sich gegen die Regeln auf, gegen alle Regeln. Er brach sie ständig und voller Vorsatz und ließ sich auf immer waghalsigere Mutproben ein. Schließlich trat er einer Gang bei, die zu seiner neuen Familie wurde. Und er ließ sich überreden, bei einer richtig großen Sache mitzumachen.«

»Aber es ging schief.«

Lieven nickte. »Er wurde erwischt und zu einem halben Jahr Jugendarrest verurteilt. Der Junge war der Einzige der Bande, der in den Knast wanderte. Die anderen waren zu schlau, um sich erwischen zu lassen. Im Gefängnis lernte er einen Mann kennen, der ihn wieder auf die Füße stellte. Er schaffte es sogar trotz der Jugendstrafe zu einer Aufnahmeprüfung für den Polizeidienst.«

Sie schaute ihn fragend an. »Aber dennoch ist er kein Polizist geworden. Was hat seinen Traum zerstört?«

»Wegen der schlecht verheilten Verletzungen, die ihm sein Vater zugefügt hatte, konnte er die körperlichen Anforderungen des Polizeidienstes nicht erfüllen. Er scheiterte an den Aufnahmeprüfungen.« Lieven schlug den Aktendeckel auf. Er schob das oberste Blatt und einen Kugelschreiber über den Tisch. »Du musst diese Vollmacht unterschreiben. Sie berechtigt mich, in deinem Namen tätig zu werden.«

Unentschlossen spielte sie mit dem Kugelschreiber.

»Wenn du mich als Anwalt ablehnst, wird das Gericht einen Pflichtverteidiger benennen. Er wird Dienst nach Vorschrift machen, aber nicht mehr. Vertrau mir, Shadi. Wenn du unschuldig bist, hole ich dich hier raus. Kronberg kann nicht die ganze Welt nach seiner Pfeife tanzen lassen. Diesmal bin ich gewarnt. Es gibt viele Möglichkeiten, ihm ein Bein zu stellen. Was er kann, kann ich auch. Richter, die uns nicht passen, werde ich wegen Befangenheit ablehnen, Gutachten anzweifeln und vieles mehr.«

»Sieht so aus, als hätte ich keine Wahl, wie?«

Der Kugelschreiber kratzte über das Papier. Erleichtert steckte Lieven die Vollmacht ein.

»Okay. Was hast du Morloch erzählt?«

»Nichts.«

»Sehr gut. Ohne meine Anwesenheit wirst du ihm ab sofort nicht mal deine Schuhgröße verraten.« Er blickte ihr in die Augen. Wunderbare, klare Augen. Goldfarben wie wilder Honig mit winzigen grünen Sprenkeln. »Ich weiß, was vor fünfzehn Jahren geschehen ist«, sagte er. »Und ich glaube, dass der Tod von Gudrun mit der alten Geschichte zusammenhängt. Du musst mir jetzt die Wahrheit sagen. Erzähl mir alles, was geschehen ist, seit du nach Hachenburg zurückgekehrt bist.«

Stockend berichtete Shadi von den Ereignissen der letzten beiden Wochen, von Gudrun Holts Anruf bis zu ihrer Flucht vor Zeller. »Sie haben mich in eine Falle gelockt. Ich musste Vorkehrungen zu meiner Sicherheit treffen. Kronberg und Rader … sind sie auch …?«

»Tot? Nein. Sie leben.«

»Was wirst du jetzt unternehmen?«

»Wir müssen den Kerl finden, der Haderbach, von Sayn und Zeller ermordet hat.«

Sie lachte und schnippte mit den Fingern. »Einfach so? Klar, du findest mal so eben einen Verrückten mit einer verkrüppelten Hand, der drei kräftige Männer getötet hat.«

»Ich habe nicht behauptet, es sei leicht. Woher stammen die Engelsfiguren, die die Polizei in deinem Haus gefunden hat?«

Sie schüttelte den Kopf. »Ich weiß es nicht. Einige Wochen nach der … Sache in der Hütte fand ich die erste Figur in meinem Zimmer im Haus meiner Eltern. Irgendjemand schickte mir fünf weitere Engel – ich fand sie im Spind in der Turnhalle, in meiner Tasche, in meinem Zimmer. Erst als meine Eltern beschlossen, aus Hachenburg wegzuziehen, hörte der Spuk auf. Ich habe nie jemandem davon erzählt, auch meinen Eltern nicht. Sie machten sich genug Sorgen und lebten in ständiger Angst vor den Anfeindungen der Nachbarn, die Vics Vater aufgehetzt hatte.«

»Warum hast du die Figuren behalten?«

»Im Lauf der Jahre habe ich sie ganz einfach vergessen. Vor ein paar Tagen beauftragte ich eine Umzugsfirma, mir den ganzen Plunder aus meiner Wohnung zu schicken. Beim Auspacken habe ich sie dann wiederentdeckt. Nachdem ich bei Haderbach gewesen bin, fand ich wieder einen Engel in meiner Werkstatt – du hast ihn ja gesehen. Er scheint sie selbst zu formen, aber er besitzt keinen Brennofen. Die Figuren sind nur getrocknet.«

»Macht das einen Unterschied?«

»Erst der Brennvorgang macht den Ton hart.«

»Du glaubst, er beobachtet dich?«

Sie nickte. »Manchmal habe ich das Gefühl, er folgt mir wie ein Schatten.«

»Hat er sich jemals gezeigt oder versucht, mit dir in Kontakt zu treten?«

»Nein.«

»Denk nach, Shadi. Wer könnte es sein? Wer könnte ein Interesse daran haben, die fünf Männer zu töten, die dir Gewalt angetan haben? Wen kennst du, der eine verkrüppelte Hand besitzt? Hast du einen heimlichen Verehrer, der dir auf mörderische Weise seine Liebe gestehen will?«

Sie überlegte lange. »Da war dieses Lachen … so hell und kindlich. Ich weiß, ich kenne dieses Lachen, aber ich kann mich einfach nicht erinnern, woher. Wie willst du ihn finden?«

»Ich gehe einer Spur nach.« Er erzählte von dem lange zurückliegenden Massaker in dem Reihenhaus und der Engelsfigur, erwähnte jedoch seinen Vater nicht. »Außerdem werde ich einen Freund besuchen, der mir vielleicht weiterhelfen kann. Fällt dir außer dem Lachen und der verkrüppelten Hand noch etwas ein?«

Sie senkte den Kopf und massierte ihre Nasenwurzel. Sie sah blass und erschöpft aus. »Nein.«

Er wartete und gab ihr Zeit.

»Und Morloch?«, fragte sie schließlich.

»Du wirst eine Aussage machen und nur zugeben, was er beweisen kann. Und zwar nur in meinem Beisein.«

»Er kann mir gar nichts …«

»Shadi«, unterbrach er sie ernst. »Die Polizei hat eine Peyotezucht in deinem Schuppen entdeckt, außerdem mehrere Blumentöpfe mit Grieswurzel. Aus diesen Pflanzen gewinnt man Mescalin und Pfeilgift. Genau diese beiden Gifte hat die Gerichtsmedizin im Blut der Mordopfer nachgewiesen. Dann wäre da noch der Karton voller Engelsfiguren. Das sind starke Indizien. Du hast außerdem ein Motiv, dich an diesen fünf Burschen zu rächen. Zusammen ergibt das eine wasserdichte Indizienkette. Deine Beschreibung des geheimnisvollen Unbekannten ist nicht besonders glaubwürdig. Der Staatsanwalt wird sie als Schutzbehauptung auslegen.«

»Aber ich habe niemanden getötet. Ich … ich wollte ihnen nur einen Denkzettel verpassen. Wollte wissen, wie es sich anfühlt, die Macht über sie zu besitzen. Ich … kann keinen Menschen töten. Ich dachte, ich könnte es, aber … es ging nicht. Als mir der Verrückte die Arbeit abnahm, war plötzlich alles so einfach. Ich brauchte nur mit dem Finger auf das nächste Opfer zu zeigen und er tat, wozu ich nicht fähig war. Aber du glaubst mir doch auch nicht.«

»Doch, Shadi, ich glaube dir. Ich halte dich nicht für eine Mörderin. Aber vor Gericht zählen ausschließlich Fakten und Beweise. Woher hattest du eigentlich die Idee, eine Mixtur aus Mescalin und Curare zu brauen?«

Sie grinste schief. »Meine Großmutter war eine Navajo-Indianerin. Sie kannte eine Menge Kräutergeheimnisse. Shadi bedeutet ›große Schwester‹.«

»Ich muss zunächst Akteneinsicht beantragen. Vielleicht kann ich Morloch wegen Befangenheit von dem Fall abziehen lassen, weil er dich belästigt und unter Druck gesetzt hat. Leider gibt es keinen Zeugen dafür. Es steht also seine Aussage gegen deine.«

»Warum hast du ihm damals die Nase gebrochen?«

Er nickte dem Beamten zu, der daraufhin die Tür öffnete. Lieven ging zur Tür, hinkte dabei leicht und zog das linke Bein nach. »Frank Morloch, der weichliche kleine Nachbarjunge, trat in die Fußstapfen seines Vaters und wurde Polizist.«

»Und du nicht. Was hat er getan?«

»Er sagte, dass die Polizei keine Krüppel gebrauchen kann.«

Ihre Augen blitzten auf. »Ich hätte ihm nicht nur die Nase gebrochen«, sagte sie.

»Es war ein Fehler. Aber ich war sechzehn und voll Zorn. Ich …«

»Du hättest ihm jeden einzelnen Knochen im Leib brechen sollen.«

»Aus diesem Grund sitzt du im Gefängnis und ich nicht. Kann ich sonst noch etwas für dich tun?«

»Hol mich hier raus. Ich ersticke hinter diesen Mauern.«

»Ich tue, was ich kann.«

»Was ist aus dem Jungen geworden?«

»Er hat seinen Zorn überwunden. Es geht ihm gut, aber manchmal … fühlt er sich einsam.« Schnell verließ er den Besucherraum.

Lieven stolperte durch die Gänge und wusste nicht, wie er dorthin gelangt war, so sehr füllte Shadis Bild seine Gedanken aus. Er kam am Innenhof vorbei, wo Häftlinge Basketball spielten oder rauchten.

»He, Lieven!«, rief eine kratzige Stimme.

Suchend schaute er sich um. Hinter dem Drahtzaun beobachtete ihn ein hagerer Mann mit pockennarbigem Gesicht und pechschwarzem Haar.

»Meinen Sie mich?«, fragte Lieven.

»Ja, wenn Sie der Typ sind, der die Holt verteidigt hat.«

Lieven näherte sich dem Zaun. »Ich nehme im Augenblick keine neuen Mandanten an.«

»Na, vielleicht doch.« Der Mann musterte ihn neugierig. »Junge, Junge, dir haben Sie aber die Fresse poliert. Waren das Kronbergs Schläger?«

»Kann sein«, antwortete Lieven. »Und wenn es so wäre?«

Der Häftling deutete mit dem Kinn auf den Zellentrakt. »Du warst bei der Kleinen, die Kronbergs Saufbrüder abgemurkst hat, hab ich gehört. An deiner Stelle würde ich gut auf sie aufpassen.«

»Was wollen Sie?«

Der Mann lachte und krallte seine Finger um die Gittermaschen des Zauns. »Nen guten Anwalt, was sonst? Einen, der nicht viel kostet. Ich heiße übrigens Angelo.« Er winkte mit den Fingern durch die Drahtmaschen.

»Was wirft man Ihnen vor?«

»Ich habe mich mit Kronberg angelegt.«

»Deswegen landet man nicht in der JVA.«

»Ach nein? Dann träume ich wohl bloß schlecht.« Angelo zog ein zerknittertes Päckchen Gitanes aus der Hosentasche und zündete sich eine Zigarette an. »Ich hatte einen kleinen Laden mit einer Werkstatt. Hab Motorräder repariert, Autos, alles was nen Motor hat. Es lief richtig gut und ich wollte eine kleine Halle kaufen – außerhalb von Hachenburg auf dem alten Bahngelände. Dafür brauchte ich Kohle und ich dachte, Angelo, dachte ich, geh zur Bank, die haben Kohle.« Er sog an seiner Zigarette. »Kronberg hat mir einen faulen Kredit angedreht. Nach zwei Jahren hat er den Vertrag an so ne englische Bank weiterverkauft. Die haben dann die Zinsen angehoben und ich konnte die Raten nicht mehr zahlen.«

»Vielleicht hätten Sie das Kleingedruckte besser lesen sollen.«

In Angelos Mundwinkel zuckte ein Nerv. »Ja, hätt ich wohl«, sagte er. »Hab ich aber nicht. Hab mich auf den Scheißkerl verlassen. Als ich nicht mehr pünktlich zahlen konnte, haben sie mir ein Inkassounternehmen auf den Hals gehetzt. Manchmal ist Kronberg sogar mit von der Partie; einfach nur, weil's ihm Spaß macht, auf den Leuten rumzutrampeln. An dem Abend haben sie sich meine Frau vorgenommen. War ne verdammt hässliche Geschichte. Kronberg rastete total aus. Wenn er Blut riecht, kann er nicht mehr aufhören. So einer ist das, verstehen Sie? Der Typ ist halb verrückt, sag ich Ihnen.« Er zog erneut an seiner Zigarette, bevor er weitersprach. »Dann ging alles drauf wegen des Scheißkredits … meine Werkstatt, das Haus. Vor acht Wochen ist meine Frau abgehauen und hat die Kleine mitgenommen. Da bin ich durchgedreht. Hab Kronberg in seiner beschissenen Villa besucht und wollte ihm die Fresse polieren.« Er kicherte. »Hab die ganze Einrichtung mit nem Baseballschläger zertrümmert. Aber dann haben sie mich geschnappt. Konnte ja nicht wissen, dass ihm an dem Abend unser neuer Polizeichef seine Aufwartung macht.«

»Warum erzählen Sie mir das alles?«

Angelos Finger krallten sich um den Maschendraht. »Ich will, dass einer dieses Arschloch fertigmacht. Ich will, dass er Dreck frisst und ihm einer die Eier abreißt. Kronberg trägt nen feinen Anzug und beherrscht die ganze Stadt. Aber in Wirklichkeit ist er ein Sadist. Der Typ ist echt krank.«

»Und warum sollte ausgerechnet ich Ihnen helfen?«

»Weil die Kleine sonst den Knast mit den Füßen voran verlassen wird.«

Wütend schlug Lieven mit der flachen Hand gegen den Maschendrahtzaun. »Wenn ihr etwas passiert, weiß ich, an wen ich mich halten muss.«

»Sachte, Lieven. Ich hab nix gegen die Kleine. Aber sie hat Feinde mit nem dicken Geldbeutel und einer Menge Einfluss. Oder denkst du wirklich, Kronbergs Macht endet vor dem Gefängnistor?«

»Danke für den Hinweis. Ich werde die Gefängnisleitung informieren.«

Angelo verzog die Lippen zu einem Grinsen. »Immer schön auf der Seite des Gesetzes bleiben, was? Ich sag dir was. Hier drin gibt es mindestens drei korrupte Wärter. In achtundvierzig Stunden ist die Kleine tot, egal wen du informierst. Sie soll irgendwas haben, wovor Kronberg sich mächtig fürchtet. Ich könnt mich mal umhören. Wissen ist Macht. Eine Hand wäscht die andere.«

»Ich kann Ihnen nichts versprechen.«

»Ich weiß selber, was ich angestellt habe. Aber mit nem guten Anwalt komm ich vielleicht mit Bewährung davon.«

Lieven nickte. »Also gut. Ich werde sehen, was ich tun kann.«

Angelo streckte die Finger durch die Zaunmaschen. »Ich brauche ein bisschen Kleingeld. Informationen sind hier drin ziemlich teuer.«

Ein Beamter streckte neugierig den Kopf aus der Pförtnerloge. Als der Mann wieder verschwand, steckte Lieven Angelo einen Hunderter und einen Zettel mit seiner Telefonnummer zu. »Beeilen Sie sich.« Rasch wandte er sich dem Ausgang zu.

»He, Anwalt!«

Lieven blieb stehen und blickte über die Schulter.

»Jemand muss Kronberg stoppen. Der Kerl ist irre.«

»Ich bin kein Auftragskiller.«

»Wenn du Kronberg fertigmachen willst, musst du ein Killer werden.«

In düsterer Stimmung verließ Lieven die Justizvollzugsanstalt. Ein Gebirge aus grauschwarzen Regenwolken zog von Nordwesten her über das Rheintal, erste Regentropfen klatschten auf das Pflaster. Der Himmel hing bleischwer über der Stadt wie ein böses Omen. Lieven spürte die tödliche Gefahr, in der Shadi schwebte, wie einen Schlag in die Magengrube. Bei dem Gedanken, sie zu verlieren, bevor er sie gewonnen hatte, krampfte sich sein Herz zusammen. Er hatte seine Gegner von Anfang an unterschätzt. Und er würde Kronberg niemals besiegen, wenn er sich an die Regeln hielt – an seine Regeln. Es wurde Zeit, die Karten neu zu mischen.

Aus den grauschwarzen Bäuchen der tief am Himmel dahinjagenden Regenwolken fielen Hagelkörner wie kleine Bomben auf die Erde und gruben ihre eisigen Zähne in alles, dessen sie habhaft werden konnten.

21

»Sind Sie verrückt, Lieven? Wollen Sie sich wirklich ein zweites Mal mit Kronberg anlegen? Sie werden untergehen wie die Titanic. Gegen einen Eisklotz wie Kronberg kommen Sie nicht an.« Staatsanwalt Kai Loxter verschränkte die Arme vor der Brust, lehnte sich in seinem bequemen Ledersessel zurück und wartete auf eine Antwort.

»Ich bin nicht Anwalt geworden, um Verbrechern wie Kronberg ein sorgloses Leben in Freiheit zu ermöglichen«, antwortete Lieven.

»Dann sind Sie ein noch größerer Esel, als ich dachte«, erwiderte Loxter kopfschüttelnd.

Lieven stützte sich auf der Schreibtischkante ab und beugte sich angriffslustig vor. »Er hat unmittelbar nach Prozessende zugegeben, dass er Gudrun Holt vergewaltigt hat.« Er berichtete von dem Gespräch zwischen Leimbach und Kronberg in der Toilette des Gerichtsgebäudes, dessen Zeuge er unfreiwillig geworden war.

Loxter gab seinem Drehsessel einen Stoß und wirbelte herum. »Wer hat denn dieses ominöse Geständnis außer Ihnen sonst noch gehört?« Er stoppte die Drehung seines Sessels. »Ich glaube kaum, dass Kronberg ein schriftliches Geständnis abgelegt hat, fein säuberlich mit Datum und Namen unterzeichnet. Er hat sich einen Spaß erlaubt, sonst nichts.«

»Einen Spaß? Sie wissen genauso gut wie ich, dass der Prozess ein abgekartetes Spiel war. Kronberg reicht es nicht, seine Gegner aus dem Weg zu schaffen. Er will sie demütigen und zerstören. Dazu hat er Zeugen bestochen und Beweismittel unterschlagen.«

»Ja, ja, geschenkt. Wir alle kennen Kronberg. Glauben Sie mir, Lieven, auch ich hätte ihn lieber hinter Gittern gesehen. Aber bringen Sie mir Beweise.«

»Leimbach wird sich hüten, den Mund aufzumachen. Aber da wäre ja noch meine Aussage. Reicht Ihnen ein angesehener Jurist als Zeuge nicht?«

Loxter betrachtete ihn mitleidig. »Na ja, Ihr Ansehen hat ganz schön gelitten. Davon abgesehen – nein, das reicht nicht. Jeder halbwegs geschickte Rechtsanwalt zerreißt eine Anklage wegen Vergewaltigung in der Luft.« Aufmerksam studierte er Lievens wütendes Gesicht. »Außerdem sind Sie befangen.«

»Ich bin was?«

»Befangen. Sie vertreten die Frau, die drei von Kronbergs Freunden ermordet haben soll. Ist das Ihre Strategie? Kronberg eine Vergewaltigung anzuhängen, um seine Reputation zu zerstören? Wenn Ihnen mehr nicht einfällt, sehe ich für Ihre Mandantin schwarz.«

»Sie wissen, dass das nicht wahr ist.«

»Es spielt keine Rolle, was ich weiß oder glaube. Kronbergs Anwälte werden es so darstellen.«

Lieven schob die Hände in die Hosentaschen und schlenderte zum Fenster hinüber. An der Glasscheibe lief ein dichter Wasservorhang herab, so dass der Eindruck entstand, Loxters Büro befände sich unter dem Meeresspiegel.

Ruckartig drehte er sich um. »Veranlassen Sie, dass Shadi Seeger aus der U-Haft entlassen wird. Sie haben nichts in der Hand, keinen einzigen Beweis, dass sie die Taten begangen hat.«

Loxter umfasste den Zeigefinger der linken Hand mit der Rechten und begann aufzuzählen: »Ich habe ein Motiv – Rache. Ich habe einen Karton mit Engelsfiguren – die gleichen, die wir an den Tatorten gefunden haben. Und ich habe eine Mescalin- und Pfeilgiftzucht, angelegt, um die Opfer unschädlich zu machen, damit sie sie in aller Ruhe abmurksen kann. Dann sind da noch diese seltsamen Tonmasken. Shadi Seeger ist Bildhauerin. Solche Engelsfiguren herzustellen, dürfte für sie eine Fingerübung sein. Brauchen Sie sonst noch etwas?«

»Mag sein, dass sie Kronberg und den anderen einen Denkzettel verpassen wollte. Aber sie hat niemals einen Mord geplant.«

»Mehr haben Sie nicht vorzuweisen? Tut mir leid. Shadi Seeger bleibt in Haft.« Er beugte sich vor und seufzte. »An meiner Stelle würden Sie nicht anders handeln.«

Lieven ließ die Schlösser seines Aktenkoffers aufschnappen und legte einen dünnen Plastikordner auf den Tisch. »Frau Seeger hat heute Morgen in meinem Beisein eine Aussage gemacht. Sie hat den Täter beschrieben. Suchen Sie ihn.«

Loxter griff nach dem Ordner und blätterte ihn rasch durch. »Schau an, der große Unbekannte. Und auch noch eine gruselig verkrüppelte Hand und ein kindlich irres Lachen. Endlich mal was Neues.« Er lachte auf. »Mein lieber Lieven, ich werde doch die ohnehin chronisch unterbesetzten Polizeikräfte nicht anweisen, ein Phantom zu jagen.« Er klappte die Akte zu. »Ende der Diskussion. Wir sehen uns vor Gericht.«

»Shadi Seeger wird bedroht.«

»Bedroht? In der JVA? Ich würde es begrüßen, wenn Sie sich etwas genauer ausdrücken könnten, anstatt mir meine Zeit zu stehlen. Das alles hört sich nach einer fixen Idee Ihrer Mandantin an, nach einer schlecht konstruierten Räuberpistole.«

»Ich habe die Aussage eines Häftlings. Er ist bereit, sie vor der Staatsanwaltschaft zu wiederholen«, sagte Lieven.

Loxter schlug noch einmal den Ordner auf und grinste. »Angelo Conti, wie? Ein alter Bekannter. Er probiert alle Tricks aus, sich ein paar Hafterleichterungen zu verschaffen. Wenn der Kerl Ihnen die Hand reicht, sollten Sie anschließend Ihre Finger nachzählen.«

Lieven biss sich auf die Lippe. Wo blieb nur sein Verhandlungsgeschick? Er hatte es versaut und war vorgeprescht wie ein Teenager beim ersten Rendezvous. Aber er brauchte nicht lange nachzudenken, was sein scharfes Urteilsvermögen so beeinträchtigte: Es war ein Paar goldfarbener Augen mit grünen Sprenkeln. »Ich habe Jura studiert, weil ich Vertrauen in das Rechtssystem habe«, sagte er.

Loxter schloss die Akte in seinem Schreibtisch ein. »Dann vertrauen Sie ihm auch. Guten Tag.«

Das zerstörerische Crescendo des heftigen Hagelschauers übertönte minutenlang jedes andere Geräusch. Frank Morloch schreckte aus düsteren Gedanken hoch. Der Cognacschwenker in seiner Hand zitterte, ein paar Tropfen der bernsteinfarbenen Flüssigkeit schwappten über den Rand des Glases und tropften auf den dunklen Holzboden von Leimbachs Arbeitszimmer.

In der Kanzlei des alten Anwalts hatten sich an diesem regnerischen Nachmittag drei Männer versammelt. Morloch blickte verstohlen in die Gesichter der anderen Verschwörer, Albert Leimbach und Victor Kronberg. Auf den Wangen des Bankiers glühten hektische rote Flecken. Er redete aggressiv auf Leimbach ein. Sein Arm zerhackte die Luft im Takt seiner Worte.

»Dieses Biest weiß alles. Sie kann uns fertigmachen!«

»Und warum tut sie es dann nicht?«, fragte Leimbach gelassen. »Sie weiß überhaupt nichts. Will uns nur Angst einjagen.«

Kronberg schwieg. Seine Kiefermuskeln zuckten. Er weiß keine Antwort, dachte Morloch. Und er hat Angst. Der große Kronberg hat eine Scheißangst vor der kleinen Indianersquaw.

»Und selbst wenn. Sie wird den Mund halten«, überlegte Leimbach. »Und ihre eigenen Interessen verfolgen. Sie hat das Haus ihrer Tante nicht verkauft, sondern ist eingezogen. Sie will also in Hachenburg bleiben. Da wird sie sich keinen Gefallen tun, wenn wegen eines Tipps von ihr die Steuerfahndung den halben Ort durchsucht.«

»Nein, das ist nicht der Grund. Wenn sie könnte, würde sie uns alle über die Klinge springen lassen«, hörte sich Morloch zu seiner eigenen Überraschung sagen. Er hatte sich bisher nicht eingemischt. Kronberg und Leimbach waren einflussreiche Männer und zu allem fähig. Sie hatten ihm den Posten als Polizeichef verschafft und konnten ihm den Job mit einem Fingerschnippen wieder nehmen. Er fühlte sich eingeschüchtert und unbedeutend neben den beiden. Stets wartete er bei den Zusammenkünften, zu denen er eingeladen wurde, bis man ihm einen Auftrag erteilte, den er dann stillschweigend ausführte. Überrascht schauten ihn Kronberg und Leimbach nun an, als er die Initiative ergriff.

Der Anwalt legte die Fingerspitzen aneinander und formte mit den Händen ein Dreieck. »Ich höre. Was wollen Sie uns sagen, Frank?«

»Sie hat keine Beweise. Aber sie weiß, wo sie zu finden sind.« Er zog gewichtig ein Blatt Papier aus der Hosentasche und strich es glatt. »Ich habe mir die Verbindungsdaten der Telefongesellschaft besorgt. Das sind die Nummern, die Gudrun Holt in den letzten vier Wochen angerufen hat. Eine davon gehört Shadi Seeger.«

Leimbach nickte anerkennend. »Gute Arbeit. Unser Freund hat recht, Victor. Möglicherweise hat sie Shadi ins Vertrauen gezogen. Sie weiß, wo ihre Freundin die Daten versteckt hat, aber sie hatte noch keine Gelegenheit, sie an sich zu bringen.«

»Stattdessen bringt sie einen nach dem anderen von uns um?«, kollerte Kronberg. »Ihr liegt beide falsch. Alles, was diese Schlange will, ist Rache. Sie weiß, dass sie uns auf legalem Weg nicht belangen kann. Das hat ihr Alter schon schmerzlich lernen müssen. Wahrscheinlich hat Lieven ihr das längst klargemacht.«

»Ach ja, Lieven«, sagte Leimbach nachdenklich.

»Ist er eine Gefahr für uns?«, fragte der Bankier.

»Vielleicht. Er ist jung, ehrgeizig und klug. Und wer weiß, welch verheerenden Einfluss eine attraktive Frau auf ihn hat? Aus Liebe hat schon so mancher Mann den Kopf verloren.«

»Kümmere dich um ihn«, schnauzte Kronberg.

»Ich fürchte, das ist nicht so einfach, wie du denkst, Victor. Er entzieht sich meinem Einfluss.«

»Dann werde ich andere Wege finden, ihm eine Lektion zu erteilen.«

»Deine Schläger haben ihn auch nicht aufhalten können.«

»Er war heute in der JVA«, platzte Morloch heraus.

Kronbergs graue Augen verdunkelten sich. »Sie müssen verschwinden, alle beide. Auf der Stelle.«

»Du kannst nicht jeden umlegen, der dir nicht passt«, wagte Morloch zu sagen.

Kronberg verzog die Lippen zu einem Grinsen. »Und wer sollte mich daran hindern? Die Polizei vielleicht?«

»Hört auf zu streiten.« Leimbachs Stimme war scharf wie ein Skalpell. »Lieven hat seinen Vater besucht«, fuhr er nachdenklich fort. »Zum ersten Mal seit zehn Jahren. Was hat er wohl von ihm gewollt?«

»Der Alte ist doch ein Wrack«, warf Kronberg ein.

»Vielleicht geht es überhaupt nicht um Geld.«

»Sondern?«, fragte Leimbach.

»Um die alte Geschichte.« Er kippte seinen Cognac hinunter und leckte sich die Lippen. »Was ist, wenn sie etwas über die Sache am Totenmaar wissen?«

»Hartmann«, sagte Leimbach.

»Hartmann«, bestätigte Kronberg.

22

»Es geht ihm sehr schlecht. Wenn Sie Ihren Vater noch einmal sehen wollen, sollten Sie Ihren nächsten Besuch nicht zu lange hinausschieben.«

Dirk Lieven klemmte das Telefon zwischen Ohr und Schulter und zog ein Schreiben der Justizbehörde Koblenz aus dem Faxgerät. »Wie konnte sich sein Zustand so schnell verschlechtern? Gestern …«

»Ihr Vater hatte einen Schlaganfall«, unterbrach ihn die Schwester, »wir wissen nicht, ob er sich davon erholen wird. Er liegt seit heute Morgen im DRK-Klinikum.«

»Danke für Ihren Anruf.« Er steckte das Handy in die Brusttasche seines Jeanshemds, streifte die Lederjacke über und raste auf der Yamaha durch den Wolkenbruch. Obwohl sich Hagelkörner in den sturzbachartigen Regen mischten, drosselte er das Tempo kaum. Zehn Jahre hatte er seinen Vater nicht gesehen und ihn nicht vermisst. Trotzdem fühlte er nun einen quälenden Verlustschmerz in seiner Brust, von einer Wunde, die nie wieder vollständig heilen würde.

Er stellte das Motorrad vor dem Klinikgebäude ab und missachtete den scharfen Schmerz, der bei jeder Stufe, die er emporhetzte, wie ein heißes Messer in seine Hüfte schnitt.

Sein Vater lag auf der Intensivstation inmitten von medizinischen Überwachungsgeräten, Schläuchen und Kabeln. Sein Körper erschien ihm noch ausgezehrter als am Tag zuvor, fast ätherisch. Die Augen waren geschlossen, aber seine Brust hob und senkte sich fast unmerklich im Takt seines Atems. Lieven setzte sich auf einen Stuhl neben dem Bett und bemühte sich, seine wirbelnden Gedanken und die miteinander streitenden Gefühle zu bändigen. Dieser Mann hatte unendlich viel Leid über ihn gebracht und beinahe sein junges Leben zerstört. Und doch empfand er in diesem Augenblick keinen Zorn, nur Bedauern um die verlorene Zeit und die Tatsache, dass er seit seinem zehnten Lebensjahr keinen Vater mehr gekannt hatte. Er konnte für den alten Mann nicht mehr viel tun, aber er würde alles daran setzen, was in seiner Macht stand, um Shadis verletzter Seele Gerechtigkeit widerfahren zu lassen. Er hatte das Gefühl, er sei es auch seinem Vater schuldig. Den Kampf gegen den Alkohol hatte Joachim Lieven verloren, aber er wollte die Chance nutzen, zu Ende zu führen, woran er gescheitert war. Victor Kronberg sollte für seine Taten bezahlen.

Die Lider des Alten flatterten und er öffnete die Augen einen Spalt. »Du bist gekommen.«

Zögernd griff Lieven nach der Hand seines Vaters. »Wirst du mir eine Frage beantworten?«

Der Alte nickte schwach.

»Hast du es jemals bereut, dass du dich nicht gegen Kronberg und die anderen gestellt hast?«

Ein Zittern lief durch den ausgemergelten Körper seines Vaters. Rasselnd holte er Atem. »Jeden Tag meines Lebens. Es war der verdammte Alkohol. Ich konnte mich nie gegen ihn wehren. Er hat mich schwach gemacht.« Er schloss die Augen und atmete unregelmäßig. Lieven dachte, er sei eingeschlafen, aber dann schlug er die Augen wieder auf. »Mach sie fertig. Dann kann ich ruhig sterben. Bring zu Ende, wozu ich nicht fähig war. Dir kann es gelingen.«

»Ich werde vielleicht alles verlieren, meine Zulassung als Anwalt, meinen Job …«

»Opfer musst du bringen. Es ist nichts im Vergleich zu dem, was du gewinnst. Mach es besser, als ich es konnte. Und Dirk … was ich getan habe, ist … unverzeihlich. Ich wollte dich niemals verletzen. Es tut mir … so leid.«

Lieven zog ein zerknittertes Fax aus seiner Jackentasche und strich es glatt. »Du bist ein freier Mann. Die zuständige Justizbehörde hat mir die Bestätigung vor einer halben Stunde gefaxt.«

Der Alte stieß einen schwachen Seufzer aus und schloss die Augen. »Es tut mir … so leid«, flüsterte er.

Das rhythmische Piepen der Herzüberwachung wich einem durchgehenden Warnton. Ein Arzt und eine Krankenschwester stürmten ins Zimmer und drängten Dirk Lieven auf den Korridor hinaus.

Erschüttert wanderte er auf ein Fenster am Ende des Ganges zu. Der Himmel weinte noch immer und nun weinte auch Lieven. Zum ersten Mal seit fünfzehn Jahren. Und es war gut so.

23

Richard Henschel wohnte in einer von Kastanien gesäumten Allee im Koblenzer Stadtteil Oberwerth, die der Straße, in der Dirk Lieven seine Kindheit verbracht hatte, zum Verwechseln ähnlich sah. Der Jägerzaun, der gepflegte Vorgarten mit der sauber gestutzten Buchsbaumhecke, selbst der mit Waschbetonplatten ausgelegte Weg zur Haustür erinnerten ihn an unbeschwerte Sommerabende.

Der pensionierte Kommissar glich einem verwitterten Felsen, an dem sich die Zeit selbst die Zähne ausgebissen hatte. Henschels klare Augen leuchteten hell in dem von zahllosen Falten durchzogenen, gebräunten Gesicht. Trotz seiner fast achtzig Jahre bewegte er sich noch immer kraftvoll und energisch.

»Lieven?«, fragte er mit dröhnender Stimme.

»Mein Vater und Sie waren Kollegen.« Er ging davon aus, dass Henschel wusste, was aus seinem Vater geworden war, und unterdrückte das Schamgefühl, das in seiner Kehle aufstieg. Irgendwie musste es ihm gelingen, seinen Vater als den Mann in Erinnerung zu behalten, der er gewesen war, bevor der Alkohol ihn zerstört hatte.

Henschel drehte die Visitenkarte in seinen klobigen Fingern. »Sie arbeiten für den alten Leimbach?«

»Nicht mehr.« Er ärgerte sich, Henschel voreilig die Karte gegeben zu haben.

»Dann sind Sie privat hier?«

»Nein, wegen einer Mandantin. Wenn Sie mir Gelegenheit geben, werde ich es Ihnen erklären.«

»Dann kommen Sie mal rein.« Der ehemalige Polizist führte ihn in ein dunkel getäfeltes Wohnzimmer. An den Wänden hingen handgewebte indianische Wandteppiche und afrikanische Holzmasken sowie Souvenirs aus zwei Dutzend exotischen Winkeln der Erde. Henschel entpuppte sich als eifriger Reisender.

Er bat Lieven, im Wintergarten in einem Korbsessel Platz zu nehmen. Unter dem Glasdach gediehen üppige Farne, Kakteen und Agaven in großen Terrakottatöpfen.

»Scheußliches Wetter«, brummte Henschel. »Die Kälte ist Gift für meine alten Knochen.« Er bot ihm einen Kaffee an, balancierte dann zwei Tassen und eine Kanne auf einem Tablett zum Wintergarten und setzte sich in einen Sessel, der mit Wolldecken und Kissen ausgepolstert war.

»Ich werde Sie nicht lange aufhalten.«

»Seit meine Frau vor einem Jahr gestorben ist, habe ich viel Zeit. Und den Polizisten wird man auch nicht mehr los, nur weil man in Pension geht. Wie geht es Ihrem Vater?«

»Er ist … er ist heute Morgen gestorben.«

Bestürzt blickte Henschel auf. »Mein Beileid.« Er musterte Lieven eine Weile intensiv. »Nun, ich schätze, Sie hatten kein besonders enges Verhältnis zu ihm«, sagte er dann.

»Mir bleibt keine Zeit zum Trauern. Die Lebenden brauchen mich mehr als die Toten.«

Henschel nickte nachdenklich. »Wie kann ich Ihnen helfen? Wenn Sie etwas über Ihren Vater wissen wollen …«

»Es geht nicht um meinen Vater«, antwortete Lieven hastig, »sondern um einen lange zurückliegenden Fall, in dem Sie und mein Vater ermittelt haben. Der Fall könnte der Schlüssel zu Verbrechen sein, die in den letzten Tagen in Hachenburg begangen wurden.«

»Sie meinen den Mord an dem Schönheitschirurgen und dem Grafensohn?«

»Die Polizei hat eine Verdächtige inhaftiert. Ich bin davon überzeugt, dass sie unschuldig ist.«

»Ihre Mandantin.«

»Ja. Und ich habe nicht viel Zeit, ihre Unschuld zu beweisen.« Lieven fragte nach der Bluttat, in der Henschel und sein junger Assistent vor fünfundzwanzig Jahren ermittelt hatten. »Was ist damals geschehen?«

Henschel rührte Milch in seinen Kaffee und tauchte in die Vergangenheit ein. »Eine Nachbarin alarmierte uns«, begann er.

»Ich erinnere mich so deutlich an den Tag, als wäre es gestern gewesen.«

Das Reihenhaus, zu dem die beiden Polizisten an einem heißen Tag im Juli des Jahres 1988 gerufen wurden, unterschied sich in keiner Weise von den anderen Eigenheimen der friedlichen Wohnsiedlung im Koblenzer Vorort Kesselheim. »Später habe ich oft gedacht, man müsste dem Haus in irgendeiner Weise ansehen, welche schrecklichen Dinge dort geschehen sind, aber natürlich ist es nicht so. Es war und ist ein schmuckloses Zuhause, das in den Nachkriegsjahren hastig hochgezogen wurde.«

Henschel und Joachim Lieven stellten den Streifenwagen in der Einfahrt des Einfamilienhauses ab. Nichts deutete auf ein Gewaltverbrechen hin. Auf der Wiese hinter dem Haus stand ein Schaukelgerüst, in der offenen Garage parkte ein dunkelroter Ford Sierra, im Vorgarten überzog ein Rasensprenger die Blumenbeete mit einem glitzernden Wasserfilm. »Wir kamen gegen siebzehn Uhr vor der Nummer 38 im Kastanienweg an«, erzählte Henschel. »Es war so trügerisch friedlich, dass keiner von uns wirklich auf das vorbereitet war, was wir finden sollten. Die Nachbarin erwartete uns. Sie hatte Schreie und Lärm im Haus der Daubs gehört; entsetzliche Schreie, wie sie sagte. Als wir ankamen, hatte sich bereits eine erregte Menschentraube auf der Straße versammelt.«

Die Daubs galten als Vorzeigefamilie. Der Vater war Verwaltungsangestellter, seine Frau engagierte sich in der Kirchengemeinde und leitete einen Kurs in der Musikschule. Das Ehepaar hatte zwei Kinder, den zehnjährigen Niklas und seine neun Jahre ältere Schwester Manuela. »Wir wussten nicht, was vorgefallen war, und mussten mit allem rechnen; von einem Raubüberfall bis zu einem Familiendrama oder einem falschen Alarm war alles möglich. Im Haus selbst war es still. Joachim klingelte an der Vordertür, aber niemand öffnete. Ich schickte ihn in den Garten, um die Rückseite zu sichern, und blieb auf der Straßenseite, um möglichen Einbrechern den Fluchtweg abzuschneiden. Aber ich hätte mir die Mühe sparen können. Joachim erzählte mir später jede Einzelheit. Er betrat das Haus durch die offene Terrassentür. Es war so totenstill wie auf dem Geisterschiff in einer Spukgeschichte, das völlig intakt aber steuerlos auf dem Meer treibt. Die Kohlen im Schwenkgrill auf der Terrasse waren noch warm. Auf dem Sitzbrett der Schaukel, die der Wind leise bewegte, lag ein roter Kinderpullover. Von der Familie fehlte jede Spur. Er wartete, bis sich seine Augen an das Halbdunkel im Wohnzimmer gewöhnt hatten. Die Rollläden waren wegen der Sommerhitze herabgelassen worden. Irgendwo im Haus plärrte ein Radio, der Fernseher lief ohne Ton. Mit vorgehaltener Waffe durchsuchte er die angrenzenden Räume und entdeckte im Esszimmer eine leblose Gestalt auf dem Boden. Als er mir die Haustür öffnete, sah er selbst aus wie eine Leiche«, sagte Henschel. »Carl Daub lag im Esszimmer, seine Frau fanden wir in der Küche. Beide waren entsetzlich zugerichtet. Der Täter muss von einem abgrundtiefen Hass beseelt gewesen sein, oder es war die Tat eines Wahnsinnigen. Wir brauchten nicht lange nach der Mordwaffe zu suchen. In Daubs Schädel steckte ein Beil, das wir später seinem Besitz zuordnen konnten.«

»Konnten Sie den Tathergang rekonstruieren?«, fragte Lieven.

»Wir waren sicher, dass die Daubs den Täter gekannt haben mussten. Die Spurensicherung entdeckte keinerlei Hinweise auf einen Einbruch. Einen Raubmord konnten wir ebenfalls ausschließen. Nichts fehlte, Bargeld und Schmuck waren nicht angetastet worden. Dazu kam die unglaubliche Brutalität der Morde. Der Gerichtsmediziner bestätigte uns, dass der Täter wahrscheinlich zuerst die Mutter tötete und danach ihren Mann mit der Holzfälleraxt angriff.« Henschel fuhr sich mit der Hand über das Gesicht, als belaste ihn die Erinnerung noch immer. »Sie wurden regelrecht zerfleischt. Das Blut war bis an die Zimmerdecken gespritzt. Das Heim der Daubs sah aus wie ein Schlachthaus.«

»Wo waren die Kinder?«

»Den Verbleib der Tochter konnten wir schnell klären. Der Sohn eines Nachbarn gab uns die Telefonnummer eines Studentenwohnheims in Siegen, wo Manuela Daub studierte. Sie war außer Gefahr.«

»Und der Junge?«

Henschel stellte seine Tasse ab und blickte in den Regen hinaus. »Ja … der Junge. Wir durchkämmten das Haus vom Keller bis zum Dach. In einem Winkel des Speichers über der Garage fanden wir ihn in einem katatonischen Zustand, unfähig, Kontakt zur Außenwelt aufzunehmen. Aber zumindest hatte er das Massaker überlebt.«

»Mein Vater erwähnte, dass Sie den Jungen verdächtigten, seine Eltern getötet zu haben.«

»Ja, das tat ich. Und ich tue es heute noch. Beweisen konnte ich es nie.«

»Was machte Sie so sicher?«

»Da war zunächst die Tatsache, dass der Vater eine Reihe postmortaler Wunden aufwies. Der Täter hat immer wieder auf ihn eingestochen und geschlagen, obwohl Daub längst tot war. Die Tat zeugte von ungeheurem Hass. Warum sollte sich ein überraschter Einbrecher in eine solche Gewaltorgie hineinsteigern?«

»Sie sagten, die Mutter sei ebenfalls schwer misshandelt worden.«

»Das stimmt. Aber im Gegensatz zu ihrem Mann starb sie schnell und die Leiche wurde auch post mortem nicht weiter behelligt. Und dann war da noch die Engelsfigur.«

»Eine tönerne Statuette?«

»Ja. Etwa zwanzig Zentimeter groß, ein pausbäckiger, lockenköpfiger Engel. Die Figur stand neben der Leiche der Mutter. Hinter den Sinn bin ich allerdings nie gekommen. Der Junge war über und über mit Blut besudelt, als wir ihn fanden. Die Spurensicherung stellte seine Fingerabdrücke auf dem Messer und dem Engel fest, auf dem Beil fanden sich dagegen keine brauchbaren Spuren.«

»Welches Motiv könnte ein zehnjähriger Junge haben, seine Eltern zu massakrieren?«

Henschel seufzte. »Jahrelanger Missbrauch? Misshandlungen? Eine beginnende Psychose? Ich weiß es nicht. Tatsache ist, dass wir in seinem Zimmer mehrere dieser Engelsfiguren fanden. Als ich den Gerichtsmediziner mit meiner These konfrontierte, lehnte er sie ab. Ein Junge von Niklas' Statur und Größe hätte niemals genug Kraft aufbringen können, um derartige Verletzungen herbeizuführen, wie sie die Leichen aufwiesen. Die Messerstiche waren alle von oben geführt worden. Der Täter muss also entweder genauso groß wie Daub gewesen sein oder – was ich für wahrscheinlicher hielt – die Stiche waren den Opfern beigebracht worden, als sie bereits bewusstlos am Boden lagen. Das hätte auch der Junge geschafft. Ein Gutachter wurde hinzugezogen, der den Jungen untersuchte. Er kam zu dem Schluss, dass Niklas Daub einen IQ von 68 besaß. Er war geistig behindert und zu einer solchen Bluttat nicht in der Lage. Der Psychologe vermutete, Niklas habe die Engelsfigur nach dem Tod der Mutter als eine Art Schutzamulett neben ihr platziert, nachdem der Täter das Haus längst verlassen hatte.«

Lieven schüttelte den Kopf. Wieder war ein psychiatrischer Gutachter in den Fall involviert gewesen. Und wieder konnte sich dieser katastrophal geirrt haben.

»Da wir auf dem Beil keine Fingerabdrücke des Jungen gefunden hatten, bestand die Möglichkeit, dass tatsächlich ein Einbrecher das Haus betreten hat«, fuhr Henschel fort. »Die Daubs überraschten ihn und er schlug auf sie ein. Anschließend floh er vom Tatort. Der Junge nutzte die Gelegenheit, um sich für den jahrelangen erlittenen Missbrauch zu rächen und brachte seinen wehrlosen Vater um. So gelangte das Blut an seine Kleidung.«

»Und warum sollte sich Niklas danach in einem Winkel auf dem Speicher verstecken?«

Henschel zuckte die Schultern. »Aus Angst, der Täter könnte zurückkommen und ihn ebenfalls töten? Plagten ihn Schuldgefühle? Niemand weiß das. Die Vernehmungen waren wegen seiner Behinderung extrem schwierig. Es fiel den Psychologen schwer, in seinen Aussagen Wahres von Fantasie zu trennen. Die Untersuchungen dauerten ein halbes Jahr und wurden dann ergebnislos abgebrochen.«

»Was geschah danach mit dem Jungen?«

»Außer der Schwester gab es keinen weiteren lebenden Verwandten, also kam er zunächst in ein Heim. Mich beunruhigte die Vorstellung, dass der Junge durch den Erfolg seiner Tat darin bestärkt worden sein könnte, wieder zu töten.«

»Aber das setzt Planung voraus, zu der ein zehnjähriger geistig eingeschränkter Junge nicht in der Lage wäre.«

»Tatsächlich nicht? Es gibt Fälle dieser Art. Nicht wenige Serienmörder beginnen ihre Karriere sehr früh. Vergessen Sie nicht, dass der Junge nicht wie andere Kinder dachte und fühlte. Ich spreche nicht von geplanten Morden, sondern von impulsiven Gewaltexzessen. Auch ein Vulkan kann viele Jahre schlafen und unerwartet ausbrechen. Vielleicht braucht nur jemand den richtigen Knopf bei dem Jungen zu drücken, um eine erneute Katastrophe auszulösen. Wenn er gelernt hat, seine Probleme auf diese grausame Weise zu lösen, wird er wieder so handeln.«

»Hielten Sie Kontakt zu ihm?«

»Eine Zeitlang. Niklas lebte zwei Jahre in dem Heim ohne jede Auffälligkeit. Der Staatsanwalt untersagte mir schließlich alle weiteren Ermittlungen. Streng betrachtet gab es dafür außer meinem Bauchgefühl auch keinen Grund.« Henschel informierte sich dennoch über das Schicksal des Jungen. Niklas Daub verbrachte drei Jahre in verschiedenen Pflegefamilien und lebte zuletzt wieder in einem Heim.

»Gab es Probleme mit dem Kind?«

»Soweit ich herausfinden konnte, schickten die letzten Pflegeeltern ihn ins Heim zurück, weil sie mit einem geistig behinderten Kind überfordert waren. Vielleicht hatten sie ihre Geduld überschätzt.«

»Eine rätselhafte Geschichte.«

»Und eine tödliche dazu. Aber warum interessieren Sie sich für den alten Fall?«

»Die Polizei hat bei den drei Opfern in Hachenburg die gleichen Engelsfiguren gefunden. Meine Klientin wurde verhaftet, weil sie nicht nur ein Motiv für die Morde hat, sondern auch im Besitz solcher Statuetten ist.«

Henschel goss frischen Kaffee in seine Tasse. »Ein starkes Indiz. Sie sind dennoch von ihrer Unschuld überzeugt?«

Lieven lächelte. »Ja, das bin ich.«

»Und nun glauben Sie, alle Verbrechen wurden vom selben Täter begangen, weil an jedem Tatort die Figuren aufgetaucht sind.«

»Ich versuche herauszufinden, ob es Gemeinsamkeiten zwischen den Morden gibt. Aber ich finde keine Verbindung zwischen meiner Mandantin und Niklas Daub. Ihre Wege haben sich niemals gekreuzt. Ich muss den Täter finden, und zwar sehr schnell. Haben Sie den Jungen bis heute im Auge behalten?«

»Das hatte ich vor. Als ihn seine Pflegeeltern ins Heim zurückschickten, lag ich wegen einer Gallenkolik im Krankenhaus. Danach ging ich in Pension. Nach einigen Wochen fragte ich im Heim nach dem Jungen, aber er lebte bereits in einer neuen Familie. Ich besaß keine Vollmachten mehr, seinen Aufenthaltsort in Erfahrung zu bringen. Ab hier verliert sich seine Spur.«

»Sie wissen also nicht, wo ich nach ihm suchen muss?«

Henschel trank seinen Kaffee aus. »Nein, tut mir leid.«

Lieven bedankte sich und wandte sich zum Gehen. An der Tür hielt ihn die Bassstimme des alten Kommissars zurück.

»Tut mir leid für Ihren Vater. Er war kein schlechter Mensch. Aber er hätte die Finger vom Alkohol lassen sollen.«

Durch Lievens Hüfte zuckte ein stechender Schmerz. »Ich habe meinen Frieden mit ihm gemacht, bevor er starb.« Plötzlich kam ihm ein Gedanke. »Eine letzte Frage habe ich noch: Hatte Niklas außer seinem niedrigen IQ eine körperliche Behinderung? Eine verkrüppelte Hand?«

»Nein. Davon ist mir nichts bekannt.«

Lieven überlegte. »Vielleicht hat er sich die Verletzung erst später zugezogen.«

»Ja, das wäre natürlich denkbar. Wissen Sie, die Bilder, die ich damals sah, haben mich nie mehr losgelassen. Vielleicht war ich deshalb all die Jahre so besessen davon, die Schuld des Jungen nachzuweisen. Werden Sie mich informieren, wenn Sie Niklas Daub gefunden haben?«

»Das werde ich ganz sicher. Danke für Ihre Hilfe.« Lieven kehrte zu seinem Motorrad zurück. Immerhin hatte er jetzt eine erste Spur.

24

Shadi vermisste den Geschmack von Steinstaub auf ihrer Zunge und das Geräusch der Meißelschläge auf dem Basalt. Sie vermisste Dirk Lieven, obwohl sie sich dagegen wehrte. Aber am meisten vermisste sie den Himmel. Das vergitterte Zellenfenster wies auf einen Innenhof hinaus und der gegenüberliegende Gebäudetrakt verstellte ihr den Blick auf den Himmel.

Seit gestern hatte sich Lieven nicht mehr gemeldet. Drei Tage Untersuchungshaft erschienen ihr wie eine Ewigkeit. Sie hasste das Klappern der Schlüssel in der Zellentür, das Essen und den Gestank der billigen Seife und das Nichtstun. Wenn Lieven keinen Erfolg hatte, würde sie eingehen wie eine Blume, die auf vertrocknetem Boden wuchs. Sie wagte nicht, an die Zukunft zu denken. Tage und Nächte, Monate und Jahre hinter diesen Mauern zu verbringen, würde sie in den Wahnsinn treiben. Sie beschloss, einen Ausbruch zu wagen, sollte der Versuch sie auch das Leben kosten.

Die Stimmungsschwankungen, die ihr Leben bereits unter normalen Bedingungen in eine Achterbahnfahrt verwandelten, überfielen sie in der Einsamkeit der Gefängniszelle umso stärker. In Freiheit kompensierte sie die Orkane ihrer Gefühle, in dem sie so lange auf einen Marmorblock einschlug, bis ihr Zorn der Erschöpfung gewichen war. Wenn sie verschwitzt und mit Staub bedeckt auf den Boden ihrer Werkstatt sank, empfand sie einen wohltuenden, tiefen inneren Frieden. In diesen Augenblicken wurde ihr erschreckend klar, dass sie die innere Zerrissenheit brauchte, um Kunstwerke wie den Bären zu schaffen. Sie fragte sich nicht zum ersten Mal, woher Michelangelo die Kraft genommen hatte, gegen seinen Willen die Decke der Sixtinischen Kapelle auszumalen. Wahrscheinlich gehörte eine Portion Wahnsinn dazu, ein so großartiges Kunstwerk zu schaffen, ein Wahnsinn, der auch in ihr schlief.

Der Arrest machte alles noch viel schlimmer. Vier Schritte von Wand zu Wand, zwei in die andere Richtung. Oft glaubte sie, ersticken zu müssen. Der Drang, ihren Körper zu bewegen, zu rennen und sich zu verausgaben, war übermächtig und stürzte sie in tiefe Traurigkeit. Hatte Lieven recht, wenn er behauptete, ihr Streben nach Vergeltung führe sie ins Unglück? Es war ein gerechtes Verlangen, das fühlte sie mit jeder Faser ihrer Existenz. Lediglich der Weg, den sie eingeschlagen hatte, war falsch gewesen. Es musste noch andere Wege geben, die zum Ziel führten.

Sie hockte auf der schmalen Pritsche, schlang die Arme um die Knie und schloss die Augen. Bilder von Dirk Lieven tauchten auf. Nur zögernd stellte sie sich der Wahrheit. Dieser Mann war der erste seit vielen Jahren, der den Eispanzer um ihr Herz würde tauen können, wenn sie es zuließ. Er machte sie wahnsinnig mit seiner stoischen Ruhe und seiner Selbstsicherheit und es gab Momente, in denen sie ihm am liebsten die Augen ausgekratzt hätte. Doch dann erinnerte sie sich wieder an die Wärme, die von ihm ausging, und daran, dass sie sich in seiner Nähe zum ersten Mal seit vielen Jahren geborgen fühlte.

Während in Shadis Herz ein Sturm aus sich widersprechenden Gefühlen tobte, wurde die Zellentür entriegelt. Eine Vollzugsbeamtin ließ wachsam ihren Blick durch die Zelle wandern.

»Kommen Sie mit«, befahl sie.

»Wohin?«

»Tatortbegehung.« Sie warf Shadi eine dunkelblaue Jacke mit dem Enblem der JVA zu. »Ziehen Sie das an, es ist kalt draußen.«

Sie beeilte sich, dem Befehl Folge zu leisten und trat auf den Gang hinaus. Die Beamtin führte sie über Treppen und Flure und durch mehrere Sicherheitsschleusen. In einem Innenhof wartete ein Streifenwagen. Frank Morloch lehnte an der Motorhaube und rauchte eine Zigarette. Eine kalte Hand griff nach ihrer Kehle.

Die Vollzugsbeamtin legte ihr Handschellen an, übergab sie an Morloch und verriegelte die Tür hinter sich. Morloch öffnete die hintere Wagentür und drückte sie grob auf den Sitz.

»Hi, Shadi!«

Auf dem Beifahrersitz saß Christoph Rader. Er drehte sich grinsend um und ließ seine Blicke über ihren Körper wandern. Morloch stieg ein, startete den Motor und fuhr zum Hauptportal. Hinter dem Maschendrahtzaun des Freigangs bemerkte sie einen drahtigen Mann mit kohlschwarzem Haar, der sie verstohlen beobachtete. Als sich ihre Blicke begegneten, wandte er sich hastig ab.

»Was wird das?«, fragte Shadi.

»Tatortbegehung«, brummte Morloch.

»Ich will meinen Anwalt sprechen.«

Rader lachte meckernd. Morloch regelte die Formalitäten an der Sperre, die Tore glitten zur Seite und der Streifenwagen schoss auf die regennasse Straße hinaus.

»Hörst du schlecht, Frank? Ich habe das Recht, meinen Anwalt zu informieren.«

Morloch warf einen gleichgültigen Blick in den Rückspiegel. »Halt den Mund.«

»Ja, genieß lieber die Fahrt«, sagte Rader grinsend. Seine Hand wanderte über ihren Oberschenkel.

Sie brauchten eine Stunde zum Wolfstein. Der Streifenwagen quälte sich über Schlaglöcher und aufgeweichte Waldwege und stoppte schließlich etwa einen Kilometer von der Stelle entfernt, an der Shadi um ihr Leben gekämpft hatte.

Morloch öffnete die hintere Wagentür. »Raus!«, knurrte er.

Wachsam stieg sie aus dem Wagen. Rader stieß sie in den Wald hinein. »Auf geht's! Wir machen einen kleinen Spaziergang, Shadi.«

Als sie den verwitterten Felsen erreichten, trat aus dem Schatten der Bäume ein breit gebauter Mann mit pockennarbigem Gesicht und fahlblondem Haar – Victor Kronberg. Panisch blickte sie sich nach einem Fluchtweg um.

25

Dr. Ivan Lazarus war der korpulenteste Mann, den Dirk Lieven je gekannt hatte. Er besaß mehrere Doktortitel, unter anderem in forensischer Psychiatrie und Psychologie. Als ausgezeichneter Suchttherapeut leitete er eine kleine private Drogenentzugsklinik, ging regelmäßig auf Seminarreisen und veranstaltete mit großem Erfolg Ernährungskurse. Sein profundes Wissen über die Tiefen der menschlichen Psyche reichte aber offenbar nicht aus, um sein eigenes ausuferndes Essverhalten in den Griff zu bekommen. Lazarus' Leidenschaft galt verzwickten Rätseln und Problemen, an denen sich die Fachwelt die Zähne ausgebissen hatte. Er besaß eine Faksimilekopie des Voynich-Manuskripts und hatte eine eigene Entschlüsselungstheorie aufgestellt. Zudem war er trotz seiner Leibesfülle ein hervorragender Poolbillardspieler.

Seine kohlschwarzen kleinen Äuglein funkelten vergnügt, als er Lieven die Tür öffnete. Mit seinen spatelförmigen Fingern schüttelte er seinem Freund die Hand und schob ihn nach überschwänglicher Begrüßung in seine Praxis über den Dächern von Koblenz. Es war mehr als acht Jahre her, seit sich Lieven in die Obhut von Dr. Lazarus begeben hatte, um seine traumatisierenden Kindheitserlebnisse aufzuarbeiten. Aus dem anfänglichen Arzt-Patient-Verhältnis war schnell eine dauerhafte Freundschaft entstanden.

»Wir haben uns lange nicht gesehen, Dirk.« Lazarus musterte ihn aufmerksam. »Hat dein Gesicht Bekanntschaft mit einem Hydranten gemacht, oder bist du zu den Borderlinern übergelaufen?«

Sein Sinn für schwarzen Humor prallte diesmal an Lieven ab. »Weder noch«, entgegnete er ernst.

»Wenn Freunde so plötzlich auftauchen, bitten Sie meist um einen Gefallen«, fügte Lazarus augenzwinkernd hinzu.

Lieven nickte. »Du irrst dich nicht. Ich brauche deine Hilfe.«

»Mhm.« Dr. Lazarus strich sich über sein gewaltiges Doppelkinn. Wie stets entging ihm keine noch so kleine Veränderung in Lievens Stimme. »Du klangst besorgt am Telefon. Was hältst du von einer Partie Billard?«

»Ich glaube nicht, dass ich in der Stimmung dafür bin.«

»Warum so nervös?« Lazarus schaukelte in das Billardzimmer neben der Praxis und nahm ein Queue aus der Wandhalterung. »Das Spiel wird dich entspannen.«

Lieven gab sich geschlagen. Er wusste, dass er seinen Freund nicht würde umstimmen können. Ungeduldig schaute er zu, wie der Doktor die bunten Kugeln aufbaute, und führte dann den Eröffnungsstoß. »Jemand schwebt in großer Gefahr. Wenn ich nicht schnell handele, könnte es zu spät sein«, erklärte er.

Wegen seines enormen Bauchumfangs vermochte Lazarus es nicht, sich tief über den Queue zu beugen. Dennoch lochte er die anvisierte Kugel zielsicher ein. »Eine Dame, die dir nahesteht?«

Er liebte diese Frage- und Antwortspiele. Obwohl Lieven ständig Shadis bleiches Gesicht vor seinem inneren Auge sah, spielte er mit. Er wusste, dass sich Lazarus auf diese Weise in das Geschehen hineindachte. Und der Psychologe liebte es, wenn er ins Schwarze traf – was beinahe immer der Fall war. Trotzdem beschloss er, seine Gefühle für Shadi vorerst zu verbergen.

»Es handelt sich um eine Mandantin, die unter Mordverdacht steht. Wie kommst du darauf, sie stünde mir nahe?«

»Deine Nervosität, Dirk. Du bist hibbelig wie ein Teenager vor dem ersten Kuss. In all den Jahren habe ich noch nie erlebt, dass du eine tiefergehende Reaktion zeigst als das Hochziehen einer Augenbraue.« Der dicke Psychiater imitierte die Geste so perfekt, dass Lieven trotz seiner Sorgen lachen musste.

Sie brauchten vier Partien, bis Lieven ihn über alles in Kenntnis gesetzt hatte. Nebenbei verlor er jedes Spiel.

»Mhm.« Nachdenklich kratzte sich Lazarus seinen sorgfältig gepflegten grauen Bart. »Mir scheint, du bist fest davon überzeugt, dass der Junge in allen Fällen der Täter ist.«

Lieven visierte die schwarze Acht an. »Nehmen wir an, es wäre so. Welches Motiv hat er für seine Taten? Ich erkenne kein Muster.

Es gibt keine Verbindung zu meiner Mandantin.« Die Kugel tanzte in der Mitteltasche und schnellte wieder auf den Tisch zurück.

Lazarus klopfte mit dem Queue auf den Tischrand. »Zu unbeherrscht. Zu viel Kraft. Tritt einen Schritt zurück und lass das Gesamtbild auf dich wirken.« Gekonnt versenkte er die schwarze Kugel. »Gut. Nehmen wir an, er wurde als Kind sexuell missbraucht – was wir nicht beweisen können. Dann könnte er in einer Verzweiflungstat seinen Peiniger töten, in diesem Fall den in Freud'scher Manier übermächtigen Vater. Du sagst, er besitzt einen sehr niedrigen IQ?«

»Nahe dem Schwachsinn.«

»Also ist er nicht in der Lage, nach einem ausgeklügelten Mordplan vorzugehen. Er handelt rein intuitiv, von seinen Gefühlen gesteuert. Daher ist er unberechenbar und schwer einzuschätzen.«

Lazarus verschoss die Neun und Lieven erhielt eine neue Chance.

»Dann kann er nicht der Täter sein.«

»Du vergisst, dass nicht er, sondern deine Mandantin gewissermaßen die Opfer ausgesucht und den Plan entwickelt hat. Wenn sie die Wahrheit sagt, ist er ihr gefolgt und hat nur ausgeführt, was sie begonnen hat. Hier hast du dein Muster. Vielleicht lief der Mord an den Daubs genauso ab. Ein Einbrecher überwältigte sie, als sie ihn überraschten. Er floh vom Tatort, weil er befürchtete, entdeckt zu werden. Der Junge nutzte die Gelegenheit und rächte sich an seinem Vater. Dazu brauchte es keinen ausgeklügelten Plan.«

Lieven ließ sein Queue sinken. »Zum Teufel, du könntest recht haben. Aber was bedeuten die Engel?«

»Das«, sagte Lazarus und ließ die weiße Spielkugel in das Dreieck der bunten Kugeln krachen, »ist das Rätsel, das es zu lösen gilt.«

Die folgende Partie verlief schweigend. Lieven gewann.

»Er hat ihr schon früher solche Figuren geschickt. Und nach fünfzehn Jahren Pause fängt er wieder an. Warum?«

»Mhm. Sie ist nach Hachenburg zurückgekehrt. Gehen wir davon aus, dass unser Mann nicht motorisiert ist und keine Möglichkeit hat, die Stadt weiter zu verlassen, als ihn seine Füße tragen. Das würde gut zu einem Mann passen, der aufgrund einer geistigen

Behinderung niemals Autofahren gelernt hat.« Lazarus lächelte zufrieden. »Es gibt außerdem eine Gemeinsamkeit zwischen dem Tod der Eltern des Jungen und den ermordeten drei Männern in Hachenburg.«

Lieven blickte ihn fragend an.

»In beiden Fällen wurden Menschen getötet, die andere gepeinigt haben, wenn die Theorie des sexuellen Missbrauchs stimmt. Ich schätze, der unsichtbare Begleiter deiner Mandantin will sie beschützen. Die Engel stellen auf irgendeine Weise eine Art magischen Schutz dar, eine Belohnung vielleicht oder Trost. Schau her: Dein tapferer Retter war wieder da, der Schutzengel. Dir kann nichts geschehen.«

»Das ist eine sonderbare Art, einer Frau zu zeigen, dass man sie liebt.«

»Vergiss nicht, sein Denken verläuft nicht gradlinig und logisch, sondern rein intuitiv.«

»Wie kann ich ihn finden?«

»Stelle ihm eine Falle. Benutze deine Mandantin als Köder.«

Lieven schüttelte den Kopf und feuerte überhastet die Vier auf die Ecktasche. Die Kugel prallte von der Bande ab und richtete ein Chaos auf dem Tisch an. Lazarus zog die buschigen Brauen zusammen.

»Unmöglich. Ich habe dir gesagt, Shadi sitzt in Untersuchungshaft.«

»Sie bringt dich ganz schön durcheinander, deine Shadi«, sagte Lazarus schmunzelnd.

»Ich bin mit meinen Gedanken nicht beim Spiel, das ist alles.«

»Sie tut dir gut, Dirk. Ich hoffe, sie erwidert deine Gefühle.« Er deutete mit dem Queue auf seinen Freund. »Lederjacke und Jeans stehen dir besser als ein Maßanzug. Ich bin gespannt, wie weit sie dich noch verändern wird.«

»Sie verändert mich nicht«, antwortete Lieven ärgerlich.

Lazarus lachte blubbernd. »Hast du dich für sie geprügelt?«

»Indirekt. Ich musste mich meiner Haut wehren. Was geschieht, wenn unser Mann den letzten der fünf Männer getötet hat, die Shadi vergewaltigt haben?«

Der Psychiater machte ein finsteres Gesicht. »Er wird sich zu erkennen geben, weil er eine Belohnung erwartet.«

»Was für eine Belohnung?«

»Erwiderung seiner Gefühle, Anerkennung, Lob, Bewunderung. Sexuelle Handlungen möglicherweise.«

»Was geschieht, wenn sie ihn abweist?«

Lazarus nickte und versetzte damit sein Doppelkinn in heftige Schwingungen. »Das ist der Punkt, der mir Sorge bereitet. Er kennt nur eine Problemlösungsstrategie: extreme Gewalt. Aber im Augenblick ist sie ja in Sicherheit.«

»Nein, das ist sie nicht, fürchte ich.« Lieven erzählte von der Warnung des Häftlings.

»Victor Kronberg«, murmelte Lazarus gedankenverloren.

»Du kennst ihn?«

»Ja, er … tut mir leid, ich darf darüber nicht sprechen.«

»Er war hier«, sagte Lieven erstaunt. »Er war in deiner Praxis! Warum?«

»Dirk, das fällt unter die ärztliche Schweigepflicht.«

»Shadis Leben hängt vielleicht davon ab.«

Lazarus visierte die Sechs an und versiebte den Stoß. »Kronberg hat bestimmte Neigungen, die er nur mühsam in den Griff bekommt.« Er blickte Lieven ernst an. »Pass auf deine Shadi auf. Dieser Mann ist zu allem fähig. Er ist egomanisch, brutal und kennt keine Skrupel.«

Bevor Lieven antworten konnte, summte sein Handy. Er zog es aus der Jackentasche und meldete sich.

»Hier spricht Angelo. Sie haben sie eben abgeholt.«

»Wer?«

»Morloch, der Bulle. Hinten im Wagen saß sein Kumpel Chiko.«

»Christoph Rader?«

»Genau der. Hab was von ner Hütte gehört und dem Wolfstein. Rader hat gesagt, er wollte ein bisschen Spaß haben. Du solltest dich besser beeilen.«

Lieven beendete das Gespräch und steckte das Handy ein.

Besorgt beobachtete Lazarus seinen Freund. »Schlechte Nachrichten?«

»Ich muss sofort los. Hoffentlich kommt deine Warnung nicht zu spät.«

Eilig verließ er die Praxis, schwang sich auf seine Yamaha und raste wie ein Verrückter durch den Stadtverkehr Richtung Wolfstein. Angelos Warnung kam ihm in den Sinn. »Um Kronberg zu stoppen, musst du zum Killer werden.«

26

Victor Kronberg schlenderte auf Shadi zu. Seine Hände steckten in den Taschen eines schwarzen Gabardinemantels. Zum Schutz vor dem eisigen Regen trug er einen dunklen Hut, den er tief in die Stirn gedrückt hatte, und entsprach damit dem Abziehbild eines Mafiabosses.

Er gefällt sich in seiner Rolle, dachte Shadi schaudernd. Und schließlich war er das ja auch, der Pate von Hachenburg.

Frank Morloch lehnte betont lässig an der einsam stehenden Buche vor dem Wolfstein und trank Wacholderschnaps aus einem Flachmann. Rader genoss die Situation. Er stand mit vor der Brust verschränkten Armen breitbeinig am Rand des Felsens und bearbeitete grinsend einen Kaugummi. Sein rötliches Haar klebte an seinem Fuchsgesicht wie eine Kappe.

Shadi nahm jedes Detail überirdisch klar in sich auf. Das leise Klirren der Handschellen an ihren Gelenken, das Knirschen von Kronbergs Schritten auf dem Kies und das Prasseln des Regens auf dem Felsen. Sie lauerte auf die Chance zur Flucht. Morloch bewachte ihre rechte Flanke, links von ihr gähnte der Abgrund. Rader und Kronberg keilten sie von der anderen Seite her ein.

»Du machst mir eine Menge Ärger, Shadi«, sagte Kronberg.

»Sag deinem Kettenhund, er soll mich zurück ins Gefängnis bringen. Mit einem weiteren Mord wirst du nicht durchkommen.«

»Sagt wer?«

»Lieven wird dich bis ans Ende der Welt jagen!«

Kronberg lachte amüsiert auf. »Ach ja, Lieven. Kleine naive Shadi. Glaubst du wirklich, dass dein edler Ritter seine Karriere für dich aufgibt?«

Rader zog geräuschvoll die Nase hoch und spuckte ins Gras. »Was hältst du davon, wenn wir eine kleine Party in der Hütte feiern, Vic? Ganz wie in alten Zeiten.«

»Halt die Klappe, Chiko.« Kronberg wandte sich an Shadi. »Du hast etwas, das mir gehört, und das will ich wieder haben.«

Angewidert zog sie die Mundwinkel herab. »Nichts könnte mich mehr ekeln, als etwas anzufassen, das dir gehört, Victor. Ich hätte es dir längst zurückgegeben, weil der Gestank nicht zu ertragen wäre. Ich besitze nichts, was dich interessieren könnte.«

Kronberg verzog die Lippen zu einem schmalen Lächeln. »Charmante kleine Shadi. Du schaufelst dir dein eigenes Grab.«

Rader schnellte vor und verpasste ihr eine Ohrfeige. »Mach endlich das Maul auf!«

»Hör auf mit dem Scheiß, Chiko! Ich muss sie in einem Stück wieder in der JVA abliefern«, rief Morloch.

Rader schnellte herum. »Du hast hier gar nichts zu melden, Frankie! Ich scheiß auf deine Uniform.«

Kronberg trat an den Rand des Felsens und blickte hinunter. »Wer behauptet denn, dass du sie wieder mit zurücknimmst, Frankie?«

»Ja, genau«, schrie Rader. »Wir besorgen es ihr richtig und dann schmeißen wir sie den Wolfstein hinunter. Es wird wie Selbstmord aussehen.«

Kronberg packte Rader an der Schulter und gab ihm einen Stoß. »Idiot!« Er musterte Shadi eindringlich. »Gudrun hat mir etwas gestohlen und es dir anvertraut.«

»Ich habe keine Ahnung, wovon du redest.« Das hatte sie tatsächlich nicht. Aber das würden ihr die drei Männer niemals glauben. Ihre Unwissenheit, worum hier gespielt wurde, konnte sich als tödlich erweisen. Sie musste Zeit gewinnen, Zeit, sich einen Plan zurechtzulegen.

Kronberg wippte mit den Fersen. »Shadi, Shadi. Das ist nicht klug von dir. Gib mir, was ich haben will, und du kannst jetzt gleich mit Frankie in die JVA zurückfahren.« Er warf Rader einen schnellen Blick zu. »Chiko und ich werden zu deinen Gunsten aussagen. Bodos Tod war ein bedauerlicher Unfall. Du kommst frei. – Oder wir fahren zur Hütte, wenn du das lieber magst. Such's dir aus.«

Shadi überlegte fieberhaft. Sie musste Zeit gewinnen. »Also gut. Ich … hab's natürlich nicht bei mir. Wir müssen es holen.«

»Sag uns einfach, wo du die Daten versteckt hast. Auf einem Stick oder einer CD vielleicht?«

»Auf einem USB-Stick. Er liegt in einem Schließfach. Wir müssen erst den Schlüssel holen.« Ihr kam ein genialer Einfall. »Aber den hat Lieven.«

Kronberg warf Morloch einen raschen Blick zu.

Rader streckte das Kinn vor. »Das Biest lügt. Sie lügt uns was vor, um ihre Haut zu retten.

»Okay. Bringt sie zur Hütte. Wir werden sehen, ob sie dann immer noch lügt.«

»He, wer ist das?«, rief Rader.

Kronberg fuhr herum und erstarrte. Zwischen den Bäumen am Waldrand stand wie hingezaubert ein Motorrad. Der Fahrer trug schwarze Hosen, eine schwarze Lederjacke und einen Helm mit abgedunkeltem Visier.

Träge folgte Morloch Kronbergs Blick und tastete nach seiner Dienstwaffe. Der Fahrer des Motorrads drehte den Gasgriff auf. Die schwere Maschine schoss auf die Gruppe der drei Männer zu wie ein Panther, der im Dickicht auf Beute gelauert hat.

Rader stolperte zurück und suchte nach einem sicheren Platz. Entsetzt erkannte er, dass er zu dicht am Felsgrat stand. »Schieß doch, du Idiot«, schrie er.

Morloch hatte den Druckknopf seines Pistolenholsters geöffnet und zog umständlich die Walther heraus. Bevor er zielen konnte, war der Unbekannte auf dem Motorrad dicht vor ihm und riss erst im letzten Moment den Lenker herum. Das Hinterrad der Maschine fräste eine halbkreisförmige Spur in den aufgeweichten Waldboden und bespritzte die Männer mit Dreck und Schlamm. Der hintere Stoßdämpfer traf Morloch an der Hüfte und brachte ihn zu Fall. Er verlor seine Waffe und fiel bäuchlings in den Matsch. Rader rutschte bei dem Versuch, sich in Sicherheit zu bringen, auf den glitschigen Felsen aus und konnte gerade noch verhindern, dass er in den Abgrund stürzte. Er fluchte laut und klammerte sich an die dürren Äste eines Brombeerstrauchs. Die Dornen zerkratzten ihm Hände und Gesicht. Kronberg brüllte Befehle, die niemand beachtete.

»Steig auf und halt dich fest. Schnell.«

Shadi sprang hinter dem Fahrer in den Sattel und klammerte sich mit ihren gefesselten Händen an seinen Gürtel. Kaum saß sie auf dem Motorrad, als der Fahrer beschleunigte und auf den Hohlweg zuraste, der in den Wald hineinführte.

»Schieß endlich, du Schwachkopf!«, brüllte Kronberg.

Die Kugel zischte heiß an Shadis Wange vorbei und fetzte eine tiefe Furche in den Helm des Fahrers. Sie kauerte sich zusammen, presste ihre Schenkel gegen den Sitz und hoffte, dass Morloch ein miserabler Schütze war.

Sie zählte drei weitere Schüsse. Die letzte Kugel traf ihr Ziel. Shadi spürte einen brennend heißen Schmerz in ihrer linken Seite. Sie schrie auf und verlor beinahe den Halt. Das Motorrad schlingerte gefährlich. Der Fahrer raste den Hohlweg entlang an Kronbergs Hütte vorbei auf die andere Seite des Bergrückens zu. Dort bog er ab, steuerte die Maschine hinter einen mannshohen Stapel aufgeschichteter Baumstämme und schob das Helmvisier hoch.

»Bist du verletzt?«, fragte Lieven besorgt.

»Er hat mich erwischt.« Ihre eigene Stimme klang plötzlich fremd und aus weiter Ferne an ihr Ohr. Ihr war schwindelig, alles drehte sich und ihr Herz raste wie ein aus dem Takt geratenes Uhrwerk.

Lieven schob ihr Sweatshirt hoch. Die Kugel hatte eine blutige Schramme dicht über ihrem Hüftknochen hinterlassen. »Sieht aus, als ob der große Manitu seine Hand über dich hält. Hässlich, aber harmlos.« Er blickte sich um. »Sie werden eine Weile brauchen, um zum Streifenwagen zu gelangen. Das verschafft uns einen Vorsprung. Halt dich fest.«

Er klappte das Visier herunter und gab Gas. Lieven mied Hachenburg und näherte sich über Nebenstrecken dem Rheintal. Zweimal glaubte sie, die Besinnung zu verlieren. Der scharfe Schmerz war einem dumpfen Pochen gewichen, aber der Schock machte sie kraftlos und benommen.

Lieven überquerte bei Koblenz den Rhein, mischte sich in den dichten Stadtverkehr und fuhr schließlich in einen Vorort der Stadt am Zusammenfluss von Rhein und Mosel. Schrebergärten, Wohnwagen und Wochenendhäuser zogen vorüber. In der Nähe des Rheinufers bog Lieven in eine Laubensiedlung ein und stellte die Yamaha vor einem mit Apfel- und Pfirsichbäumen bewachsenen Grundstück ab. Er half ihr von der Maschine, öffnete das Zauntor und schob das Motorrad den gepflasterten Weg entlang. Sie folgte ihm und schwankte wie eine Betrunkene. Lieven tastete den Türsturz nach einem Schlüssel ab. Nachdem er die Yamaha im Schuppen neben dem Haus vor neugierigen Blicken verborgen hatte, schloss er das Wochenendhaus auf.

Die Welt drehte sich plötzlich um Shadi. Sie übergab sich noch auf der Türschwelle und sackte zusammen. Lieven fing sie auf und trug sie zu einem alten Sofa. Sie fror und zitterte wie ein Grashalm in einem Sommergewitter.

Er verschwand in einem Nebenraum und kehrte mit einem Verbandskasten zurück. Sie versuchte aufzustehen, aber er drückte sie sanft zurück.

»Du brauchst mich nicht zu bemuttern. Mir fehlt nichts«, knurrte sie mit klappernden Zähnen.

Er legte seine Hand auf ihre Stirn und zog dann ihr Sweatshirt hoch. Sie protestierte schwach.

Besorgt runzelte er die Stirn. »Du stehst unter Schock. Ich werde dich zu einem Arzt bringen müssen.«

»Das … wirst du … bleiben lassen.« Sie schielte auf die Wunde. »Das ist … nur ein Kratzer.«

Er durchsuchte den Verbandskasten und sprühte die Wunde mit einem Desinfektionsmittel ein. Shadi stöhnte und zuckte zusammen.

»Das war knapp«, sagte er kopfschüttelnd. »Und es war meine Schuld.«

»Du hast alles richtig gemacht«, antwortete sie. »Wenn du nicht gekommen wärst, hätten mich Kronberg und Rader noch einmal vergewaltigt … und Morloch hätte zugesehen und den Mund gehalten. Und dann hätten sie mich den Wolfstein hinuntergeworfen wie ein Spielzeug, dessen man überdrüssig ist.«

»Ich muss den Verstand verloren haben.« Lieven zog sein Handy aus einer Tasche der Motorradkombi. »Ich werde jetzt einen Krankenwagen rufen.«

»Erst entführst du mich und jetzt willst du mich der Polizei ausliefern? Nach einem wohlüberlegten Plan hört sich das nicht an. Sie überwachen doch bestimmt die Kliniken. Du kannst auch gleich Morloch anrufen und ihm sagen, wo wir uns versteckt haben.«

»Ich hatte keinen Plan. Und erst recht keine Zeit, darüber nachzudenken, welchen Schritt ich als nächstes machen werde.«

»Wo sind wir hier?«

»Das Haus gehört den Eltern einer Freundin. Niemand wird uns hier vermuten.« Suchend blickte er sich um, löste dann die Halteketten einer Blumenampel und bog die Drahtschlaufe auf. »Zeig mir deine Hände.«

Er steckte den Draht in das Schlüsselloch einer Handschelle, bog ihn nach links und dann nach rechts, bis das Drahtende wie ein Z geformt war, und stocherte in dem Schließmechanismus. Sekunden später war Shadi frei.

»Wo hast du denn das gelernt?«, fragte sie erstaunt.

»Nicht nur die bösen Jungs wissen, wie man so etwas macht.«

»Wenn Kronberg mich findet, wird er mich töten«, sagte sie. »Er sucht etwas und glaubt, dass es sich in meinem Besitz befindet. Er ist überzeugt, Gudrun hätte mich eingeweiht. Es muss sehr wichtig für ihn sein, sonst würde er kein so hohes Risiko eingehen.«

In Lievens blauen Augen spiegelten sich Sorge und Zorn, Hoffnung und Resignation wider.

Sie blickte ihn lange an. »Du weißt nicht, was du tun sollst. Was richtig und was falsch ist. Es ist keine Schande, wenn man zweifelt. Ich weiß, wie du empfindest.«

»Woher willst du das wissen?«

»Du hattest recht, der Wunsch nach Vergeltung hat mich blind gemacht. Mein Vater ist damals zur Polizei gegangen und hat Kronberg angezeigt, aber niemand hat es gewagt, ihn anzuklagen. Die gleiche Erfahrung musste Gudrun machen und ich beschloss, dass es genug war. Als Haderbach dann starb, hielt ich seinen Tod noch für ein kurioses Zusammentreffen zweier getrennt ablaufender Ereignisse. Aber tief in meinem Herzen wusste ich, dass es kein Zufall war. Sein Tod war Balsam für meine Seele und er war gerecht. Ich musste es wieder versuchen. Ich wollte wissen, ob es noch einmal geschieht. Spätestens als Bobby starb, hätte ich aufhören müssen. Aber es war so einfach. Ich brauchte nichts weiter zu tun, als diesen Verrückten auf die richtige Fährte zu hetzen und abzuwarten. Trotzdem hat mich mein Gewissen gequält. Du denkst, du hast es versaut, dabei hast du nur auf dein Herz gehört. Es hat dir gesagt, was du tun sollst. Damit kommst du nicht zurecht, weil du niemals zulässt, dass dein Instinkt Entscheidungen trifft. Du weißt, dass du Kronberg auf legalem Weg niemals stoppen wirst. Aber er wird dich vernichten, wenn du ihn nicht mit den gleichen unfairen Mitteln bekämpfst, die er selbst einsetzt.«

Er stützte die Stirn in die Hände und schwieg. Sie fühlte, dass er einen schweren inneren Kampf ausfocht, einen Kampf zwischen den Buchstaben des Gesetzes und der Tatsache, dass dieses Gesetz für Kronberg nicht zu gelten schien.

»Ein Fluchtversuch kostet dich zusätzliche Jahre im Gefängnis«, sagte er.

»Hast du nicht gehört, was ich gesagt habe? Kronberg wird mich töten, weil er glaubt, dass ich ihm gefährlich werden kann. Welche Rolle spielt da diese lächerliche Flucht?«, sagte sie ärgerlich.

Er steckte sein Handy ein. Argwöhnisch betrachtete er Shadis Wunde, seufzte und legte ihr einen Verband an. Dabei ging er so sanft vor, dass sie es beinahe genoss. In dem Verbandskasten fand er eine angebrochene Packung Tilidin. Er rumorte in der winzigen Küche und kehrte mit einem Glas Wasser zum Sofa zurück.

»Nimm das.«

»Was ist das?«

»Ein Schmerzmittel.«

Sie schluckte die Tablette und ließ sich erschöpft auf das Kissen zurücksinken.

»Ich werde meine Zulassung als Anwalt verlieren«, sagte er.

»Na und? Du hattest doch sowieso die Nase voll von deinem Job. Außerdem kann niemand beweisen, dass *du* der geheimnisvolle

Retter warst.« Sie schloss die Augen und verzog die Lippen zu einem zufriedenen Lächeln. »Mich hat noch nie jemand gerettet.«

Unruhig wanderte er auf und ab. »Das ist kein Abenteuer, Shadi.«

»Trotzdem bin ich froh, dass du dich dazu entschließen konntest, deine Prinzipien über Bord zu werfen.«

»Inzwischen wird Morloch eine Ringfahndung ausgelöst haben. Wir haben keine Chance, aus der Stadt herauszukommen.«

»Du hast mir das Leben gerettet. Ist das nichts wert?«

Zögernd streckte er die Hand aus und fuhr mit den Fingern durch ihr Haar. »Du bist mir kostbarer als alles andere, Shadi. Dennoch habe ich überstürzt gehandelt. Eine filmreife Flucht wäre nicht nötig gewesen.«

»Sie hätten uns beide getötet.«

Er fuhr sich mit der Hand über die Augen, um die Anspannung zu vertreiben. »Ich kenne den Leiter der internen Ermittlung in Koblenz. Er wird uns helfen, aus dieser Klemme herauszukommen.«

»Vertraust du ihm?«

»Ja. Unbedingt. Aber als Polizist ist er an Vorschriften gebunden.«

Sie seufzte. »Du hast es noch immer nicht begriffen. Victor Kronberg ist die Spinne im Netz. Mit seinen klebrigen Fingern zerquetscht er jeden, der sich ihm in den Weg stellt. Er wird Morloch opfern und dann deinen Freund ausschalten.«

»Er kann nicht die ganze Welt bestechen.«

»Das muss er auch nicht. Nur die, die ihn daran hindern, seine Ziele zu erreichen.« Sie verstummte. Die Schmerztablette entfaltete ihre Wirkung.

»Erstaunlich. Gudrun und du … ihr ähnelt euch wie Schwestern«, sagte Lieven nach einer Weile.

»Wir fühlten uns auch so. Wir waren unzertrennlich.«

»Warum riss der Kontakt ab?«

»Meine Eltern zogen aus Hachenburg weg. Nach der Anzeige gegen Victor mieden uns die Leute und behandelten uns wie Aussätzige. Selber schuld, hieß es. Mein Vater wollte nicht, dass wir in einem so vergifteten Klima leben. Es hätte unsere Familie zerstört. Victor hat alles kaputt gemacht, auch meine Freundschaft zu Gudrun. Im Lauf der Jahre haben wir uns aus den Augen verloren. Eine Zeitlang telefonierten wir noch oder schrieben uns Briefe, aber irgendwann war auch das vorbei.«

Lieven nahm seine nervöse Wanderung wieder auf. »Ohne Unterstützung der Polizei haben wir keine Chance.«

»Vergiss es. Du solltest Kronberg kräftig in den Arsch treten, dass ist die einzige Sprache, die er versteht. Was kann er nur suchen?«, fragte sie matt.

»Gudrun hat gedroht, seine Schwarzgeldgeschäfte auffliegen zu lassen, um vor seinen Nachstellungen sicher zu sein.«

»Ob sie tatsächlich Beweise in der Hand hatte?«, überlegte Shadi. »Vielleicht hat sie mich deswegen angerufen. Sie hatte Angst und suchte ein sicheres Versteck.«

»Sie hat nicht geblufft«, sagte er. »Sie wollte sich im Parkhaus mit einem Reporter treffen, um ihm das belastende Material zu übergeben.« Er starrte auf einen Punkt jenseits des Schrebergartens. »Chiko«, sagte er plötzlich. »Der Obdachlose, den ich auf dem Parkdeck traf, hat den Namen erwähnt.«

»Rader«, sagte Shadi. »Das ist Raders Spitzname.«

»Aber Gudrun kannte ihn.«

Shadi richtete sich plötzlich auf. »Sie hat ihn vor fünfzehn Jahren zum letzten Mal gesehen. Rader hat sich verändert. Er hat sich als Reporter ausgegeben und Gudrun in eine Falle gelockt. Die Stimme am Telefon zu verstellen, ist nicht unmöglich. Im Parkhaus war es dunkel. Aber dann ging etwas schief. Kronberg hat nicht bekommen, was er suchte. Deswegen musste Gudrun sterben.«

»Daran habe ich auch schon gedacht«, bestätigte Lieven. Er schnappte sich den Motorradhelm. »Niemand weiß, dass du hier bist. Im Augenblick bist du hier sicher. Ich verfolge eine Spur, die mich vielleicht zu dem Irren führt, der dir die Engel schenkt.« Er berichtete kurz von seinem Gespräch mit Henschel. »Es muss eine Verbindung zwischen dem Jungen und dir geben. Kennst du jemanden, auf den die Beschreibung von Niklas Daub passt?«

Sie erinnerte sich an niemanden. Die Schmerzen forderten nun ihren Tribut. Erschöpft schloss sie die Augen.

»Ich bin so bald wie möglich zurück«, sagte er.

Shadi antwortete nicht. Das starke Schmerzmittel entfaltete seine Wirkung und sie sank in einen bleiernen Schlaf.

27

Mimi Völz reagierte, wie Lieven es erwartet hatte. Sie stellte keine Fragen und versprach, sich um Shadi zu kümmern. »Jemand muss Kronberg stoppen. Es wir höchste Zeit«, war alles, was sie sagte.

Auf ihrem Schreibtisch lag die neue Ausgabe des »Hachenburger Kuriers«. Auf der Titelseite strahlte Victor Kronberg dem Betrachter entgegen. Er ging als haushoher Favorit in die Wahl des neuen Bürgermeisters – ein einflussreicher Posten, der ihm die Stadt zu Füßen legen würde. Gewann Kronberg die Wahl, vereinigte er Geld und Macht und konnte in Hachenburg schalten und walten, wie es ihm passte.

Mimi verschaffte Lieven die Adresse von Manuela Daub, der Schwester des geistig behinderten Jungen, den der alte Henschel für einen Killer hielt. Außerdem reichte sie Lieven einen Autoschlüssel: »Du wirst einen Wagen brauchen. Dein Motorrad ist zu auffällig. Die Polizei wird nach dem Fahrer einer blauweißen Yamaha suchen.«

»Ich stehe tief in deiner Schuld.«

Mimi lächelte geheimnisvoll. »Ich weiß.«

Eine halbe Stunde später kroch Mimis VW Polo die Serpentinen zu den Höhen des Westerwalds hinauf. Mit jedem Meter bergauf verschlechterte sich das Wetter, in den kalten Regen mischten sich Schneeflocken. Lieven mied die breiten Ausfallstraßen und näherte sich seinem Ziel über kaum befahrene Nebenstrecken. Er rechnete mit Straßensperren und Kontrollstellen, doch nur ein Hubschrauber drehte seine Runden über dem Rheintal. Wahrscheinlich erhielt Morloch nicht genügend Unterstützung, oder Lieven war durch eine Lücke im Fahndungsnetz geschlüpft, bevor die Schlinge sich zuziehen konnte. Außerdem konnte Morloch zwar vermuten, dass er an Shadis Flucht beteiligt gewesen war, beweisen konnte er es jedoch nicht. Er hatte das Nummernschild der Yamaha unkenntlich gemacht, Motorradkombi und Helm machten eine Identifikation unmöglich. Kein

Staatsanwalt würde aufgrund der dünnen Beweislage einen Haftbefehl ausstellen. Trotzdem war Mimis Vorsicht berechtigt.

Während er sich langsam seinem Ziel näherte, legte er sich unterschiedliche Versionen der Geschichte zurecht, die er Manuela Daub auftischen wollte, doch dann beschloss er, bei der Wahrheit zu bleiben.

Niklas' Schwester wohnte in einem Vierhundert-Seelen-Nest vierzig Kilometer nördlich von Koblenz. Das Mehrfamilienhaus lag am Ende einer ansteigenden Straße, die in einem Wendekreis endete. Er drückte auf den Klingelknopf neben dem Namensschild. Der Türöffner summte und eine Frau Ende vierzig streckte misstrauisch den Kopf durch die halb geöffnete Wohnungstür.

»Ich kaufe nichts«, sagte sie.

Er erschrak. Aus der Nähe betrachtet sah Manuela Daub wie eine gebrochene alte Frau aus und wirkte deutlich älter als sie war. Sie trug einen grauen Jogginganzug und abgewetzte Hausschuhe. Um ihre Beine strichen zwei schwarzweiße Katzen.

»Ich will Ihnen nichts …«

»Klar wollen Sie. Sehe ich auf den ersten Blick.« Sie drückte die Tür zu.

»Bitte warten Sie. Ich bin Rechtsanwalt. Mein Name ist Dirk Lieven.«

Sie hielt in der Bewegung inne und zögerte. »Die Miete übernimmt das Sozialamt«, sagte sie hastig, »wenn die nicht rechtzeitig zahlen, ist das nicht mein Problem.«

»Ich komme wegen Ihres Bruders.«

Zögernd öffnete sie die Tür einen Spalt. »Niklas. Was ist mit ihm?«

»Das würde ich gerne von Ihnen wissen.«

»Ich weiß nicht, wo er sich herumtreibt. Seit einer Ewigkeit hab ich ihn nicht gesehen. Hat er wieder was angestellt?«

»Wenn Sie mir Gelegenheit geben, zu erklären, warum …«

»Nee.« Sie drückte die Wohnungstür zu.

»Wahrscheinlich werden Sie in den nächsten Tagen Besuch von der Polizei erhalten«, rief er durch die geschlossene Tür. »Es wäre für Sie von Nutzen, wenn Sie vorher mit mir sprechen.«

Nach einer Weile öffnete sich die Wohnungstür eine Handbreit.

»Warum kochen Sie die alte Geschichte wieder auf?«

»Weil meine Mandantin zu Unrecht eines Mordes verdächtigt wird und ich beweisen muss, dass sie unschuldig ist.«

Sie zog die Tür auf. »Zehn Minuten. Und hören Sie auf, so geschwollen daherzureden.«

Er folgte ihr in ein kleines Wohnzimmer, das von einem riesigen Flachbildfernseher, einer mit Katzenhaaren übersäten Couch und zwei Dutzend leeren Bierflaschen beherrscht wurde. Was mochte ihr widerfahren sein, dass sie so tief abgerutscht war? Lieven zog es vor, seine Fragen im Stehen zu stellen.

Manuela Daub sank ächzend auf das Sofa und drückte eine Zigarettenkippe im Aschenbecher aus. »Ich weiß nicht, was damals passiert ist. War nicht dabei«, sagte sie. »Und ich weiß auch nicht, wer's gewesen ist.«

Eine der beiden Katzen sprang auf die Couch und starrte Lieven hochmütig an. Die zweite platzierte sich in der Tür zum Korridor, als wollte sie ihm den Fluchtweg abschneiden.

»In Hachenburg sind drei Menschen ermordet worden. Die Polizei hat an den Tatorten Engelsfiguren gefunden, die denen gleichen, die Ihr Bruder besessen hat.«

»Ermordet, sagen Sie?« Ihre Augen flackerten ängstlich. Mit zitternden Fingern zündete sie sich eine neue Zigarette an.

»Woher hatte Niklas die Engel?«

»Weiß ich nicht.«

»Hat er jemals Andeutungen gemacht, dass sein Vater ihn misshandelt hat?«

Mit leerem Blick folgte sie den Rauchschwaden. »Sie glauben auch, dass Niklas meine Eltern getötet hat?« Sie sog hastig an der Zigarette und schüttelte den Kopf. »Der Junge hat doch nichts im Kopf. Zu so was ist der doch gar nicht fähig. Die Polizei hat damals gesagt, es wären Einbrecher gewesen.«

»Und was glauben Sie?«

»Gar nichts. Das alles ist so lange her. Wenn die Bullen kommen, stochern sie in der Vergangenheit herum«, sagte sie. »Muss ich denen antworten?«

Lieven griff in seine Lederjacke und legte eine Visitenkarte auf den Tisch. »Rufen Sie mich an, wenn Sie eine Aussage machen sollen. Ich werde Sie vertreten.«

»Ich kann Sie nicht bezahlen.«

»Das brauchen Sie nicht. Sagen Sie mir nur die Wahrheit. Woher stammen die Engelsfiguren?«

Manuela Daub schwieg. Zweimal setzte sie zu einer Erklärung an, dann schlurfte sie in die Küche und kehrte mit einer Flasche Bier zurück. »Unsere Mutter war eine fromme Frau«, sagte sie. »Sie hat uns jeden Sonntagmorgen in die Kirche geschickt. Dauernd hat sie uns dieses religiöse Zeug eingetrichtert – vom Sündenfall, der Strafe des Herrn und der Hölle. Sie hat Niklas ganz verrückt gemacht mit ihrem Gequatsche vom Fegefeuer.«

»War das auch die Einstellung Ihres Vaters?«

»Der?« Sie lachte und drückte den Verschlussbügel der Flasche auf. »Wenn er nüchtern war, konnte er richtig nett sein, fast normal. Aber die meiste Zeit war er betrunken. Dann war er der Teufel selbst. Er war wahrscheinlich der einzige Mensch, der sternhagelvoll war, ohne dass es jemandem aufgefallen ist. Alle haben geglaubt, er ist der perfekte, liebevolle Familienvater. Außer uns.« Sie trank einen Schluck Bier und kratzte mit dem Fingernagel das Etikett von der Flasche.

»Was hat er Ihnen und Ihrem Bruder angetan?«

»Der Teufel war er«, wiederholte sie. »Ich hab ihm keine Träne nachgeweint, dem verfluchten Schwein.«

»Was hat er getan?«, fragte Lieven eindringlich.

Manuela Daub schien ihn nicht zu hören und war in der Vergangenheit versunken. »Meistens hat er Niklas in den Keller geschleppt«, sagte sie plötzlich. »Da gab's einen Raum mit einer Modelleisenbahn. Niklas liebte sie. Und der Alte liebte ihn.«

»Er hat ihn missbraucht.«

Sie deutete ein Nicken an. »Hinterher schenkte Mutter dem Kleinen jedes Mal einen dieser dämlichen Engel und betete stundenlang mit ihm. Ein paar Tage nach meinem achtzehnten Geburtstag bin ich ausgezogen, weil ich das alles nicht mehr ausgehalten habe – nachts in aller Stille. Ich hatte die Zusage der Uni Siegen in der Tasche und konnte dort im Studentenwohnheim unterkriechen. Der Alte hat Mutter halb totgeprügelt, um rauszukriegen, wohin ich geflohen war, aber sie konnte es ihm nicht verraten. Ich hab's nicht mal ihr gesagt.«

»Warum haben Sie den Missbrauch damals verschwiegen?«

Nervös drückte sie ihre Zigarette aus. »Sie haben doch überhaupt keine Ahnung. Alles wäre ans Licht gezerrt worden. Ich wollte einfach nur weg. Weg und vergessen. Was hätte es denn genützt, wenn rausgekommen wäre, dass der Kleine die Nerven verloren hat? Sie hätten ihn für den Rest seines Lebens in die Klapse gesteckt. Das hat er nicht verdient. Er verstand doch sowieso nicht, was mit ihm passiert ist.«

»Dann hat Niklas Ihre Eltern getötet?«

»Kann sein. Kann auch nicht sein. Wer weiß schon, was in seinem Kopf vorgeht?«

»Wo lebt Niklas heute?«

»Ich weiß es nicht. Seit Jahren habe ich nichts von ihm gehört.«

»Wie schwerwiegend ist seine geistige Behinderung? Kommt er alleine zurecht? Kann er einer Arbeit nachgehen?«

Sie zuckte mit den Schultern und nahm einen großen Schluck aus der Bierflasche. »Er war ein paar Mal im Heim, dazwischen immer wieder in Pflegefamilien. Zuletzt lebte er bei einer Familie irgendwo im Westerwald. Sein Pflegevater war Hausmeister in einer Klosterschule in der Nähe von Hachenburg, glaube ich. Aber das ist fünfzehn Jahre her.«

»Eine Klosterschule? Meinen Sie das Zisterzienserkloster Marienstatt?«

»Ja, kann sein.«

»Wie heißt dieser Hausmeister?«

Sie rieb sich die Nasenwurzel. »Hartbach oder … nein, Hartmann. Josef Hartmann.«

»Hat Niklas jemals erwähnt, dass er verliebt war? Oder dass er sich für Mädchen interessierte?«

Sie schüttelte den Kopf und begann, die Katze hinter den Ohren zu kraulen. »Keine Frau wird sich jemals für Niklas interessieren. Es sei denn, sie ist genau so blöd wie er.«

Lieven notierte sich den Namen des Hausmeisters. »Danke«, sagte er. »Sie haben mir sehr geholfen.«

Manuela Daub blickte auf. In ihren Augen schimmerten Tränen. »Was werden sie mit ihm machen, wenn sie ihn erwischen?«

»Wenn er die Taten wirklich begangen hat, wird man ihn in eine geschlossene psychiatrische Anstalt einweisen.«

»Können Sie nicht irgendwas für ihn tun? Er kann doch nichts dafür. Er ist so, wie er ist.«

»Ich werde es versuchen.« Lieven verabschiedete sich. Er war der Lösung des Rätsels so nah wie nie zuvor. Das Gymnasium im Kloster Marienstatt war der Ort, um den sich alles drehte. Shadi Seeger, Kronberg, Zeller und von Sayn … sie alle waren dort zur Schule gegangen. Lieven war so gut wie sicher, dass der Hausmeister dieser Eliteschmiede Josef Hartmann hieß.

28

Frank Morloch hatte seine Einsatzkräfte auf Hachenburg konzentriert und den Ort abgeriegelt wie einen Hochsicherheitstrakt. Lieven umfuhr die Stadt weiträumig und stellte Mimis Polo einen Kilometer vor der ersten Straßensperre auf einem Parkplatz bei Astert ab und machte sich zu Fuß auf den Weg zum Kloster Marienstatt. Durch den Wald konnte er das Kloster in einer halbe Stunde erreichen. Mit seiner uralten Abteikirche und dem Gymnasium lag es am Grund einer tief eingeschnittenen Talsenke inmitten schroffer Hügel und Felswände.

Grundsätzlich stand die Privatschule des Klosters jedem Bewerber offen. Tatsächlich hatten jedoch nur Schüler eine Chance aufgenommen zu werden, die einen hervorragenden Notendurchschnitt vorweisen konnten und natürlich der korrekten Konfession angehörten. Im besten Fall verfügten die Eltern über einen entsprechenden sozialen oder finanziellen Hintergrund – vermögende und einflussreiche Bürger von Hachenburg wie der Vater von Victor Kronberg und der alte Graf von Sayn. Lieven selbst hatte ein staatliches Gymnasium besucht und Kronbergs elitäre Clique nur vom Hörensagen gekannt. Wie war es Shadis Eltern gelungen, ihrem Kind eine so exzellente Ausbildung zu ermöglichen? Möglicherweise hatte sie vor fünfzehn Jahren ein Stipendium erhalten. Als Kind der unteren Mittelschicht musste Shadi in Marienstatt eine Außenseiterin gewesen sein – begabt, intelligent und wissbegierig, aber ohne den passenden Stallgeruch. Damit war sie vermutlich ein beliebtes Ziel für den Spott von testosterongesteuerten, arroganten Bengeln gewesen, deren einziger Vorzug das Geld ihrer Eltern war.

In der Nähe der verwitterten uralten Steinbogenbrücke über die Nister trat Lieven aus dem Wald. Unter dem Nadeldach der Fichten dämmerte es bereits und über den Hügeln am westlichen Horizont zog drohend die Nacht heran. Noch hob sich die Turmspitze der

Abteikirche deutlich vom indigofarbenen Himmel ab, aber bald würde die Dunkelheit den Talkessel füllen wie schwarze Tinte ein Fass. In diesem Moment beschloss Lieven, die Stadt für immer zu verlassen; und er hoffte, dass Shadi ihm folgen würde. Es gab Schlachten, die man zwar gewinnen konnte, aus denen man aber keinen Nutzen zog.

Er näherte sich dem Schulgelände von der Rückseite, umrundete die Turnhalle und stieß nach kurzer Suche auf die kleine Souterrainwohnung des Hausmeisters. Er drückte auf den Klingelknopf und wartete. Augenblicke später flammte gelber Lichtschein hinter der Milchglasscheibe auf.

Josef Hartmann war von gedrungener, kantiger Statur und besaß die größten Hände, die Lieven jemals gesehen hatte. In seinem Mundwinkel steckte ein angekauter Zigarrenstummel. Nachdem sich Lieven vorgestellt hatte und vorgab, nach Niklas Daub zu suchen, zeigte sich Hartmann aggressiv.

»Was wollen Sie von dem Jungen?«

»Der *Junge* dürfte inzwischen erwachsen sein. Die Polizei interessiert sich brennend für Niklas … und für die alte Geschichte. Vielleicht wollen Sie lieber mit mir reden als mit der Mordkommission.« Es war ein Schuss ins Blaue gewesen, aber er hatte genau ins Ziel getroffen.

»Was wollen Sie denn über Niklas wissen?«, fragte Hartmann unsicher.

»Ich kenne nur die offizielle Version der Polizei. Ich will Ihre Sicht der Dinge hören.« Er bewegte sich auf dünnem Eis. Wenn Hartmann merkte, dass er rein gar nichts wusste, würde dies ein sehr kurzes Gespräch werden.

»Er war vierzehn, als ich ihn aus dem Heim geholt hab. Er hat mir leid getan. Und außerdem gab's einen Batzen Pflegegeld. Das konnten wir gut gebrauchen. Ich hab selten einen reichen Hausmeister gesehen.«

»Weiter.« Lieven warf einen schnellen Blick auf seine Armbanduhr. Er glaubte Shadi in der Schrebergartenlaube sicher, dennoch wuchs seine Unruhe mit jeder Minute, die er von ihr getrent war. Bei dem Gedanken, sie zu verlieren, zog sich sein Herz zu einem harten, kleinen Knoten zusammen.

»Es gab von Anfang an Ärger mit dem Bengel. Ich hätt's mir denken können.«

»Welche Art von Ärger?«

»Die verzogenen reichen Jungs haben ihn hochgenommen, wie sie nur konnten. Sie riefen ihn Quasimodo, wie den buckeligen Glöckner. Ich hab versucht, etwas dagegen zu unternehmen, aber schnell gemerkt, dass es mich meinen Job gekostet hätte. Was ist schon ein armer Trottel wie Niklas gegen einen Robert von Sayn?« Er nahm den Zigarrenstummel zwischen die Finger und spuckte in die Blumenbeete neben der Haustür. »Gar nichts ist er wert. Und so haben sie ihn auch behandelt.«

»Wie reagierte Niklas darauf?«

Hartmann zuckte mit den Schultern. »Wie schon? Er zog sich immer mehr zurück. Und dann ging der Ärger mit der Kamera los.«

»Was für eine Kamera?«

»Da lag diese alte Videokamera im Wohnzimmerschrank. Eines Tages entdeckte er das Ding und war total fasziniert davon. Er wollte sie nicht wieder hergeben und schließlich hab ich sie ihm gelassen.« Er schüttelte den Kopf. »Aber das war ein Fehler. Dauernd lief er mit der Kamera im Anschlag über den Schulhof und filmte alles und jeden. Das haben sich die Schüler natürlich nicht gefallen lassen. Die Mädchen haben die Jungs aufgestachelt, ihm eine Abreibung zu verpassen. Dann hat es auch nicht mehr lange gedauert und er kam endgültig in die Klapse.«

»Sie haben ihn zurück ins Heim geschickt?«

»Nein. Ich wünschte, ich hätte es getan. Aber es war zu spät. Eines Tages hab ich ihn erwischt, wie er meiner Tochter an die Wäsche ging.«

»Er wollte sie vergewaltigen?«

Hartmann nickte. »Das war kein Spiel mehr. Als ich Niklas von ihr wegzerrte, hat er mich angegriffen. Rita war außer sich und hatte große Angst vor dem Bengel. Sie wollte nicht mehr mit ihm unter einem Dach leben. Also ging sie zur Polizei und zeigte ihn an. Sie brachten den Jungen in die Waldmehrenklinik in der Nähe vom Totenmaar in der Eifel. Da sperren sie die gefährlichen Irren ein.«

»Ist er noch immer dort?«

»Wer einmal in der Klapse sitzt, weil er offiziell eine Gefahr für seine Mitmenschen ist, kommt da nie mehr raus.« Hartmann tippte sich an die Schläfe. »Er hatte ja nicht viel im Kopf. Oft dauerte es ewig, bis er mal was begriffen hat.«

»Danke. Das war alles, was ich wissen wollte.« Lieven wandte sich zum Gehen.

»Falls Sie in die Eifel wollen … Sie können sich den Weg sparen«, rief Hartmann.

Lieven blieb stehen und drehte sich um.

»Der Junge ist tot, ertrunken im Totenmaar.«

»Wann ist das passiert?«

»Niklas hat versucht zu fliehen. Der Verrückte hat einen Wäschereilieferwagen geklaut, dabei konnte er doch überhaupt nicht fahren. Er ist dann auch prompt im Totenmaar gelandet.« Der Hausmeister versenkte seine klobigen Hände in den ausgebeulten Taschen seines Kittels. »Tja, eine traurige Geschichte, aber so war das.«

Lieven war geschockt. Der Tod des Jungen bedeutete, dass seine heiße Spur in einer Sackgasse endete. »Besaß Niklas tönerne Engelsfiguren?«, fragte er dennoch.

Hartmann nickte. »Eine ganze Kiste voll. Die stammten angeblich von seiner Mutter. Als ich den alten Plunder fortwerfen wollte, ist er total ausgerastet. Das Zeug war ihm wohl irgendwie wichtig. Man wusste nie so genau, was hinter seiner Stirn vor sich ging.«

Lieven starrte in die aufkommende Dunkelheit, bis seine Augen tränten. Irgendetwas stimmte an der Geschichte nicht. Es passte alles viel zu gut zusammen, um hier zu enden. »War Niklas auch körperlich behindert? Wissen Sie von einer verkrüppelten Hand?«

»Nee.« Hartmann blies stinkenden Zigarrenqualm in den Nachthimmel und schloss die Tür.

Ratlos blickte Lieven die Allee zur Kirche entlang. Er war sich seiner Sache so sicher gewesen. Hatte er sich verrannt und sah Zusammenhänge, die nicht existierten?

Als er sich auf den Rückweg machte und den Torbogen des Klosters passierte, holte ihn Hartmanns Stimme ein.

»He, Sie! Mir ist noch was eingefallen«, rief er. »Kurz bevor er sich an Rita rangemacht hat, kam er eines Abends nach Hause und verschwand wie ein geprügelter Hund in seinem Zimmer. Sie hatten ihn übel zugerichtet. Er hat behauptet, sich die Hand bei einem Sturz vom Fahrrad gebrochen zu haben, aber ich hab sofort gesehen, dass sie ihn windelweich geprügelt hatten. Die Finger sind nie wieder richtig zusammengewachsen.«

»Wer? Wer hat das getan?«, fragte Lieven.

»Das ist nie rausgekommen. Er war eben jedermanns Ohrfeigengesicht.«

Lieven beeilte sich, den Polo auf der anderen Seite des Waldes zu erreichen. Plötzlich glaubte er nicht mehr an Niklas' Tod.

Es dauerte keine Stunde, bis er seine Meinung änderte. Mimi Völz bestätigte Hartmanns Angaben. Niklas Hartmann, geb. Daub, war am 5. November 2013 im Totenmaar bei Daun in der Eifel ertrunken, nachdem er in einem gestohlenen Lieferwagen einen Fluchtversuch aus der forensischen Klinik unternommen hatte.

Während sich Lieven dem Rheintal näherte, gelangte er jedoch unerwartet zu einer weiteren Erklärung der Geschehnisse; einer Erklärung, die er zunächst entrüstet von sich wies, die sich ihm aber mit zwingender Logik aufdrängte. Shadi log. Der unbekannte Killer mit den Engelsfiguren existierte nicht. Shadi hatte Niklas gekannt und schob ihm nun die Verbrechen in die Schuhe, die sie selbst begangen hatte. Sie war an den Tatorten gewesen, das stand zweifelsfrei fest. Hatte sie Haderbach, von Sayn und Zeller aus Rache ermordet? Hatte sie die Spur zu dem geistig behinderten Niklas bewusst gelegt, aber nicht damit gerechnet, dass er seit sechs Wochen tot war?

29

Dirk Lieven näherte sich dem Schrebergarten von der Rückseite. Zuvor hatte er einen Bogen geschlagen und Koblenz von Osten her durchquert. Die Polizei kontrollierte die großen Ausfallstraßen, rechnete aber offenbar nicht damit, dass er und Shadi es wagten, in die Stadt hineinzufahren. In einem Schnellimbiss kaufte er zwei Pizzen, ein Sixpack Mineralwasser und aus einem ihm unerklärlichen Impuls heraus eine Flasche billigen Lambrusco und überquerte den Rhein.

Eine Viertelstunde beobachtete er die Laube und entdeckte kein Anzeichen einer Falle. Die Fensterläden waren verschlossen, kein Lichtschein drang nach draußen. Während er wartete und die Umgebung nach verdächtigen Anzeichen einer Überwachung absuchte, stieg sein Ärger über die Zweifel, die Hartmann in ihm gesät hatte. War Shadi unschuldig am Tod von drei Männern, oder spielte sie ihm eine Komödie vor? Er weigerte sich zu glauben, dass sie eine Mörderin war. Mochten die Indizien gegen sie sprechen, sein Herz sagte ihm, dass sie zwar von dem gerechten Verlangen nach Vergeltung getrieben wurde, aber keinen ihrer Peiniger brutal ermordet hatte.

Er wartete, bis der letzte Streifen Tageslicht verloschen war, schlich zum Eingang der Laube und klopfte viermal leise. Auf das vereinbarte Zeichen schob Shadi den Riegel zurück.

»Du bist lange fort gewesen.«

»Es hat sich gelohnt. Ich habe Neuigkeiten.«

»Gute Nachrichten?«

Er betrachtete sie prüfend. »Wie man's nimmt. Ich werde noch nicht schlau aus der Geschichte.«

Shadi hatte sich von den Strapazen erholt und sah deutlich besser aus als am Mittag. Ausgehungert fiel sie über die Pizza her. Während des Essens redeten sie kaum. Lieven betrachtete sie verstohlen. Sie aß mit dem gleichen animalischen Genuss, mit dem sie dem Marmor eine Skulptur entlockte. Alles, was sie tat, war voller Leidenschaft und

Hingabe. Sein Misstrauen schwand. Er begann, an Niklas Hartmanns Tod zu zweifeln. Wo lag sein Grab? Wer konnte sein Ende im Totenmaar bestätigen? Es musste Zeugen geben, polizeiliche Ermittlungsberichte. Mimi irrte sich, sie musste sich einfach irren.

Shadi hörte auf zu kauen. »Warum glotzt du so?«

Er wischte sich den Mund mit einer Papierserviette ab. »Tue ich das?«

»Ja. Wie ein Karpfen, der im Schlamm nach Wasser japst.« Sie stopfte sich ein großes Stück Pizza in den Mund und kaute mit geschlossenen Augen.

»Du hast mich noch gar nicht gefragt, was ich herausgefunden habe.«

»Isch musch wasch eschen. Isch kann nischt denken, wenn isch Hunger habe«, nuschelte sie schmatzend.

»Hast du noch Schmerzen?«

»Kaum. Es brennt ein bisschen.« Sie spülte die Pizza mit dem Lambrusco hinunter und schielte auf seinen Teller. Während sie hastig den Pizzakarton aufgerissen hatte, war es ihm tatsächlich gelungen, irgendwo in der Laube einen sauberen Porzellanteller zu organisieren.

»Bist du nicht satt geworden?«

»Ich frage mich, wie man in einer solchen Hütte mit Messer und Gabel essen kann. Warum rollst du die Pizza nicht einfach zusammen und haust deine Zähne hinein?«

Er nahm sein Besteck wieder auf. »Ich bin zu gut erzogen worden.«

Shadi grinste.

»Was ist so komisch daran?«, fragte er.

»Ich würd's gerne sehen.«

»Was?«

»Wie du dich mal daneben benimmst. Immer bist du so korrekt, fährst niemals aus der Haut. Deine Gelassenheit macht mich manchmal rasend. Ich habe dich noch nie fluchen hören.«

»Vielleicht hast du bald Gelegenheit dazu.«

»Ich wette, du kannst es nicht.«

»Was? Fluchen?«

»Dich mal richtig gehen lassen. Dich schmutzig machen oder etwas total Verrücktes machen.«

Er runzelte die Stirn. »Ich weiß nicht, wozu das gut sein soll.«

Sie schaukelte auf den Knien und beugte sich zu ihm vor. Ihr Mund schwebte so dicht vor seinem Gesicht, dass er ihren Atem auf seiner Wange spürte.

»Dass du Kronberg und Morloch aufgemischt hast, war richtig heiß. Hast du gespürt, wie es im Bauch kitzelt? Wie das Adrenalin durch deine Adern rast wie ein Stromschlag, weil du etwas Verbotenes machst? Ich wette, Eva bekam einen Orgasmus, als sie in den Apfel biss.« Ihre Augen blitzten wie zwei glühende Kohlenstücke. Er wusste, was nun unweigerlich passieren würde. Sie verlor den Halt, ruderte mit den Armen und kippte nach vorne. Ihre Lippen landeten auf seinem Mund. Sie rollten in einer korkenzieherartigen Drehung herum und landeten auf dem Teppich. Sie kicherte, nahm sein Gesicht in ihre Hände und küsste ihn. Vorsichtig erkundete sie seine Lippen mit ihrer Zungenspitze. Lieven beschloss, dass alles andere warten konnte, und zog Shadi in seine Arme.

Nach einer Stunde fügte er in Gedanken den Leidenschaften, denen sich Shadi hingebungsvoll widmete, eine weitere hinzu.

Sie lagen eng aneinander geschmiegt in eine alte Wolldecke gewickelt. Er vergrub sein Gesicht in ihrem Haar, sie schnurrte wie eine Katze.

»Wir werden das sehr bald wiederholen müssen«, sagte er. »Es könnte sein, dass ich in wenigen Minuten beginne, an Entzugserscheinungen zu leiden.«

Shadi kuschelte ihren Kopf in seine Armbeuge. »Vielleicht«, neckte sie ihn. »Wenn's mir gefällt.«

»Wenn du mich zappeln lässt, verklage ich dich wegen seelischer Grausamkeit. Ich werde dem Wahnsinn verfallen wie ein Mann, der sich in der Wüste verirrt hat und droht zu verdursten.«

»Das kann ich nicht verantworten. Ich werde dich retten müssen.«

Eine Stunde später drehte Lieven den Verschluss von der Flasche und goss den billigen italienischen Rotwein in zwei Plastikbecher.

»Also, jetzt erzähl mal. Was hast du herausgefunden?«, fragte sie.

Lieven berichtete von seinem Besuch bei Manuela Daub.

Sie schnappte sich das letzte Stück der kalten Pizza. Plötzlich hielt sie inne. »He warte mal. Da gab's einen Jungen in der Schule, der hieß Niklas. Aber sein Nachname war nicht Daub, sondern Hartmann. Er war der Sohn vom Hausmeister und nicht ganz richtig im Kopf.« Shadi war wie verwandelt. »Ja, jetzt erinnere ich mich genau. Eine Zeitlang lief er mir dauernd mit einer Videokamera hinterher. Niklas war eine richtige Klette. Später habe ich oft gedacht, er war heimlich in mich verliebt und traute sich nicht, mich anzusprechen. Oder er war sich gar nicht bewusst, was er empfand.« Sie biss in die Pizza. »Aber er war harmlos. Die Jungs haben ihn verarscht, wo sie nur konnten. Ich fand das ziemlich mies.«

»Es war derselbe Junge. Hartmann hatte ihn als Pflegekind angenommen. Spielte Niklas damals eine Rolle bei der Anklage gegen Victor Kronberg?«

»Nein. Damit hatte er nichts zu tun. Seine Aussage wäre vor Gericht wahrscheinlich ohnehin wertlos gewesen. Wer glaubt schon einem Schwachsinnigen?«

»Erinnerst du dich an besondere körperliche Merkmale?«

»Du meinst die verkrüppelte Hand? Nein, daran kann ich mich nicht erinnern. Niklas kannst du sowieso als Täter ausschließen. Er wäre niemals fähig dazu, jemanden zu töten.«

»Da wäre ich mir nicht so sicher. Es gibt nur ein Problem: Er ist seit sechs Wochen tot.«

Sie kniff die Augen zusammen. »Worauf willst du eigentlich hinaus?«

»Ich frage mich, ob der unheimliche Killer mit der verkrüppelten Hand überhaupt existiert.«

Hätte er Shadi ins Gesicht geschlagen, ihre Reaktion hätte nicht heftiger sein können. Sie verpasste ihm eine schallende Ohrfeige. »Ich hab's gewusst!«, schrie sie. »Du bist vom gleichen Schlag wie Kronberg und die anderen. Einen feinen Anzug trägst du und fährst einen protzigen Mustang. Aber in deinem Herzen bist du genauso verfault wie der Rest der Stadt. Was bin ich für dich? Ein spannender Zeitvertreib? Ein interessanter Fall? Ein Spiel?«

»Shadi, ich …«

»Nein, warte, ich weiß es. Eine Squaw bin ich für dich. Die Göre aus der Unterschicht. Oh, zum Ficken bin ich dir gut genug!«

»Shadi, hör auf damit«, schrie Lieven zornig. »Du weißt, das ist nicht wahr.« Erregt sprang er auf. »Aber ich muss wissen, ob du die Wahrheit sagst.«

»Warum interessiert dich die Wahrheit? Dich interessiert doch nur, ob du etwas für deine Mandanten herausholen kannst.«

»Ich muss wissen, ob die Frau, in die ich mich verliebt habe, mich belügt und benutzt, oder ob sie nur einen Eispanzer um ihr Herz trägt, der so dick ist, dass sie sich ihren eigenen Sturschädel daran einschlagen könnte.« Wütend lief er aus der Laube und schlug die Tür hinter sich zu. Einen Moment lang erwog er ernsthaft, in die Nacht hinauszulaufen und Shadi zu vergessen. Was ging sie ihn an? Es gab Dutzende Frauen, die weit weniger kompliziert waren und ihn vom Fleck weg geheiratet hätten. Ja, er sollte zu Leimbach gehen und ihm sagen, er habe sich in eine verrückte Sache verrannt wie ein verknallter Teenager. Der alte Anwalt würde froh sein, wenn er ihn als Partner für die Kanzlei zurückgewinnen konnte.

Lieven stapfte den Gartenweg auf und ab und kickte Kieselsteine in das Dunkel. Als sein Zorn langsam abebbte, blieb er stehen. Niemals würde er zu Leimbach zurückgehen, seine Niederlage eingestehen und sich in das Korsett der oberen Zehntausend pressen lassen. Er konnte nicht mehr zurück. Shadi hatte ihn zu sehr verändert, sein Freund Lazarus hatte recht – wie immer. Sie hatte ihm die Augen geöffnet und ihm, ohne es zu beabsichtigen, gezeigt, was er wirklich wollte, wie er wirklich fühlte. Ihn daran erinnert, wer er wirklich war und dass er drauf und dran gewesen war, sich selbst zu verraten. All die aufgeputzten neureichen Töchter von Hachenburg ließen ihn so kalt wie ein Westerwälder Dezembertag. Was waren sie gegen Shadi? Er musste diese Frau für sich gewinnen, koste es, was es wolle. Plötzlich schämte er sich dafür, ihr misstraut zu haben. Wieder hatte er nur auf seinen Kopf gehört, obwohl sein Herz ihm etwas anderes sagte.

Er kehrte in die Laube zurück und hoffte, dass es für einen Neuanfang nicht zu spät war. Shadi saß mit verheulten Augen auf der Couch, die Arme um die angewinkelten Knie geschlungen.

»Tut mir leid für die Ohrfeige«, sagte sie.

»Nein, es ist meine Schuld. Ich hätte dich nicht verdächtigen sollen. Tief in meinem Herzen fühle ich, dass du die Wahrheit sagst. Das hätte mir genügen müssen.«

»Hör auf, dich immer für alles zu entschuldigen.«

Ihr Zorn war verflogen. Irgendwie würde er sich daran gewöhnen müssen, eine Gewitterwolke zu lieben.

»Die meisten Menschen, denen ich in meinem Leben einmal vertraut habe, haben mich irgendwann belogen«, sagte er. »Ich werde wohl erst lernen müssen, mich auf jemanden zu verlassen.«

»Nicht alle Menschen hintergehen dich«, antwortete sie leise. »Vor langer Zeit habe ich jemanden kennengelernt, dem ich vertrauen konnte. Und er hat mich nie enttäuscht.«

»Wir haben die ganze Nacht Zeit. Erzähl mir von ihm.«

Sie schlang die Arme um den Leib und fröstelte. »Gibt's hier keine Heizung?«

»Nein. Aber wir könnten ein Feuer im Kamin machen. Im Schuppen liegt Brennholz.« Er ging hinaus und kehrte mit einer Armvoll Holzscheite zurück. Vergeblich bemühte er sich, ein Feuer zu entfachen. Sie schnalzte ungeduldig mit der Zunge, zog die Kaminklappe auf, schichtete mit geübten Griffen Holzscheite auf und entzündete mit Hilfe von Zeitungspapier und einer Schachtel uralter Streichhölzer ein Feuer. Er legte ihr die Wolldecke mit dem grässlichen Karomuster über die Schultern. Beide saßen sie eine Weile stumm vor dem prasselnden Kaminfeuer und tranken Lambrusco aus Plastikbechern. Lieven schmeckte der Wein besser als der teuerste Chateau Pétrus, den er jemals getrunken hatte.

»Wer war er? Warum hast du ihn nicht geheiratet?«, fragte er.

»Und du wirst nicht eifersüchtig werden?«

»Ich werde mich bemühen, ihn schnell und schmerzlos zu töten, mehr kann ich nicht versprechen.«

»Ich lernte Max in einer Selbsthilfegruppe kennen.«

»Du warst in einer Selbsthilfegruppe?«, fragte er. Bisher hatte er Shadi für eine verbissene Einzelkämpferin gehalten, die mit einer Rolle Stacheldraht um ihr Herz lebte.

Sie nickte. »Eine Zeitlang. Max hatte viel durchgemacht. Drei betrunkene Jugendliche schlugen seinen Sohn in der U-Bahn krankenhausreif. Als seine Frau eingreifen wollte, stießen sie sie vor einen einfahrenden Zug. Sie kamen mit Bewährungsstrafen davon.«

»Ich vermute, sie hatten einen cleveren Anwalt, und der Staatsanwalt konnte ihnen keine Tötungsabsicht nachweisen.«

»Bei Max ist eine Sicherung durchgebrannt und er schlug zwei von ihnen mit einer Eisenstange halbtot. Den dritten Täter verfolgte er monatelang und begann, ihn zu terrorisieren. Natürlich erwischten sie ihn. Aber weil er bis dahin niemals auffällig gewesen war, kam er mit zwei Jahren Gefängnis davon. Er konnte die Strafe um ein halbes Jahr reduzieren, indem er sich verpflichtete, eine Therapie zu akzeptieren. Dennoch war er nach der Zeit im Knast ein gebrochener Mann.

»Er hat dir beigebracht, wie man Rache nimmt, nicht wahr? Wie man eine illegale Waffe kauft und seine Opfer ausspioniert.«

»Er hat mich gewarnt, dass ein Rachefeldzug mich zerstören würde, mir aber dennoch geholfen.«

»Dann ist er wohl ein besserer Mann für dich als ich.«

Sie knuffte ihn in die Rippen. »Halt einfach die Klappe, du Idiot.« Shadi erzählte, wie sie und Max sich während ihrer gemeinsamen Besuche einer Selbsthilfegruppe für Opfer von Gewalttaten anfreundeten. »Wir haben ein paar Mal zusammen geschlafen, aber aus uns wurde nie ein Paar. Wir schleppten zu viel mit uns herum. Trotzdem blieben wir in losem Kontakt. Er war der einzige Mann, dem ich je vertraut habe. Und er hat mich nie enttäuscht. Ich hätte auf ihn hören sollen, dann wäre mir diese stinkende Decke erspart geblieben.«

»Der Staat macht es sich zu leicht«, sagte Lieven. »Er kümmert sich mehr um die Täter als um die Opfer. Das Land ist voll mit zerstörten Seelen. Opfer von sexuellem Missbrauch in der Kindheit werden oft selbst zu Tätern, wenn sie erwachsen sind.«

»Du glaubst, dass Niklas deshalb zum Mörder wurde?«

»Wir müssen im Moment davon ausgehen, dass Niklas tot ist. Ob er seine Eltern ermordet hat, wird sich niemals klären lassen. Für den Tod von Haderbach und den anderen kann er nicht verantwortlich sein.«

»Bist du sicher, dass die Geschichte mit der Flucht stimmt?«

Er nickte. »Mimi hat alles bestätigt. Sie ist unschlagbar im Beschaffen von Informationen. Wenn sie sagt, es war so, dann glaube ich ihr.«

Shadi schwieg und starrte in die Flammen. »Ist sie hübsch?«, fragte sie.

Er lächelte. »Sie ist klein und rund wie ein Äpfelchen. Ich stehe tief in ihrer Schuld und manchmal habe ich den Verdacht, sie ist heimlich in mich verknallt. Aber ich fürchte, ich werde sie enttäuschen müssen, auch wenn ich das kaum übers Herz bringe.« Er warf ihr einen Seitenblick zu. »Bist *du* jetzt etwa eifersüchtig?«

Shadi rückte von ihm fort. »Bild dir bloß nicht ein, nur weil ich mich habe gehen lassen, hätte ich mich in dich verliebt.«

»Nein, wie konnte ich nur«, antwortete er schmunzelnd.

»Das ist nicht komisch.«

Ihre Stimmung schien wieder zu kippen. Lieven zog es vor, das Thema nicht weiter zu vertiefen.

Sie schmollte eine Weile. »Du hast mir immer noch nicht erzählt, was aus dem Jungen geworden ist«, sagte sie dann.

»Niklas? Aber …«

»Nein, nicht Niklas. Der Junge, dessen Vater Polizist war.«

»Ich sagte doch, es geht ihm gut.«

»Und sein Vater?«

»Der ist gestorben.«

»Oh. Hat der Junge ihm verziehen, bevor er starb?«

»Ja.«

»Und … wenn der Vater noch leben würde, wären sie dann Freunde geworden?«

Er überlegte lange. »Nein. Wahrscheinlich nicht. Sie hätten sich respektiert, mehr nicht.« Er schenkte sich Wein nach.

»Dein Vater trägt die Schuld daran, dass du dir deinen Traum nicht erfüllen konntest. Du musst furchtbar wütend auf ihn gewesen sein. Wie hast du es geschafft, den Zorn hinter dir zu lassen?«

»Es ging mir wie deinem Freund Max. Nach all dem Mist, den ich gebaut hatte, lernte ich den Jugendknast von innen kennen. Ein halbes Jahr nur, trotzdem war es die härteste Lektion, die mir jemals erteilt wurde.«

»Viele jugendliche Straftäter verdirbt das Gefängnis noch mehr. Kaum sind sie draußen, geraten sie wieder mit dem Gesetz in Konflikt. Max hat mir davon erzählt.« Sie drehte den Kopf und blickte ihn mit ihren goldfarbenen Augen an. »Warum du nicht?«

»Ich hatte Glück. Im Gefängnis lernte ich jemanden kennen, der mir beibrachte, dass ich meine Träume nicht aufzugeben brauchte. Er zeigte mir andere Wege, meine Begabungen einzusetzen.«

»Ein Mitgefangener?«

Er lächelte. »Nein, ein Lehrer. Ich war siebzehn und natürlich erhielten wir weiterhin Schulunterricht. Er half mir, mit meinen Aggressionen umzugehen. Er erkannte mein feines Rechtsempfinden und stieß mich mit der Nase auf die Möglichkeit, Jura zu studieren. Natürlich war der Weg nicht leicht. Ich musste meinen Notendurchschnitt innerhalb kurzer Zeit erheblich verbessern, um noch eine Chance zu haben, das Abitur nachzuholen.«

»Du hast es geschafft.«

»Ich hatte Menschen, dir mir halfen. Alleine wäre ich gescheitert. Mein Lehrer war bekennender Buddhist und er zeigte mir, wie man meditiert. Die Übungen halfen mir, im Knast nicht durchzudrehen. Seitdem meditiere ich regelmäßig.«

»Ich glaube nicht an diesen fernöstlichen Quatsch.«

»Es ist kein Quatsch. Man muss es üben wie Klavierspielen oder Fahrradfahren.« Er lächelte sie an. »Ich schätze, mit Hammer und Meißel auf einen Marmorblock einzuschlagen, ist eine ebenso gute Therapie.«

»Sie beseitigt nicht das ekelhafte Gefühl, missbraucht und benutzt worden zu sein.«

»Nein, dazu bedarf es etwas anderes.«

Sie schielte ihn misstrauisch an. »Was meinst du?«

»Liebe, Hingabe, Zeit.«

Sie trank von ihrem Wein und lehnte den Kopf an seine Schulter. »Was wirst du nun unternehmen?«

»Morgen früh werde ich Simon Rosdorf aufsuchen. Er leitet eine interne Ermittlungsstelle der Polizei in Koblenz und ist ein guter Freund. Er wird mich nicht gleich verhaften, wenn ich ihm die ganze Geschichte erzähle.«

»Er kann mich nicht vor Kronberg beschützen.«

»Abwarten. Aber ich werde ihm nicht verraten, wo du dich versteckst.«

»Und wenn der Verrückte mit seinen Engelsfiguren hier aufkreuzt? Er war zweimal in meinem Haus, ohne dass ich es bemerkt habe.«

»Er kann unmöglich wissen, dass du hier bist. Und in der Zwischenzeit solltest du darüber nachdenken, wer er sein könnte. Ich bin sicher, du kennst ihn.«

»Nein. Ich würde mich ganz sicher an ihn erinnern. Wenn ich nur wüsste, woher ich sein Lachen kenne.«

»Es wird dir wieder einfallen. Wenn ich Rosdorf überzeugen kann, werden wir dem Verrückten eine Falle stellen.«

»Mit mir als Lockvogel. Besten Dank.«

Er legte seinen Arm um ihre Schultern. Sie sperrte sich kurz gegen die Berührung, entspannte sich aber wieder.

»Ich werde auf dich aufpassen.«

Shadi trank schweigend ihren Wein. Kurz darauf wurde sie schläfrig. Behutsam trug er sie zum Sofa hinüber und breitete die löchrige Decke über sie. Er selbst machte es sich in einem ausrangierten Sessel so bequem wie möglich und schwor sich, dass Kronberg für alles bezahlen würde, was er Shadi angetan hatte.

30

Noch vor Sonnenaufgang verließ Dirk Lieven die Laube. Er hauchte Shadi einen Kuss auf die Stirn, was sie mit einem schläfrigen Brummen quittierte. Dann machte er das Nummernschild der Yamaha wieder kenntlich und fuhr durch den dichten Stadtverkehr Richtung Innenstadt.

Simon Rosdorf war Ende dreißig, groß wie ein Leuchtturm und besaß die dazu passenden feuerroten Haare. Er grinste von einem abstehenden Ohr zum anderen, als er Lieven erblickte. Erfreut schüttelte er ihm die Hand und führte ihn in sein chaotisches Büro.

»Als ich hörte, dass Frank Morloch der neue Polizeichef von Hachenburg wird, wusste ich sofort, dass ihr aneinandergeraten würdet.« Er ließ sich in den Sessel hinter seinem Schreibtisch fallen und grinste. »Natürlich kenne ich eure gemeinsame Vergangenheit.«

»Du bist wie immer bestens informiert.«

»Morloch hat in den letzten vierundzwanzig Stunden einen mächtigen Wirbel entfacht – Straßensperren, Suchmannschaften, Hubschrauber, das komplette Programm. Und als mir zu Ohren kam, dass Shadi Seeger deine Mandantin ist, begann ich, mich für Morloch zu interessieren.«

»Und was hast du herausgefunden?«

»Langsam, Dirk. Zunächst muss ich dich darauf aufmerksam machen, dass Morloch dich sucht.«

»Hat er einen Haftbefehl beantragt?«

Rosdorf nickte. »Beantragt ja, bekommen nein.« Er lehnte sich in seinem Sessel zurück und kniff die Augen zusammen. »Es war die Rede von einem geheimnisvollen Motorradfahrer, der eine unter Mordverdacht stehende Untersuchungsgefangene nach James-Bond-Manier befreit hat. Wenn ich mich recht erinnere, soll der Unbekannte eine blauweiße Yamaha gefahren haben.«

»Steht das in Morlochs Bericht?«, fragte Lieven grinsend.

»Das mit der Yamaha nicht.«

»Dann steht sicher auch nicht drin, dass zwei Zivilpersonen bei einer Tatortbegehung anwesend waren, die die Absicht hatten, meine Mandantin zu foltern, um ihr Beweismittel abzupressen.«

»Du tanzt auf dem Vulkan, Dirk. Ein falscher Schritt und Morloch stößt dich über den Rand.«

Lieven lächelte. »Ja, man muss aufpassen, auf wessen Füße man tritt.«

»Wo ist sie?«, fragte Rosdorf ernst. »Sie muss sofort in die JVA zurück. Wenn sie sich freiwillig stellt, kommt sie vielleicht um eine Haftverlängerung herum.«

»Ich kenne den Aufenthaltsort meiner Mandantin nicht. Sie hat mich über das Geschehen informiert, aber sie traut niemandem außer mir, der Polizei am allerwenigsten.«

Rosdorf lehnte sich vor und faltete die Hände auf der Schreibtischplatte. »Dirk, sie *muss* sich stellen. Das ist ihre einzige Chance.«

»Sie hat nicht vor, Selbstmord zu begehen.« Lieven berichtete von Angelos Warnung. »Er hat gesehen, dass Rader im Streifenwagen saß. Und er ist bereit auszusagen – gegen die Aussicht auf ein paar Hafterleichterungen und vorzeitige Entlassung.«

»Warum sollte Morloch bei einer illegalen Aktion mitmachen? Er riskiert viel. Hachenburg ist seine allerletzte Chance.«

Lieven berichtete von Morlochs Vorgehen in Shadis Werkstatt. »Er war schon immer scharf auf sie. Nachdem sie ihn abwies, hat er sie aus gekränkter Eitelkeit an Kronberg ausgeliefert. Außerdem war es Kronberg, der Morloch auf den Posten des Polizeichefs gehoben hat.«

»Beweise es.«

»Die beiden haben zusammen die Schulbank gedrückt.«

»Na und? Gibt es Zeugen, die gehört haben, wie er deine Mandantin unter Druck gesetzt hat? Soll ich Morloch auf einen Verdacht hin suspendieren lassen?«

»Du könntest ihn ein bisschen nervös machen. Provoziere ihn, damit er die Nerven verliert.«

»Stell dir das nicht zu leicht vor. Ich habe Morloch schon lange im Auge. Seine Ernennung zum Chef der Truppe von Hachenburg hat alle überrascht. Er ist wegen Korruption im Amt und Trunkenheit im Dienst zweimal strafversetzt worden und wird plötzlich befördert. Ich frage dich, wie hat er das geschafft?«

»Ich sagte bereits, er hat einflussreiche Freunde«, antwortete Lieven. »Welchen Posten hatte er vorher inne?«

»Er saß in irgendeiner gottverlassenen Dienststelle in der Eifel, glaube ich.«

»In der Eifel? Wo da genau?«

Rosdorf seufzte, wühlte in den Aktenbergen auf seinem Schreibtisch und schlug einen Pappordner auf. »Frank Morloch wurde im Januar 2012 von Aachen nach Waldmehren bei Daun in der Eifel versetzt, was einem Exil in Sibirien gleichkam.«

Lievens Gedanken überschlugen sich. Niklas Hartmann war vor sechs Wochen aus der forensischen Klinik bei Daun geflohen und im nahen Totenmaar ertrunken. Die örtliche Polizei musste über Hartmanns Flucht und seinen Tod auf jeden Fall im Bilde gewesen sein. Wahrscheinlich hatte Frank Morloch seinen Tod untersucht und möglicherweise Berichte manipuliert, bis sie Kronberg passten. Die Umstände seines Todes stanken zum Himmel. Was war am Totenmaar wirklich passiert? Daun war der Schlüssel zu allen Fragen, die Lieven quälten. Er schob den Stuhl zurück an seinen Platz.

»He, wohin so eilig?«, fragte Rosdorf.

»Ich mache einen Abstecher in die Eifel.«

»Dirk, die Polizei sucht dich. Sie hat ein paar unangenehme Fragen an dich. Ich kann dich nicht einfach laufen lassen.«

»Deine Kollegen werden sich eine Weile gedulden müssen.«

»Was ist mit deiner Mandantin?«

»Ich weiß wirklich nicht, wo sie steckt.«

»Okay. Wenn sie sich stellt, verspreche ich, alles in meiner Macht stehende zu tun, damit sie in eine andere JVA verlegt wird. Außerdem werde ich ein Ermittlungsverfahren gegen Morloch einleiten und die Vorfälle am Wolfstein untersuchen.«

»Kannst du ihren Aufenthaltsort vor Kronberg geheim halten?«

Rosdorf trommelte nervös mit dem Kugelschreiber auf der Schreibtischunterlage.

»Nein, das kannst du nicht«, stellte Lieven fest. »Es kostet Kronberg nur einen Anruf beim Staatsanwalt und er weiß, wo er Shadi suchen muss. Simon, dieser Mann steht unter gewaltigem Druck. Er glaubt, dass meine Mandantin etwas besitzt, das ihm gefährlich werden kann; vermutlich Daten, die Schwarzgeldgeschäfte im großen Stil beweisen. Kronberg wird alles tun, um sie zum Schweigen zu bringen.«

»Dann besorg mir diese Beweise und ich werde sie der Staatsanwaltschaft präsentieren.«

»Genau da liegt das Problem«, antwortete Lieven. »Shadi weiß nicht, was Kronberg sucht.«

31

Dirk Lieven verließ Koblenz über die A 48 Richtung Westen. Während der Fahrt überlegte er fieberhaft, wie er dem Leiter der forensischen Klinik Informationen über Niklas Hartmann entlocken konnte. Obwohl Mimi gründlich recherchierte, war sie nicht unfehlbar. Etwas stimmte nicht an den Umständen von Hartmanns Tod. Lieven war fest entschlossen, sich selbst ein Bild der Ereignisse zu machen, die sich vor sechs Wochen am Totenmaar ereignet hatten.

Dank Mimi kannte er Einzelheiten zur Geschichte der Klinik. Das »Haus am See« war vor fünfundzwanzig Jahren als Einrichtung für Suchtkranke gegründet worden. Vor siebzehn Jahren war das ehemalige Gutshaus trotz heftiger Proteste aus der Bevölkerung in eine geschlossene psychiatrische Anstalt für Sexualstraftäter umgewandelt worden. Die Klinik war mehrfach in die Schlagzeilen geraten, weil Patienten die Flucht gelungen war. Obwohl die Maßregelvollzugsanstalt Waldmehren vom Staat finanziert wurde, erhielt sie hohe Summen aus einer privaten Stiftung, deren Hintermänner selbst Mimi nicht ermitteln konnte – ein interessanter Aspekt, der sich vielleicht als wichtig erweisen konnte.

Lieven erreichte den kleinen Ort Waldmehren am späten Vormittag. Der Himmel über dem kreisrunden See in der Nähe des Ortes war mit schiefergrauen Wolken bedeckt, die sich wie nasse Stahlplatten über dem Horizont auftürmten. Der Vulkansee schimmerte ölig im morgendlichen Zwielicht. Das tintenschwarze Wasser ließ die enorme Tiefe erahnen und lockte wie eine Pforte zur Hölle. Lieven bog in die Zufahrt zur Klinik ab, die abseits des Ortes auf einer Anhöhe lag.

Sein Plan sah vor, sich als rechtlicher Vertreter von Manuela Daub auszugeben. Eine Vollmacht besaß er allerdings nicht. Seit einer Stunde zerbrach er sich den Kopf darüber, wie er diesen wunden Punkt umgehen konnte. Als er der Empfangsdame im Eingangsbereich seine Visitenkarte reichte, erwartete ihn eine Überraschung.

»Wir erwarteten Herrn Leimbach erst gegen siebzehn Uhr. Aber ich werde sehen, ob Dr. Greth Zeit hat, Sie zu empfangen.«

»Leimbach …?« Lieven schaltete blitzschnell. »Oh, Herr Leimbach bat mich, den Termin heute zu übernehmen. Unser Sekretariat sollte Sie darüber informieren. Falls das nicht geschehen ist, liegt der Fehler bei unserer Kanzlei. Entschuldigen Sie bitte das Durcheinander.«

Sie hob den Telefonhörer ab und meldete ihn an. Seine Gedanken überschlugen sich. Die Namensgleichheit mit dem Sachverständigen, der das Gutachten über Gudrun Holt erstellt hatte, konnte kein Zufall sein. Also steckte tatsächlich Leimbach hinter der Sache.

»Dr. Greth wird Sie sofort empfangen. Nehmen Sie bitte Platz.«

Er bedankte sich und wanderte unruhig auf und ab. Leimbach war im »Haus am See« also kein Unbekannter; nein, er schien hier ein und aus zu gehen. Lieven arbeitete seit zwei Jahren für ihn und kannte inzwischen jeden Mandanten persönlich – mit Ausnahme dieser Klinik. Wollte er die Wahrheit herausfinden, würde sich ihm keine bessere Gelegenheit bieten. Aber dazu musste er dieses riskante Spiel mitspielen.

Dr. Greth war ein stämmiger Mann um die Fünfzig mit dichtem grauem Lockenhaar und rauchblauen Augen und erwies sich als überaus geschwätzig. Er empfing Lieven wie einen alten Bekannten und führte ihn in sein Büro. Zuvor wies er seine Sekretärin an, dass er nicht gestört werden wollte.

»Freut mich sehr, Sie endlich kennenzulernen, Herr Lieven. Albert hat viel von Ihnen erzählt.« Er schmunzelte. »Er lobt Sie in den höchsten Tönen. Ich bat ihn schon oft, Sie einmal in die Eifel zu schicken. Immerhin hat er Sie ja als seinen Nachfolger auserkoren. Deshalb sollten Sie über unsere Stiftung genau Bescheid wissen.«

»Ganz recht«, entgegnete Lieven lächelnd, »es wird höchste Zeit, dass ich alle Mandanten meines Seniorpartners persönlich kennenlerne. Leider ist Albert ein wichtiger Termin bei der Staatsanwaltschaft dazwischengekommen. Ich wollte die Chance nutzen, um mich mit den Angelegenheiten der Waldmehrenklinik vertraut zu machen.«

»Kann ich Ihnen etwas anbieten?«, fragte Greth. »Kaffee, einen Cognac?«

»Ein Kaffee wäre nicht schlecht.« Sie verbrachten die Zeit mit harmlosem Smalltalk, bis die Sekretärin den Kaffee brachte.

»Nun, Albert wird Sie darüber informiert haben, dass wir beabsichtigen, das Kapital der Stiftung aufzustocken. Es gibt neue Interessenten«, sagte Greth geschäftig. Er reichte Lieven einen Ordner, dessen Inhalt dieser rasch überflog.

»Ich muss mich natürlich erst einarbeiten«, sagte er, um Zeit zu gewinnen. Auf den ersten Blick war ihm klar, welchen Sprengstoff er in der Hand hielt. Die Waldmehrenstiftung wurde von einer Treuhandgesellschaft kontrolliert, deren Gründer Dr. Lothar Greth war. Sitz der Gesellschaft war Vaduz in Liechtenstein. Als Vorstände zeichneten Victor Kronberg und Albert Leimbach. Die Spenden trafen anonym ein. Er stieß auf eine Liste mit rund fünfzig Namen und entsprechenden Codewörtern ... von Sayn, Leyendecker, Rohde und Dutzende andere – die oberen Zehntausend von Hachenburg. Er überflog die alphabetische Liste und gelangte zum Buchstaben S. Auch Norbert Schwarz gehörte zu den Nutznießern der Stiftung, Richter am Landgericht Koblenz. Konnte es sein, dass sich Gudrun Holt Kopien dieser Akte besorgt hatte? Möglicherweise bewahrte Kronberg in seiner Bank ein Duplikat auf, über das Shadis Freundin gestolpert war.

Lieven bemühte sich, seine Erschütterung zu verbergen. Albert Leimbach, sein Seniorpartner und Mentor, Hauptsponsor des örtlichen Sportvereins, der integre Rechtsanwalt und Inhaber zahlreicher Ehrenämter in Hachenburg, war nichts weiter als ein Gauner und Betrüger.

Dr. Greth drehte spielerisch das Modell eines Kettenkarussells auf seinem Schreibtisch. Genau das war das »Haus am See«: der Dreh- und Angelpunkt, in dem riesige Summen so lange gewaschen und geschleudert wurden, bis niemand mehr ihren Weg zurückverfolgen konnte, ein klassisches Geldkarussell.

»Albert war stets sehr umsichtig und gründlich, wenn es darum ging, neue Stiftungsmitglieder aufzunehmen. Ich gehe davon aus, dass er Sie gut instruiert hat«, sagte Greth.

Lieven klappte den Ordner zu. »Machen Sie sich keine Sorgen. Ich werde jeden einzelnen neuen Interessenten auf Herz und Nieren prüfen.« Er lächelte jovial. »Ich hatte einen guten Lehrer.«

»Davon bin ich überzeugt. Bestellen Sie Albert meine besten Grüße.« Er stellte einen schmalen Samsonitekoffer auf den Schreibtisch. »Ich wünsche Ihnen eine gute Reise. Waren Sie schon einmal in der Schweiz? Ein wunderschönes Fleckchen Erde.«

Lieven starrte auf den Koffer. So lief der Transport also ab. Keine Überweisungen, keine digitalen Daten, die durch einen dummen Zufall auf den Servern der Steuerfahndung landeten. Greth ging offenbar selbstverständlich davon aus, dass Lieven den Kurier spielte. »Nun, ich pendle seit geraumer Zeit geschäftlich zwischen Deutschland und der Schweiz hin und her. Die Arbeit lässt mir leider wenig Zeit, etwas anderes zu sehen als die Schalterhallen der Banken. Aber auch die sind sehenswert«, antwortete er.

Greth lachte dröhnend über den flachen Scherz.

»Da wäre noch eine lästige Angelegenheit, die ich mit Ihnen besprechen möchte«, sagte Lieven beiläufig. »In unserer Kanzlei ist vor wenigen Tagen eine Frau vorstellig geworden, die Anspruch auf das Erbe eines Ihrer ehemaligen Patienten erhebt.«

Das breite Grinsen des Arztes verschwand.

»Wir sollten diese Sache so schnell wie möglich in aller Stille erledigen«, fuhr Lieven fort. »Bei der Dame handelt es sich um meine Mandantin.«

»Von wem reden Sie?«

»Von Manuela Daub. Sie ist die Schwester von Niklas Hartmann.«

Greth lief dunkelrot an. »Was will sie? Woher weiß sie, dass der Idiot tot ist?«

Lieven zwang sich zur Gelassenheit. Er hatte einen Volltreffer gelandet. Wenn er jetzt noch ein bisschen in diesem Hornissennest herumstocherte, würde er eine Menge Schmeißfliegen aufscheuchen. Alles, was er dann noch brauchte, war eine große Fliegenklatsche. »Sie hat längere Zeit im Ausland gelebt und ist vor einigen Wochen nach Deutschland zurückgekehrt«, sagte er, »und sie hat nach dem Verbleib ihres Bruders geforscht. Dabei stieß sie bedauerlicherweise auf Josef Hartmann.«

Greth trommelte nervös auf der Tischplatte. »Kann sie uns Ärger machen?«

»Ich bin hier, um das zu verhindern. Glücklicherweise konnte ich ihr klarmachen, dass unsere Kanzlei ihre Interessen am besten vertritt.«

Greth nickte. »Gut gemacht. Besser, sie wird von Ihnen betreut als von einer fremden Kanzlei. So haben wir sie unter Kontrolle. Was will sie?«

Lieven überlegte fieberhaft, wie er die unverhoffte Chance nutzen konnte. »Existiert noch persönlicher Besitz von Niklas Hartmann?«, fragte er.

»Ja, da muss noch irgendwo ein Karton mit seinen Habseligkeiten herumstehen.«

»Es ist wohl am besten, wenn ich die Sachen an mich nehme«, antwortete Lieven, »und darauf achte, dass nichts in falsche Hände gerät.«

Greths Augen blitzten auf, er war offenbar froh, so leicht aus der Sache herauszukommen. »Ich werde veranlassen, dass Sie Hartmanns Habe gleich mitnehmen können.«

Lieven bedankte sich. »Da wäre noch etwas. Könnte ich kurz mit dem Therapeuten sprechen, der Hartmann betreut hat?«

»Wozu soll das gut sein?«

»Ich konnte Manuela Daub bisher nur mit Mühe davon abhalten, persönlich nach Waldmehren zu kommen, und bot ihr an, die Unannehmlichkeiten für sie zu übernehmen. Wenn ich ihr glaubhaft etwas über ihren Bruder erzählen soll, brauche ich ein paar Details aus seinem Leben in der Klinik. Mit seinem Therapeuten zu sprechen, scheint mir die beste Lösung zu sein.«

Greth stemmte sich erregt aus seinem Sessel hoch. »Das ist im Augenblick nicht möglich. Dr. Kamp hat vor zehn Tagen Urlaub genommen.«

»Dann geben Sie mir bitte seine Telefonnummer.«

Der Arzt blätterte in einem Notizbuch, kritzelte eine Handynummer auf einen Zettel und reichte ihn Lieven. »Er wollte eine Freundin besuchen, soweit ich weiß. Ich verlasse mich auf Ihre Diskretion, Herr Lieven.«

»Selbstverständlich. Sie werden mit mir zufrieden sein und nie wieder etwas von dieser Geschichte hören.« Du wirst dich noch wundern, dachte er. Dann erhob er sich ebenfalls und nahm den Samsonitekoffer in Empfang. »Könnte ich eine Kopie der Stiftungsunterlagen bekommen?«, fragte er beiläufig. »Ich will Albert nicht damit behelligen.«

»Behalten Sie den Ordner«, sagte Greth zerstreut. Seit der Erwähnung des Namens Niklas Hartmann war der Arzt hochgradig nervös.

»Wie konnte es überhaupt zu Hartmanns Flucht kommen?«

Greth erstarrte und blickte ihn misstrauisch an. »Wir sind eine geschlossene Anstalt, kein Hochsicherheitstrakt. Offenbar war Hartmann nicht so beschränkt, wie alle glaubten. Er gelangte im Laderaum eines Wäschereilieferwagens nach draußen und konnte den Fahrer überwältigen. Dass er niemals Auto fahren gelernt hatte, erwies sich allerdings als tödliche Falle. Er raste mit dem Sprinterbus ins Totenmaar und ertrank.« Misstrauisch kniff er die Augen zusammen. »Ich dachte, Sie wären darüber informiert.«

»Ich wusste, dass es einen Unfall gab. Mit den Details habe ich mich nie beschäftigt«, antwortete Lieven schnell. »Es könnte Hartmanns Schwester vielleicht beruhigen und die Sache abschließen, wenn ich ihr sein Grab zeigen würde.«

»Es gibt kein Grab. Das Maar ist über fünfzig Meter tief, mit tückischen Unterwasserstrudeln und Felsspalten, in denen sich ein Körper leicht verkeilen kann. Wer dort hineinfällt, taucht nicht wieder auf.«

Lieven nickte. »Höchst bedauerlich, aber zugleich eine einleuchtende Erklärung. Kennen Sie zufällig den Namen der Freundin, die Dr. Kamp besuchen wollte?«

Greth kniff die Augen zusammen. »Sie stellen eine Menge Fragen. Wozu wollen Sie das alles wissen?«

»Mir ist daran gelegen, den Kreis der Eingeweihten so klein wie möglich zu halten. Falls Sie irgendetwas weiß, was uns schaden könnte, muss ich wissen, wo ich sie finde.«

Greth nickte anerkennend. »Sie gefallen mir, Lieven. Sehr sogar. Sie denken an alles. Aber den Namen der Freundin kenne ich nicht, tut mir leid. Ich glaube, sie wohnt in Hachenburg. Fragen Sie Kamp nach ihr.«

Lieven wandte sich zur Tür, legte die Hand auf die Klinke und tippte sich mit dem Finger gegen die Stirn. »Fast hätte ich es vergessen. Albert erwähnte, dass Sie zuweilen auch psychiatrische Gutachten erstellen. Vor allem in … sagen wir, besonderen Fällen.«

Greth versenkte die Hände in den Hosentaschen und wippte mit den Schuhspitzen. »Die besonderen Fälle sind mein Spezialgebiet. Rufen Sie mich an, wenn Sie meine Hilfe brauchen.«

»Das werde ich tun. Ganz sicher sogar.« So lief das also. Greth ging einem kleinen Nebenverdienst nach.

Albert Leimbach saß in seinem Büro und studierte eine Akte, die den beruflichen und sozialen Werdegang seines Juniorpartners Dirk Lieven enthielt. Wieder und wieder las er sorgfältig die handschriftlichen Einträge und Bemerkungen, die er im Lauf der letzten beiden Jahre selbst hinzugefügt hatte. Er war nicht mehr sicher, ob er Lieven vertrauen konnte. Der junge Anwalt entwickelte eine gefährliche Liebe zur Wahrheit. Leimbach tippte mit der Kappe seines vergoldeten Füllfederhalters auf Lievens Namen, als ihn ein Anruf vom medizinischen Leiter der forensischen Klinik in Waldmehren erreichte. Er hörte eine Weile schweigend zu.

»Du bist ein Idiot«, unterbrach er Greth eisig.

Leimbach legte auf und faltete die Hände auf der Personalakte. Was trieb Lieven in der Eifel? Wie hatte er eine Verbindung zur Waldmehrenstiftung hergestellt? Ein teuflischer Zufall hatte ihm einen ungeheuren Sprengsatz zugespielt. Wenn diese finanzielle Atombombe explodierte, gab es für keinen von ihnen eine Rettung, weder für den angesehenen Rechtsanwalt Albert Leimbach noch für Victor Kronberg. Die ganze Stadt würde in einem einzigen Donnerschlag in die Luft fliegen.

Auf halbem Weg zwischen Daun und Koblenz suchte Dirk Lieven Schutz vor einem heftigen Regenschauer und stellte die Yamaha auf einem Autobahnrastplatz ab. Im Restaurant des Rasthofs bestellte er einen Cappuccino und las sich in die Akten ein, die ihm Greth überlassen hatte. Was er auf den ersten Blick befürchtet hatte, bewahrheitete sich schnell. Die Auflistung der Namen und Beträge würde den größten Skandal entfachen, den Hachenburg jemals erlebt hatte. Kaum ein vermögender Bürger der Stadt, der nicht beteiligt war. Sie alle unterstützten die Waldmehrenstiftung regelmäßig mit kleineren Beträgen, um einer automatischen Kontrolle durch die Steuerfahndung zu entgehen. Leimbach schaffte das Geld schließlich als Kurier nach Liechtenstein und in die Schweiz. Dr. Greth fiel die Aufgabe zu, die Verwendung der Stiftungsgelder zu verschleiern. Er stellte überhöhte Rechnungen für Umbauten, Zusatztherapien und vieles mehr. Lieven war sicher, dass die allermeisten der aufgeführten Leistungen niemals erbracht worden waren.

Victor Kronberg hatte eine Reihe von Scheinfirmen gegründet, deren Hauptsitze in internationalen Steueroasen angemeldet waren. Von dort aus floss das Geld, das sich inzwischen durch Spekulations- und Devisengeschäfte vervielfacht hatte, wieder zurück an die großzügigen Spender.

Lieven zerbrach sich den Kopf darüber, warum Gudrun Holt dieses Wissen nicht benutzt hatte. Es gab nur zwei mögliche Erklärungen: Sie war erst nach dem Prozess an dieses Wissen gelangt, oder es war nie bei ihr angekommen. In Gedanken rechnete Lieven zurück. Greth hatte den Therapeuten von Niklas Hartmann vor zehn Tagen beurlaubt. Das Datum seiner Fahrt nach Hachenburg fiel zusammen mit der Nacht, in der Gudrun Holt ermordet worden war. Kamps Freundin war niemand anderes als die Tote. Von ihm hatte sie die Informationen über die illegalen Geldtransfers. Kronberg und Rader hatten Gudrun Holt in eine Falle gelockt. Wahrscheinlich hatte sie geblufft und vergeblich auf die Beweise gewartet, die Kamp ihr versprochen hatte. Als Shadi dann nach Hachenburg zurückkehrte, vermutete Kronberg wohl, dass sie nun im Besitz der Dokumente war. Aber dem war nicht so. Die drängendste Frage war nun: Warum hatte sich der Therapeut niemals bei Gudrun Holt gemeldet? In der letzten Stunde hatte er mehrfach versucht, Kamp zu erreichen, aber immer nur die Mailbox seines Handys erreicht. War auch er ermordet worden?

Am Kiosk erstand er eine Straßenkarte, breitete sie auf dem kleinen Bistrotisch aus und markierte mit einem Kugelschreiber die Route, die Kamp genommen haben musste. Lieven trank seinen Cappuccino aus und machte sich auf den Weg, um den Therapeuten zu suchen.

32

Shadi schlug die Zeit tot, in dem sie aus einem knorrigen Holzscheit eine kleine Totemfigur schnitzte. In der Hütte gab es keinen Fernseher, nur ein altes Radiogerät, das einen verrauschten Empfang ermöglichte – und eine Sammlung stumpfer Küchenmesser.

In den Nachrichten wurde über eine flüchtige Untersuchungsgefangene nichts mehr berichtet. Zwei Stunden nachdem Lieven aufgebrochen war, hatte Mimi Völz einen Korb mit Nahrungsmitteln und Getränken in die Laube gebracht. Eifersüchtig beobachtete Shadi die rundliche kleine Frau, doch Mimi schien ihre Abneigung nicht zu spüren. Eifrig plapperte sie von abenteuerlichen Fällen, die sie gemeinsam mit Lieven gelöst hatte. Nach einer Weile wurde Shadi auf erschreckende Weise klar, dass Mimi nur wenige Freunde besaß und die meiste Zeit ihres Lebens einsam war. Sie himmelte Dirk Lieven an und wusste zugleich, dass dieser Mann völlig außer Reichweite ihrer pummeligen Arme war. Als Shadis Eifersucht abkühlte, erkannte sie, dass Mimi eine herzensgute Seele war. Vermutlich war die heimliche Versorgung eines geflohenen Häftlings mit belegten Broten und Kaffee das Aufregendste, was sie jemals erlebt hatte.

Gegen Mittag verließ Mimi die Laube, um nach Hachenburg in die Redaktion des Kuriers zu fahren. Zuvor rang sie Shadi das Versprechen ab, ihre Geschichte als Exklusivstory bringen zu dürfen, wenn der wahre Täter gefasst worden war. Die Aussicht, die Geschichte einer Frau zu schreiben, die von der Justiz im Stich gelassen worden war und die ihr Schicksal selbst in die Hand genommen hatte, schien Mimi mit einer grimmigen Vorfreude zu erfüllen. Sie verabschiedete sich mit der Mahnung, Shadi solle sich sofort melden, wenn sie etwas brauche oder ihr Gefahr drohe.

Am frühen Abend ließ der Regen nach. Die Dämmerung senkte sich über das Rheintal. Obwohl die drei Stunden längst verstrichen waren, fehlte von Lieven jede Spur. Shadi schichtete Holzscheite im Kamin auf und entfachte ein Feuer. Sie kam sich hilflos und verletzlich vor und fragte sich, ob sie eine Gefängniszelle mit einer anderen getauscht hatte.

Da näherte sich im letzten Rest Tageslicht ein Motorrad. Ein Lichtstrahl streifte das Fenster der Laube und wanderte zitternd über die Rückwand. Shadi sprang von ihrem Sitz vor dem Kamin auf und drückte sich die Nase an der altersblinden Fensterscheibe platt. Lieven kehrte zurück. Ihr Herz schlug schneller und das nicht nur in Erwartung von Neuigkeiten. Sie sah, wie der Anwalt das Gartentor öffnete und die Yamaha über den Plattenweg zur Laube schob. Seine schlanke Gestalt in der Lederkluft und dem Integralhelm hob sich schwach vom Schein der Straßenlampe vor dem Garten ab.

Hastig schob sie den Riegel zurück und zog die Tür auf. Er stand direkt vor ihr. Der Helm mit dem abgedunkelten Visier verbarg sein Gesicht, aber er hob die Hand zum Gruß.

Eine eiskalte Klaue griff nach ihrer Kehle. Voreilig zu öffnen, bevor Lieven sich durch das vereinbarte Klopfzeichen zu erkennen geben konnte, sollte sich als tödlicher Leichtsinn erweisen. Sie hatte gesehen, was sie erwartet hatte: einen Mann in einer schwarzen Motorradkombi. Lieven überragte Shadi um Haupteslänge. Der Mann, der vor ihr stand, war nicht größer als sie selbst.

So schnell sie konnte, schlug sie die Tür zu. Doch der Fremde hatte mit ihrer Reaktion gerechnet, stieß die Stiefelspitze in den Türspalt und stemmte sich mit seinem Gewicht gegen die Tür. Sie rangen erbittert miteinander, aber gegen die drahtige Kraft des Eindringlings konnte sie nichts ausrichten. Sie stolperte, als der Druck unvermittelt nachließ und geriet aus dem Gleichgewicht. Der Angreifer riss ihr den Riegel aus der Hand und schmetterte ihr die Holztür gegen die Stirn. Der scharfkantige Metallrahmen des Sprossenfensters traf sie mit voller Wucht im Gesicht. Ihre linke Augenbraue platzte auf, bunte Sterne tanzten vor ihren Augen. Benommen taumelte sie zurück. Durch einen roten Schleier sah sie, wie der Schwarzgekleidete in die Laube stürzte und die Tür hinter sich verriegelte. Ihre Füße verhedderten sich in der Wolldecke, auf der sie noch vor wenigen Minuten gesessen hatte, sie strauchelte und fiel.

Ihr Hinterkopf verfehlte nur knapp den eisernen Kaminrost. Der Gluthauch des Feuers streifte ihre Wangen und versengte ihr Haar. Als sie sich auf den Rücken drehte, traf sie ein Motorradstiefel hart an der Schläfe. Der Schmerz raubte ihr für Sekunden die Besinnung. Ihr Gegner nutzte ihre Hilflosigkeit, ließ sich rittlings auf sie fallen und nagelte ihre Knie mit seinen Oberschenkeln am Boden fest. Aus einer Tasche seiner Motorradkombi zog er ein dünnes Nylonseil und schlang es um ihre Handgelenke.

Shadi kämpfte gegen die drohende Ohnmacht an. Sie beugte sich vor und biss ihren Gegner durch den Motorradhandschuh in den Handrücken. Er schrie wütend auf und schlug ihr ins Gesicht. Ihre Schulter streifte den heißen Kaminrost. Funken stieben aus den Flammen, knisternd brach die Pyramide aus Holzscheiten zusammen. Sie ertastete das Ende eines brennenden Scheits, schwang den Holzprügel wie eine Keule und ließ ihn auf den Helm des Mannes krachen. Reflexartig drehte er den Kopf zur Seite und der Hieb ging fehl. Im Gegenzug schlug er ihren Arm zur Seite und trieb seine Faust in ihre Magengrube. Sie keuchte erstickt auf und ließ den Holzprügel fallen. Dumpf klappernd rollte er über den Holzboden auf das Sofa zu und hinterließ auf dem Sisalteppich eine Spur aus Rauchfäden und kleinen Bränden.

Ihr Gegner bemühte sich nach Kräften, Shadis Handgelenke zu fesseln, aber sie wehrte sich verbissen. Schließlich landete sie einen Glückstreffer auf seinen Kehlkopf, riss sein Helmvisier hoch und blickte in die kalten Augen von Christoph Rader.

»Diesmal helfen dir deine Zaubertränke nicht, du Hexe«, zischte er und griff nach ihrer Kehle.

Sie erwischte mit dem Fingern den Kinnriemen des Helms, zerrte Rader zu sich heran und stieß ihm den Zeigefinger ins rechte Auge.

Rader brüllte vor Schmerz auf, lockerte den eisernen Griff seiner Schenkel und tastete halb blind nach dem Helmverschluss. Sie nutzte ihre Chance und rammte ihm ihr Knie zwischen die Beine. Stöhnend kippte er zur Seite.

Der Sisalteppich brannte an mehreren Stellen. Auch das Sofa und der Couchtisch hatten Feuer gefangen. Fetter schwarzer Qualm stieg von den Möbeln auf. Shadi kroch auf allen Vieren zur Tür. Als sie den Ausgang erreicht hatte und ihre Finger den Riegel zurückschoben, riss eine Hand sie grob am Haar zurück und stieß ihre Stirn gegen den Türrahmen. Benommen brach sie in die Knie. Rader presste sie zu Boden und schlang das Nylonseil um ihren Hals.

»Scheiß auf Victor und seine Kohle. Du hast meine Freunde in die Hölle geschickt und jetzt darfst du ihnen Gesellschaft leisten.«

Er kniete auf ihrem Rücken und zog ruckartig die Enden des Seils zusammen. Panisch tastete Shadi nach der Leine. Entsetzt stellte sie fest, wie schnell das Leben aus ihrem Körper sickerte. So fühlte es sich also an zu sterben.

Unerwartet ließ der Druck um ihre Kehle nach. Rader kippte zur Seite und schlug mit einem dumpfen Laut auf den Boden. Seine glasigen Augen starrten fassungslos ins Leere, bevor er das Bewusstsein verlor. Aus seinem Rücken ragte der Griff des Taschenmessers, mit dem Shadi vor wenigen Minuten lustlos an einem Stück Holz geschnitzt hatte.

Zitternd zog sie sich an der Türklinke hoch. Ihre Kehle brannte und schmerzte, als hätte sie ätzende Lauge getrunken. Die Hütte war voller Qualm. Die Luft stank nach verbranntem Kunststoff und war angereichert mit giftigen Rauchgasen. Die Flammen hatten sich rasend schnell ausgebreitet und leckten gierig an den hölzernen Wänden empor.

Dicht hinter ihr kniete eine untersetzte Gestalt auf dem Boden. Sie drehte Rader auf den Rücken und stellte eine kleine Tonfigur auf seine Brust. Leise murmelte sie ein Kindergebet.

»Heiliger Schutzengel mein,
lass mich dir empfohlen sein.
Auch an diesem Tag bitte ich dich,
beschütze und bewache mich.«

Dann streckte sie den Arm aus, ergriff Shadis Handgelenk und zog sie in den hinteren Teil der Laube. Entsetzt starrte Shadi auf die Hand, die ihren Unterarm umklammerte. Sie war verkrüppelt und verdreht, aber von eiserner Kraft erfüllt.

»Feu... feu... er. Hei... heiß.«

Die Gestalt zerrte Shadi zu einem offenen Fenster an der Rückseite. Durch den Rauchschleier nahm sie ein Gitter aus fingerdicken Eisenstäben wahr, das mit enormer Kraft verbogen und aus seiner Verankerung gerissen worden war.

»Ko... komm. Heiß!«

Der Unbekannte kletterte aus der Fensteröffnung und stieß ein Kichern aus, hell und kindlich. Als Shadi zögerte, drehte er sich um, hob sie hoch, als wöge sie nicht mehr als eine Puppe, und zog sie behutsam nach draußen.

»Du!«, rief Shadi entsetzt. »Aber du bist tot!«

33

In einer Haarnadelkurve der Serpentinenstraße hinauf zu den Höhenzügen des Westerwalds fand Dirk Lieven, wonach er suchte. Wäre ihm nicht beinahe dieselbe Kurve zum Verhängnis geworden wie Sebastian Kamp, hätte er nie erfahren, warum der Therapeut niemals in Hachenburg angekommen war. Die Yamaha geriet auf der regennassen Fahrbahn ins Schlingern und drohte seitlich wegzurutschen. Als Lieven das Tempo drosselte, blitzte ein Sonnenstrahl durch die Wolkendecke und erzeugte einen gleißenden Reflex auf seinem Helmvisier. Er stoppte die Maschine und blickte sich suchend um. Auf der dem Abgrund zugewandten Straßenseite war die Verankerung einer Leitplanke aus dem Boden gerissen worden. Auf dem nassen Asphalt glänzten Schleifspuren, wie sie verbogenes Blech hinterließ. Zwei aufgewühlte Furchen führten im lockeren Erdreich neben der Straße in die Tiefe.

Der dunkelgraue Opel lag halb verborgen unter einem überhängenden Felsen vier Meter unterhalb der Straße. Kamps Leiche saß am Steuer seines Wagens. Seine linke Gesichtshälfte war mit getrocknetem Blut verschmiert, seine Finger hielten noch im Tod das Lenkrad umklammert. Nichts deutete auf ein Gewaltverbrechen hin. Wahrscheinlich war der Wagen des Therapeuten von der Straße abgekommen und den Steilhang hinuntergestürzt, ohne dass jemand auf der wenig befahrenen Straße den Unfall bemerkt hatte. Währenddessen hatte Gudrun Holt verzweifelt auf die Beweise gewartet, die Kronberg zu Fall bringen sollten. Durch eine Verkettung tragischer Umstände waren Kamp und die Frau, die ihn erwartet hatte, zur selben Zeit ums Leben gekommen.

Der Opel war mit der Front auf einen großen Felsblock geprallt, einige Meter weitergerutscht und auf der Fahrerseite liegen geblieben. Von der Straße aus war er daher kaum auszumachen. Lieven zerrte an der verklemmten Beifahrertür. Das Wrack knirschte und drohte den Hang hinabzurutschen. Schließlich schlug er die Scheibe mit einem Stein ein. Verwesungsgestank drang aus dem Wageninneren.

Im Fußraum der Beifahrerseite entdeckte er einen Karton, der dem glich, in den die Mitarbeiterin der Klinik in Waldmehren Hartmanns Habseligkeiten gestopft hatte. Lieven hatte die Sachen bereits flüchtig durchgesehen und bis auf eine alte Videokamera nichts von Bedeutung gefunden. In dem Karton in Kamps Opel fand er die passenden Super-8-Kassetten und einen Adapter für handelsübliche VHS-Kassetten.

Er beugte sich in das Innere des Wagens und sammelte die Kassetten ein. Für Kamp konnte er nichts mehr tun. Sein Kopf ruhte in verdrehtem Winkel auf seinem Hals; offenbar hatte er sich bei dem Aufprall das Genick gebrochen. Lieven kehrte zu seinem Motorrad zurück, holte Hartmanns Kamera aus der Packtasche und legte eine der Kassetten ein. Eine Warnlampe zeigte an, dass der Akku fast leer war. Rasch machte er sich mit den Bedienknöpfen der Kamera vertraut und startete den Film. Was er dann sah, ließ ihm das Blut in den Adern gefrieren. Es war nicht die Aufdeckung der Schwarzgeldgeschäfte, die Kronberg in Panik versetzte. Lievens Handy klingelte. Leimbach meldete sich.

»Dirk, mein Junge. Wo steckst du?«

»Ich bin auf dem Weg zu dir, Albert.«

»Das trifft sich gut. Ich erwarte dich in der Kanzlei.«

Lieven beendete das Gespräch. Leimbach würde eine Menge erklären müssen.

34

»Du bist der größte Versager, der jemals Luft geholt hat!« Victor Kronberg stapfte in Leimbachs Büro im Kreis herum. Ab und zu blieb er stehen und hieb mit der Faust auf den Schreibtisch des Anwalts. Aufgebracht drehte er sich um und packte Frank Morloch am Kragen. Sein krebsrotes Gesicht schwebte so dicht vor der Nase des Polizeichefs, dass Leimbach befürchtete, der Bankier würde Morloch wie ein hungriger Wolf mit einem Biss in den Nacken töten.

»Beruhige dich, Victor. Dein Geschrei nützt niemandem«, sagte er.

Kronberg stieß Morloch von sich. »Ich soll mich beruhigen? Da draußen läuft eine Irre frei herum, die drei meiner engsten Mitarbeiter getötet hat.«

»Vier.«

»Was sagst du?«, fauchte Kronberg.

»Es sind vier«, antwortete Leimbach scheinbar gelassen. »Die Polizei hat heute Abend eine männliche Leiche in einer ausgebrannten Schrebergartenlaube in Koblenz entdeckt. Dabei dürfte es sich wohl um Rader handeln.«

Kronbergs Bulldoggengesicht lief noch dunkelroter an. »Wa…?«, fragte er mit erstickter Stimme.

»Rader ist tot. Du bist der letzte Überlebende, Victor. Von Shadi Seeger fehlt übrigens noch immer jede Spur.«

Kronberg stieß Morloch die Faust vor die Brust. »Ich gebe dir vierundzwanzig Stunden, um mir diese Verrückte zu bringen!«

»Ich bin Polizist, kein Kopfgeldjäger.«

»Wenn du nochmal die Schnauze aufreißt, bevor du gefragt wirst, bist du arbeitslos!«

»Shadi Seeger hat weder Rader noch die anderen umgebracht«, sagte Leimbach. »Ich vermute, unser Polizeichef hat uns etwas zu beichten.«

Morloch schob sein leeres Glas über den Tisch. Kronberg schnappte es sich.

»Du kriegst erst wieder einen Tropfen, wenn du diese Hexe eingefangen hast und mir ihren Kopf auf einem Tablett servierst.«

Leimbach schenkte Kronberg einen doppelten Cognac ein. »Beruhige dich, Victor.« Er wandte sich an Morloch. »Es wird Zeit, mit der Wahrheit herauszurücken. Was ist damals passiert?«

»Es lief alles wie geplant«, begann Morloch kleinlaut. »Greth hatte Hartmann eine Höllenangst eingejagt. Er drohte ihm mit seiner speziellen Therapie, falls Kamps Behandlung nicht bald zu Ergebnissen führte. Er erzählte ihm von Elektroschocks und Waterboarding. Der Idiot hat das geglaubt.«

»Greth sorgte dann auch dafür, dass Niklas Hartmann aus der geschlossenen Anstalt fliehen konnte«, ergänzte Leimbach.

»Der Idiot hat es trotzdem versaut. Ein Regenwurm hat mehr Verstand als Hartmann. Er hatte sich im Laderaum in einem Wäschesack versteckt und überwältigte den Fahrer, aber er kam nicht weit und setzte den Lieferwagen in ein Schlammloch, weil er nicht fahren konnte. Ich fand den verlassenen Wagen in der Nähe des Totenmaars.«

»Du hast uns damals erzählt, du hättest gesehen, wie der Wagen im Maar versank.«

Morloch fuhr sich mit der Hand über die Augen. »Das habe ich auch. Weil ich ihn selbst versenkt habe.«

»Du hast diesen Bekloppten laufen lassen?«, schrie Kronberg.

»Ich hatte Angst, du würdest mir den Posten in Hachenburg nicht verschaffen. Ich brauche diesen beschissenen Job!«

»Weiter«, befahl Leimbach kalt.

»Ich zog den Lieferwagen mit einem Abschleppseil auf die Straße zurück und fuhr ihn dann zum Maar. Dort habe ich ihn am Ufer abgestellt. Ich lief zurück und holte den Streifenwagen, um den Wäschereilaster ins Wasser zu schieben. Das Ufer fällt an dieser Stelle fast fünfzig Meter senkrecht in die Tiefe. Was mal dort unten liegt, kommt nie wieder zum Vorschein.«

»Und Hartmann?«

Morloch zuckte mit den Schultern. »Der war längst abgehauen.«

»Du hast vier meiner Freunde auf dem Gewissen, du Arschloch«, sagte Kronberg gefährlich leise.

Morloch sprang auf und verteidigte sich. »Ich konnte doch nicht ahnen, dass Hartmann es schafft unterzutauchen. Dieser Idiot findet im Dunkeln seinen eigenen Arsch nicht. Ich dachte, der taucht schon wieder auf, wir müssen nur abwarten.«

»Verfluchter Versager!«, schrie Kronberg.

»Ruhe jetzt! Alle beide!« Leimbach war ebenfalls aufgestanden und stellte sich zwischen die beiden Streithähne. »Setz dich hin, Victor. Und Sie auch, Morloch. Niemand konnte voraussehen, wie sich die Dinge entwickeln.«

»Du weißt genauso gut wie ich, dass Hartmann harmlos war«, sagte Morloch. »Er konnte keiner Fliege etwas zuleide tun.«

»Offenbar haben wir uns alle in ihm getäuscht«, sagte Leimbach.

Kronberg hatte sich etwas beruhigt und schüttelte den Kopf. »Wir haben andere Sorgen. Ich habe euch zusammengerufen, um ein dringendes Problem zu lösen. Übermorgen startet die heiße Phase des Wahlkampfs. Ich kann weder Ablenkungen noch Skandale gebrauchen. Ihr wisst alle, was davon abhängt. Ich muss diese Wahl gewinnen.«

Morloch griff mit zitternden Fingern nach der Cognacflasche.

»Es geht im Augenblick nicht um Politik, Victor«, sagte Leimbach ernst.

»Sondern?«, fragte Kronberg.

»Lieven. Er kommt hierher.« Er berichtete von Dr. Greths Anruf.

»Na und? Er hat nichts in der Hand. Sonst hätte er uns längst hochgehen lassen.«

»Wo ist eigentlich dieser Therapeut geblieben?«, fragte Morloch plötzlich.

Kronberg und Leimbach blickten sich an. An Kamp hatte keiner von ihnen mehr gedacht.

Dirk Lieven eilte die regennassen Stufen zum Portikus der alten Villa empor, in der Leimbachs Kanzlei lag. Mit den Unterlagen, die Greth ihm überlassen hatte, hätte er sofort zur Staatsanwaltschaft gehen können, aber er wollte Leimbach Gelegenheit geben, ihm eine

Erklärung zu liefern. Trotz ihres Streits fühlte er sich seinem Seniorpartner noch immer verpflichtet. Leimbach hatte ihn wie ein väterlicher Freund aufgenommen und ihm die Chance gegeben, sich zu bewähren. Er konnte nicht glauben, dass er bis ins Mark korrupt sein sollte.

Die Büros der Kanzlei waren dunkel, nur unter der Eichenholztür zu Leimbachs Büro schimmerte ein Streifen Licht hindurch. Es kam oft vor, dass er sich spätabends in verzwickte Fälle einarbeitete und Verteidigungsstrategien entwarf, nachdem ihm das Tagesgeschäft nicht die nötige Ruhe dazu gelassen hatte.

Lieven klopfte an und trat ein.

Leimbach saß alleine im Halbdunkel hinter seinem Schreibtisch. »Ah, Dirk, komm herein. Ich habe dich bereits erwartet, nachdem ich mit Waldmehren telefoniert hatte.«

»Du weißt, dass ich in der Eifel war?«

»Dr. Greth hat mich nach seinem ungeschickten Verhalten darüber in Kenntnis gesetzt. Leider lässt sich sein bedauernswerter Fehler nicht mehr ungeschehen machen.«

»Es ist bedauerlich, dass ich die Wahrheit kenne?«

»Bedauerlich, weil sie gefährlich für dich ist. Darf ich fragen, was du jetzt unternehmen wirst?«

»Wie konntest du nur so gierig sein?« Lieven breitete in einer hilflosen Geste die Arme aus. »Die Kanzlei wirft mehr als genug ab, um gut leben zu können.«

Leimbach öffnete eine kleine Holzkiste, nahm eine kubanische Zigarre heraus und knipste umständlich das Ende ab. »Nun, das ist nicht ganz richtig. Gewisse Umstände zwangen mich dazu, dieses Spiel mitzuspielen. Eigentlich hatte ich bereits vor zwei Jahren vor, mich aus dem Geschäft zurückzuziehen, aber die Wirtschaftskrise machte mir einen Strich durch die Rechnung. Sicher geglaubte Anlagemöglichkeiten erwiesen sich als Fehlinvestitionen.«

»Du hast dein Geld verloren«, sagte Lieven.

Leimbach zündete die Zigarre an. »Mehr als das. Es war nicht mein Geld, es war ein Kredit.«

»Kronberg.«

Leimbach nickte. »Er bot mir an, meine Schulden gegen gewisse Gefälligkeiten zu streichen. Wäre ich nicht darauf eingegangen, hätte ich die Kanzlei schließen müssen. Auch du hättest auf der Straße gestanden.«

»Du hast dich erpressen lassen.«

»So würde ich das nicht nennen. Ich hatte eine Schuld zu begleichen. Der Preis war unkonventionell, das gebe ich zu. Dennoch blieb mir keine andere Wahl. Also übernahm ich die Leitung der Waldmehrenstiftung.«

»Du deckst einen Mörder, Erpresser und Vergewaltiger.«

»Mir bleibt keine andere Wahl. Mein Fehler war, mit ihm Geschäfte zu machen. Ich wusste, dass seine Vorschläge riskant waren, aber ich erkannte zu spät, dass er mich aufs Glatteis geführt hatte. Vermutlich beabsichtigte er von Anfang an, mich abhängig zu machen, um sich meine Dienste zu sichern.«

Bedauernd schüttelte Lieven den Kopf. »Du hast Beweismittel unterschlagen, Zeugen beeinflusst und einen Narren aus mir gemacht. Gudrun Holts Tod ist dein Werk. Warum hast du mich nicht ins Vertrauen gezogen?«

»Um dich zum Mitwisser zu machen? Nein, ich wollte dich schützen, Dirk. Darum habe ich versucht, dir den Fall auszureden. Du hättest von der ganzen Angelegenheit nie erfahren.« Er fuhr sich durch das schüttere Haar. »Es war ein teuflischer Zufall, dass sich Frau Holt ausgerechnet an unsere Kanzlei wandte und mit dir einen Termin vereinbarte. Aber dann hegte ich die Hoffnung, die Sache noch zu drehen. Ich wollte Kronberg mit seinen eigenen Waffen schlagen. Ich versprach ihm, dafür zu sorgen, dass es niemals zu einer Anklage gegen ihn kommen würde. Im Gegenzug sollte Kronberg meine Verbindlichkeiten streichen. Ich wollte mich dann sofort aus der illegalen Stiftung zurückziehen.«

»Greth half euch also, ein Gutachten bei Gericht einzureichen, dass Gudrun Holt als notorische Lügnerin, aggressiv und gewaltbereit darstellte. Niemand hätte die Meinung eines angesehenen forensischen Psychiaters angezweifelt. Sie wäre in die Psychiatrie eingewiesen worden – eine absolut unzuverlässige Querulantin. Kein Staatsanwalt hätte jemals Anklage gegen Kronberg erhoben.«

Leimbach nickte. »Ein guter Plan, der funktioniert hätte, wenn du nicht so hartnäckig gewesen wärst.«

»Dir ist klar, dass ich zu Loxter gehen werde?«

»Du musst natürlich tun, was du für richtig hältst. Trotzdem muss ich dich warnen.«

»Ich fürchte Kronberg nicht und wenn er die ganze Stadt kauft. Glaubst du wirklich, ich lasse ihn ungeschoren davonkommen, nach allem, was er getan hat?«

»Es geht nicht um Kronberg«, sagte Leimbach eindringlich. »Es geht um dich. Wir geben dir eine Chance, heil aus dieser dummen Geschichte herauszukommen. Übergib mir Greths Unterlagen und alle Beweise, die deine Freundin in der Hand hält. Vergiss, was du gehört und gesehen hast. Ich werde dafür sorgen, dass keine Anklage gegen Shadi Seeger erhoben wird. Ihr werdet die Stadt verlassen und niemals wieder betreten. Für eine angemessene Entschädigung werde ich sorgen. Mit einem Startkapital und deinen Fähigkeiten kannst du dir überall auf der Welt eine neue Existenz aufbauen.«

»Und wenn ich mich weigere, Kronbergs schmutziges Geld anzunehmen?«

»Dann werden wir euch beide in die Hölle schicken.«

Lieven fuhr herum. In der Verbindungstür zu Lievens Büro stand Frank Morloch. Er hielt eine Walther P22 in der Hand. Kronberg drängte sich an ihm vorbei.

»Schluss mit dem Geschwätz. Wo ist die Giftmischerin?«

Lieven hob langsam die Hände. »Du wirst mich doch nicht mit deiner Dienstwaffe erschießen wollen, Frank. Bist du wirklich so dämlich?«

Morloch schwitzte. Seine Hände zitterten. »Meine Dienstwaffe liegt sicher verwahrt in der Wache. Man sollte eben aufpassen, wenn man nachts im Wald herumspaziert. Wie leicht kann man da wertvolle Sachen verlieren.« Er wedelte mit der Waffe. »Rüber zur Tür. Und rühr dich nicht vom Fleck.«

»Feine Freunde hast du«, sagte Lieven.

Leimbach saß aschfahl hinter seinem Schreibtisch. Im weißen Licht der Schreibtischlampe sah er wächsern aus wie eine Leiche.

Kronberg zog mehrere Kabelbinder aus der Jackentasche und warf sie Morloch zu. »Fessle ihn und bring ihn in den Keller runter. Er wird uns schon verraten, wohin seine kleine Squaw getürmt ist.«

35

Für eine Wasserleiche war Niklas überaus lebendig. Er plapperte unentwegt. Zum ersten Mal seit fünfzehn Jahren verspürte Shadi Angst. Wenn Niklas Hartmann tatsächlich Haderbach, von Sayn und Zeller getötet hatte, ohne erwischt zu werden, musste er weitaus intelligenter sein, als alle glaubten. Schon dass es ihm gelungen war, sechs Wochen lang unterzutauchen und zu überleben, stellte eine Leistung dar, an der die meisten entflohenen Häftlinge vermutlich gescheitert wären.

Er hatte Shadis Versteck in der Laube entdeckt und zwang ihr seinen Willen auf, ohne dass sie ein Mittel zur Gegenwehr fand. Sein Verstand funktionierte auf eine Weise, die anderen Menschen fremd war, schien aber nicht minder effektiv zu arbeiten.

Sie erinnerte sich an den Spott und die Häme, die Niklas hatte ertragen müssen, an die bösartigen Streiche, die Victor Kronbergs Meute ihm gespielt hatte. Niemand hatte sich je Gedanken darüber gemacht, was in seinem Kopf vorgegangen war, wenn sie ihn Quasimodo gerufen hatten. Niklas hatte fröhlich dazu gelacht und geglaubt, alles sei ein Spiel. Nun spielte er sein eigenes tödliches Spiel. Er war nicht mehr der linkische Junge, den alle herumstoßen konnten. Niklas war ein ausgewachsener Mann mit einer Körpergröße von hundertneunzig Zentimetern und einem Gewicht von über hundert Kilo. In seinen Augen flackerte ein unruhiges Feuer aus Verwirrtheit, Unsicherheit und unbeholfener Aggression.

Sie befolgte seine Befehle widerspruchslos, um seine Wut nicht zu entfachen, und lauerte auf eine Gelegenheit zur Flucht. Zweimal hatte sie versucht, eine andere Strecke zu nehmen. Schnell war ihr klar geworden, dass Niklas sie trotz seiner gespielten Sorglosigkeit angespannt beobachtete, zu unberechenbaren Reaktionen neigte und sofort den Kurs korrigierte. Seit einer Stunde lauerte sie nun auf eine Gelegenheit, ihn abzuschütteln und sich auf die Suche nach Lieven zu machen, aber sie hatte Niklas' Aufmerksamkeit unterschätzt. Sie alle hatten ihn unterschätzt.

Seit sie Koblenz verlassen hatten, fragte sie sich, wohin er sie dirigierte und wie er den Weg fand. Er beachtete weder Hinweisschilder noch Verkehrszeichen. Als sie den Rhein überquerten und sich den Ausläufern des Westerwalds näherten, glaubte sie zu erkennen, dass er sich an markanten Landschaftspunkten orientierte, ein knorriger Baum, ein auffälliger Kirchturm oder eine Überlandstromleitung.

Sie gestand sich ein, dass es klüger gewesen wäre, sich der Polizei zu stellen, aber dazu war es nun zu spät. Zusammen mit einem irren Killer fuhr sie einem Ziel entgegen, dass außer ihm niemand kannte. Lieven würde nach ihr suchen, aber die Chancen, dass er sie aufspürte, waren verschwindend gering.

Auf die Hilfe der Polizei konnte sie ebenfalls kaum hoffen. In der brennenden Laube lag ein Mann mit einem Messer im Rücken, auf dem ihre Fingerabdrücke klebten.

»Wohin fahren wir, Niklas?«, fragte sie in beiläufigem Tonfall.

Er hatte vor einer Viertelstunde nicht auf die Frage reagiert und schien auch jetzt ihren Sinn nicht zu verstehen. »Ich zeig dir was, ich zeig dir was.«

Der seltsame Singsang jagte ihr eine Höllenangst ein. Längst war ihr klar, woher sie das kindliche Lachen kannte, das sie in der Nacht am Wolfstein gehört hatte. Es war Niklas' Lachen gewesen.

»Was willst du mir zeigen?«

Er kicherte und wippte mit dem Oberkörper vor und zurück. »Darf ich nicht verraten.«

Die Unruhe in Shadis Bauch verstärkte sich. Ihr Blick fiel auf die Benzinanzeige. Sie fasste einen Plan. »Ich muss tanken.«

Niklas schien eine Weile zu brauchen, um die Bedeutung ihrer Worte zu erfassen. »Nein«, sagte er.

»Der Tank ist fast leer.«

»Nein, nein, nein!«

»Wir können sonst nicht weiterfahren.«

»Nein, nein, nein!«

Sie näherten sich einer Tankstelle hinter dem Ortseingang von Oberdreis.

Niklas rutschte nervös auf dem Sitz hin und her. »Die machen schlimme Sachen mit dir.«

»Niemand wird mir etwas tun.«

»Nein, nein, nein!«

»Wenn ich nicht tanke, wird das Auto stehen bleiben. Verstehst du das?

Die Tankstelle war noch zweihundert Meter entfernt. Sie setzte den Blinker. Niklas kreischte und griff hektisch ins Lenkrad. Der Polo scherte nach links auf die Gegenfahrbahn aus. Der Fahrer eines entgegenkommenden Lasters ließ warnend die Lichthupe aufblitzen, das Signalhorn des großen Trucks dröhnte ohrenbetäubend laut.

»Lass das Lenkrad los!«, schrie Shadi.

»Nein, nein, nein! Machen bösen Sachen.«

Sie riss mit aller Kraft das Steuer herum. Der riesige Tanklaster wich träge aus, während der Polo nach rechts schlingerte und mit zwei Rädern über den Gehweg ratterte. Mit einem dumpfen Klirren wirbelte der Außenspiegel davon, Blech rieb kreischend aneinander, dann waren sie vorbei. Shadi lenkte den Wagen auf die Straße zurück und trat das Gaspedal durch. Im Rückspiegel sah sie die Bremslichter des LKWs aufleuchten. Der Fahrer schaffte es mit Mühe, den tonnenschweren Laster wieder in die Spur zurückzulenken. Er touchierte einen Verkehrskreisel und fegte zwei Straßenschilder zur Seite, bevor er krachend wieder auf der Fahrbahn landete.

Niklas lachte sein helles Kinderlachen. Shadis Kehle war trocken wie Sandpapier, ihr Herz schlug wie eine Trommel gegen ihre Brust. Sie schwor sich, keinen weiteren Fluchtversuch zu unternehmen, bevor sie den Wagen verlassen hatte.

Eine gelbe Warnlampe flammte am Armaturenbrett auf, das Benzin ging zur Neige.

»Da!«, rief Niklas. »Da rein!«

Zwei Kilometer hinter der Ortschaft bog sie in eine schmale Nebenstrecke ein. Die mit Schlaglöchern und Asphaltflicken übersäte Straße führte durch ein dichtes Waldgebiet.

»Da!« Konzentriert knetete Niklas seine Unterlippe. Er deutete auf einen verrosteten Förderturm, der hinter dem Waldgürtel wie ein skelettierter Finger in den Himmel ragte. Entweder hatte er die tödliche Gefahr, der sie nur um Haaresbreite entkommen waren, überhaupt nicht realisiert, oder er verdrängte sie völlig.

Die Nadel der Tankanzeige war tief in den Reservebereich gesunken. Shadi betete darum, dass der Wagen stehen blieb, bevor sie die Hauptstraße verließen. Vielleicht würde Lieven zufällig den Polo entdecken.

Der Wagen ruckte, der Motor stotterte und verstummte dann ganz. Sie lenkte den Wagen an den Straßenrand.

»Wir haben kein Benzin mehr.«

Niklas schien das nicht zu stören. Er stieg aus, lief ein Stück in den Wald hinein und kehrte dann zurück, um ihre Hand zu ergreifen und sie hinter sich herzuziehen. Obwohl er ihr Handgelenk nur locker umfasste, spürte sie seinen unnachgiebigen Willen und die enorme Kraft in den deformierten Fingern.

»Zu Hause. Gleich sind wir zu Hause!«, rief Niklas fröhlich.

Er legte ein hohes Tempo vor und bewegte sich sicher über den mit Wurzeln und Baumstümpfen übersäten Waldboden. Sie stolperte hinter ihm her und wäre mehr als einmal gefallen, wenn sein eiserner Griff sie nicht vor einem Sturz bewahrt hätte.

Nach einer Viertelstunde gelangten sie an die Kante eines zwanzig Meter tief abfallenden Steilhangs. Wie eine offene Wunde klaffte dahinter eine schüsselförmige Senke im Wald – eine ausgebeutete Tongrube, die seit Jahren nicht mehr genutzt wurde. Verrostete Förderbänder, Maschinen und vergessene monströse Bagger verwandelten den Talkessel in einen ausgedehnten Schrottplatz. Weil der lehmhaltige Boden ein Versickern des Regenwassers verhinderte, hatte sich an der tiefsten Stelle der Senke ein schmutzig brauner See gebildet. Auf der anderen Seite der Grube erhoben sich ehemalige

Verwaltungsgebäude und Stahlgerüsthallen, deren Blechverkleidungen große Lücken aufwiesen.

Niklas zerrte sie auf einen Trampelpfad zu, der sich in steilen Kehren zum Talgrund hinabzog. Sie umrundeten den brackigen Tümpel und näherten sich den Ruinen. Instinktiv suchte Shadi nach Fluchtwegen, aber trotz seiner kindlichen Begeisterung ließ er sie keine Sekunde aus den Augen. Entsetzt bemerkte sie, dass das Gelände lückenlos von einem zwei Meter hohen Maschendrahtzaun umgeben war, der nur dort fehlte, wo der Steilhang die Senke begrenzte.

Begeistert führte er sie durch eine Lagerhalle, in der riesige gemauerte Boxen, in denen die verschiedenen Tonmischungen gelagert worden waren, wie Löcher gähnten. Er öffnete eine verrostete Blechtür und betrat ein Labyrinth von Hallen, Gängen und Maschinenräumen. Es roch nach feuchter Erde und altem Maschinenöl, Wasser tropfte von den kahlen Betondecken. Förderbänder mit muldenartigen, staubigen Gurten führten immer tiefer in die dunklen Hallen. Nach kurzer Zeit verlor sie die Orientierung. Niklas bog in einen Korridor ein, der an das modrige Tonnengewölbe eines Burgverlieses erinnerte, und blieb vor einer Blechtür stehen. Dahinter verbarg sich ein etwa zehn Quadratmeter großer Lagerraum, der von einer einzelnen Glühbirne erhellt wurde. Offenbar gab es in Teilen der Anlage noch elektrischen Strom. In einer Ecke lagen eine alte Matratze, Decken und mehrere von Motten zerfressene Kissen, außerdem ein Karton mit Konservendosen und ein Gaskocher. Von einem rostigen Blechregal blickten Shadi fünf tönerne Engel an. Wie die Figuren an den Tatorten waren sie mit Rissen überzogen, weil sie nicht gebrannt, sondern lediglich an der Luft getrocknet worden waren. Vor dem Regal stand eine improvisierte Töpferscheibe, auf der in einem durchsichtigen Plastikbeutel ein feuchter Klumpen lagerte. Entsetzt erkannte sie in dem Klumpen die halbfertige Skulptur eines Engels.

»Zu Hause!«, rief Niklas strahlend. »Hier pa… pa… ssiert dir ni… ni… nichts. Wir bleiben hier und ge… gehen nie wie… wieder weg.«

Sie ging langsam rückwärts auf die Blechtür zu. »Ich kann nicht hier bleiben, Niklas. Ich weiß, du meinst es gut, aber ich habe Freunde, die mich vermissen werden.«

»Nein, hi… hierbleiben.« Seine Stimme veränderte sich und nahm einen tieferen, befehlenden Klang an. Shadi hatte die Tür fast erreicht. Aus dem Augenwinkel konnte sie erkennen, das der Schlüssel von außen im Schloss steckte. Wenn es ihr gelang, Niklas in dem alten Maschinenraum einzusperren, schlug sie zwei Fliegen mit einer Klappe. Sie war diesen Verrückten los und konnte der Polizei den wahren Mörder präsentieren.

»Hast du die … Engel selbst gemacht?«, fragte sie, um ihn abzulenken.

Er lachte. »Ich zeig's dir.« Er nahm den Tonklumpen aus dem Plastikbeutel und runzelte die Stirn, als zweifle er an seinen eigenen Fähigkeiten. »Du machst … schö… schöne Sachen«, sagte er. Seine Finger begannen geschickt, den Ton zu kneten.

»Ja«, sagte Shadi. »Viele schöne Sachen. Ich kann sie dir zeigen, wenn du magst. Wir fahren in meine Werkstatt und ich zeige dir meine Sachen.« Sie unterdrückte einen Fluch. Selbst wenn es ihr gelang, ihn von hier fortzulocken, saß sie fest. Der Tank des Polos war leer. Ihre einzige Hoffnung war Lieven und der konnte nicht wissen, wo er nach ihr suchen musste. Trotzdem schätzte sie ihre Chancen, Niklas zu entkommen, im offenen Gelände wesentlich höher ein als in dieser feuchten Gruft. Sie musste auf jeden Fall aus dieser Gruft heraus. »Wollen wir zu mir fahren?«, fragte sie lockend.

Niklas zögerte und kaute nachdenklich auf der Unterlippe. Dann klatschte er den feuchten Ton auf die Töpferscheibe. »Kann ni… ni… nicht weg. Mu… mu… muss dich beschützen.« Er begann wieder, mit dem Oberkörper vor und zurück zu schaukeln wie ein kleines Kind. »Bö… se Män… ner da draußen.«

Sie legte ihre Hand auf die Türklinke. Das Quietschen der rostigen Angeln ließ ihn aufschrecken. Trotz seiner Größe und Unbeholfenheit schnellte er hoch wie eine Sprungfeder, packte Shadi am Handgelenk und zerrte sie von der Tür weg. Sie stolperte und fiel auf die stockfleckige Matratze. Niklas zog die Tür hinter sich zu und verriegelte sie von außen.

Durch das verbeulte Blech hörte sie seinen unheimlichen Singsang:

»Heiliger Schutzengel mein,
lass mich dir empfohlen sein.
Auch an diesem Tag bitte ich dich,
beschütze und bewache mich.«

36

Die Bruchsteinmauern der alten Villa unterhalb des Burgbergs waren mehr als einen halben Meter dick. Niemand hörte Lievens Schreie. Er saß im Archivkeller von Leimbachs Kanzlei auf einem wackeligen alten Bürostuhl. Seine Handgelenke waren mit Kabelbindern an die Lehnen gefesselt und so fest zugezogen, dass er seit einer Stunde seine Finger nicht mehr spürte. Frank Morloch wusste, was er tat, und es machte ihm Spaß, ihn zu quälen. Um Blutflecken und Spuren zu vermeiden, hatte er auf dem gestampften Lehmboden eine Plastikplane ausgebreitet. Nun hockte er rittlings auf einem Stuhl und rauchte eine Zigarette. Interessiert betrachtete er Lievens zerschlagenes Gesicht, das Blut auf seiner Kleidung und die Brandflecken auf seiner Brust, als fasziniere ihn jedes Detail.

»Du kannst eine Menge aushalten«, sagte Morloch. »Dabei ist es völlig überflüssig, so zu leiden. Ich kriege sowieso alles aus dir raus, was ich wissen will. Alles, verstehst du?«

Erschöpft hob Lieven den Kopf. Vielleicht hatte Morloch recht. Wer konnte schon sagen, welche weiteren Qualen er in seinem Sadistenhirn ausbrütete. Doch selbst wenn er seinen alten Widersacher um Gnade anwinselte, würde ihm das nichts nützen. Er besaß keine der Informationen, die Morloch aus ihm herausprügeln wollte. Erst von ihm hatte er vom Brand in der Laube erfahren. Lieven hatte keine Ahnung, wo sich Shadi aufhielt oder ob sie überhaupt noch lebte. Ebenso wenig wusste er, ob Gudrun Holt ihr Beweise gegen Kronberg anvertraut hatte. Das einzige Druckmittel, das er besaß, steckte in der Packtasche seiner Yamaha. Und von der Existenz der Videokassetten schien Kronberg nichts zu ahnen, sonst hätte Morloch längst danach gefragt. Diesen Trumpf durfte er erst ganz zum Schluss ausspielen.

Morloch drückte seine Zigarette mit der Stiefelspitze aus. »Wo ist Shadi?«

»Ich weiß es nicht.«

»Wie du willst. Fangen wir von vorne an. Du hast dich lange genug ausgeruht.«

Lieven konnte kaum noch einen klaren Gedanken fassen. Morloch schlenderte auf ihn zu, ließ ein Stuhlbein probeweise durch die Finger gleiten und blieb dicht vor ihm stehen. Er rieb sich die Nasenwurzel.

»Weißt du noch, wie du mir die Nase eingeschlagen hast? Ich erinnere mich gut an den Tag.«

Lieven blieb stumm.

»Antworte, wenn du gefragt wirst!«

Morloch stieß ihm das Ende des Stuhlbeins in die Magengrube. Er krümmte sich vor Schmerz und erbrach sich vor Morlochs Füße. Blut und Erbrochenes spritzten auf dessen Stiefel. Sein Peiniger riss ihm den Kopf an den Haaren hoch. »Ich bin es leid, danach zu fragen. Wo ist deine kleine Squaw?«

Als Lieven nicht reagierte, seufzte Morloch gespielt auf und ließ seine Faust in Lievens zerschundenes Gesicht krachen. »Du machst er mir nicht leicht. Glaubst du wirklich, das macht mir Spaß?«

»Ja«, antwortete Lieven. »Es macht dir Spaß.«

Morloch grinste. »Gut erkannt.«

Die Kellertür schwang auf. Kronbergs Kopf erschien im Türspalt. »Bring ihn endlich zum Reden. Wenn Shadi zur Polizei geht, bin ich erledigt.«

»Niemand wird ihr glauben. Sie ist eine gesuchte Mörderin.«

Kronberg lief dunkelrot an. »Hast du Idiot schon mal daran gedacht, dass sie nicht selbst geflohen ist? Was ist, wenn sich Hartmann Shadi geschnappt hat?« Er deutete mit dem Kinn auf Lieven. »Vielleicht weiß er wirklich nichts.«

»Gib mir noch eine halbe Stunde«, sagte Morloch.

Grollend knallte Kronberg die Tür zu.

»Okay, Lieven. Streng jetzt dein Hirn an. Du kennst die kleine Schlampe und weißt, wie sie denkt. Wo hat sie sich verkrochen?«

Lieven schüttelte den Kopf und holte rasselnd Luft. »Ich weiß es nicht.«

»Wie du willst.« Morloch verließ den Keller. Lieven hörte ihn in einer Werkzeugkiste kramen. Kurze Zeit später kehrte er mit einem Hammer zurück.

»Für jede falsche Antwort zerschlage ich dir einen Finger, so wie du meine Nase gebrochen hast. Dann machen wir bei den Zehen weiter und arbeiten uns zu den Kniescheiben vor. Das macht zweiundzwanzig dumme Antworten … oder eine, die mich zufriedenstellt. Fangen wir an: Wo ist Shadi?«

Lieven starrte auf den Hammer in Morlochs Hand. Der Sadist würde jeden einzelnen Schlag genießen. Gleich, was er ihm erzählen würde, er kam aus diesem Kellerloch nur noch tot heraus. Morloch konnte es sich gar nicht leisten, ihn am Leben zu lassen.

Niklas' beschwörender Sprechgesang hatte aufgehört. In dem nach Schimmel stinkenden Verließ war es totenstill. Kein Laut drang aus der Außenwelt herein. Shadi hatte aufgegeben, an der Türklinke zu rütteln, Niklas hatte die Tür von außen fest verriegelt. Wenn er nicht zurückkam und sie einfach vergaß, weil er sich einem neuen Spielzeug zugewendet hatte, würde sie in diesem Loch elendig verhungern. Diese Befürchtung führte sie zum nächsten beunruhigenden Gedanken. Auf dem Gelände der stillgelegten Tonzeche lauerten tausend Gefahren – scharfkantige Stahlträger, an denen man sich den Kopf einschlagen konnte, baufällige Leitern und Treppen, die unter Niklas' Gewicht zusammenstürzen konnten. Wenn ihm ein Unglück widerfuhr, war sie verloren.

Panisch zog sie ein Eisenrohr aus dem Unrat und schlug auf die Tür ein. »Lass mich hier raus! Lass mich endlich raus, du Spinner!«

Sie verausgabte ihre Kräfte und sank schließlich weinend auf die verdreckte Matratze. Lieven hatte recht gehabt. Ihr Wunsch nach Vergeltung hatte sie auf diesen Weg geführt, der letztendlich in diesem stinkenden Loch endete. Sie selbst hatte Niklas zu seinen Taten angestiftet. Zumindest hatte sie sie toleriert, was auf das Gleiche hinauslief.

Auf dem Gang vor der Tür näherten sich Schritte. Knirschend drehte sich der Schlüssel im Schloss. Shadi packte das Eisenrohr und drückte sich an die Wand. Die Tür schwang auf und Niklas' verkrüppelte Hand erschien. Seine Finger hielten einen Strauß mit Feldblumen. Sie waren winzig und ließen die Köpfe hängen und wirkten deshalb nur umso trauriger. In diesem kalten und nassen April streckten nur wenige Pflanzen ihre Stiele aus dem Erdboden. Beim Anblick der vertrockneten Blumen zögerte sie einen Moment zu lange. Niklas blickte erschrocken auf die leere Matratze. Als er Shadi entdeckte, lachte er fröhlich; das Eisenrohr in ihrer Hand schien er nicht zu bemerken. Er streckte den Arm aus und reichte ihr stolz den kümmerlichen Blumenstrauß.

Sie starrte entwaffnet auf die Blumen und ließ die Eisenstange sinken.

»Hab i… ich gepflückt«, sagte er. »Schöne Blu… Blumen.« Verlegen knetete er die Finger. »So schön wie du.«

Unwillkürlich wich Shadi vor ihm zurück und entfernte sich von der Tür. Ihr schlimmster Alptraum nahm Gestalt an. Niklas hatte sich offenbar in sie verliebt. Hatte er die vier schrecklichen Morde aus einer psychotischen, falsch verstandenen Form von Liebe begangen? Eine furchteinflößende Zuneigung, die sie nun zu seiner Gefangenen machte.

»Warum hast du die Männer getötet?«, fragte sie. »Das hast du doch. Den Doktor und den Grafen in seinem Schloss.«

Er runzelte die Stirn und dachte angestrengt über ihre Frage nach. Plötzlich strahlte er. »Hab dir geholfen. Ha… hab ich gu… gut gemacht.« Er ließ sich auf die Matratze sinken, kramte in dem Karton mit den Konservendosen und zog einen kleinen schwarzen Gegenstand heraus. Für einen Augenblick schien er Shadi völlig vergessen zu haben, seine Aufmerksamkeitsspanne war extrem kurz. Vorsichtig näherte sie sich rückwärts der halboffenen Tür.

Er stand auf und hielt den Gegenstand auf Schulterhöhe vor sich. Es war ein Handy. Deutlich erkannte sie das kleine Objektiv und erinnerte sich an den linkischen Jungen, der mit seiner alten Videokamera begeistert über den Schulhof gelaufen war, bis ihm Rader die Kamera abnahm und gröhlend aus dem vierten Stock warf.

»Schöne Shadi.« Er legte den Kopf schief und lächelte. Konzentriert schob er die Zungenspitze in den Mundwinkel und ging langsam mit der Handykamera auf Shadi zu. Sie musste ihn irgendwie ablenken, damit er sie einen Moment aus den Augen ließ. Hinter ihrem Rücken ertastete sie die Türklinke. Mehr als ein, zwei Sekunden brauchte sie nicht.

»Warum kommst du nicht mit in meine Werkstatt? Ich zeige dir, wie man den Ton brennt, damit keine Risse entstehen.«

Er verfolgte jede ihrer Bewegungen mit der Kamera. »Zu Hause ... hier. Nicht weggehen.«

Er fuchtelte mit dem Mobiltelefon vor ihrer Nase herum. Sie hasste es, gefilmt zu werden. Instinktiv schlug sie nach dem Handy und wischte Niklas' Arm zur Seite. Seine Schuhe verhakten sich in der Wolldecke, die vor der Matratze auf dem Boden lag. Er strauchelte und plumpste auf die Matratze. Shadi stieß sich von der Tür ab und wirbelte herum. Bevor sie die Tür hinter sich zuziehen konnte, spürte sie Finger, die sich in ihr Sweatshirt krallten und sie zurück in den Maschinenraum rissen. Niklas' naiv-fröhlicher Gesichtsausdruck war verschwunden. Mit ungeheurer Kraft stieß er sie auf die Matratze und schrie: »Nicht rausgehen!«

Entsetzt sah sie, wie er an seinem Gürtel nestelte und begann, seine Hose auszuziehen. Dabei bewegte er das Becken übertrieben vor und zurück, um den Geschlechtsakt anzudeuten. Sie hatte diese Szene schon einmal gesehen. Die Erinnerung hatte sich wie ein Brandzeichen in ihre Seele gefressen. Niklas Hartmann verschwamm vor ihren Augen und verwandelte sich in den betrunkenen Victor Kronberg. Niklas ahmte den arroganten jungen Kronberg perfekt nach. Er war dort gewesen in der Hütte. Und er hatte alles mitangesehen. Aber hatte er auch verstanden, was er beobachtet hatte?

37

Lieven legte den Kopf in den Nacken und suchte verzweifelt nach einem Ausweg, nach einer Waffe oder einer Möglichkeit, Morloch daran zu hindern, ihn für immer zu verstümmeln. Aber die Kabelbinder fesselten seine Handgelenke so eng an die Armauflagen des Bürostuhls, dass er sich keinen Millimeter bewegen konnte. Morloch hob den schweren Schlosserhammer.

»Wo ist Shadi?«

Er hatte geglaubt, den Besitz der Videokassetten bis zuletzt verheimlichen zu können, doch jetzt spürte er nur noch nackte Angst. Sie war so übermächtig, dass er alles zugegeben hätte. Er schämte sich dafür, aber er wusste, dass er um sein Leben betteln würde.

Morloch holte mit dem Hammer aus. Jemand schlug polternd gegen die Kellertür, bis er unwillig öffnete.

»Was ist?«

Leimbach trat in den Keller. Seine Augen drückten Entsetzen und Abscheu aus. »Wer ist Simon Rosdorf?«

»Rosdorf ist Chef der internen Ermittlungsbehörde in Koblenz«, antwortete Morloch.

»Er ist auf dem Weg hierher. Du und Kronberg, ihr müsst verschwinden. Er darf euch hier nicht sehen.«

»Was will der Kerl?«

Leimbach warf Lieven einen warnenden Blick zu. »Er sucht Lieven.«

»Wir schaffen ihn hier raus.«

»Dazu ist keine Zeit mehr. Er wird gleich hier sein.«

Morloch packte Leimbach an seiner Krawatte und zog sie mit einer geschickten Drehung zu. »Treib keine Spielchen mit mir, alter Mann.«

Er stieß Leimbach auf den Gang hinaus, riss einen Streifen Gewebeband von einer Rolle und klebte ihn auf Lievens Mund.

Kronberg polterte die Kellertreppe herunter. »Das Motorrad muss verschwinden, ihr Idioten!«, schrie er.

»Ich erledige das.« Morloch zog die Kellertür hinter sich zu. Seine Schritte entfernten sich rasch.

Außer sich vor Wut zerrte Lieven an seinen Fesseln, aber er vergeudete nur seine Kraft. Morloch würde die Packtaschen durchsuchen und unweigerlich auf die Videobänder stoßen. Damit war die letzte Chance dahin, Kronberg die Vergewaltigung an Shadi nachzuweisen. Lievens Hoffnung ruhte nun auf Simon Rosdorf. Er musste mittlerweile über den Brand in der Schrebergartenlaube und den Leichenfund informiert sein. Wenn er bei Leimbach auftauchte, hatte er Verdacht geschöpft und verfolgte eine Spur. Lieven blieb nichts anderes übrig, als zu warten und auf eine Chance zur Flucht zu hoffen.

Nach und nach verlor er seinen Zeitsinn. Weder Licht noch irgendein Geräusch fanden einen Weg in den stockdunklen Kellerraum. Bald wusste er nicht mehr zu sagen, ob Minuten, Stunden oder gar Tage vergangen waren. Seine Angst um Shadi wuchs mit jedem Augenblick. Weder Kronberg noch Morloch wussten, wo sie sich aufhielt. Das konnte nur bedeuten, dass sie Niklas Hartmann in die Hände gefallen war. Die Warnung von Dr. Lazarus kam ihm in den Sinn. Shadi schwebte in tödlicher Gefahr.

Schleppende Schritte näherten sich auf dem Gang. Jemand hantierte an der Kellertür und stieß sie auf. Es war Leimbach. Mit einem Saitenschneider knipste er die Kabelbinder durch und befreite Lieven von seinen Fesseln. »Es tut mir leid«, sagte er, »das habe ich nicht gewollt. Schwarze Kassen tun niemandem weh. Aber ich kann nicht länger verantworten, dass unter meinem Dach gefoltert wird.«

Lieven rieb sich die Handgelenke, um die Blutzirkulation wieder in Gang zu setzen. »Deine Entschuldigung kommt reichlich spät.«

»Du hattest recht. Ich hätte mich niemals auf Kronbergs Geschäfte einlassen dürfen. Besser, ich hätte die Kanzlei verloren als meine Selbstachtung.« Er straffte sich. »Komm jetzt. Wir haben nicht viel Zeit.« Im fahlen Licht der Kellerleuchte wirkte er wie ein gebrochener, hundertjähriger Greis.

»Rosdorf muss bald hier sein.«

Leimbach schüttelte den Kopf. »Ich habe gelogen. Kronberg wird bald merken, dass ich ihn hinters Licht geführt habe. Du musst fort. Schnell!«

Lieven stand auf. Er konnte kaum alleine gehen, Leimbach musste ihn stützen. »Was habt ihr mit Niklas Hartmann gemacht?«

»Einige Wochen lang wurde Hartmann von einem neuen Therapeuten betreut«, antwortete Leimbach. »Kamp gelang, woran die Ärzte in der Eifelklinik bislang scheiterten: die Ursachen für die Traumata aufzudecken, unter denen er leidet. Was Kamp erfuhr, stellte für Kronberg ein zu großes Risiko dar. Deshalb musste Niklas Hartmann sterben.«

»Was hat die illegale Stiftung mit dem Jungen zu tun?«

»Kamp hat nicht nur Wind von den überhöhten Rechnungen bekommen, die Greth stellte. Er brachte Niklas zum Reden. In jener Nacht, als Shadi Seeger vergewaltigt wurde, war auch Niklas in der Hütte. Er hat alles mitangesehen.«

Lieven nickte. »Nicht nur das. Er hat es gefilmt.«

»Was?« Leimbach schien ehrlich überrascht. »Das … habe ich nicht gewusst. Vor acht Wochen begann Kamp, Fragen zu stellen. Er war fest davon überzeugt, dass Niklas Hartmann Zeuge eines Verbrechens geworden war. Ich hörte einen Streit zwischen Kamp und Dr. Greth mit an und erfuhr zufällig davon. Ich verkaufte die Information an Kronberg. Er erließ mir einen Teil meiner Schulden, falls ich den Plan einfädelte, Hartmann aus dem Weg zu räumen. Greth jagte dem Jungen eine Höllenangst ein. Morloch sollte dafür sorgen, dass Hartmann während seiner Flucht ums Leben kam. Dafür erhielt er den Posten als Polizeichef. Kronberg und die anderen brauchten Niklas nicht mehr zu fürchten.«

»Aber Hartmann überlebte«, vermutete Lieven.

»Ja. Morloch hat uns sein Versagen verheimlicht. Er befürchtete, Kronberg würde ihm den Posten in Hachenburg verweigern. Als Shadi Seeger dann in die Stadt zurückkehrte, kam es zur Katastrophe.«

»Und Gudrun Holt?«

Müde schüttelte Leimbach den Kopf. »Davon weiß ich nichts.«

»Sie war Kamps Geliebte«, sagte Lieven. »In der Nacht, in der sie ermordet wurde, wartete sie auf ihn, weil er ihr Beweise versprochen hatte, die Kronberg vernichten würden. Kronberg muss irgendwie Wind davon bekommen haben. Wahrscheinlich gab sich Rader als Reporter aus, der Interesse an diesen Beweisen zeigte. Allerdings vermutete Kronberg, Gudrun Holt könne ihm seine Schwarzgeldgeschäfte nachweisen. In Wirklichkeit wartete sie auf viel größeren Sprengstoff.«

»Aber … Kronberg glaubt, Shadi Seeger hat diese Beweise.«

»Kamp ist nie in Hachenburg angekommen. Er kam bei einem Verkehrsunfall ums Leben. Gudrun Holt bluffte und verlor ebenfalls ihr Leben.«

»Kamp ist tot?«

»Ja.« Lieven stand auf. »Wir müssen Shadi finden. Wenn ich nur wüsste, wo ich nach ihr suchen soll.«

»Du weißt nicht, wo sie ist?«

»Nein. Aber ich werde sie finden«, sagte er mit mehr Zuversicht, als er empfand. »Übrigens, woher wusstest du, dass ich mit Rosdorf befreundet bin?«

»Sein Name und seine Telefonnummer stehen in deinem Terminkalender.«

»Ruf ihn an. Wir brauchen ihn, um Shadi zu finden.«

Eine halbe Stunde später hörte sich Simon Rosdorf mit besorgter Miene Leimbachs Beichte an. »Niklas Hartmann muss sich in den letzten sechs Wochen irgendwo versteckt haben«, sagte er.

»Im Umkreis von Hachenburg gibt es tausend Orte, die infrage kommen«, antwortete Lieven. »Ich werde zu Josef Hartmann fahren. Wenn jemand weiß, wie Niklas denkt, dann er. Ich brauche deinen Wagen.«

Rosdorf musterte seinen Freund zweifelnd. »Du siehst nicht aus, als wärst du in der Lage, irgendwohin zu fahren.«

»Meine Wunden kann ich später lecken«, antwortete Lieven energisch. Shadi schwebte in tödlicher Gefahr.

In einem Steinbruch unweit der stillgelegten Tongrube sah Frank Morloch zu, wie Lievens Motorrad in einem Baggersee versank. Nachdenklich studierte er die krakelige Kinderschrift auf dem Etikett einer Videokassette und erinnerte sich an einen geistig behinderten Jungen mit einer Super-8-Kamera. Er beschloss, kein Risiko mehr einzugehen. Er warf die Kassette auf einen mit Benzin getränkte Lappen zu den übrigen Habseligkeiten von Niklas Hartmann und ließ sein Feuerzeug aufflammen.

38

Das kindliche Lachen auf Niklas' Gesicht war einem konzentrierten Starren gewichen. Er betrachtete Shadi staunend wie ein Kind, dass zum ersten Mal vor einem Weihnachtsbaum steht. Seine grotesk verdrehten Finger schoben sich in seine Unterhose. Unter dem dünnen Stoff zeichnete sich deutlich eine Erektion ab.

Er war kein kleiner, harmloser Junge mehr, sondern ein erwachsener Mann, der sie alleine mit seinem Gewicht am Boden festnageln konnte. Mit einer beiläufigen Bewegung hatte er sie auf die Matratze geschleudert und nun ragte er über ihr auf wie ein Riese.

Irgendwie musste es ihr gelingen, ihn zu überlisten, aber ihr Kopf war leer wie ein ausgehöhlter Halloweenkürbis.

Er machte einen ungeschickten Schritt nach vorne und ruderte mit den Armen. Seine geöffnete Hose rutschte auf die Knie herab. Shadi sprang auf und rammte ihm mit aller Kraft den Kopf in den Unterleib. Er grunzte erstickt und taumelte. Schreiend prügelte sie mit den Fäusten auf ihn ein und stieß ihn zur Seite. Er stürzte auf die Töpferscheibe und riss das Blechregal mit den Engelsfiguren um. Der Weg nach draußen war frei.

Sie floh auf den Gang hinaus und warf die Tür hinter sich zu. Doch Niklas reagierte schneller, als sie für möglich gehalten hatte. Seine verkrüppelten Finger krallten sich um den Rand der rostigen Blechtür. Hastig blickte sie sich um. Auf welchem Weg war sie hierhergekommen? In Abständen von zehn Metern spendeten flackernde alte Neonröhren trübes Licht, irgendwo in den Tiefen der vergessenen Anlage brummte ein Generator. Sie wandte sich nach rechts und rannte den Gang entlang. Nach wenigen Metern stellte sich ihre Entscheidung als falsch heraus. Der Kellergang führte tiefer in die labyrinthartig verschachtelten Maschinenräume hinein.

Am Ende des Korridors schlüpfte sie durch einen durchsichtigen Plastikvorhang, der in staubigen Bahnen von der Decke hing. Dahinter erstreckte sich eine grubenartige Halle, die mit einem Gewirr von Förderbändern und Tonverarbeitungsmaschinen vollgestopft war. Fünfzehn Meter über ihr spannte sich das löchrige Hallendach über die Grube.

Auf der gegenüberliegenden Seite der dreißig Meter im Quadrat messenden Maschinenhalle führte eine Gitterrosttreppe nach oben auf das Niveau des Erdbodens. Die unteren Stufen fehlten. Die Treppe hing schief in ihren Verankerungen, zu hoch, um sie erreichen zu können.

Sie drehte sich im Kreis und suchte nach einem Ausgang. Tunnel und Gänge öffneten sich wie zahnlose, verfaulte Mäuler und schienen geradewegs in die Hölle zu führen. In der Finsternis der unteren Ebenen mochte es Dutzende Verstecke geben, wo sie sich verbergen konnte. Aber Niklas besaß einen entscheidenden Vorteil: Dies war seit Wochen sein Zuhause. Selbst in völliger Dunkelheit würde er sie jederzeit aufspüren.

Aus dem Gang hinter ihr drangen teils wütende, teils besorgte Laute. In wenigen Augenblicken würde Niklas sie eingeholt haben.

Hektisch musterte sie das Fachwerk aus Förderbändern. Auf den Gurten waren die in der Grube abgebauten Tonklumpen zu Walzen und Schreddermühlen transportiert worden, um dann zerkleinert und gemahlen in die Tonboxen im Erdgeschoss zu gelangen. Sie rüttelte an der Eisenkonstruktion eines schräg aufragenden Förderbandes. Die Bewegung versetzte den ineinander verhakten Transportstrang in Schwingungen. Rostiges Metall und festgefressene Lager quietschten und kreischten. Zwischen den Plastikbahnen der Staubbarriere erschien Niklas' deformierte Hand.

Shadi stieg auf den schmalen Förderbandstrang und begann, über Gurte und Rollen nach oben zu klettern. Schnell gewann sie an Höhe. Als sie sich drei Meter über dem Betonboden der Grube befand, bebte und ächzte das Stahlgerüst unter ihren Fingern; Niklas hatte das Förderband ebenfalls erklommen. Trotz seiner Körpergröße kletterte er geschickt und holte schnell auf.

Die mit Stahlseilen an den Deckenträgern aufgehängte Konstruktion knarrte und schwankte bedrohlich. Shadi erreichte das obere Ende des Förderbands. Einen Meter unter ihr führte ein Querband nach links und stieg in einem Winkel von fünfzehn Grad an. Es endete über einem rechteckigen Blechkasten von der Größe eines Eisenbahnwaggons, dessen Rand an die Verstrebungen der Hallenstützen heranreichte. Von dort aus würde sie wie an einem Klettergerüst bis zum Erdgeschoss hinaufklettern können.

Ihr Zögern kostete sie den ohnehin geringen Vorsprung. Niklas griff nach ihrem Fuß und erwischte sie am Knöchel.

»Nicht weggehen!«, rief er. »Zu Hause bleiben!«

Shadi ließ sich platt auf das Förderband fallen. Er zog sie unerbittlich zu sich heran. Sie drehte sich auf den Rücken und trat nach Niklas' Gesicht. Das Förderband quietschte und schaukelte, mit einem explosiven Knall riss ein verrostetes Halteseil. Das Rohrgestell sackte unter ihr weg und kippte. Niklas ließ ihren Fuß los und suchte wimmernd Halt. Sie keilte aus wie ein Esel und traf ihn an der Schulter. Der Stoß ließ das Gestell unter ihr erzittern und weiter kippen. Shadi rutschte über den Rand und klammerte sich in letzter Sekunde an das Gestell. Sie hing fünf Meter über dem mit Schrott und scharfkantigen Blechen gespickten Hallenboden. Ein Sturz würde tödlich enden.

Mit ihren Stiefelspitzen ertastete sie das Querband unter ihr. Sie sprang, landete auf dem schaukelnden Fördergurt und kletterte weiter auf den Blechkasten zu.

Aus dem Augenwinkel sah sie, dass Niklas zum Boden zurückkehrte und im Dunkel der Halle verschwand. Sie robbte auf dem Gurt nach oben und näherte sich dem Grubenrand.

In den Tiefen der Anlage ertönte ein elektrisches Summen, Neonröhren sprangen flackernd an und hüllten die Halle in diffuses Licht. Shadi war am Ende des Bands angelangt. Schräg unter ihr gähnte die Öffnung des Tonschredders. Eine mit stählernen Paddeln bewehrte Antriebswelle ragte aus dem Dunkel wie die Zähne eines prähistorischen Raubfisches. Shadi versetzte das Band unter ihr in Schwingungen, um im richtigen Moment auf den Rand der Maschine springen zu können, als mit einem Rumpeln der Häcksler ansprang. Knarrend begannen sich die Wellen immer schneller zu drehen. Die Stahlpaddel peitschten die Luft und zermalmten alles, was in ihre Nähe geriet.

Das Rohrgestell unter ihren Händen ruckte und zitterte. Der Antriebsmotor sprang hustend an und der Transportgurt zog sie auf das Maul des Häckslers zu.

39

Dirk Lieven fand Josef Hartmann in einem Lagerraum der Turnhalle im Kloster Marienstatt, wo er eine defekte Wasserleitung reparierte. Der Hausmeister warf ihm einen finsteren Blick zu und fuhr mit seiner Arbeit fort. »Was wollen Sie denn schon wieder? Ich habe Ihnen alles gesagt, was ich weiß.«

»Die Polizei sucht Niklas«, sagte Lieven.

»Dann sollen sie ihn auf dem Friedhof suchen. Der Junge ist tot.«

»Niklas lebt. Und er hat meine Mandantin in seiner Gewalt. Sie sind der Einzige, der wissen könnte, wo er sich versteckt hält.«

Hartmanns Augen flackerten angstvoll. Er verbarg etwas; etwas, das niemals ans Licht kommen durfte.

»Jetzt reden Sie schon! Oder wollen Sie die Verantwortung dafür übernehmen, wenn Niklas wieder tötet?«

Langsam stieg Hartmann von der Treppenleiter herunter und wischte sich die Finger an einem Lappen ab. »Quatsch. Der Junge ist harmlos.«

»Wenn er so harmlos ist, wie Sie behaupten, sagen Sie mir, warum er vor fünfzehn Jahren in die geschlossene Psychiatrie eingewiesen wurde.«

»Das habe ich Ihnen doch erklärt. Ich habe ihn erwischt, wie er meine Tochter vergewaltigen wollte.«

»Das ist eine Lüge!«

Lieven fuhr herum. Zwischen den Sportgeräten stand eine Frau Mitte fünfzig. Ihr Gesicht war von tiefen Falten durchzogen, in den nikotingelben Fingern hielt sie eine brennende Zigarette. Ihre Unterlippe war geschwollen und blutverkrustet, als sei sie geschlagen worden.

»Halt den Mund«, knurrte Hartmann. »Was weißt du schon?«

»Wer sind Sie?«, fragte die Frau.

Lieven stellte sich vor. Hartmann machte einen bedrohlichen Schritt auf seine Frau zu, aber Lieven versperrte ihm den Weg.

Nervös paffte die Frau an ihrer Zigarette. Sie deutete mit dem Kinn auf Hartmann. »Ich werde dieses Schwein nicht länger decken.«

»Halt den Mund!«

»Ich sag Ihnen, warum er den Jungen aus dem Heim geholt hat. Wer könnte sich besser eignen, als ein schwachsinniges Kind, um seine krankhaften Triebe zu befriedigen? Er hat Niklas missbraucht, sooft ihm danach war. Was sollte der Junge schon verraten? Er hat doch gar nicht kapiert, was mit ihm passierte.«

»Sie weiß nicht, was sie redet«, sagte Hartmann wütend. Er hob die schwere Rohrzange und machte einen bedrohlichen Schritt auf seine Frau zu. Lieven reagierte sofort. Er drehte dem Hausmeister einen Arm auf den Rücken und zwang ihn, die Zange fallenzulassen. Angewidert stieß er ihn auf einen Stapel Turnmatten.

»Niklas kam in die Psychiatrie, weil Sie ihn schützen wollten«, wandte sich Lieven an Frau Hartmann.

»Nein«, antwortete sie, »das hat der alte Kronberg ausgeheckt.«

»Kronberg?«

»Rita und Niklas haben sich gestritten wie Hund und Katze. Trotzdem folgte ihr der dumme Junge auf Schritt und Tritt. Für ihn war sie die große Schwester. Eines Tages, als er wieder einmal mit seiner Kamera hinter ihr her lief, verpasste sie ihm eine Ohrfeige. Niklas tobte wie ein Verrückter. Er drohte Rita, er würde das Gleiche mit ihr machen, was die Jungs in der Hütte mit dem Mädchen getan haben.«

Lieven beschlich eine düstere Ahnung. »Und mit ihrem Wissen ging Rita zu Victor Kronberg, der in Panik geriet, weil es einen Zeugen für die Vergewaltigung in der Grillhütte gab. Ihr muss klar gewesen sein, dass Kronbergs Eltern dafür sorgen würden, dass Niklas niemals aussagen würde. Was verlangte sie von ihm? Geld?«

Hartmann antwortete. »Rita hat gehofft, Victor für sich zu gewinnen. Sie wollte ein besseres Leben. Sie hatte es satt, ein Leben als Tochter des Hausmeisters zu führen.«

»Wie viel hat Ihnen Kronberg gezahlt?«, fragte Lieven. »Besonders viel scheint es nicht gewesen zu sein, sonst hätten Sie Ihren Job wohl aufgegeben.«

»Versoffen hat er es«, sagte seine Frau.

»Hat es sich wenigstens für Ihre Tochter gelohnt, einen Unschuldigen wegsperren zu lassen?«, fragte Lieven zornig. Ihm wurde übel bei dem Gedanken daran, was die Hartmanns dem behinderten Jungen angetan hatten.

»Victor ist zweimal mit Rita ins Bett gestiegen. Dann war er sie leid«, antwortete Frau Hartmann bitter.

»Und Niklas? Wie haben Sie seine Einweisung erreicht? Ließ der alte Kronberg seine Beziehungen spielen, um den Hals seines Sohnes zu retten?«

Hartmann kauerte vernichtet auf den Turnmatten. »Wir sind zur Polizei gegangen«, sagte er. »Rita behauptete, Niklas hätte versucht, sie zu vergewaltigen. Und ich sagte aus, ich hätte ihn dabei überrascht. Der alte Kronberg hat ein bisschen Druck gemacht und am nächsten Tag haben sie Niklas abgeholt.«

Mühsam rang Lieven seinen Zorn nieder. Der Plan war damals wie heute der gleiche gewesen und er funktionierte blendend. Kronberg kaufte sich Zeugen, die vorgaben, Opfer von exzessiver Gewalt zu sein. Dann fand sich ein willfähriger Sachverständiger mit tiefen Taschen und das unschuldige Opfer verschwand hinter den Mauern der Psychiatrie. »Ich werde Ihre Falschaussage vor Gericht bringen. Helfen Sie mir, Niklas zu finden, und hoffen Sie, dass der Richter Ihre Mitarbeit als tätige Reue auffasst. Wo könnte er sich verstecken? Hatte er einen Lieblingsplatz? Orte, die er mochte?«

»Die alte Tongrube«, sagte Hartmann resiginiert. »Drei Kilometer hinter Hachenburg liegt die alte Tonzeche. Er ging oft dorthin, obwohl ich es ihm verboten hatte.«

Lieven sah die tönernen Engel vor sich, die die Polizei an den Tatorten gefunden hatte. Sie waren rissig und spröde und zerbrachen bei der geringsten Berührung, weil sie nie gebrannt worden waren. Shadi hatte ihm den Unterschied erklärt. Niklas hatte die Figuren selbst aus der lehmhaltigen Erde der alten Zeche geformt und an der Luft getrocknet.

Er rief Rosdorf an und bat ihn um Unterstützung. Der Polizist versprach, sofort eine Suchmannschaft zur alten Tongrube zu schicken. Lieven verließ das Schulgelände und raste in Leimbachs Wagen aus der Stadt Richtung Norden.

40

Mimis grüner VW Polo stand zweihundert Meter vor der Zufahrt zum Gelände der alten Tonzeche. Dirk Lieven stellte den Benz vor der Sperrschranke ab und rannte die alte Teerstraße entlang. Sein Leben lang war Niklas Daub nur benutzt worden, erst von seinem Vater, dann von Hartmann, und schließlich sollte er mit seinem Leben bezahlen, um Kronbergs Verbrechen zu verheimlichen. Wie würde er reagieren, wenn auch Shadi seine verzweifelte Liebe zurückwies?

Die Engelsfiguren waren ein Symbol, ein Talisman, der die Opfer beschützen sollte, im Leben wie im Tod. Schon damals hatte er Shadi die Figuren geschenkt, weil sie wie er ein Opfer von Gewalt geworden war. »Shadi bedeutet ›große Schwester‹«, hatte sie gesagt. Ob Niklas auch in ihr eine Schwester gesehen hatte? Eine ganz besondere?

Als Shadi dann überraschend nach Hachenburg zurückkehrte, folgte er ihr wie ein mörderischer Schutzengel. Niklas hatte nie gelernt, seine verwirrenden und fremdartigen Gefühle in Worte zu fassen. Die Unfähigkeit, sich auszudrücken, hatte ihn schließlich dazu gebracht zu wiederholen, was er vor fünfundzwanzig Jahren schon einmal getan hatte: zu töten – diesmal nicht aus Selbstschutz, sondern um Shadi zu schützen – ein missverstandener Liebesbeweis.

Lieven erreichte das ehemalige Tonabbaugebiet. Ein mannshoher Drahtgitterzaun umgab das Areal bis zu den felsigen Steilwänden im Osten, über denen sich der Wald erhob. Vergeblich suchte er nach einer Lücke im Zaun und kletterte schließlich über das Gittertor.

Über den Hügeln im Westen glühte ein letzter Rest Tageslicht. Die Grube mit ihren tückischen Senken und Spalten lag bereits im Dunkeln. Lieven hielt sich auf dem Fahrweg und näherte sich vorsichtig den verfallenen Gebäuden und Hallen am anderen Ende des Geländes. Hinter den blinden Fensterscheiben flackerten hier und da helle Flecken, schwere Maschinen rumpelten und dröhnten dumpf über den Talgrund.

Lieven folgte dem Maschinenlärm und bahnte sich einen Weg durch die staubigen Gänge. Treppen und Gitterroststege führten immer tiefer in die rostigen Eingeweide der Anlage. Auf der untersten Ebene stieß er auf einen Lagerraum mit einer Matratze, einem Gaskocher und Lebensmittelvorräten.

Am Ende eines Verbindungstunnels glomm matter Lichtschein durch eine Plastikbarriere. Eine helle Frauenstimme schrie entsetzt auf. Lieven stürmte durch die Barriere in die Maschinenhalle. Rings um ihn ratterten, krachten und brummten riesige Walzen, Häcksler und Förderbänder. Niklas Hartmann stand vor einem Schaltschrank und drückte wahllos Knöpfe und Schalter. Shadi klammerte sich an das Gestell eines Förderbands und baumelte hilflos über einem Schüttgutkasten. Unter ihren Füßen drehten sich gewaltige stählerne Paddel, die dazu dienten, die mit Lehm, Ton und Steinen vermischte Erde aus der Abbaugrube zu zerkleinern. Mit einem lauten Knall riss ein Halteseil des Gestells, an dem Shadi hing. Die Konstruktion sackte kreischend ab und Shadi drohte in den Zerkleinerer zu stürzen.

Unbemerkt näherte sich Lieven Hartmann, der ihn in dem Lärm nicht hören konnte. Irgendwo musste es einen elektrischen Hauptschalter geben, aber ihn zu suchen, würde zu lange dauern. Es musste ihm gelingen, Hartmann von dem Schaltschrank wegzulocken und blitzschnell zu überwältigen.

Shadi schrie vor Schmerz auf, als eins der eisernen Paddel ihren Knöchel traf. Wenn sich einer der mit Haken und Spitzen besetzten Arme in ihren Jeans verhakte, würde sie unweigerlich in den Bauch der Maschine gezogen.

Hartmann kreischte und hämmerte gegen den Schaltschrank. Plötzlich entdeckte er Lieven. »Geh weg!«, rief er.

Beschwichtigend hob Lieven die Hände. »Du willst Shadi doch helfen, nicht wahr?«

»Geh weg!« Hartmann ballte die Rechte zur Faust. Die verdrehten Finger seiner linken Hand bewegten sich rastlos.

»Lass mich die Maschinen ausstellen«, sagte Lieven. »Du willst doch nicht, dass Shadi etwas passiert.«

Hartmann starrte ihn unsicher an. Wie sollte Lieven das Vertrauen eines Menschen gewinnen, der immer nur von allen benutzt worden war?

Shadi schrie. Wie lange würden ihre Kräfte noch reichen?

»Vertrau mir, Niklas. Ich will ihr nichts Böses tun.« Langsam ging Lieven auf den Schaltschrank zu. Unsicher verfolgte Hartmann jede seiner Bewegungen. »Wir werden Shadi helfen, das willst du doch auch, nicht wahr? Wir machen es zusammen.«

Hartmanns Augen schimmerten feucht. Eine Träne rollte über seine schmutzige Wange. »Kann sie nicht … nicht aus… ma… machen.«

Lieven nickte. »Lass mich dir helfen.«

Aus dem Augenwinkel sah er, dass Shadi die Kraft verließ. Sie baumelte an einer Hand über dem Stahlkasten, das Förderband über ihr ratterte und ruckte. Plötzlich dröhnte ein gewaltiges Donnern durch die Halle. In den Tiefen des Transportsystems hatte sich ein vor langer Zeit verklemmter Tonbrocken gelöst, krachte auf ein Förderband und wurde mitgerissen. Entsetzt sah Lieven, dass der fassgroße Erdklumpen auf das Band zulief, an das Shadi sich klammerte.

»Aus… machen«, stammelte Hartmann.

Lieven studierte die Anzeigen und Schalter des Schaltschranks. Er entdeckte einen großen roten Notfallschalter und streckte die Hand danach aus.

»Keine Bewegung!«

Auf den Gängen im Erdgeschoss oberhalb der Maschinenhalle erschienen mehrere Uniformierte mit gezogenen Waffen, einer von ihnen war Simon Rosdorf. Niklas kreischte, drehte sich um und schlug Lieven nieder. Der tonnenschwere Lehmklumpen krachte auf das Förderband, das letzte Halteseil riss. Zwei Kugeln trafen Hartmann und schleuderten ihn zu Boden. Shadi verlor den Halt und stürzte in den Tonhäcksler. Lieven trat nach dem Notausknopf. Ein scharfer Schmerz schnitt durch seine Hüfte und riss die alte Verletzung auf. Sein Schmerzensschrei zerriss die plötzliche Stille. Die Maschinen stoppten.

»Shadi!«

Lieven humpelte auf das Förderband zu. Am Rand des Häckslers erschienen zwei Hände, dann ein Kopf.

»Ich bin okay«, sagte Shadi. »Du hast dir ganz schön Zeit gelassen.«

41

Der Notarzt schüttelte den Kopf und verstaute das Stethoskop in seinem Arztkoffer. Niklas Hartmann lag tot in einer Blutlache; der einzige Zeuge, der Kronberg als Vergewaltiger identifizieren konnte.

»Immerhin haben wir Morloch geschnappt«, sagte Rosdorf, »und dein Motorrad aus einem Baggersee gezogen.«

»Und die Videobänder?«

»Verbrannt. Morloch ist erledigt, aber er schweigt.«

»Er wird reden, um seinen Hals zu retten«, sagte Lieven.

»Mag sein. Wenn Leimbach auspackt, können wir Kronberg Geldwäsche und Steuerhinterziehung nachweisen, aber weder die Vergewaltigung noch den Mord an Gudrun Holt.« Er klopfte Lieven auf die Schulter. »Ich bringe deine Mandantin jetzt in die JVA zurück.«

Lieven wehrte sich nicht dagegen. Es war unvermeidlich. Nur der Untersuchungsrichter konnte Shadi offiziell wieder auf freien Fuß setzen.

»In ein paar Tagen ist sie draußen«, fügte Rosdorf hinzu. »Die Staatsanwaltschaft wird die Mordanklage fallen lassen. Für die Freiheitsberaubung von Haderbach und von Sayn wird sie sich dennoch zu verantworten haben.« Er lächelte. »Aber ich schätze, sie hat einen guten Anwalt.«

Lieven nickte abwesend. Zwei Träger hoben Hartmanns Leiche in einen Zinksarg. Immerhin hatte er Shadis Unschuld erwiesen. Aber an Kronberg war er gescheitert. Und das würde er niemals akzeptieren.

42

Zwei Tage später saß Dirk Lieven hinter Leimbachs Schreibtisch in der Kanzlei und blickte auf die Änderungsklausel des Gesellschaftervertrags. Sein ehemaliger Partner kauerte in einem Ledersessel nahe dem Fenster im Halbdunkel des Zimmers. Eiswürfel klapperten in seinem Drink.

»Du bist ein hervorragender Anwalt, Dirk. Niemand könnte diese Kanzlei besser führen als du.«

»Danke für dein Vertrauen, Albert, aber ich habe es versiebt. Ich hatte alle Beweise gegen Kronberg in der Hand und habe sie verloren. Ich kann ihm weder die Vergewaltigung an Shadi nachweisen noch den Mord an Gudrun Holt.« Er ließ den Vertrag sinken, stützte die Stirn in die Hände und schloss die Augen. Was sollte er tun?

»Wir alle begehen Fehler. Ziehe deine Lehren daraus.«

Lieven nickte. Ja, Leimbach hatte recht. Beinahe wäre er seinem Verstand gefolgt und nicht seinem Herzen. Er zerknüllte den Gesellschaftervertrag und warf ihn in den Papierkorb. »Ich werde Hachenburg verlassen«, sagte er. »In diesem Giftkessel ist kein Platz für mich. Nicht solange Kronberg Einfluss in der Stadt hat.«

Leimbach nickte bedächtig. »Ich akzeptiere deine Entscheidung und wünsche dir viel Glück.« Er lächelte schmal. »Ich könnte einen guten Anwalt gebrauchen. Die Staatsanwaltschaft wird Anklage gegen mich erheben.«

»Die besten Rechtsanwälte werden sich um dein Mandat balgen wie eine Rudel Hunde um einen Knochen«, antwortete Lieven.

»Und Kronberg?«

Wütend schlug Lieven mit der flachen Hand auf den Tisch. »Er darf einfach nicht davonkommen. Du musst eine Aussage machen. Wir haben beide gehört, dass er die Vergewaltigung gestanden hat.«

»Ich bin bereit dazu, aber er wird alles abstreiten. Wenn es dir nicht gelingt, handfeste Beweise aufzutreiben, wird ihn kein Staatsanwalt anklagen«, antwortete Leimbach. »Rader ist tot und kann keine Aussage mehr machen.«

Es klopfte an die Tür zum Empfangsbereich, die einen Spalt offenstand.

»Tschuldigung. Die Tür stand offen, da bin einfach mal reingestiefelt. Bin ich da richtig? Ich such den Anwalt von dem armen Ding, das se vom Dach gestoßen haben.«

Lieven stand auf und knipste das Deckenlicht an. In der Tür stand ein Mann mit verfilztem grauweißen Bart und einem unförmigen Hut. Es war der Obdachlose, den er im Parkhaus getroffen hatte.

»Kommt ganz drauf an«, sagte er. »Ich nehme an, Sie wollen zu mir?«

»Sie ham mich doch nach Vincent ausgefragt, erinnern Se sich?«

Stirnrunzelnd nickte Lieven. »Tut mir leid für Ihren Freund.«

Der Penner winkte ab. »Lassen Se mal. Nu hat er's hinter sich.« Er griff in seine Manteltasche. »Aber ich hab was für Sie. Vincent hat mir gesagt, wenn er nicht wiederkommt, soll ich's der Polizei geben. Aber denen trau ich nich.«

Lieven blickte auf den flachen schwarzen Gegenstand in der Hand des Obdachlosen. Es war ein Handy. Er nahm das Telefon entgegen und schaltete das Display ein. »Hat Ihr Freund sonst noch etwas gesagt?«

»Nee. Aber ich denk ma, Se wissen schon, was Se damit anfangen müssen.« Er leckte sich die Lippen und wies mit dem Kinn auf Leimbachs Glas. »Ein feines Tröpfchen ham Se da.«

Lieven stand auf und öffnete die Klappe der kleinen Bar. Er goss zwei Finger breit Scotch in ein Glas und reichte es dem Alten. »Auf ihr Wohl.«

Der Mann trank den Whisky aus und schmatzte genießerisch. »Is lange her, dass ich so was auf der Zunge hatte.« Er stellte das Glas ab. »Ich geh dann mal wieder.«

Die Holzdielen im Eingangsbereich knarrten, als er die Kanzlei verließ. Die Außentür fiel ins Schloss.

Das Handy war eingeschaltet, der Akku fast leer. Lieven öffnete das Menü und fand Shadis Nummer in der Adressliste. Das Telefon hatte Gudrun Holt gehört. Shadi hatte gesehen, wie Rader die Taschen des toten Obdachlosen durchwühlte. Aber er hatte nicht gefunden, wonach er suchte. Lieven öffnete den Ordner mit Bildern und Videos. Fünf Minuten später griff er zum Telefon und rief Simon Rosdorf an.

»Abgerechnet wird immer zum Schluss«, sagte er triumphierend.

43

Victor Kronberg erwies sich als geborener Verführer. Der alte Markt von Hachenburg war voller Menschen. Bierstände, Grillbuden und Einheimische in blauen Trachtenhemden und roten Halstüchern verliehen der Wahlkampfveranstaltung Volksfestcharakter. Die Sonne schien vom blank geputzten Himmel, die Leute hatten Spaß und freuten sich Fähnchen schwenkend am warmen Frühlingswetter.

Kronberg verstand es, dem Volk Brot und Spiele zu liefern. Geschickt wob er Witzeleien über Lokalkolorit und politische Gegner in seine Rede ein und zog die Menschen auf seine Seite, ohne dass sie es bemerkten.

Der rechteckige Marktplatz war auf drei Seiten von einer malerischen historischen Fachwerkkulisse umgeben und bildete einen würdigen Rahmen. Der goldene, zweischwänzige Hachenburger Löwe auf dem Brunnen funkelte in der Sonne. Die Bühne mit dem Rednerpult hatten Kronbergs Helfer vor der Katharinenkirche am oberen Ende des Platzes aufgebaut, so dass es den Anschein hatte, als sei der Fürst in die Stadt herabgestiegen, um dem Volk für einen Abend seine Gunst zu schenken. Hinter der Bühne ragte eine Leinwand in den blauen Himmel, auf der Videoclips und psychologisch ausgefeilte Bilder Kronbergs markige Sprüche untermalten.

»Dein Plan gefällt mir nicht«, sagte Lieven. »Kronberg ist erledigt. Ein Wink von mir genügt und Rosdorf verhaftet ihn wegen Mordes an Gudrun.«

Shadi blickte starr gerade aus. Ihre Augen waren so kalt wie Eiswürfel. »Das reicht mir nicht«, sagte sie. »Ich will, dass die ganze Stadt erfährt, was er getan hat. Sie sollen wissen, welches Schwein sie zum Bürgermeister wählen.«

Lieven schaute sich um und suchte Rosdorf in der Menge. Der Polizist stand in der Nähe der Bühne, sprach in ein Funkgerät und nickte ihm unmerklich zu.

Keiner von ihnen wusste, wie Kronberg reagieren würde. Shadis Plan war brutal, aber gerecht, das musste Lieven ihr zugestehen. Das Misstrauen eines Obdachlosen und ein Zufall würden den Mann, der sich für unangreifbar hielt, zu Fall bringen. Ein Zufall, der so unbedeutend war wie der Kieselstein, der dafür gesorgt hatte, dass Gudrun Holts Handy in einer Position liegen geblieben war, aus der die eingeschaltete Videokamera ihren Tod gefilmt hatte und Rader und Kronberg des Mordes überführen würde.

Kronberg erntete einen neuen Lacher im Publikum und wandte sich seinem Lieblingsthema zu, der ausufernden Verschuldung der Kommune. Wie Lieven wusste, machte Hachenburg keine Ausnahme im Casinospiel der sich ewig weiterdrehenden Schuldenspirale. Allerdings verschwieg der Bankier, dass mittlerweile ein bedeutender Anteil des Hachenburger Haushalts von Krediten aufgefressen wurde, die das Bankhaus Kronberg zu überhöhten Zinssätzen vergeben hatte. Bereits jetzt überwachte Kronberg die Finanzen der halben Stadt und badete in fremdem Geld. Und dank seiner Schwarzgeldgeschäfte hatte er inzwischen die vollständige Kontrolle über die einflussreichsten Bürger der Gemeinde. Wenn er dazu auch noch das höchste politische Amt in Hachenburg erlangte, konnte er beinahe schalten und walten, wie es ihm passte. Kritiker munkelten, dass das Bankhaus Kronberg die Finger in dubiosen Anlagebetrügereien hatte, dank derer Hachenburg kurz vor dem Bankrott stand. Beweise blieben sie schuldig. Einzelne Pfiffe wurden laut, die Kronberg mit einem knalligen Videoeinspieler seiner Zukunftsvisionen für die Stadt übertönte.

Noch war Lieven nicht sicher, ob der alte Leimbach in vollem Umfang aussagen würde. Immerhin belastete er sich mit seiner Aussage selbst so schwer, dass er kaum mit einer Bewährungsstrafe davonkommen würde. Aber wenn Shadis verrückter Plan funktionierte, war Kronbergs Kandidatur in wenigen Minuten so tot wie seine vier Spießgesellen.

Lieven warf ihr einen raschen Seitenblick zu. Noch immer hatte er sich nicht an die Perücke gewöhnt, die sie trug. Das lange dunkle Haar verwandelte sie in ein verblüffendes Ebenbild von Gudrun

Holt. Zudem hatte Shadi durch effektvolles Schminken die ohnehin bestehende Ähnlichkeit noch gesteigert, ohne dass er genau sagen konnte, wie ihr das gelungen war.

Sie erwiderte Lievens Blick, drückte seinen Arm und drängte sich durch die Reihen von Kronbergs Anhängern, die begeistert applaudierten. Kronberg redete gestenreich von Konsolidierung, einem ausgeglichenen Haushalt und einer starken Hand, die Hachenburg brauchte.

Simon Rosdorf kam mit besorgter Miene auf Lieven zu. »Ich hätte mich nicht zu diesem Unsinn überreden lassen sollen. Wenn uns Kronberg durch die Lappen geht, muss ich meinen Kopf dafür hinhalten.«

»Bleib in seiner Nähe und lass ihn nicht aus den Augen. In diesem Gedränge kommt er nicht weit«, antwortete Lieven.

»Genau das bereitet mir Sorgen. Ich habe nicht genug Leute, um alle Fluchtwege abzuriegeln. Die Gassen der Altstadt sind ein einziges Labyrinth.«

»Es wird nichts schiefgehen.« Im Schatten der großen Videoleinwand schlüpfte Lieven unter dem Absperrband hindurch und suchte einen Weg hinter die Bühne.

Kronberg dozierte währenddessen über Infrastrukturmaßnahmen und die Fehler des amtierenden Gemeinderates. Seine Fans klatschten sich die Hände wund.

»Darum, liebe Freunde, bin ich überzeugt, dass …« Seine Rede geriet plötzlich ins Stocken. Lieven warf einen Blick zur Rednertribüne. Kronberg war kreidebleich und rang nach Luft. Schnell überspielte er sein Entsetzen mit einem Griff zum Wasserglas und machte einen lahmen Witz über Freibier, der ihm ein paar Lacher einbrachte. Wie hypnotisiert starrte er auf das Gesicht in der Menge. Shadi stand in der dritten Reihe der Zuhörer. Sie trug die Kleidungsstücke, die Gudrun Holt im Gerichtssaal getragen hatte – eine hellgraue Hose und den marineblauen Blazer. Für Kronberg musste es so aussehen, als sei die Tote wieder zum Leben erwacht.

Er fasste sich wieder und begann den Satz von Neuem. »Darum, liebe Freunde …«

Lieven blickte zwischen zwei Lautsprecherboxen hindurch auf den Marktplatz und entdeckte Shadi. Ihre Lippen formten lautlos das Wort »Mörder«.

Kronberg wurde aschfahl und begann zu stottern. »Dass … wir … vor großen Aufgaben stehen … großen Aufgaben …«

Überraschtes Gemurmel erhob sich unter den Zuhörern. Die Videoleinwand zeigte ein Standbild des strahlenden Kronberg, der mit einer Kapitänsmütze lässig am Steuer eines Ausflugsdampfers posierte. Sein leibliches Pendant blätterte nervös in den Redenotizen und warf gehetzte Blicke ins Publikum. Der Zauber seiner Präsenz fiel in sich zusammen wie ein Kartenhaus nach einem Windstoß. Und Shadi war entschlossen, einen Orkan zu entfachen, um Kronberg zu Fall zu bringen.

Lieven schob sich unauffällig an das Mischpult heran, mit dem ein Techniker den Ton und die Videoleinwand bediente.

»Was ist da los, zum Teufel?« Der Mann im Overall hatte die Unruhe im Publikum bemerkt und vermutete wohl einen technischen Defekt. Hektisch kletterte er unter dem Absperrband hindurch und lief ins Publikum, um zu prüfen, ob eine der Lautsprecherboxen ausgefallen war.

Rasch studierte Lieven die elektronischen Einschubracks unter dem Mischpult und entdeckte einen DVD-Player. Er schob eine DVD mit einer Kopie des Handyfilms aus dem Parkhaus in den Schlitten und drückte auf die Playtaste. Unauffällig folgte er dem Techniker und tauchte in der Menge unter.

Kronberg sprach stockend von Haushaltskonsolidierung. Seine Blicke irrten immer wieder über die Zuhörer und suchten die Erscheinung, die ihn genarrt hatte. Lieven beobachtete, wie Shadi mehrfach ihren Standort wechselte und dann plötzlich wieder auftauchte wie ein Geist, der Rache sucht. Schließlich drängte sie sich durch die vorderste Zuschauerreihe und blieb unmittelbar vor der Rednertribüne stehen.

Kronbergs Konterfei auf der Videoleinwand machte einem verwackelten Bild des Parkhausneubaus Platz. »Lemgo, sind Sie das?«, rief eine Frauenstimme.

Schlieren zitterten über die Leinwand, dann erschien Raders Fuchsgesicht.

»Chiko!«, schrie eine Frauenstimme voller Angst.

Raders Gesicht verzerrte sich, als ihn der Lichtbogen eines Elektroschockers traf.

»Halt sie fest, du Idiot!« Kronbergs vor Wut gerötetes Gesicht glotzte überlebensgroß von der Leinwand.

Auf dem Marktplatz war es still geworden. Kronberg stand totenbleich hinter dem Rednerpult.

Auf der Leinwand tauchte sein Abbild hinter einem Betonpfeiler auf und schlug wutentbrannt zu. Einen schrecklichen Moment lang schien es, als ob seine Zyklopenfaust tatsächlich aus der Leinwand herausschießen würde, um die ganze Stadt mit einem einzigen Hieb niederzuschlagen.

Gudrun Holts Handy schlitterte über den Betonboden des Parkhauses. Das Bild wurde unscharf, wackelte und beruhigte sich dann wieder. Die intakte Handykamera filmte ungerührt den Mord an ihrer Besitzerin.

Die Menge keuchte entsetzt auf. Jeder Einzelne konnte verfolgen, wie Victor Kronberg auf Gudrun Holt eintrat, bis sie bewusstlos war, und sie dann zum Rand des Daches zerrte. Das Licht einer Leuchtreklame färbte sein Gesicht eisblau. Mit vor Erregung weit aufgerissenen Augen sah Kronberg aus, als erstickte er an seiner Untat.

Rader lag, von dem Taser außer Gefecht gesetzt, zuckend auf dem Betonboden. Sein glasiger Blick fiel direkt auf das Objektiv.

Kronberg stieß einen Schrei aus und stürmte von der Bühne. Ein Polizeibeamter stellte sich ihm in den Weg, aber Kronberg rannte ihn über den Haufen, nahm ihm die Dienstwaffe ab und floh in den abgesperrten Bereich hinter der Bühne. Auf dem Marktplatz sah die gaffende Menge fassungslos zu, wie der Mann, dem sie noch vor wenigen Augenblicken zugejubelt hatten, Gudrun Holt über den Rand des Parkhausdaches in die Tiefe stürzte und triumphierend auflachte.

»Lasst ihn nicht entkommen!«

Lieven sah, wie Shadi die Absperrung überwand und auf die Treppe am Fuß der Kirche zurannte.

»Nein! Shadi!« Voller Sorge hetzte er ihr nach. Aus dem Augenwinkel sah er, wie Rosdorf hinter die Bühne lief und in sein Funkgerät brüllte.

Shadi folgte Kronberg wie ein Schatten. Sie konnte sein ersticktes Keuchen hören, als er sich seinen Weg zwischen Toilettenwagen, Grillbuden und Marktständen hindurch bahnte. Im Backstagebereich hatten die Umstehenden offenbar die Unruhe der Menge auf dem Marktplatz bemerkt, aber niemand wusste genau, was geschehen war. Hinter einem Rundfunkübertragungswagen tauchte ein Polizeibeamter in Zivil auf. Shadi rief eine Warnung. Der Mann zog seine Dienstwaffe, aber Kronberg kam ihm zuvor und feuerte ihm zwei Kugeln in die Brust. Eine Frau kreischte, Passanten warfen sich platt auf den Boden oder suchten Schutz in den Hauseingängen und Nischen der alten Fachwerkhäuser. Shadi legte einen verbissenen Spurt ein. Sie erwischte einen Zipfel von Kronbergs Jackett und zerrte ihn wütend herum.

Kronberg geriet ins Stolpern. Halt suchend ruderte er mit den Armen und erwischte Shadis Perücke. Er starrte sie aus weit aufgerissenen Augen an.

»Du!« Er brüllte wütend auf und schlug ihr die Pistole gegen das Jochbein. Benommen brach sie in die Knie.

Kronberg zerrte sie hoch, schlang seinen Arm um ihre Kehle und blickte sich gehetzt um.

»Lass mich los, du Schwein«, rief Shadi. Aus dem Augenwinkel sah sie, dass immer mehr Polizisten in den Altstadtgassen auftauchten. Die träge Menschenmenge behinderte Kronbergs Flucht. Er zerrte sie hinter sich her und irrte ziellos durch die verwinkelten Gassen, bis er den Marktplatz umrundet hatte und sich dem Baugerüst vor der Franziskanerkirche näherte. Zwei Uniformierte stürmten aus dem Treppenaufgang und schnitten ihm den Weg ab.

»Gib auf, Victor. Du hast keine Chance«, keuchte Shadi.

»Das werden wir ja sehen. Wenn ich in die Hölle hinabfahren soll, dann werde ich bestimmt nicht alleine gehen.« Er stieß Shadi auf eine Leiter des Baugerüsts zu. »Rauf da!«

Sie packte die Sprossen der Leiter, stieg wachsam empor und lauerte auf eine Chance, ihrem Verfolger zu entkommen. Kronberg holte rasselnd Atem und legte eine Pause ein. Er schwitzte und zitterte, dennoch krallte er mit eiserner Kraft seine Finger in ihre Schulter.

»Was willst du überhaupt dort oben?«, fragte sie.

»Halt's Maul!«, röchelte er. Das Gerüst erzitterte. Shadi riskierte einen Blick nach unten. Jemand folgte ihnen, schnell und zielsicher.

Kronberg trieb sie in einer aussichtslosen, verzweifelten Flucht immer höher hinauf. Auf der Höhe des Glockenstuhls hielt er keuchend inne. An der Frontseite waren die verwitterten Holzjalousien des Rundbogenfensters entfernt worden. Er stieß ihr die Pistole in den Rücken. »Rein da!«

Shadi kletterte durch die Öffnung, Kronberg folgte ihr keuchend.

Die Kammer des Glockenstuhls war vollgestopft mit Werkzeugen und Baumaterial. In einem Winkel türmte sich Sand auf. Kronberg zerrte Shadi zu den intakten Jalousien des südlichen Fensters. Sie blickte durch die Ritzen nach unten. Der Marktplatz war noch immer voller Menschen. Einige zeigten aufgeregt mit den Fingern auf den Glockenturm. Vier Männer bahnten sich einen Weg durch die Menge und liefen auf den Fuß des Baugerüsts zu. Zwei von ihnen waren Rosdorf und Lieven, die anderen beiden trugen Polizeiuniformen.

Shadi zwang sich zu scheinbarer Gelassenheit. »Sie werden Scharfschützen postieren und dir eine Kugel in den Kopf jagen.«

Kronberg grinste und wischte sich den Schweiß von der Stirn. »Keine Sorge. Du wirst mir Deckung verschaffen.«

Das Gerüst erzitterte. Der erste der Polizisten befand sich bereits dicht unter dem Glockenstuhl. Kronberg riss die Waffe hoch und feuerte auf die verkürzte Silhouette, verfehlte aber sein Ziel. Der Beamte drückte sich in den Schatten des Turms, zog seine Waffe und erwiderte das Feuer. Hastig wich Kronberg in die Glockenkammer zurück. Shadi verlagerte blitzschnell ihr Standbein, um ihn aus dem Gleichgewicht zu bringen. Der massige Mann taumelte und prallte gegen die brüchige Einfassung des Bogenfensters. Holzsplitter und Putz rieselten herab. Zornig packte sie Kronbergs Arm und versuchte, ihm die Waffe aus der Hand zu winden. Aber er verstärkte den Druck um ihre Kehle und stieß ihr brutal das Knie in die Nieren. Sie stöhnte erstickt auf.

»Versuch das noch mal und du bist tot«, zischte er ihr ins Ohr. Er schleuderte Shadi auf den Sandhaufen. »Rühr dich vom Fleck und ich schieß dir das Knie in Fetzen.« Dann humpelte er zum Fensterbogen. »Ich will einen Wagen und eine Stunde Vorsprung. Wenn mir einer von euch Arschlöchern folgt, lege ich das Mädchen um«, schrie er. Nervös lief er in der engen Kammer auf und ab und versuchte, gleichzeitig Shadi und das Baugerüst im Auge zu behalten.

Langsam kroch sie an der quadratischen Öffnung der nach unten führenden Wendeltreppe vorbei und lauschte angestrengt. Aus dem Treppenschacht drangen leise Schritte herauf.

»Gib auf, Victor. Es ist vorbei!«

Shadi hielt den Atem an. Das war Lievens Stimme. »Du bist erledigt, Victor. Gib endlich auf«, sagte sie.

Kronberg fuhr herum und versetzte ihr einen Tritt. »Ich denk nicht dran. Steh auf«, befahl er heiser.

Sie krallte ihre Finger in den Sandhaufen. Warum hatte sie Kronberg so kopflos nachlaufen müssen? Sie hätten ihn längst geschnappt, auch ohne ihre tollkühne Hilfe. Seine Augen flackerten wie zwei Irrlichter. Shadi begriff, dass sie einen letzten, tödlichen Fehler begangen hatte. Er würde sie niemals laufen lassen. Kronberg handelte völlig impulsiv und wusste nicht, was er als Nächstes tun sollte. Er war am Ende. Sie hatte ihn vor den Augen der Stadt als kaltblütigen Mörder entlarvt und das würde er ihr niemals verzeihen. Eher würde er sie beide umbringen.

»Du hattest deinen Spaß, Shadi. Jetzt wird es Zeit, dafür zu bezahlen.« Er hob die Waffe und zielte.

Die Geräusche aus dem Turm waren jetzt ganz nahe.

Lieven sprang wie ein Panther aus der Treppenluke. Shadi schleuderte Kronberg eine Handvoll Sand ins Gesicht. Halb blind und vor Wut brüllend schlug er nach ihr, drehte sich um und feuerte das Magazin leer. Durch die Wucht der Einschläge wurde Lieven in den Treppenschacht zurückgeschleudert. Kugeln prallten von den Mauern ab und sirrten als todbringende Querschläger durch die Kammer.

Shadi riss eine der Schaufeln aus dem Sandhaufen und schlug Kronberg, der sich den Sand aus den Augen rieb, die Waffe aus der Hand. Der zweite Hieb traf ihn an der Schulter. Getrieben von der Kraft der Schläge, torkelte er zurück, stieß gegen die niedrige Brüstung und stürzte über den Rand. Shadi lief ihm nach. Das Gerüst erzitterte unter seinem Gewicht, Haltebolzen knirschten und rissen mit explosivem Knall. Kronberg rollte über das schmale Bodenbrett auf den Abgrund zu. Vergeblich tastete er nach dem Geländer und rutschte durch eine Lücke zwischen den Sicherungsstangen. Mit einem gellenden Schrei stürzte er in die Tiefe. Shadi hörte den dumpfen Aufprall und das entsetzte Aufstöhnen der Menge auf dem Marktplatz. Sie ließ die Schaufel fallen und kletterte in den Treppenschacht hinab. Rosdorf beugte sich über Lieven, der bewegungslos auf den Stufen lag. Angsterfüllt stieß Shadi ihn zur Seite.

Lieven verzog vor Schmerz das Gesicht und öffnete sein Jackett. »So eine Schutzweste ist eine feine Sache«, sagte er lächelnd. »Aber ich fürchte, ich habe mir die verdammte Scheißhüfte gebrochen.«

Shadi lachte und weinte zugleich. Endlich hatte sie Lieven fluchen gehört.

44

Der 5. Juni war ein trüber, regnerischer Tag, zu kalt für die Jahreszeit. Dirk Lieven stellte seinen Ford Mustang vor Shadis Haus ab. Aus dem Schuppen drangen kraftvolle Meißelschläge, Ian Gillan sang von einem faulen Tag im Bett.

Lieven humpelte über den Hinterhof und blieb in der offenen Schuppentür stehen, einen Strauß Rosen in der rechten Hand, ein flaches Paket unter die Achsel geklemmt. Shadi tanzte um den Basaltblock herum und ließ einen Hagel aus schnellen Schlägen auf das eisenharte Gestein niederprasseln. Es dauerte eine Weile, bis sie Lieven bemerkte. Sie ließ ihr Werkzeug sinken und blickte durch die staubige Schutzbrille auf den Blumenstrauß. Jon Lord hatte Ian Gillan abgelöst und prügelte auf seine Hammondorgel ein. Sie schaltete den CD-Player aus.

»Du sollst doch nicht ohne deinen Gehstock laufen«, schimpfte sie.

Er zuckte mit den Schultern. »Es geht jeden Tag besser.« Ein bisschen verlegen betrat er die Werkstatt und reichte ihr die Blumen.

»Sind die für mich?«, fragte sie verdutzt.

»Nein, für den Bären. Natürlich sind sie für dich.«

Unbeholfen nahm sie den Strauß entgegen. »Komisch.«

»Was ist komisch?«

»Mir hat noch nie jemand Blumen geschenkt.«

»Ich dachte mir schon, dass du bisher nur mit Stachelhalsbändern beehrt wurdest.« Neugierig betrachtete er die fast vollendete Skulptur. »Du hast sie verändert«, sagte er.

Vier der Wölfe, die den Bären attackierten, waren verschwunden. Geblieben war nur der Wolf unter seinen Krallen, der größte und furchteinflößendste der fünf Angreifer. In seinen Augen las Lieven eine erschreckende Einsicht. Er wusste nun, dass er einen tödlichen Fehler begangen hatte, indem er den Bären unterschätzt hatte.

»Ist das auch für mich? Zeig her.« Sie schnappte nach dem Paket und riss es auf.

»Es ist schlecht«, sagte Lieven.

Shadis Augen blitzten auf, als sie das Bild betrachtete, einen impressionistischen Stilmix aus Van Gogh und Monet. Die realistischen Formen und Konturen hatte Lieven zugunsten von Ausdruck und intensivem Licht aufgegeben.

»Nein, es besteht Hoffnung«, antwortete sie stirnrunzelnd und lachte über sein konsterniertes Gesicht. »Es ist hervorragend«, fügte sie hinzu.

Behutsam nahm Lieven ihr die Schutzbrille ab.

»Du machst dir deinen Anzug dreckig«, sagte sie.

»Und wenn schon.« Er konnte ihren Atem auf seinen Lippen spüren. »Es ist kalt in deiner Werkstatt. Du wirst dir den Tod holen, wie Michelangelo.« Er legte seine Arme um ihre Hüften. Zaghaft erwiderte sie seine Umarmung. Er spürte die Spannung in ihren Muskeln. Nur langsam gab sie ihren Widerstand auf. »Ich kenne einen Ort, an dem es warm und trocken ist«, sagte er.

»Mir gefällt's hier.«

»Dort wird es dir noch viel besser gefallen.« Er zog einen Umschlag aus seinem Jackett.

Sie schlitzte das Kuvert mit ihrem Fingernagel auf, ohne Lieven aus den Augen zu lassen.

»Zwei Flugtickets nach Florenz«, sagte er lächelnd.

»Heute noch?«, fragte sie.

»Nun, ich erwarte, dass meine Honorarrechnung pünktlich bezahlt wird. Ich gewähre keinen Zahlungsaufschub.«

»Und keinen Scheck?«

»Nein, ich nehme nur Bares.«

»Dann werde ich wohl zahlen müssen. »Sie küsste ihn auf den Mund und hinterließ zwei staubige Handabdrücke auf seinem Anzug.

Lieven machte es nichts aus.

ENDE

Nachwort des Autors

Als Erstes bitte ich meine Leser um Verzeihung, dass ich die Stadt Hachenburg in einen Pfuhl aus Korruption und Verbrechen verwandelt habe. Aber eine spannende Geschichte lebt nun mal von Konflikten. Und ohne herrlich durchtriebene Schurken entsteht kein Konflikt – und keine Spannung. Vor allem die Hachenburger Polizei möge mir also nachsehen, dass sie in »Tödliche Heimkehr« von einem solch korrupten Chef geführt wird.

Hachenburg ist ein wunderschöner Ort, der immer einen Besuch wert ist. Bei einem Bummel durch die Altstadtgassen unterhalb des Barockschlosses werden Sie einige Schauplätze des vorliegenden Romans wiederentdecken, so zum Beispiel die Franziskanerkirche, in deren Turm sich der Showdown abspielt, den Alten Markt und das Zisterzienserkloster Marienstatt.

Als der Sutton Verlag mich bat, »Tödliche Heimkehr« in ein reales Umfeld einzubetten, fiel meine Wahl sofort auf den Westerwald. Zum einen, weil ich hier zu Hause bin, zum anderen, weil der Westerwald eine wunderbar wilde und authentische Gegend ist, mit Plätzen und Orten, die wie geschaffen sind für spannende und geheimnisvolle Geschichten. Und meiner Meinung nach wird er zu Unrecht von Autoren und Filmemachern vernachlässigt und oft zu schnell als provinziell abgetan.

Ich habe mir Mühe gegeben, bei der Wahl der Schauplätze möglichst nah an der Realität zu bleiben, allerdings erforderte die Handlung zuweilen künstlerische Freiheit. So existiert das Jagdschloss des Grafen von Sayn in der im Roman beschriebenen Form nicht. Gleichwohl gibt es ein ehemaliges Jagdhaus der Grafen zu Wied am Dreifelder Weiher bei Hachenburg. Dass ich aus dem Jagdhaus einen mittelalterlichen Turm mit mehreren Etagen machte, hat folgenden Hintergrund: Für Shadi wäre es in der Geschichte keine besondere Herausforderung gewesen, über einen Balkon im ersten

Stock ins Zimmer des Grafen zu gelangen. Ein bisschen schwerer wollte ich es ihr schon machen.

Für die alte Tonzeche, in der der Showdown zwischen Shadi und Niklas Hartmann stattfindet, existieren mehrere Vorbilder, die im Roman zu einer fiktiven Landschaft verschmelzen. Stillgelegte Tongruben gibt es im Westerwald in Hülle und Fülle.

Die Beschreibungen der Hachenburger Altstadt, des Klosters Marienstatt und des Wolfsteins bei Bad Marienberg entsprechen den tatsächlichen örtlichen Gegebenheiten. Lediglich Leimbachs Kanzlei musste ich erfinden, ebenso wie Lievens Penthouse und das Bankhaus Kronberg.

Natürlich entspringen auch sämtliche Figuren meiner Fantasie. Ähnlichkeiten mit lebenden oder verstorbenen Personen sind nicht beabsichtigt und rein zufällig.

Einzig für Shadi Seeger gab es ein Vorbild, zumindest eine geistige Anregung. Im kleinen Ort Steinen in der Nähe der Westerwälder Seenplatte fand in den vergangenen Jahren das Indian-Art-Festival statt, organisiert vom Maler, Fotograf und Bildhauer Jens Röser. Rösers Arbeiten – indianische Kunst, Bilder, geschnitzte Totempfähle und indianische Kunstgegenstände prägten das Festival maßgeblich und lieferten mir Ideen für die Figur der Shadi.

Dass Menschen immer wieder aufgrund von psychiatrischen Gutachten in forensische Kliniken eingewiesen werden, ist leider Realität. Wie viele dieser Gutachten bewusst falsch oder zumindest nachlässig erstellt werden, weiß niemand. Die Dunkelziffer ist hoch und der Fall Gustl Mollath erlangte hier traurige Berühmtheit. Er bewies, wie leicht ein Mensch für Jahre in der geschlossenen Psychiatrie verschwinden kann und wie viel Kraft und Ausdauer es kostet, Verfahrensfehler aufzudecken und falsche Gutachten zu entkräften.

Volker C. Dützer
im November 2014

Böse Spiele

Ein Krimi aus dem Landkreis Offenbach

Cornelia Härtl

12,99 € | 978-3-95400-322-8

Sozialarbeiterin Lena Borowski arbeitet im Spessartviertel, dem sozialen Brennpunkt Dietzenbachs. Statt ihr freies Wochenende zu genießen, lässt sie sich überreden, nach einer verschwundenen jungen Frau zu suchen. Sie findet eine Spur von Sabrina, doch die führt in einen SM-Club im Frankfurter Bahnhofsviertel. Als im Spessartviertel die Leiche einer bei SM-Spielen getöteten Frau auftaucht, befürchtet Lena das Schlimmste.

Buchhinweise

Die verzauberten Frauen
Ein Kloster-Eberbach-Krimi

Berndt Schulz

12,00 € | 978-3-86680-753-2

Ex-Kommissar Martin Velsmann genießt den Ruhestand im romantischen Rheingau. Doch seit Jahrzehnten fragt er sich nach der Bedeutung des mysteriösen Pergaments, das im Zisterzienserkloster Eberbach entdeckt wurde. Woher stammt die Prophezeiung und was hat Clemens von Brentano damit zu tun? Das intellektuelle Spiel schlägt in blutigen Ernst um, als ein mit archaischer Grausamkeit verübter Mord passiert und sogar Velsmanns Familie bedroht wird.

Buchhinweise

Pleiten, Pech und Leichen
Ein Saarland-Krimi

Elke Schwab

12,99 € | 978-3-95400-385-3

Vielleicht hätte sie doch irgendetwas lernen sollen. Dann müsste sich Jenny ihren Lebensunterhalt nicht in der blöden Bäckerei im Europa-Center verdienen. Vor allem wäre ihr dann der Chef vom Wachdienst nicht hinterhergelaufen – und wäre noch am Leben. Die Fragerei der Polizei bliebe Jenny auch erspart und die Besuche dieses lästigen Kommissars erst recht. Aber so ein langweiliges, ordentliches Leben liegt einfach nicht in ihren Genen.

Buchhinweise

Windige Geschäfte
Ein Wiesbaden-Krimi

Kerstin Hamann

12,99 € | 978-3-95400-324-2

Am Morgen nach einer rauschenden Party liegt der Wiesbadener Stadtrat und Umweltdezernent Erwin Stumpf mit eingeschlagenem Schädel in seinem Arbeitszimmer. Von der Tatwaffe, einer wertvollen Statue, fehlt jede Spur. Ein Raubmord? Oder sollten Stumpfs Pläne für einen Windpark und die radikale Ökologisierung der Wiesbadener Stadtwerke die Energieriesen zu sehr provoziert haben? Eine harte Nuss für Martin Sandor und sein Team vom K11.